NE DITES
JAMAIS
JAMAIS

Hors-série

Sous la direction de Denis Guiot

ISBN : 978-2-74-852317-1

25, avenue Pierre-de-Coubertin, 75013 Paris

NATHALIE STRAGIER

NE DITES JAMAIS JAMAIS

SYROS

À Garance

Le monde a vacillé autour de moi. Les couleurs m'ont paru plus pâles et les objets moins réels. Je n'entendais plus aussi nettement le bruit du sèche-cheveux pourtant dirigé vers mon visage. Tout était ralenti, mes gestes, ma respiration... Puis je me suis senti étrangement léger et j'ai eu l'impression que mes pieds quittaient le sol. Comme si j'étais aspiré, loin, très loin...

Maintenant, je rouvre les yeux et je ne reconnais rien. Les murs de la cuisine ont disparu, la maison où j'ai grandi s'est volatilisée. Je me trouve sur un terrain abandonné, sous un ciel nuageux. Je regarde autour de moi, désorienté... J'aperçois des habitations, un peu plus loin. Elles ressemblent aux pavillons de mon quartier tout en étant différentes, sans que j'arrive à déterminer pourquoi... L'air que je respire aussi me perturbe. Je reconnais l'odeur de la terre après une averse, le parfum de l'herbe fraîchement coupée... Pourtant, cette atmosphère me déconcerte. Elle me paraît plus aérienne...

Je me sens perdu. Rien ne m'est familier ici.

Et soudain, cette femme surgit devant moi, écarquille les yeux en découvrant ma présence et pousse un cri horrifié qui me vrille les tympans. Elle me dévisage et dans son regard, je me sens monstrueux.

Une angoisse sourde m'envahit et mon instinct me dicte de ne pas parler, de ne pas m'opposer à elle. Il m'ordonne de fuir.

Je cours.

Et j'entends la voix de Pénélope, dans ma tête :

« Je viens du futur. À mon époque, il n'y a plus d'hommes. Seulement des femmes. »

Je comprends qu'elle disait vrai.

CHAPITRE 1

Mon cœur se serre en pensant à ce garçon dont je suis amoureuse. Il est maintenant en danger. Quelle terrible erreur ai-je commise en retournant dans le passé ! Je voulais juste revoir Andrea, lui parler, m'assurer qu'elle allait bien... Et puis, j'avais envie de sentir de nouveau le parfum de son frère. Or aujourd'hui, à cause de moi, leur vie est une fois de plus bouleversée. Il faut que je le rejoigne, avant qu'il ne soit trop tard.

Je me concentre davantage pour traverser de nouveau les années. Dans ma main droite, je tiens la main d'Andrea. Je l'emmène vers mon monde. Elle qui a toujours voulu voyager... Je l'entraîne plus loin que ce qu'elle a jamais pu imaginer.

De ma main gauche, je ramène Antarès vers ses origines. Je peux sentir sa réticence, comme de l'électricité qui remonte le long de mon bras. Il est tendu, nerveux, et je dois déployer toute mon énergie pour ne pas l'abandonner derrière moi.

Mais, tandis que je m'en vais, ce sont les doigts d'Andrea qui glissent entre les miens. Elle n'a jamais voyagé dans le temps et sa sensibilité à l'attraction conjuguée de la Lune et du Soleil est médiocre. Elle me semble si lourde et elle s'éloigne trop... Je me concentre désespérément pour la retenir. Je veux qu'elle reste avec moi ! Dans un sursaut de volonté, je la rattrape par le poignet et je la tiens fermement.

Tout tourne autour de nous et le Moyen Âge s'estompe. Nous partons.

Mais d'un coup son bras glisse et elle m'échappe. J'ai envie de crier pour lui dire de s'accrocher à ma main, mais tandis que j'ouvre la bouche, j'ai l'impression de boire la tasse, d'avaler des années, des siècles, et mon cri reste silencieux.

Tout est blanc autour de moi, ou noir. Impossible à dire. C'est ainsi quand on voyage dans le temps. L'espace d'un instant, plus rien n'existe. Pourtant, Antarès est avec moi, je le sais. Mais je ne perçois plus la présence d'Andrea. Je l'ai perdue.

Puis je sens de nouveau le sol sous mes pieds et je reprends mon souffle, avide de cet oxygène qui m'a manqué pendant le transit. Déjà, je reconnais l'atmosphère de chez moi, tellement moins lourde que celle du Moyen Âge, saturée de pollution. J'écarte un peu les bras pour retrouver mon équilibre et j'ouvre les yeux.

Sur ma gauche, juste à côté de moi, Antarès vacille. Il est sonné et un peu pâle. Il ouvre la bouche comme un poisson hors de l'eau.

– Respire, dis-je. Tu es arrivé.

Je ne me fais pas de souci pour lui. Se déplacer dans le temps fait souvent cet effet-là aux voyageurs peu expérimentés. Mais quand je tourne la tête de l'autre côté, mon inquiétude est confirmée. Andrea n'est pas là.

Nous nous trouvons sur le terrain abandonné près de chez moi. C'est un endroit à l'abri des regards, protégé des maisons par un bosquet. Il y a cent soixante-huit ans se dressait ici la maison d'Andrea. Aujourd'hui, plus aucune trace du bâtiment n'est visible.

Je ne peux pas m'empêcher d'espérer. Peut-être mon amie est-elle simplement un peu plus loin, derrière les arbres, ou égarée vers les habitations ? Je fais quelques pas, pressée par l'angoisse. Andrea est seule, elle doit être en train de paniquer ! Je scrute les zones d'ombre et je tends l'oreille dans l'espoir d'entendre sa voix affolée qui m'appelle... Mais malgré mes efforts, je ne perçois que le chuintement d'un héliotrain qui passe au loin. Aucun signe d'elle.

À côté de moi, Antarès a repris son souffle. Il se tient maintenant un peu courbé, les muscles bandés, le regard alerte. Sur le qui-vive, exactement comme les premières fois où je l'ai vu. Prêt à se défendre.

Bien sûr. Il se sait en danger.

– Faut pas rester ici, souffle-t-il.

– Je cherche Andrea.

– Elle n'a pas suivi. Je l'ai sentie qui restait en arrière.

Je me résigne. Il a raison. Quand on voyage dans le temps, on ne voyage pas dans l'espace. Si Andrea avait réussi à nous suivre, elle serait ici même, avec nous, et pas dix mètres plus loin. Son absence prouve simplement qu'une nouvelle fois, je n'ai pas réussi à l'emmener avec moi.

Cet échec me laisse un désagréable sentiment de vide. Mon amie me manque déjà. Comment vais-je faire pour retrouver Pierrick sans son aide ? Tout ce que j'ai réussi jusqu'alors, c'était avec elle. Je me sens démunie.

Je regarde en direction de ma maison. J'en aperçois le toit, à moins de cinquante mètres. La couleur des tuiles rouges contraste avec le ciel gris et bas. Des sentiments contradictoires m'assaillent. Un certain bien-être, d'abord, celui de me sentir dans un environnement familier. Je reconnais chaque détail autour de moi. J'ai joué ici, quand j'étais petite. C'était mon terrain d'aventure. Mes amies et moi avons construit des cabanes, traversé des océans sur des radeaux, vaincu des monstres effrayants avec des bouts de bois. Chaque automne, nous nous régalions de mûres et de noisettes. J'étais heureuse.

Mais désormais, revenir là où j'ai grandi n'est pas simple pour moi, et l'angoisse me serre la gorge. Je ne suis plus la même personne, et celle que je suis devenue n'appartient plus tout à fait à ce monde. J'ai voyagé, je connais d'autres endroits, d'autres modes de vie. Je ne vois plus les choses avec les mêmes yeux.

Ce n'est pas tout. En remettant les pieds ici, je risque gros. Je suis restée absente pendant trente jours. Personne ne sait où je suis allée, ni ma mère, ni ma petite sœur, ni mes professeures. Ni bien sûr les Autorités. Et pour cause. Je n'avais pas le droit de faire ce que j'ai fait.

Si quelqu'un me voyait, que se passerait-il ? Je n'ai aucune idée de ce que je pourrais inventer pour justifier ma disparition. Avec sa logique un peu bizarre et sa façon de penser décomplexée, Andrea trouverait sûrement une piste pour me sortir de là... Malheureusement, elle est loin.

Une fois déjà, j'ai échappé à la sanction des Autorités. C'était inespéré. Ce coup-ci, je n'ai aucune chance. Mon seul espoir est de retrouver Pierrick avant d'être obligée de répondre aux questions des femmes de mon époque. J'ai donc quelques heures devant moi, au maximum.

Antarès s'est éloigné pour se mettre à couvert. Il me faut plusieurs secondes avant de le repérer, tant il se confond avec la végétation dans ce coin plus sombre. Il inspecte les herbes hautes au pied d'un arbre. Je le rejoins.

– Regarde, chuchote-t-il en désignant le sol. C'était il y a peu de temps.

En effet, les herbes ont été couchées par le passage de quelqu'un.

– Pierrick ?

– Il y a des chances, répond Antarès. Il s'est éloigné par là, dans la direction opposée aux maisons.

Heureusement, Pierrick a compris qu'il n'était pas le bienvenu ici. Il a préféré se montrer discret.

Antarès suit déjà cette piste, furtif.

– Plus vite on le retrouvera, lance-t-il à voix basse, plus vite on pourra repartir au Moyen Âge.

Il progresse, silencieux, attentif au moindre indice. J'avance sur ses pas et nous traversons le bosquet, repoussant les broussailles et les orties. Certaines branches sont cassées. Antarès a raison, c'est par là qu'il faut aller.

Mais à peine quelques mètres plus loin, nous débouchons sur la route. Ici, plus d'indices du passage récent de Pierrick. De vagues traces de terre sur le sol s'estompent rapidement. Quelle direction a-t-il prise ?

Antarès reste en retrait, à l'abri des arbres, réticent à l'idée de s'exposer à la vue de toutes sur cet espace dégagé.

Je connais bien cette route qui mène de mon quartier vers le centre-ville. D'un côté, elle est bordée par l'exploitation municipale de bambous et de chanvre. Leurs tiges longues et hautes nous abritent des regards, et tout semble calme. De l'autre côté, c'est le contraire, bruit et animation. Là se trouve le jardin de l'école primaire, celle-là même que j'ai fréquentée autrefois et dans laquelle ma petite sœur est maintenant élève. C'est l'heure de la récréation, on entend les cris et les rires des enfants.

Ma petite sœur m'a beaucoup manqué, pendant ce mois passé au Moyen Âge. J'hésite, tiraillée entre mes sentiments pour elle et l'urgence de retrouver Pierrick... Mais Lys est sûrement là, à quelques dizaines de mètres à peine de moi, et je ne peux pas résister au besoin de la revoir une dernière fois. Si tout va bien, dans très peu de temps, je serai repartie pour toujours. Je souhaite juste emporter avec moi une dernière image d'elle, avant de m'éloigner. Cela ne prendra qu'un instant.

Je fais quelques pas et là, à travers le feuillage, j'aperçois les écolières qui jouent à chat perché, et je reconnais Lys, suspendue à la tyrolienne, tête en bas, et riant aux éclats. Ma petite sœur, c'est pour moi les gâteaux au chocolat partagés, les fous rires quand nous faisions des batailles d'herbe coupée, les bagarres-chatouilles, et des milliers de moments que je n'aurais pu vivre avec personne d'autre qu'elle ! Ça me fait tellement plaisir de la voir !

Il suffirait que je m'avance un peu... Mais pas question qu'elle me voie. Même si elle me manque, même si j'aimerais la serrer dans mes bras, ses cheveux me chatouillant dans le cou.

Ne tenant pas compte de ce pincement au cœur, je rejoins Antarès à couvert. Il est pâle.

– Je ne peux pas rester ici, souffle-t-il, nerveux.

Je fronce les sourcils. Il ne va quand même pas me laisser tomber ?

– Tu as dit que tu m'aiderais. Tu es le mieux placé pour deviner où se cache Pierrick.

– Il fait jour, rétorque-t-il.

– C'est dangereux pour toi, nous sommes d'accord. Mais c'est aussi dangereux pour Pierrick.

– Je continuerai les recherches à la nuit tombée.

Je suis choquée. Ne réalise-t-il pas l'extrême urgence de la situation ?

– Et s'il se fait prendre avant ça ? Et si une femme le repère et le signale à la police ? Et s'il est renvoyé devant les Autorités ?

Antarès se rembrunit.

– J'espère pour lui que ça n'arrivera pas, répond-il, l'air sombre.

– C'est tout ce que tu as à dire ? Chacun pour soi ?

– Notre meilleure chance de le retrouver, reprend-il, c'était tout de suite en arrivant. S'il était resté sur place, on serait tombés sur lui immédiatement. Malheureusement il s'est éloigné.

– Alors quoi ? Nous l'abandonnons à son sort ?

Je suis en colère, je ne peux pas m'empêcher de le trouver lâche. D'un coup, je m'en veux de l'avoir emmené avec moi. S'il n'était pas venu, j'aurais peut-être eu assez d'énergie pour entraîner Andrea jusqu'au bout du voyage. Alors qu'en acceptant une présence supplémentaire, je me suis alourdie et je n'ai pas pu faire autrement que de lâcher la main de mon amie.

– Je n'ai pas le choix, tu le sais bien. Nous nous reverrons dans quelques heures, tranche-t-il en s'éloignant déjà.

– Tu ne sais même pas où j'habite !

– Je trouverai.

Et sans rien ajouter, il se glisse parmi les arbres. Déjà, je ne le vois plus, je ne l'entends plus. Il a disparu.

Je suis vraiment seule, cette fois.

La bruine commence à tomber, comme pour me rappeler où je suis. En 2188.

Sans que je puisse me contrôler, ma respiration s'accélère. Je déteste quand je réagis comme ça. C'est comme si mes poumons rétrécissaient, et l'angoissante impression que je vais étouffer m'étreint.

Non, je ne peux pas faire une crise de panique. Pas ici, pas maintenant. Je tente de maîtriser mon corps mais ça ne marche pas. L'air me manque.

Alors, je pense à Andrea, et sa sollicitude me revient en mémoire. Est-ce que le sac de papier qu'elle m'avait tendu pour m'aider à respirer servait vraiment à quelque chose ? Est-ce simplement son geste amical qui m'avait permis de me calmer ? Qu'importe. J'imagine qu'elle est là, à côté de moi, et je m'efforce d'inspirer et de souffler lentement. Cela prend un peu de temps mais progressivement ma poitrine se libère. Je respire enfin.

Pour Andrea, je dois me montrer forte. Je dois retrouver son frère et le ramener chez lui, sain et sauf.

Pour mon amie, mais davantage encore pour moi. Mes sentiments pour Pierrick sont plus forts que tout ce que j'ai pu éprouver jusqu'alors. Je ne peux plus vivre s'il n'est pas près de moi. Je ne suis pas une asentimentale, comme la plupart de mes contemporaines qui ignorent l'émotion ressentie lorsqu'on se trouve près de l'être cher. Je suis une amoureuse.

L'esprit de nouveau clair, je regarde tout autour en tentant de me mettre dans la peau de Pierrick. Comme moi, il est arrivé ici. Comme moi, il ne voulait pas être vu. Où a-t-il choisi d'aller ?

La route n'est pas une option. On ne peut pas l'emprunter sans se rendre immédiatement très visible. Autant se dénoncer tout de suite.

Pierrick a sûrement aussi préféré éviter le centre-ville. De là où je me trouve, et même en imaginant que je ne connaisse pas la géographie du lieu, je devine sans peine quelle est la zone la plus densément peuplée. C'est de ce côté-là, au-delà de l'école, non loin de mon quartier. On entend la rumeur de la ville et on aperçoit les toits des bâtiments. Par là-bas, trop de monde. Autant d'yeux curieux et attentifs. Inenvisageable. Pierrick a donc dû s'engager dans la direction opposée.

L'exploitation de bambous. Une solution acceptable pour se cacher, ils mesurent plusieurs mètres de haut. Je traverse rapidement la route. Par chance, personne n'est en vue à ce moment-là. Je me faufile entre les longues tiges vert tendre et je m'engage sur l'exploitation agricole.

Sur mon passage, les feuilles bruissent et les tiges s'agitent doucement. Cela pourrait signaler ma présence. Mon cœur bat fort. Je me sens comme un animal en fuite, craignant d'être vue, poursuivie, pourchassée.

En cet instant, je me dis que finalement c'est peut-être mieux qu'Andrea n'ait pas réussi à venir. Ici, qui sait ce qui aurait pu lui arriver... Au moins, elle est en sécurité à son époque.

CHAPITRE 2

J'ai cru que j'allais étouffer, l'air me manquait. Puis j'ai happé une bouffée d'oxygène, ça m'a fait mal tellement mon corps en avait besoin, et maintenant, quelques minutes plus tard, je me sens un peu mieux.

Il pleut. Je suis à genoux dans la boue. Enfin je crois, car je ne vois rien. Tout est trop clair, blanc, surexposé. Les yeux me piquent, je dois plisser les paupières pour ne pas être éblouie.

Je me relève péniblement, j'ai mal partout, comme si j'avais des courbatures après avoir fait trop de sport. Mes mains sont dégueulasses et en repoussant une mèche de mes cheveux, je sens que j'étale encore plus de terre argileuse sur ma peau.

Je n'entends rien, à part un sifflement très présent qui ne correspond à rien de réel, je crois. Un acouphène.

Pour le reste, je suis sourde. Je fais un effort pour regarder autour de moi. Mes yeux s'habituent laborieusement à la luminosité ambiante. D'un côté, il y a des arbres. Au-dessus de moi, il y a le ciel. Couvert, gris.

Mon cerveau se remet en marche, tant bien que mal. Je réfléchis, enfin, j'essaie.

Première constatation, plus de carrelage sous mes pieds, plus de maison autour de moi. Si je ne suis plus dans la cuisine, c'est forcément que j'ai bougé. Mais... dans l'espace ou dans le temps ?

Pénélope m'a expliqué un jour que, quand on voyage à travers les années, on ne bouge pas. Enfin, pas vraiment. En gros, on se déplace sur la ligne du temps, mais pas dans l'espace.

Alors, ça voudrait dire que j'ai réussi ? Un fou rire nerveux me monte à la gorge. Moi, dans le futur ? Après un grand saut dans le temps ? Tout simplement, comme ça, à pieds joints, *boïng* ? Mais mon envie de rire s'étrangle aussitôt pour laisser place à l'angoisse. Comme si c'était le moment de se marrer.

Je repasse dans ma tête ce que je viens de vivre. Je tenais la main de Pénélope et celle d'Antarès. Je faisais de mon mieux pour me concentrer et partir avec eux. Le souffle du vent sur ma peau, l'attraction conjuguée de la Lune et du Soleil. Ma volonté. J'essayais d'imaginer ces astres bien alignés... Mais franchement, je ne sentais rien du tout. Comment voulez-vous percevoir la présence d'un satellite qui se trouve à des centaines de milliers de kilomètres d'ici ?

Si Pénélope est douée pour les voyages dans le temps au point d'être devenue élève agrégée, ce n'est pas mon cas. J'avais beau agripper la main de mon amie, je sentais mes doigts glisser entre les siens. Désespérée, je me concentrais le plus fort que je pouvais. Je pensais à Pierrick, qui avait besoin d'aide, et aussi un peu à mon envie de découvrir enfin le monde de Pénélope, mais je n'étais pas sûre de faire ce qu'il fallait pour y parvenir.

Pour tout dire, je ne croyais pas être capable de suivre. Je me sentais bien un peu bizarre, la tête me tournait et j'avais comme des fourmis dans les pieds, mais j'étais persuadée que c'était parce que je gardais les yeux fermés, fort, que je n'osais pas bouger d'un centimètre, et aussi que je me faisais des nœuds au cerveau pour sentir cette foutue Lune.

Et voilà qu'en réalité j'ai réussi ?

Sauf qu'autour de moi, il n'y a personne.

Pourquoi Pénélope et Antarès ne viennent-ils pas me rassurer, poser une main sur mon épaule, me faire comprendre que tout va bien, que ce que je ressens est normal, que ça va passer ? Que nous sommes simplement arrivés dans le futur ?

Je frissonne. Je commence à être vraiment mouillée par la bruine.

Mon acouphène s'est estompé. J'entends maintenant des rires d'enfants, au loin. On dirait la cour de récré d'une école. Si j'ai retrouvé l'ouïe, un mal de tête très présent bat dans mes tempes et ma nuque.

Heureusement, mes yeux aussi vont un peu mieux. Je peux maintenant regarder autour de moi sans être éblouie. Mais toujours aucune trace de mes amis... J'appelle à voix basse :

– Pénélope !

Quand je lui ai demandé de m'emmener avec elle, Pénélope a d'abord rejeté cette idée. « C'est interdit », a-t-elle dit fermement. Elle avait peur que je puisse me faire prendre en flagrant délit de voyage dans le temps.

Depuis que je la connais, je sais bien qu'elle craint le pouvoir de ce qu'elle appelle les « Autorités ». Elle ne m'a jamais expliqué très clairement ce dont il s'agit, mais j'ai toujours imaginé un mélange de gouvernement et de police. Les femmes qui décident et font appliquer les règlements, en gros, et qui ne sont pas vraiment amicales.

Bref, si vraiment je suis dans le futur, mieux vaut ne pas me faire remarquer. Même si je dois impérativement rejoindre mes amis, j'ai aussi la frousse à l'idée d'attirer l'attention de quelqu'un d'autre. Quelqu'un qui me demandera qui je suis et comment je suis arrivée là.

J'appelle de nouveau, haussant à peine le ton :

– Pénélope ! Antarès !

La voix qui sort de ma gorge est enrouée, comme si je n'avais plus parlé depuis longtemps. D'une certaine manière, c'est bien ça : je n'ai pas prononcé un mot depuis des années, depuis que j'ai quitté mon époque.

Je tends l'oreille. Les enfants se sont tus, sans doute sont-ils rentrés en classe. Je n'entends plus que des chants d'oiseaux.

J'ai une boule au ventre. Cela ne devait pas se passer comme ça. Nous devions rester à trois pour retrouver Pierrick. Jamais Pénélope ne m'a dit que je pouvais traverser les siècles et être séparée d'eux à l'arrivée.

Pourtant, j'aurais pu le deviner toute seule. Pénélope s'est perdue à mon époque, quand sa classe est repartie sans elle la première fois. Je n'ignorais pas que les déplacements temporels ne sont pas livrés avec un bon de garantie sur la précision des horaires et la qualité du service.

Résultat, je suis seule. Perdue dans le futur.

CHAPITRE 3

Je progresse entre les bambous. Le sol est boueux et je fais attention à ne pas glisser. Je porte mes ballerines, qui ne sont pas vraiment indiquées pour ce genre de terrain. Si Andrea était là, elle me dirait que j'aurais mieux fait de mettre mes baskets.

Sans prévenir, l'image de mes sandales à talons me revient en mémoire. Je déglutis. Je me souviens de cette horrible soirée où George nous a pourchassés dans le tunnel. Je revois ses yeux haineux... Cet affrontement a été terrible. Mes mains tremblent quand je repense à mon geste désespéré et à l'usage que j'ai fait de ma sandale dorée.

Je ne veux plus y songer. Tout cela est derrière moi, maintenant. Andrea, Antarès et moi avons vaincu cette femme redoutable. Nous sommes arrivés à temps pour empêcher la destruction du vaccin contre la grippe masculine. Désormais nous-mêmes immunisés contre le virus, nous avons pu transmettre le vaccin aux proches d'Andrea et même à d'autres médiévaux que nous ne connaissions pas.

Je préfère ne pas imaginer le sort qui attendrait Pierrick si je n'avais pas eu le temps de le vacciner. Il est en ce moment même plongé dans un environnement où le virus est omniprésent, bénin pour toutes les femmes, mais fatal pour lui, un homme. Sans le baiser que nous avons échangé, permettant au virus atténué de passer de mon corps au sien, il serait déjà condamné.

J'ai l'impression de revivre ce moment étrange, quand j'étais si près de Pierrick et que mes lèvres ont touché les siennes... Quand j'ai oublié de respirer... Quand j'ai désiré que le temps s'arrête...

Sans m'en rendre compte, j'ai cessé d'avancer. Je me ressaisis.

Hélas, si Pierrick est immunisé contre la Grande Grippe, cela ne veut pas dire qu'il ne craint plus rien. Mes contemporaines représentent pour lui un danger tout aussi grand.

Je continue ma progression, pas très rapide. Les tiges de bambous m'agacent le visage, et leurs feuilles sont presque coupantes. Quelques pas plus loin, je manque perdre ma ballerine droite, comme ventousée par la boue. Je la remets en place d'un geste de la main.

Ce baiser... Je pensais qu'il changerait tout, comme d'un coup de baguette magique. J'étais naïve. Mal documentée, évidemment. Au fond, j'imaginais qu'après nous être embrassés, nous serions capables de nous appréhender mutuellement, sans plus de limites. Un peu comme de la télépathie. Il faut me comprendre, aussi ! Autant la société où j'ai grandi évoque peu les relations amoureuses, qui ne concernent qu'une minorité de femmes, autant la société médiévale en fait grand cas. C'est bien simple, tout le monde semble ne s'intéresser qu'à ça !

Alors forcément, moi, j'ai un peu extrapolé. Sans vraiment m'en rendre compte, j'ai cru que ce moment bien particulier entre deux individus amoureux cachait quelque chose... J'ai cru qu'en échangeant salive et bactéries, ce qui rétrospectivement me fait tressaillir, on échangeait aussi ses pensées... Une information qui ne nous avait pas été donnée en cours d'Étude et Perception des Sentiments, mais qui d'un coup me semblait logique.

En réalité, en embrassant l'être aimé, on partage un sentiment. Cela suffit à rendre l'expérience très intéressante et digne d'être renouvelée. Mais, je le sais maintenant, aucun phénomène de télépathie n'y est associé.

Pourtant, mue par une certaine exaltation causée par ce baiser, j'avais commencé à raconter à Pierrick toute la vérité sur mon histoire. Je m'attendais vraiment à une autre réaction de sa part. À une compréhension absolue, surnaturelle.

Ce qui ne s'est pas produit. N'ayant pas davantage accès à mon cerveau qu'auparavant, Pierrick a réagi d'une façon simple. Il ne m'a pas crue.

Pourquoi l'ai-je aussi mal pris ? Pourquoi ai-je réagi si vivement ? Peut-être parce que je venais de m'exposer comme je ne l'avais encore jamais fait...

À présent, je le regrette. Si je m'étais comportée autrement, nous n'en serions pas là. Pierrick n'aurait pas cherché à me retrouver, il n'aurait pas pris le sèche-cheveux... Sa volonté ne l'aurait pas emmené loin de chez lui, dans un monde où il est en danger... Maintenant, il a besoin de mon aide. Je dois le sauver.

Malgré mes chaussures glissantes, j'arrive au bout de l'exploitation agricole. Autour de moi, les tiges de bambous se raréfient. Je sais ce qu'il y a un peu plus loin : le lycée sur ma gauche, avec la foule des élèves. La forêt sur ma droite. Pierrick a forcément choisi de se cacher dans les bois.

J'avance encore un peu quand, soudain, entre les dernières pousses clairsemées, je remarque des traces de pas. Le cœur battant, je m'arrête pour les examiner de plus près. Accroupie, je vois qu'il ne s'agit pas de bottes modernes. Leur empreinte fait plutôt penser à des baskets médiévales... Je crois même que... Oui ! Je peux lire l'inscription de la marque de ces chaussures, gravée sur la semelle ! Cette pratique est typiquement médiévale. Quelle bonne nouvelle, Pierrick est bien passé par là !

Avec un peu de chance, il n'a pas encore eu le temps d'aller très loin et, dans quelques minutes, je le rattraperai. Je me mets à courir vers la forêt, j'ai tellement hâte de le revoir !

Mais alors que je quitte l'abri des bambous, une voix haut perchée s'exclame :

– Pénélope ! Que fais-tu ici ?

Je m'arrête net, tétanisée, et je me retourne.

Devant moi se tient Rosalind. Elle me dévisage, étonnée de me voir là.

CHAPITRE 4

Ça ne sert à rien de rester là, c'est juste un terrain vague. Je dois partir d'ici pour comprendre pourquoi Pénélope et Antarès ne sont pas avec moi. J'aperçois quelques maisons derrière les arbres et je me dirige prudemment vers elles. Je suis prête à me cacher dès que quelqu'un se montrera. Pour l'instant, tout est calme.

Je progresse en regardant attentivement tout autour de moi, et ce que je découvre m'étonne beaucoup... Rien ici n'a l'air très différent de ce que je connais. Il y a bien quelque chose dans l'air, quelque chose que j'ai du mal à identifier, mais pas de quoi s'attarder. C'est surtout très humide.

Pour le reste, partout où je pose le regard, le paysage qui m'environne ressemble à s'y méprendre à celui de mon époque. Des arbres, une route couverte de macadam, des maisons au loin avec leurs murs de meulière et leurs toits de tuiles... Sans doute découvrirai-je bientôt les innovations qui existent à l'époque de Pénélope mais, pour l'instant, elles ne me sautent pas aux yeux.

J'emprunte un chemin qui passe entre deux maisons et conduit jusqu'à une petite avenue bordée de haies bien entretenues. Le pavillon le plus proche possède un jardinet classique avec une porte de fer forgé qui donne accès à un perron en pierre. Rien de futuriste, cette fois encore, et je ne sais que penser. Une vraie maison du passé ! Une autre villa est enduite de crépi blanc, avec des volets en bois bleu. Un vélo est appuyé contre le mur, un panier accroché à son guidon. Je le regarde de plus près et je constate qu'il s'agit d'un vélo absolument ordinaire, avec deux roues et des pédales. Il n'est même pas électrique. J'avance sur le trottoir. Tout ici me semble normal. Je veux dire, normal pour mon époque.

Et soudain, je suis troublée... Je reste mal à l'aise jusqu'à ce que je réalise d'où vient ce sentiment. Je reconnais cette rue ! Certaines maisons ont disparu, laissant place à des jardins plus grands, mais maintenant ça me semble évident. Il s'agit bien d'une rue que j'ai empruntée des centaines de fois, à deux pas de chez moi. Elle tourne un peu et mène à un petit rond-point fleuri, comme à mon époque.

Je suis déconcertée. Plus j'avance et plus je constate que le monde de Pénélope ressemble au mien.

À de rares occasions, mon amie a accepté d'évoquer ce qu'elle appelle les temps modernes. Le plus souvent, elle tentait de garder pour elle ce qu'elle savait, mais parfois, elle lâchait sans le vouloir une information sur son époque. J'ai donc une certaine idée de l'univers dans lequel elle a grandi et je sais parfaitement qu'il ne faut pas y chercher de fusées intergalactiques, de voitures volantes ou de maisons en lévitation dans les airs.

Mais tout de même... Les choses auraient changé si peu ? Je suis censée avoir fait un voyage incroyable à travers les siècles et, une fois arrivée, me voilà capable de m'orienter dans la ville, comme si j'étais restée chez moi ? Je commence à me demander si j'ai vraiment réussi mon déplacement temporel...

Une hypothèse angoissante germe dans ma tête. Et si j'avais réellement voyagé dans le temps, entraînée par Pénélope... mais que j'avais seulement franchi quelques années vers le futur ? Un peu comme un athlète qui prend son élan pour un saut en longueur mais qui s'échoue misérablement dans le sable à un mètre de la planche ! Plus expérimentés que moi, Pénélope et Antarès auraient continué leur voyage jusqu'à destination, tandis que moi, je me serais arrêtée avant la fin. Je serais parvenue, je ne sais pas, moi, en 2025 ou 2030... Cela expliquerait pourquoi mes amis ne sont plus avec moi. Et aussi pourquoi les choses ici sont à la fois vaguement différentes et très similaires à tout ce que je connais...

Cette idée me terrorise. Si j'ai raison, je n'ai aucune chance de retrouver Pénélope et Antarès. Et pour cause, ils ne sont pas ici... Je veux dire, ils ne sont pas *maintenant*.

Ils sont ailleurs, ils sont demain. Et ils ignorent où je me trouve. À l'heure qu'il est, si cette expression a encore un sens, Pénélope et Antarès se sont rendu compte de mon absence. Forcément, ils en ont déduit que j'ai échoué, une fois de plus, et que je suis restée au point de départ, c'est-à-dire à mon époque. Je suis consternée. Dans ces conditions, aucune raison pour eux de partir à ma recherche. Ils ont déjà fort à faire pour retrouver Pierrick.

Je suis donc seule. Perdue à une époque qui n'est pas la mienne, où je ne connais personne. Exactement comme Pénélope lors de son premier voyage. Ce qu'elle a ressenti à ce moment-là, je le ressens à mon tour.

Personne ne peut savoir où je suis, personne ne peut deviner à quelle date je me suis lamentablement rétamée. Autant chercher une aiguille dans une botte de foin, un grain de sable au fond de l'océan, une seconde dans le cours des siècles. Terrifiant.

Juste à ce moment-là, j'entends une porte claquer et une femme sort de la maison au crépi blanc. Elle se dirige vers son vélo. Aussitôt, je fais un pas en arrière pour me cacher derrière la haie, mais je n'ai pas été assez rapide et je croise son regard. Je me fige comme à *1, 2, 3, soleil*, sauf que ce n'est pas un jeu.

Vêtue d'un pantalon ample en tissu orange safran et d'un tee-shirt au motif bariolé, elle a la cinquantaine et porte de longs cheveux gris tressés. Elle fronce les sourcils en me dévisageant.

– Qui es-tu ? me lance-t-elle.

Je suis incapable de répondre. La femme m'examine des pieds à la tête et j'attends son verdict, tétanisée. Enfin, elle reprend d'un ton cassant :

– Va traîner ailleurs, cela vaut mieux !

Elle enfourche son vélo, donne un coup de pédale et s'éloigne, non sans m'avoir lancé un dernier regard menaçant.

Je souffle tout l'air contenu dans mes poumons. Je crois que j'avais arrêté de respirer.

Apparemment, cette femme ne m'a pas trouvée anachronique. Elle a sûrement davantage été frappée par la boue sur mes mains et mes genoux, mes cheveux emmêlés et mon air ahuri. Ce qui confirme le raisonnement selon lequel je serais égarée quelque part entre mon année de départ et l'année que j'espérais atteindre avec Pénélope et Antarès...

Bref, une situation bien merdique. Le pire qui pouvait m'arriver, même. Je sens le découragement m'envahir, mais je ne peux pas me laisser abattre. Sinon, jamais je ne m'en sortirai.

Avant toute chose, je dois identifier la date à laquelle je me trouve. Mais comment m'y prendre ? M'introduire dans une maison pour y consulter un magazine où sera inscrit *mai 2025* ou *juin 2037* ? Non, j'ai trop peur d'être surprise en pleine effraction et d'avoir à affronter quelqu'un qui me prendrait pour une cambrioleuse. Je décide plutôt de marcher vers la gare. Là, je trouverai sûrement l'information dont j'ai besoin. Quant à la direction à prendre, c'est facile puisque rien n'a vraiment changé ici. Je dois simplement emprunter la rue qui descend vers la voie ferrée.

Mais avant, je dois tout de même arranger un peu mon allure générale. Aussi discrètement que possible, je me faufile dans le jardin de la femme à la tresse grise et je cherche un point d'eau. Sur le côté de la maison, fixé au mur de crépi, je remarque un vieux robinet à moitié rouillé. Il bloque et je dois le forcer, puis il cède dans un grincement désagréable. J'espère que personne n'a rien entendu. Par chance, il fonctionne quand même. Je passe mes mains sous l'eau pour en retirer la boue et je nettoie aussi mon visage. Mes cheveux sont trempés par la pluie et bien emmêlés. Je les coiffe avec mes doigts, même si je sais que ça ne fera pas de miracle. Mes vêtements aussi resteront sales, mais je suis quand même un peu plus présentable comme ça.

Je ressors de là et je m'engage dans la rue. J'avance sans croiser d'autre passant.

Je tourne sur ma droite et débouche en haut de la rue qui descend vers la gare. Je sursaute presque en voyant au loin la pointe de la tour Eiffel, à la même place que d'habitude. Mais je me souviens qu'elle existe toujours à l'époque de Pénélope. Le monument ne peut donc pas me servir d'indice pour déterminer en quelle année je suis perdue.

À mesure que j'avance vers la gare, je devine que les choses pourraient se compliquer. Il y a du monde, de ce côté-là. Tendue, je ralentis instinctivement. Un pas après l'autre, je marche vers ces silhouettes, en me demandant avec angoisse quelles informations elles m'apporteront...

À mesure que j'approche, le début d'une réponse apparaît.

Il n'y a ici que des femmes.

CHAPITRE 5

Rosalind est debout devant moi, à côté des bambous. Même si elle n'a que treize ans, elle mesure déjà presque ma taille. Elle a dû emprunter les bottes en caoutchouc de sa mère, qui lui font une allure de lutin aux pieds démesurés. En plus, elle a boutonné son imperméable en associant lundi avec mardi, ce qui lui donne un air de guingois, et la teinte écarlate du tissu contraste d'une façon saisissante avec ses cheveux couleur carotte.

– Cela fait un mois que tu rates les cours, me reproche-t-elle. Ce n'est pas sérieux. Moi, si j'étais élève agrégée, je serais plus assidue.

Puis elle attend ma réponse, son regard intrusif posé sur moi. J'essaie de me justifier :

– Je t'expliquerai une autre fois. En attendant, tu devrais retourner au lycée.

– Mais pourquoi es-tu vêtue à la mode médiévale ?

Une fraction de seconde, je suis prise au dépourvu. Mes habits du passé sont devenus comme une seconde peau, et j'avais oublié qu'ici, ils sont anachroniques. Je me ressaisis.

– C'est pour m'entraîner. Tu ne peux pas comprendre, puisque comme tu le soulignes toi-même, tu n'es pas élève agrégée. Allez, repars en cours, maintenant.

– Oh non, répond-elle. J'ai une heure de permanence. J'en profite pour récupérer des feuilles d'arbres. Je veux extraire leur ADN. Je me demande si je ne vais pas devenir biologiste, finalement. La physique m'intéresse toujours, bien sûr, mais j'hésite.

Rosalind est une passionnée de sciences. Elle est particulièrement douée dans ce domaine et, au lycée, elle étudie dans la même classe que moi, malgré son jeune âge. Sa façon d'occuper son temps libre aujourd'hui ne m'étonne pas. Sauf que moi, je ne voulais surtout pas être vue...

– Tu as l'air nerveuse, constate-t-elle en m'observant attentivement.

Je ne peux pas lui répondre que j'ai une bonne raison pour ça puisque je viens de découvrir la marque fraîche des baskets d'un garçon du passé, qui se trouve actuellement tout près d'ici. Je ne peux pas non plus avouer que je piaffe littéralement de ne pas pouvoir courir sur ses traces. Au lieu de ça, je dois chercher une façon de me sortir de cette situation imprévue. Rien ne me vient. J'adopte un ton aussi détaché que possible :

– Nerveuse, moi ? Non, tout va bien...

– Pourquoi me mens-tu ? s'étonne-t-elle, visiblement blessée. C'est idiot. Je n'ai pas une très bonne moyenne en EPS, mais je suis quand même capable de sentir quand quelqu'un me cache la vérité.

Je suis contrariée, j'espérais que mon mensonge passerait. Ces semaines de vie au Moyen Âge m'ont donné de mauvaises habitudes. Je dois poursuivre cette conversation sans dire ce qui me préoccupe, mais aussi sans mentir... C'est marcher sur un fil. Je me lance tout de même :

– Je n'ai pas le temps de te parler. J'étais en train de faire quelque chose d'important.

– As-tu un problème ? me demande-t-elle. Parce que, vraiment, il semblerait que oui.

Et elle m'observe en plissant les yeux d'une façon que je trouverais comique si je n'étais pas aussi tendue.

– En quelque sorte, dis-je rapidement. Je dois repartir tout de suite. Pourrais-tu éviter de dire que tu m'as croisée ici ? C'est un peu compliqué à expliquer, mais cela m'arrangerait.

Et je souris d'un air amical pour donner le change. Je compte sur l'ascendant que j'ai sur l'ensemble des filles du lycée, qui ont toutes été impressionnées quand j'ai commencé ma formation d'agrégée.

Pas de chance, avec Rosalind, cela ne suffit pas.

– Pourquoi ne viens-tu plus en classe ? relance-t-elle. Tu vas devoir travailler dur pour rattraper les cours.

Impatiente, je pense à Pierrick qui s'éloigne de moi davantage à chaque minute. Je suis furieusement tentée de planter là Rosalind, mais fuir maintenant serait une erreur.

J'ai disparu d'ici pendant trente jours et je n'ai aucune idée de la façon dont les femmes de mon entourage ont expliqué mon départ. Sur ce point, je peux imaginer l'hypothèse la plus vraisemblable. Ne me voyant pas rentrer à la maison le premier soir, ni le lendemain, ma mère a dû s'inquiéter. Elle a sûrement imaginé un accident et a alors tout naturellement signalé le problème aux Autorités pour que je sois secourue. Puis, ne trouvant pas la moindre trace de moi, les femmes de mon époque ont dû comprendre que quelque chose ne collait pas.

À l'heure qu'il est, mon absence inexpliquée est donc forcément signalée.

Par conséquent, personne ne doit savoir que je suis ici. Sinon, les recherches seront relancées, ce qui revient à agiter un drapeau rouge dans la zone exacte où Pierrick se cache. Je dois trouver le moyen de réduire Rosalind au silence.

– Tu ne pourras jamais devenir agrégée si tu sèches les cours, insiste-t-elle, obsessionnelle. Un mois sans venir au lycée, c'est une très mauvaise idée pour obtenir de bons résultats au Brevet d'Aptitude Civique.

– Nous en discuterons une autre fois. En attendant, me promets-tu de garder le silence sur notre rencontre ? Ça sera notre secret à toutes les deux.

Les yeux levés vers le ciel, Rosalind semble peser le pour et le contre, assez longuement. Je l'imagine partagée entre le sens du devoir et la tentation de désobéir aux adultes, bien naturelle à l'adolescence… J'ai presque l'impression de voir s'imbriquer les rouages de sa réflexion. À vrai dire, le mode de fonctionnement de Rosalind m'a toujours semblé bizarre. Même quand elle était plus jeune, je me suis souvent demandé si son cerveau était connecté normalement.

Hélas, cette fois-ci, elle a plutôt les pieds sur terre.

– Je refuse, déclare-t-elle finalement. Tu me mens.

– Rosalind, je t'en prie…

– Ttttt, me coupe-t-elle comme si j'étais une enfant. Ta mère n'est pas assez stricte avec toi, elle te laisse gâcher ton avenir. Il faut que j'aie une discussion avec elle. Allez, en route !

Et la voilà qui commence à marcher vers ma rue d'un pas décidé. Consternée, je reste en arrière. Si elle prévient ma mère, c'est la fin.

– Attends ! Tu ne peux pas faire ça !

– C'est pour ton bien, lance-t-elle sans même se retourner.

Je la rattrape et j'insiste :

– D'accord, d'accord, je rentre à la maison. Mais j'y vais seule. Inutile de m'accompagner.

– Tu continues à mentir, désapprouve-t-elle. C'est vilain de ta part. J'ignore ce qui est si urgent à tes yeux, mais à ton âge, rien ne devrait compter davantage que le lycée.

Si seulement je pouvais m'enfuir en courant. Je saurais la semer, j'en suis certaine… Mais elle donnerait l'alerte et ça, ce n'est pas envisageable.

C'est ainsi que je me retrouve à marcher en direction de chez moi, escortée par une gamine de treize ans trop vite montée en graine. Nous quittons l'exploitation et retrouvons le bitume. Je pense à Pierrick, seul, perdu. Et j'ai peur pour lui.

Pour moi aussi. Dans quelques minutes, ce que je voulais éviter à tout prix va se produire...

Puisque je n'ai plus le choix, puisque de toute façon ma mère sera informée de ma présence, je dois affronter le problème. Mon intention est toujours de gagner du temps, juste assez pour repartir rapidement sur les traces de Pierrick. Pour cela, il va me falloir inventer quelque chose de crédible afin d'amadouer ma mère. Mais quoi ? Je suis désemparée. La présence avisée d'Andrea me manque.

Rosalind et moi débouchons maintenant dans ma rue. Je vois ma maison, sa façade de bois aux tons chauds, la fenêtre de ma chambre... Je ne peux pas m'empêcher d'être émue. C'est encore un peu chez moi tout de même.

Mais que s'est-il passé exactement en mon absence ? Ma disparition a été signalée et j'ai été recherchée, c'est logique. Mais jusqu'où les choses sont-elles allées ?

Quand j'ai disparu la première fois, pendant douze jours, j'ai réussi à me justifier. Ce n'était pas si difficile, dans la mesure où j'avais vraiment souffert d'un accident de voyage temporel. J'étais bien restée coincée dans le passé contre ma volonté et j'avais réellement trouvé cette expérience horrible.

Au moins au début. Après, bien sûr, mon point de vue s'était nuancé...

Mais dans ces circonstances, mes explications avaient des accents de sincérité et j'avais pu convaincre les femmes de mon époque que je n'avais rien fait de mal. George n'avait pas su me contrer. J'avais donc pu reprendre ma vie d'adolescente des temps modernes sans encombre...

Aujourd'hui, la situation est bien différente. Je suis repartie de mon plein gré, je suis restée absente plus longtemps. Et j'ai un précédent. Un dossier à charge que les Autorités ont forcément rouvert.

Je suis nerveuse, j'espère qu'à cette heure calme de la journée je ne croiserai personne avant de franchir le seuil de ma maison.

Cela n'est pas le cas. Tove, la vieille dame d'à côté, est en train de travailler dans son jardin potager. Elle porte son éternelle salopette de travail, tachée de terre, et relève la tête pour me suivre d'un regard étonné. Leymah, son amoureuse depuis cinquante ans au moins, la rejoint avec deux tasses de café. Elle s'arrête en me voyant, surprise elle aussi.

– Pénélope ! s'étonne-t-elle. Tu es de retour ?

– Bonjour Leymah, bonjour Tove, dis-je d'un ton que j'espère détendu. Comment allez-vous ?

– Bien, sourit Tove. Ça nous fait plaisir de te revoir.

Ni l'une ni l'autre ne semblent s'alarmer de ma présence ici. Elles ne se précipitent pas sur leur tech pour donner l'alerte. Je ne m'attendais pas à ça, mais évidemment cela m'arrange.

Je leur souhaite une bonne journée avant de franchir les derniers mètres qui me séparent de chez moi. À la porte de ma maison, j'essaie de me débarrasser de Rosalind :

– Laisse-moi, maintenant.

Méfiante, elle reste en retrait pour vérifier que je ne vais pas me défiler. De toute façon, avec Leymah et Tove qui continuent à jardiner juste à côté, je ne vois pas comment je pourrais m'échapper.

Debout sur le perron, je respire à fond. Puis je frappe à la porte et, quelques instants plus tard, ma mère ouvre.

Elle se fige en me voyant, bouleversée. Elle a les yeux cernés et je pense qu'elle a maigri. Elle s'est fait un sang d'encre pour moi, c'est clair. Sans me quitter du regard, elle porte la main à sa bouche, et je vois qu'elle tremble.

– J'ai cru que je ne te reverrais jamais... murmure-t-elle dans un souffle.

Mon cœur se gonfle dans ma poitrine et ça me fait presque mal. Elle m'a manqué, bien sûr.

Émue, je me jette dans ses bras.

CHAPITRE 6

Partout autour de moi, des femmes.

Je ne devrais pas être surprise. Le futur vers lequel Pénélope nous a emmenés, Antarès et moi, est bien sûr celui dans lequel elle a grandi. Une époque où les hommes n'existent plus, tués par la grippe masculine...

Même si j'ai atterri seulement quelques années après mon époque de départ, il est donc normal qu'il n'y ait devant moi, dans la rue et tout autour de la gare, que des femmes.

Pénélope a toujours parlé de la Renaissance comme d'une période assez brève, la Grande Grippe s'étant répandue dans la population à une vitesse fulgurante. Je ne lui ai jamais demandé les détails, je crois que je n'avais aucune envie de les entendre, mais si j'ai bien compris, les hommes ont tous disparu en quelques années seulement.

Cela veut donc dire que, là où je me trouve actuellement, Pénélope et moi n'avons jamais réussi à changer le cours du temps. Le vaccin a été détruit par Nelly, ou peut-être même qu'il n'a jamais été développé. Mon père et mes frères sont morts, ainsi que tous les autres hommes.

Comme pour confirmer mon raisonnement, mes yeux s'arrêtent sur la plaque fixée au mur de la maison qui fait le coin. *Rue Camille-Claudel.* La rue Rodin a été rebaptisée.

Bien sûr, parallèlement à ce futur, il existe un monde où les hommes ont survécu, où ma famille a été vaccinée, où la Renaissance n'a pas eu lieu. Un monde que nous avons créé en permettant au vaccin d'exister et d'être répandu dans la population. Mais ce n'est pas vers cet avenir que nous sommes partis. Dans l'arborescence du temps, nous avons pris la voie qui mène à une époque terrible. Celle qui a vu mourir la moitié de l'humanité.

Et c'est ici que je me trouve.

Une grosse boule se forme dans mon ventre et j'ai la gorge serrée.

Je connais ce sentiment. Je l'éprouve depuis l'âge de six ans. C'est le même chaque fois que je pense à ma mère disparue. Sauf que c'est maintenant toute ma famille qui a été anéantie.

Ça me fait trop mal d'imaginer ça. Un mal de chien. Je ne peux pas rester ici, je ne peux pas vivre dans un monde comme ça... J'ai envie de m'allonger, là, au milieu de la rue. Ne plus bouger. Fermer les yeux et attendre que la mort me prenne, moi aussi.

Je n'ai jamais cru au paradis ni à la réincarnation. Je pense que, quand on meurt, notre corps se décompose et retourne à la terre. Simplement.

C'est ça que je veux, maintenant. M'arrêter de vivre. À quoi ça servirait de continuer si je suis seule ?

Mais je reste debout, parce qu'il ne suffit pas de s'allonger pour mourir. Je reste là et je ne sais plus quoi faire.

Une joyeuse mélodie façon xylophone me surprend et je me retourne. Je manque de me faire écraser par un minibus qui arrive derrière moi silencieusement et qui m'avertit par ce klaxon inattendu. Ce doit être un véhicule électrique, voilà pourquoi je ne l'ai pas entendu. Je fais un écart pour l'éviter et il s'éloigne déjà, sans un bruit. Je rêve, où il n'y avait pas de chauffeur ? À l'intérieur, plusieurs passagères se sont retournées pour me regarder à travers la vitre.

La circulation est plus dense autour de la gare. Des vélos en assez grand nombre, quelques voitures qui m'ont l'air électriques elles aussi, et un mélange hétéroclite de trottinettes, d'hoverboards, de segways, de tricycles et de gyropodes. On dirait le Mondial du moyen de transport alternatif. À croire que la succession de conférences sur le climat a fini par porter ses fruits et que les gouvernements ont enfin pris des mesures concrètes. Ou alors, plus prosaïquement, il n'y a plus assez de pétrole pour faire rouler les voitures.

Le minibus qui a failli m'écraser s'arrête devant la gare et plusieurs silhouettes en descendent. La mode a pas mal changé en quelques années. Visiblement, les couleurs flashy sont tendance, et les looks excentriques considérés comme stylés.

L'abribus a été modernisé, je ne le reconnais pas. Il est assez design, minimaliste. Je presse le pas pour y lire les horaires, en espérant que l'année soit indiquée quelque part, mais sur les parois en verre je ne trouve aucun affichage. Aucune inscription, pas d'écran lumineux. Ça, pour le coup, ce n'est pas très moderne. Même l'arrêt de bus près de chez moi disposait d'un écran indiquant l'arrivée en temps réel du prochain véhicule.

Les femmes que je croise continuent de me regarder de travers, sans toutefois m'adresser la parole. Une petite fille vêtue d'un ciré turquoise passe juste sous mon nez et me tire la langue. Elle a une drôle de coiffure, avec trois couettes qui se balancent quand elle tourne la tête. Un peu plus loin, une femme enceinte habillée d'une longue robe jaune fluo détourne les yeux quand je croise son regard et accélère le pas. Les passantes font toutes un léger détour pour m'éviter. Ma tête ne leur revient pas, c'est clair. Je me suis nettoyée tant bien que mal tout à l'heure au robinet, mais je garde sans doute l'allure d'une SDF. Tant pis. Tout ce que je veux, c'est comprendre où je suis.

Malgré l'attitude de rejet dont je fais l'objet, j'avance vers la gare de RER. Là, je trouverai les affichages qui font défaut à l'arrêt de bus.

Le bâtiment n'a pas changé. C'est la même petite gare de banlieue, en briques blanches et meulière, qu'une femme pressée traverse justement pour rejoindre les voies, situées de l'autre côté. Je passe moi aussi la porte et je m'arrête, désorientée.

À l'intérieur, tout a été refait. Les guichets qui se trouvaient sur la droite, avec l'hygiaphone et le comptoir pour payer, ont disparu. Pareil pour les machines automatiques. Je n'ai aucune idée de la façon dont on achète maintenant son pass ou son ticket. C'est bien simple, il n'y a rien dans cette gare, à part des fauteuils pour attendre son train à l'abri. Les murs sont nus, lisses, sans aucune inscription. Si tout n'était pas neuf ici, je croirais que la ligne est désaffectée.

Ce n'est pas comme ça que je vais découvrir en quelle année je me trouve. Déconcertée, je traverse le hall pour atteindre les voies. Les tourniquets ont été supprimés, plus besoin de passer sa carte Navigo pour accéder aux quais. De même, je n'entends pas le ronronnement des escalators. Ils ont été remplacés par deux ascenseurs vitrés qui permettent de descendre sur chacun des quais. En revanche, le pont qui surplombe les voies est exactement tel que je le connais, avec son parapet en bois et fer forgé, usé par les mains des voyageurs au fil des années. Les escaliers de pierre sont toujours là également, empruntés par la femme pressée qui ouvre son parapluie. La bruine se remet à tomber.

Cet endroit est un cocktail inattendu entre permanence et changement. Hélas, les présentoirs de journaux gratuits, *Métro* ou *20 minutes*, qui étaient disposés juste là, ont disparu. Pas de chance.

Je descends les marches. Sur le quai, il y aura forcément un affichage, ce n'est pas possible autrement ! Mais en bas de l'escalier, je constate la même absence d'informations sur les murs. Comme partout ailleurs, aucune inscription qui pourrait m'indiquer en quelle année je suis arrivée.

Tout près de moi, je vois une mère se pencher vers sa fille, une gamine chaussée de rollers.

– Ferme ta manteau. Elle recommence à pleuvoir. Veux-tu t'abriter sous ma parapluie ?

Je secoue la tête, j'ai l'impression d'avoir mal entendu. Mais la petite fille répond :

– Quand la train arrive-t-elle ?

– Dans une instant. Cesse de mettre ta doigt dans la nez, c'est sale.

– Est-ce que je pourrais avoir une gâteau ? J'ai la ventre vide !

La mère remarque alors que je la dévisage, abasourdie. Désapprobatrice, elle tire sa fille par la main pour l'entraîner un peu plus loin.

Moi je comprends que je n'ai pas rêvé.

Pénélope m'en avait parlé. Elle m'avait raconté que les partisanes d'un mouvement politique extrémiste utilisaient exclusivement le féminin, même pour les mots traditionnellement masculins. Si cette femme considère que parapluie, manteau et gâteau sont de genre féminin, c'est sûrement que j'ai affaire à l'une de ces sympathisantes.

Cela me surprend. Je croyais que les partis politiques décrits par Pénélope correspondaient à l'organisation de son époque, un siècle et demi environ après la Renaissance. Jamais je n'aurais imaginé que, si peu de temps après la disparition des hommes, certaines femmes avaient déjà assimilé un drame pareil, au point de modifier leur façon de parler.

En fait, tout ici me laisse penser que les femmes du futur se sont déjà habituées à leur nouvelle façon de vivre. La société semble fonctionner normalement, et pas comme si l'humanité se relevait à peine de la mort de trois milliards et demi d'habitants. Pas le moindre signe d'un deuil généralisé. Les rues sont propres, la ville paraît bien organisée, les gens vaquent à leurs occupations sans avoir l'air traumatisés... On est très loin de l'image que j'ai d'une civilisation en pleine reconstruction.

Du coup, je commence à me demander si je ne me suis pas trompée... Peut-être qu'après tout j'ai franchi un peu plus d'années que je ne le pensais. Si c'est le cas, je ne serais pas dans les années 2020 ou 2030, mais plutôt quelque part en 2050 ou même 2060...

Trop loin de mon année d'origine pour espérer croiser un visage connu... Mais tout de même pas assez loin pour retrouver Pénélope et Antarès, en ce moment même lancés à la recherche de Pierrick en 2188. Bref, je me trouverais dans la pire situation possible.

Une fille de mon âge passe à côté de moi. Elle mesure au moins un mètre quatre-vingts. Aussi grande que Pénélope.

Aussi grande que la mère de cette petite fille.

Aussi grande que la femme enceinte, tout à l'heure, et que les silhouettes qui descendaient du bus.

Une population donnée ne gagne pas vingt centimètres en quelques années. Il faut au moins une ou deux générations pour ça. Peut-être même plus. Je vacille. C'est un cauchemar. En quelle année est-ce que je me trouve ?

Juste à ce moment-là, j'entends arriver le train qui se dirige vers Paris. J'aperçois ses phares au bout du tunnel.

Et déjà, il est là, s'arrêtant à quai dans un chuintement léger.

J'en reste bouche bée. Le véhicule que j'ai sous les yeux est digne d'un film de science-fiction. À côté de lui, le TGV ferait figure de train à vapeur. Blanc et brillant comme de l'opale, il arbore des lignes élancées qui sont sûrement parfaitement aérodynamiques. Le ciel chargé de nuages lourds se reflète sur ses parois dans une onde nacrée. Mais ce qui le rend plus étonnant encore, c'est que rien ne semble l'alimenter. Les câbles électriques qui courent en principe en hauteur tout le long de la voie, soutenus par des pylônes de métal, se sont volatilisés.

Les portes des wagons, si on peut appeler ça des wagons, coulissent en silence, et la partisane du vocabulaire décliné au féminin monte en voiture avec sa fille, non sans m'avoir toutefois jeté un dernier regard noir.

Quelques voyageuses descendent et empruntent les escaliers pour sortir de la gare. Une vieille femme, toute maigre mais se déplaçant rapidement sur sa trottinette, prend l'ascenseur.

Le train se remet en mouvement, d'abord imperceptiblement, comme s'il voulait démarrer le plus doucement possible, puis il prend de la vitesse en quelques secondes et avant que j'aie eu le temps de l'admirer plus longtemps, il est déjà loin.

À quelle époque un tel engin peut-il appartenir ?

Mon attention est attirée par une fille d'une vingtaine d'années qui dévale l'escalier, mais elle se rend vite compte qu'il est trop tard, elle a raté son train. Contrariée, elle s'approche du mur et le touche brièvement du doigt.

Aussitôt, un écran apparaît. Je ne l'avais pas remarqué jusque-là, mais maintenant je découvre une large surface luminescente, que la voyageuse feuillette rapidement du doigt. Comme un iPad géant qui deviendrait carrément invisible quand il est éteint.

La fille a obtenu l'information qu'elle cherchait et fait volte-face. Derrière elle, l'écran s'est évaporé. Elle va s'asseoir sur un banc et sort un tricot de son sac. Comme si elle se trouvait dans son salon, elle reprend son ouvrage, un gilet je crois, et les aiguilles font tic-tic-tic en suivant le rythme de ses doigts agiles. Elle ne fait pas attention à moi.

Fascinée, je me retourne vers l'iPad géant fixé au mur. Enfin, « fixé », je suppose, mais je ne vois ni clou ni vis. En fait, je ne vois plus rien, car l'objet de mon intérêt est de nouveau parfaitement indécelable.

Je m'en approche en vérifiant que personne ne se préoccupe de moi. Je lève la main lentement et je touche l'endroit où se trouvait l'écran.

Dans l'instant, il s'allume. Quelques mots brillent paisiblement : *partir aujourd'hui* et *partir un autre jour*. Une voix agréable murmure ces mots en même temps que je les lis. Je sursaute et jette un coup d'œil stressé par-dessus mon épaule, j'ai eu l'impression qu'une contrôleuse pleine de sollicitude était juste derrière moi, désireuse de m'aider. Mais en réalité il n'y a personne, c'est juste une voix synthétique.

Je touche les mots *partir aujourd'hui*, que la voix répète docilement. Sous mes yeux, une page virtuelle semble se tourner. Là, un calendrier s'affiche, et l'une de ses cases scintille. Au même moment, la voix me souffle la date que j'ai devant moi :

Aujourd'hui, samedi 21 juin 2188.

Juin 2188… Je n'en reviens pas. Ça veut dire que j'ai réussi ! J'ai franchi cent soixante-huit années, je suis allée jusqu'au bout ! J'ai atteint l'époque de Pénélope.

Il n'y a pas de mots pour décrire mon soulagement. J'ai retrouvé l'espoir de ne plus être seule. Pénélope, Antarès, mais aussi Pierrick, j'espère, sont ici, quelque part…

CHAPITRE 7

Vite, ma mère a refermé la porte derrière moi, m'isolant du regard de Rosalind et de nos voisines.

– Pénélope, est-ce que tu vas bien ? s'inquiète-t-elle.

J'acquiesce brièvement. Tendue, elle m'observe des pieds à la tête.

– Tu n'as pas l'air blessée, dit-elle rapidement. As-tu besoin de soins ?

– Je n'ai rien.

– En es-tu sûre ?

Et elle me regarde sous toutes les coutures, pose sa main sur ma joue, sur mes cheveux, comme pour s'assurer que je suis bien là, vivante, devant elle. Sa confusion m'émeut.

– Ne t'inquiète pas, maman. Je suis en bonne santé.

– J'ai eu tellement peur pour toi...

Sa voix s'étrangle, elle reste un instant muette, retenant des larmes d'émotion, puis elle jette un coup d'œil préoccupé vers l'entrée, me prend par la main et m'entraîne dans le salon.

– Viens, lance-t-elle. Ici, la fenêtre donne sur la rue, on pourrait nous voir.

Elle tire le rideau du salon d'un geste vif. Sa nervosité me frappe. J'avais donc raison d'imaginer le pire... Le comportement paisible de nos voisines était trompeur. De toute évidence, je suis dans une situation critique.

Quand ma mère se tourne à nouveau vers moi, ce n'est plus l'émotion des retrouvailles que je vois sur son visage, mais la colère. Comme si maintenant qu'elle était rassurée, elle pouvait laisser libre cours à sa réprobation. Et en effet elle explose :

– Comment as-tu pu faire ça ? Te rends-tu compte ? Partir sans même me prévenir ! Tu t'es mise en danger de manière irresponsable !

– Mon intention n'était pas de te causer du souci. Je suis désolée.

– Ça ne suffit pas ! Imagines-tu ce que j'ai ressenti pendant ton absence ? Je suis passée par des moments terribles ! Et Lys ? As-tu seulement songé à elle ?

J'aimerais lui dire que j'ai beaucoup pensé à elles deux, qu'elles me manquaient terriblement, mais déjà ma mère poursuit :

– Je t'ai cherchée partout ! J'ai cru que tu avais eu un accident, que tu avais été renversée par un taxiville !

J'ai appelé tous les hôpitaux de la région ! Et puis j'ai compris...

Maintenant, elle me dévisage comme si j'étais devenue une étrangère. Son regard distant me blesse.

– Tu es repartie là-bas, n'est-ce pas ? me demande-t-elle d'un ton froid.

Et elle attend la réponse, les lèvres serrées.

Depuis que je suis toute petite, je déteste cette expression qu'elle adopte quand elle est vraiment fâchée. Je suis tentée de la rassurer en lui racontant une histoire lénifiante. Ça serait tellement plus simple... Mais tandis qu'elle m'observe, je comprends qu'il est inutile de mentir. Alors, j'avoue :

– Oui. J'étais dans le passé.

Ma confirmation lui fait un choc, comme si elle connaissait déjà la vérité mais que l'entendre de ma bouche lui faisait encore plus mal.

– Ce n'est pas possible... Qu'as-tu dans la tête ? Qu'est-ce qui t'a pris de faire une chose pareille ?

J'ouvre la bouche pour tenter de me justifier, mais elle ne m'en laisse pas le temps.

– Ne dis rien. Tu n'as aucune excuse. Ce que tu as fait est illégal, tu entends ? Illégal !

– Je sais.

– Le Moyen Âge, Pénélope ! Une époque barbare, dangereuse ! Tout ce que nous rejetons se trouve concentré là-bas ! Des inégalités criantes ! Des comportements aberrants ! La violence, l'injustice !

– Il n'y a pas que ça, là-bas...

J'ai murmuré mais ma mère a entendu quand même.

– N'essaie pas de me faire croire une chose pareille ! Ces gens t'auraient-ils lessivé le cerveau ?

– Tu ne connais pas le Moyen Âge, tu ne peux pas savoir.

– Si. J'y suis allée, moi aussi.

– Oui. Trois minutes pour ton Brevet d'Aptitude Civique. Ça ne compte pas.

– C'était amplement suffisant pour voir l'essentiel. Les gens avaient l'air misérables, tout était sale et ça sentait mauvais !

Sur ce point, ma mère n'a pas tort. Il est vrai que l'air du Moyen Âge ne sent pas toujours très bon, mais cela ne suffit pas pour juger une époque. C'est ce que j'aimerais lui faire comprendre.

– Est-ce que tu as parlé à des médiévaux, au moins ?

– Bien sûr que non ! s'exclame-t-elle. Tu le sais aussi bien que moi, c'est formellement interdit.

– Moi, je leur ai parlé.

Sur son visage apparaît une moue dégoûtée, qu'elle maîtrise rapidement. Comment pourrait-elle réagir autrement ? C'est sûrement ce que je ressentirais, moi aussi, si je n'étais pas restée coincée lors de mon premier voyage... Si je n'avais pas été obligée de dépasser mon affolement pour m'adresser à Andrea... Si je n'avais pas appris à connaître celle qui est devenue ma meilleure amie, puis sa famille, ses amis... Et Pierrick.

Mais ma mère n'a pas vécu cela.

– C'est bien ce que je pensais, réplique-t-elle. Ils t'ont embrigadée.

– Ils n'ont pas eu à le faire. Est-ce que tu peux me croire quand je te dis que le Moyen Âge n'a pas que des défauts ?

– Mais enfin, regarde-toi. Jamais je ne t'ai vue dans un tel état ! Tu es angoissée et nerveuse ! C'est bien la preuve que cette époque est mauvaise ! Et je ne te parle même pas de ton aspect physique. On dirait que tu n'as rien mangé de sain depuis des semaines. Ta peau est grasse, tes cheveux sont ternes !

– La nourriture du Moyen Âge n'est pas toujours très équilibrée, et leur atmosphère est un peu polluée, je te l'accorde. Mais les gens sont...

– Les gens sont arriérés.

– Non ! Les habitants du Moyen Âge sont comme nous !

– Tu es ridicule.

– Je t'assure, maman, ce sont des êtres humains... Ils ont les mêmes aspirations que nous, avoir une famille, des amis ! Ils veulent vivre en paix, être en bonne santé, se promener dans la nature, voyager, faire du sport, rire...

– Ça suffit ! J'ai l'impression que tu ne réalises pas ta chance. Tu es née à une époque merveilleuse et aucune autre période de l'histoire ne pourra t'offrir ce bonheur.

Je ne sais pas pourquoi j'ai imaginé que nous pourrions parler de ce que j'ai vécu. Elle ne m'écoute pas, complètement fermée à ce que j'essaie de partager avec elle.

Découragée, elle secoue la tête et me demande d'un ton abattu :

– Mais qu'est-ce qui t'attire là-bas ?

Je me tais. Si elle s'énerve quand je lui parle de mon amitié pour certains médiévaux, comment pourrait-elle entendre mon amour pour l'un d'entre eux ? Un homme ?

Elle s'assied sur le canapé et semble soudain très fatiguée.

– Qu'est-ce que cette époque a d'aussi fascinant ? insiste-t-elle avec lassitude. Pourquoi as-tu voulu y retourner ?

– J'ai une amie, là-bas.

– Et alors ? Ici, tu as des dizaines d'amies.

– Je m'inquiétais pour elle.

– Ce n'est pas ton rôle. Tu es une fille des temps modernes. Laisse les médiévaux s'occuper des médiévaux.

– Elle vit au début de la Renaissance. Peux-tu imaginer ça ? Elle avait le même âge que moi et bientôt, la Grande Grippe allait commencer, causant des milliards de morts.

– Tu n'y peux rien ! Ceux qui allaient mourir n'étaient que des hommes.

– Peut-être que tu trouves ça normal, toi. Mais pour elle, c'était le pire des cauchemars.

– Pénélope, tu ne peux pas porter toute la misère du monde sur tes épaules. Promets-moi de ne jamais refaire une chose pareille.

Elle lève les yeux sur moi, attendant ma réponse. Je sais ce qu'elle veut. Reprendre une vie normale, avec notre famille réunie de nouveau. Simplement.

Mais moi, je pense à Pierrick. Depuis combien de temps parlons-nous, ma mère et moi ? Quelle distance a-t-il pu parcourir pendant cet intervalle ? S'est-il déjà trop éloigné pour que j'aie l'espoir de le retrouver avant qu'il ne se fasse repérer ? Je voudrais tellement être près de lui que je ne mens pas en répondant :

– Je vais rester ici.

Au Moyen Âge, j'ai appris à mentir. Les cours d'EPS n'existent pas, et la dissimulation est plus courante. Mais, malgré mes progrès, ma mère pourrait se rendre compte que j'affabule, et je dois me montrer vigilante.

Pour cette fois, ça a fonctionné. Ma mère prend cette réponse pour ce qu'elle n'est pas : un aveu de ma part, le constat qu'en effet je suis mieux ici, à l'époque moderne, et que mon récent voyage n'a été qu'une incartade.

Elle respire et se détend un peu.

– Quand je t'ai vue, tout à l'heure, sur le pas de la porte... je ne sais pas... j'ai eu le sentiment que tu n'étais pas contente d'être revenue. Que tu saisirais la moindre occasion pour repartir là-bas.

Un léger doute encore à l'esprit, elle guette ma réaction, et je veille à me montrer rassurante :

– Ma place est ici...

Et je complète dans ma tête : ... près de Pierrick.

– C'est bien, reprend ma mère. Ta vie n'a de sens que près de nous. Et puis n'oublie pas la chance que tu as ! Une opportunité unique t'a été offerte, tu le sais parfaitement. Devenir une agrégée. Jouer un rôle passionnant dans notre société, être respectée et admirée de toutes.

Elle secoue maintenant la tête en me dévisageant comme on regarde une petite fille qui a frôlé la grosse bêtise.

– Et toi, tu as failli te détourner de cette fabuleuse possibilité en devenant une hors-la-loi… Quelle terrible erreur cela aurait été !

Ma mère soupire profondément et me sourit.

– Il faut bien que jeunesse se passe. Tu as voulu tester tes limites, aller au bout de tes possibilités… Tu étais sûrement grisée par ta capacité à te déplacer dans le temps… Après tout, c'est normal. L'adolescence est ainsi. Allez, suis-moi. Tu dois mourir de faim. Mais avant, je suis obligée de te poser une dernière question.

– Laquelle ? dis-je en cachant mon appréhension.

– Quand tu étais là-bas… j'espère que tu ne leur as pas dit d'où tu venais.

Elle me dévisage d'un air inquiet. Non, pas inquiet. Effrayé. Elle a peur. Peur que j'aie désobéi à la loi. Et bien sûr, peur que cela se sache…

– Réponds-moi, insiste ma mère. Leur as-tu dit d'où tu venais ?

Cette fois, elle ne me laisse pas le choix. La seule issue est le mensonge pur et simple.

– Non. Je n'ai révélé à personne que j'étais une fille du futur.

J'ai parlé d'une voix claire, sans laisser voir mon hésitation. Sans laisser trembler ma voix. Et maintenant, je la regarde dans les yeux, aussi naturellement que possible.

Est-ce qu'à ce moment-là ma mère sent que je lui mens ? Je crois que oui. J'en suis même sûre. Dans certains cas, il n'est pas besoin de se remémorer ses cours d'Étude et

Perception des Sentiments pour mesurer la sincérité de quelqu'un. Il suffit de bien se connaître, et qui me connaît mieux que ma mère ? Nous avons toujours été proches, elle et moi. Quand j'étais petite, je me réjouissais de l'avoir comme maman, je me disais que j'avais de la chance, et jamais je n'ai rêvé d'être née dans une autre famille.

Elle me connaît trop bien pour être dupe. Elle sait donc que je mens, mais préfère ne rien dire. Faire comme si elle me croyait, pour pouvoir oublier ce qui s'est passé et reprendre le cours de notre vie. Elle ne veut pas voir que j'ai changé, que je suis devenue adulte et que je ne pense plus forcément comme elle.

– Tant mieux, reprend-elle. Sinon, si tu avais livré ton secret... cela aurait pu mal tourner.

Je devine qu'elle visualise dans sa tête tout ce qui m'arriverait si les Autorités savaient... Mais elle veut croire que désormais, les choses vont s'arranger.

Moi, je me demande comment elle peut estimer que mon retour se passera aussi facilement. Maintenant que j'ai été vue par nos voisines, maintenant que ma présence est connue, comment les Autorités pourraient-elles ne pas venir m'interroger ?

Ce n'est qu'une question de temps. Quel délai avant qu'elles ne débarquent ? Quelques heures ? Quelques minutes peut-être ? Avant que tout ne soit perdu, je dois fausser compagnie à ma mère pour sauver Pierrick.

Mais alors qu'elle m'entraîne vers la cuisine, j'entends la porte d'entrée qui s'ouvre, et la voix de ma petite sœur dans le couloir :

– Pénélope ! Pénélope, es-tu vraiment de retour ?

Essoufflée, elle déboule dans la cuisine et s'arrête net en me voyant. Son visage s'éclaire aussitôt d'un lumineux sourire.

– Je suis tellement contente que tu sois guérie !

Guérie ? Je ne comprends pas ce qu'elle veut dire, mais déjà Lys se jette dans mes bras et me serre de toutes ses forces. Je la tiens contre moi, heureuse de la retrouver, et tandis qu'elle reste blottie ainsi, je croise le regard de ma mère, apaisé, confiant.

Je comprends alors que, même si elle désapprouvait mon départ vers le passé, elle m'a protégée.

CHAPITRE 8

Cachée au fond d'un jardin, j'attends le bon moment pour passer à l'action. Je dois absolument ressembler davantage à une fille du futur pour pouvoir évoluer en 2188 sans attirer systématiquement les regards.

À vrai dire, sachant maintenant en quelle année je suis arrivée, je me sens déconcertée. Moi, j'imaginais que la première femme du futur qui me verrait lèverait aussitôt vers moi un doigt accusateur, un peu comme dans ce film où les derniers survivants de l'humanité sont dénoncés par des êtres dont seule la forme est humaine et qui les fixent en feulant comme des prédateurs.

Quand elles me voient, qu'est-ce que les femmes d'ici peuvent deviner de moi ? Remarquent-elles simplement mon allure négligée, qui leur indique que je suis une sorte de SDF, par exemple ? Ou sont-elles frappées par certains signes de mon appartenance au passé ?

Je pense à ma taille, bien sûr. Je mesure un mètre soixante-cinq, rien d'exceptionnel, mais Pénélope m'a toujours renvoyé l'image d'une fille anormalement petite. Est-ce que ça suffit à me désigner comme une voyageuse temporelle ?

Cette idée m'inquiète, mais je me raccroche à l'espoir que les choses ne sont pas si simples. Après tout, pour l'instant, personne n'a jugé bon de signaler ma présence aux Autorités, sinon j'aurais sans doute déjà vu débarquer des sortes de flics...

De toute façon, je ne peux rien changer à ma taille. Par contre, je peux me débarrasser de ces vêtements qui sont sûrement anachroniques.

Je me souviens de l'allure de Pénélope, quand elle est venue à mon époque la première fois, avec sa classe. Ces filles avaient fait de leur mieux pour avoir l'air de médiévales, mais elles n'avaient réussi qu'à se déguiser de façon ridicule. Elles avaient beau porter des jeans, des tee-shirts et des sweats, ils étaient soit démodés, soit assemblés avec une telle maladresse que leur allure générale attirait forcément l'attention. Et je ne parle pas du serre-tête imitation peau de serpent arc-en-ciel que Pénélope arborait sur ses cheveux gras, et des claquettes de piscine à ses pieds.

Il faut que je sois plus subtile que ça.

Des vêtements sèchent sur le fil à linge d'une véranda. D'après ce que je peux voir, ils sont dans le ton local : des toiles colorées, de l'orange, du rouge, du vert...

Le problème, c'est qu'il y a une femme à l'intérieur de la maison. Je la vois derrière la vitre. Inutile d'espérer tenter ma chance dans un autre jardin, où le linge mis à sécher serait plus facile d'accès, car il pleut toujours. Si quelqu'un a fait une lessive, elle est forcément suspendue à l'abri.

Je dois donc réussir à me faufiler dans la véranda sans être vue... L'habitante de la maison disparaît un moment dans une autre pièce et j'en profite pour me glisser hors de ma cachette. Je longe la haie du jardin, courbée en deux, essayant de rester dans l'ombre des arbres. Ça y est, je suis tout près de la baie vitrée. J'espère qu'elle n'est pas fermée de l'intérieur. Non, c'est bon, elle est entrouverte et, avec mille précautions, j'entreprends de la faire coulisser... La propriétaire n'est pas réapparue et je me glisse à l'intérieur. D'un geste rapide, je décroche le plus de vêtements possible sans vérifier de quelle pièce il s'agit ni si c'est ma taille. Tout ce que je veux, c'est repartir d'ici au plus vite.

Sauf que, juste à ce moment-là, j'entends la femme qui revient. Le cœur battant, je me sauve hors de la véranda, mais j'ai le temps de l'entendre crier :

– Sale voleuse ! Rends-moi ça !

Je jette un coup d'œil par-dessus mon épaule et je l'aperçois qui me court après. Elle a au moins la cinquantaine, mais franchement bien conservée, sportive et tout. Ses cheveux gris frisés lui donnent des allures de sorcière et ses yeux me foudroient tandis qu'elle traverse sa pelouse.

Inutile de dire que je file sans demander mon reste, me glissant à travers la haie pour accéder au jardin voisin et lui échapper. Je n'ose plus me retourner, je cours sans penser à rien d'autre, les vêtements dans les bras. Je manque plusieurs fois de me prendre les pieds dans une manche qui traîne par terre.

Quelques minutes plus tard, je suis à bout de souffle. Je ralentis. Je ne la vois plus, elle a dû abandonner.

Je me suis un peu éloignée et je me trouve maintenant dans une zone peu fréquentée, à la limite du quartier résidentiel. Si je ne me trompe pas, se trouvaient ici, autrefois, un ensemble d'immeubles genre HLM. À présent, il y a une sorte de champ de bambous qui se dresse comme un mur devant moi. C'est insolite, on croirait presque qu'un panda va sortir de là.

Juste au moment où je me faufile pour m'y cacher, une jeune adolescente arrive. Rouquine, elle porte un vêtement rouge pas vraiment discret et des bottes trop grandes pour elle, ce qui lui donne une allure bizarre. Heureusement, je disparais à temps, elle ne m'a pas vue. Elle passe à quelques mètres de moi et je l'entends parler. Stressée, je me demande où est son interlocutrice. J'ai peur de me faire surprendre... Je comprends alors qu'en réalité cette fille parle toute seule. J'entends ce qu'elle dit à travers le rideau de végétation :

– Si elle est de retour, marmonne la fille, ça veut dire qu'elle va mieux, tout simplement. Pourtant, je trouve ça bizarre. Elle se comportait comme si elle avait quelque chose à cacher.

Carrément folle, on dirait. La fille se répond à elle-même, comme dans un dialogue de schizophrène.

– Tu vas toujours imaginer des choses farfelues, soupire-t-elle.

Elle s'éloigne et ses bottes font *flotch, flotch* à chaque pas. Puis c'est de nouveau le silence, troublé seulement par les chants d'oiseaux.

Les vêtements volés sous le bras, je ne traîne pas. J'ai besoin d'un coin tranquille pour me changer. Je progresse tant bien que mal parmi les bambous, gênée par le sol boueux. Heureusement, cela ne dure pas trop longtemps. Le champ s'interrompt et je regarde avec précaution ce qu'il y a après.

Sur ma gauche, j'entends du bruit, des conversations, des cris, des rires. Si son emplacement n'a pas changé depuis mon époque, c'est là que se trouve le lycée. Conclusion : à éviter. Trop de monde. Je reste prudemment cachée.

En revanche, sur ma droite, c'est la forêt. Parfait. Je laisse les bambous derrière moi et je m'y engage.

Ici, il n'y a personne et en plus, je suis presque à l'abri de la pluie. Je m'arrête près d'un gros arbre et j'entreprends de découvrir ce que j'ai volé.

Je déplie le tissu vert pomme mais j'ai du mal à comprendre comment s'organisent les différents pans de toile. Je m'efforce de tout remettre dans le bon sens et j'arrive à la conclusion qu'il s'agit d'une sorte de pantalon, doublé d'un pan de tissu. L'ensemble doit se porter comme une jupe-culotte, enfin je suppose. Je le tiens devant mes hanches. Évidemment, c'est un peu grand. Je décide de le prendre comme un avantage : les jambes du vêtement, trop longues, cacheront mes tennis médiévales.

Je me penche sur la pièce suivante, rouge. Coup de bol, c'est un haut, en l'occurrence une tunique resserrée à la taille, avec une espèce de cape intégrée qui couvre les épaules. Comme le vêtement vert, une sorte de deux-en-un. Je pense que ça devrait m'aller, même si je dois retrousser les manches.

J'ai eu de la chance, j'ai une tenue complète. J'examine quand même l'habit orange, en me disant qu'il pourrait m'offrir une alternative, mais quand je le déploie, je me rends compte qu'il s'agit simplement d'un grand rectangle. Je ne vois pas trop à quoi il peut servir, ce n'est pas très pratique et, comme foulard, il faudrait l'enrouler plusieurs fois autour du cou pour qu'il ne traîne pas par terre. Pourtant, s'il était là, sur le fil à linge, c'est bien qu'il est utile à quelque chose. Or, tout à l'heure, près de la gare, j'ai vu plusieurs femmes qui portaient un foulard sur la tête. La tunique rouge ne comportant pas de capuche, j'en déduis qu'elle se complète sûrement avec la pièce orange.

Après un regard circulaire pour vérifier que personne ne peut me voir, je retire mes baskets, puis mon jean. Je veille à garder les pieds sur mes chaussures pour ne pas mouiller mes chaussettes sur le sol détrempé. J'enfile le pantalon-jupe en tentant de ne pas perdre l'équilibre. Je mets de nouveau mes baskets et, en effet, je suis satisfaite de voir que les pans de tissu masquent assez bien mes pieds chaussés à la mode médiévale.

Je retire ma veste mais je garde mon débardeur. Par-dessus, je passe la tunique rouge. Le tissu est agréable, à la fois souple et léger. Malgré cela, il est imperméable. Les gouttes de pluie restent posées dessus comme autant de perles transparentes. J'avais froid avec ma veste en jean qui commençait à être trempée, et ça me fait du bien d'être au sec.

Puis j'organise comme je peux le grand foulard, qui me couvre maintenant le cou et la tête, comme une sorte d'étole. Ce n'est pas si mal.

Ainsi apprêtée, je roule mes vêtements médiévaux et je les cache dans l'anfractuosité créée par une racine.

Je suis prête.

Je n'ai pas oublié pourquoi je suis venue ici. Tirer mon frère de la mouise, puis rentrer fissa à la maison. Pour cela, je dois procéder dans l'ordre.

Petit un, retrouver Pénélope et Antarès.

Petit deux, localiser Pierrick.

Petit trois, repartir avec eux pour le Moyen Âge.

Depuis tout à l'heure, je réfléchis à la façon de procéder. J'ignore où habite Pénélope, mais je sais une chose. C'est une lycéenne, comme moi. Les filles qui fréquentent le lycée la connaissent donc, et certaines d'entre elles doivent savoir où elle habite. C'est cette information que je veux obtenir.

J'ai pu constater qu'une partie des constructions n'ont pas bougé depuis mon époque. La gare, certaines maisons... J'espère donc que le lycée est toujours au même endroit, comme le laissent penser les rires et conversations entendus tout à l'heure. Si c'est le cas, pour m'y rendre, il me suffit de longer l'orée de la forêt, de ce côté...

Je progresse rapidement, motivée par l'espoir de rejoindre mes amis. C'est plus facile que dans les bambous. Bientôt, j'entends la rumeur si caractéristique d'une cour remplie d'ados. Je ne m'étais pas trompée. Quelques dizaines de mètres encore et j'y suis...

En bordure des bois, comme à mon époque, se trouve mon lycée. Enfin, se *trouvait* mon lycée, car le bâtiment qui s'élève là n'a plus grand-chose à voir avec celui que j'ai connu.

J'observe maintenant un édifice de bois aux lignes élancées, comme un navire qui voudrait fendre de sa proue l'étendue d'arbres. Une baie vitrée court le long du rez-de-chaussée et aux étages, de larges fenêtres s'ouvrent sur le ciel. Dans la cour, des tables et des fauteuils confortables sont dispersés. On dirait la terrasse d'un bar lounge branché. Profitant d'une éclaircie, quelques élèves s'y sont installées. Il y a même plusieurs hamacs, suspendus entre les arbres. Une lycéenne aide une gamine plus jeune à y grimper. Un peu plus loin se trouve une aire de jeux avec des balançoires, un tourniquet et une structure faite de cordes entrelacées, que l'on peut escalader. Deux collégiennes de onze ou douze ans sautent sur un trampoline. Elles doivent être en sixième, ou la classe équivalente à cette époque. Elles ont abandonné leurs chaussures sur l'herbe et, pieds nus, elles enchaînent les saltos avec aisance. Je devine qu'elles font un concours, et leurs rires joyeux me parviennent. Tout autour de la cour, pas de grille, pas de mur. Une pelouse, rien d'autre. C'est comme si les élèves étaient libres d'entrer et sortir de l'établissement.

Je n'ai jamais vu un lycée comme ça. Un instant, il me vient à l'idée que si j'avais connu une école de ce genre, j'aurais peut-être aimé y aller…

Mais ce n'est pas le moment d'étudier les mérites comparés de mon lycée et de celui de Pénélope. Je ne vois pas la silhouette de mon amie parmi les élèves présents dehors. Logique qu'elle ne soit pas en cours, tranquillement, comme si de rien n'était.

Je vérifie rapidement que mes habits d'emprunt sont bien en place et, comme il ne pleut plus, je baisse sur mes épaules le grand foulard que j'avais enroulé sur ma tête comme une capuche. Je le porte maintenant comme une écharpe *over size*, un peu encombrante.

Dans la cour, les élèves arborent elles aussi des tenues colorées, et cela me rassure un peu. Je suis dans le ton et cela compensera ma stature médiévale. Enfin j'espère.

Surmontant mon appréhension, je balaie la cour du regard en essayant d'évaluer quelle élève a une tête sympa.

Le problème, c'est que moi je suis plus à l'aise avec les mecs. Question d'habitude. Sauf qu'ici, je n'ai pas le choix.

CHAPITRE 9

Ma mère me regarde, rassurée de voir qu'au moins ces jours passés au Moyen Âge n'ont pas altéré mon appétit. Assise à la table de la cuisine, je mange avec avidité. J'étais si stressée que je ne m'étais pas rendu compte combien je mourais de faim. Les déplacements temporels mobilisent énormément d'énergie. J'ai besoin de prendre des forces avant de repartir à la recherche de Pierrick.

Si je n'étais pas aussi inquiète pour lui, cela me ferait vraiment plaisir d'être de nouveau à la maison. Ma mère a déposé devant moi du pain frais et des fruits. Je croque dans une fraise du jardin. Il faut bien reconnaître que son goût et sa fraîcheur n'ont rien à voir avec ceux des produits du Moyen Âge. Sans compter qu'ici, personne n'arrose les fruits et légumes de produits cancérigènes.

Je plonge ma cuillère dans un bol de compote de rhubarbe et aussitôt, j'ai l'impression d'être replongée dans mon enfance. Un peu comme cet auteur du Moyen Âge dont nous avait parlé la professeure de français d'Andrea, un écrivain au nom presque impoli qui faisait des voyages virtuels dans le temps en mangeant des madeleines. Moi j'ai toujours aimé la rhubarbe et son acidité qui réveille la bouche.

– Si tu veux, propose Lys toute contente, je ferai un gâteau au chocolat pour ce soir. Il faut fêter ton retour !

Je ne me lasse pas de la contempler, heureuse de retrouver son regard intense et son fin sourire. Elle m'avait terriblement manqué, même si je faisais la bravache en déclarant que mon choix était fait, que je souhaitais poursuivre ma vie au Moyen Âge, et que je ne souffrais pas de la séparation d'avec ma famille.

Lys ne me ressemble pas. C'est très courant dans une sororie de l'époque moderne, surtout depuis la politique de partage des gamètes. J'ai le teint cuivré alors que celui de ma sœur est pâle. Mes yeux sont marron avec une pointe de vert, les siens sont noirs, en amande. Mes cheveux sont bouclés et les siens sont lisses. Ses pommettes sont hautes et cela rend son regard profond, un peu mystérieux. Elle semble toujours observer le monde avec attention. Moi je suis parfois bavarde, mais elle parle peu. Elle écoute, surtout.

J'ai l'impression qu'elle a encore grandi en mon absence, même si pour l'instant, elle m'arrive à peine à la poitrine. C'est normal, elle n'a que neuf ans.

– Ça se voit que tu n'es plus malade, se réjouit Lys en me regardant faire. Sinon, tu ne mangerais pas autant !

À ces mots, notre mère se force à sourire, mais je sais qu'elle est encore tendue.

– Lys, demande ma mère, pourrais-tu nous laisser ?

– D'accord.

Et sans poser de question, elle monte dans sa chambre. Lys a toujours été une enfant facile.

Je repousse le bol de rhubarbe et je me tourne vers ma mère, consciente que ce qui va suivre est déterminant.

– Quand j'ai compris que tu étais partie, dit-elle, j'ai dû réagir. J'ignorais si tu reviendrais, mais je l'espérais de toutes mes forces. Je devais faire en sorte que ce jour-là, tu puisses reprendre ta place parmi nous. Alors j'ai inventé un scénario crédible, qui expliquerait ton absence aux yeux de toutes.

Je hoche la tête, touchée par son désir de me protéger.

– Tu vas m'écouter attentivement, reprend-elle d'un ton grave. Chaque détail compte.

J'acquiesce avec le plus grand sérieux. Je vais savoir ce qu'elle a raconté à nos voisines, à mes camarades de lycée, aux professeures, mais aussi aux Autorités. En un mot, comment elle m'a sauvée d'une situation périlleuse.

– Tu travaillais dur pour devenir une bonne agrégée, m'explique-t-elle. Le soir, tu révisais tard, tu t'usais les yeux sur ton tech, tu refusais d'aller dormir.

Je m'imprègne de chacun de ses mots pour m'en souvenir quand je serai interrogée.

– Tu mangeais de moins en moins, angoissée à l'idée de ne pas réussir ton BAC option agrégée. Tu dormais mal, aussi. Tu te réveillais au milieu de la nuit, en sueur, puis tu n'arrivais plus à te rendormir.

Je commence à comprendre où elle veut en venir :

– J'étais sous pression et je n'ai pas supporté ça plus longtemps.

– Exactement. Un jour, même, tu as fait un malaise. C'était ici, dans la cuisine. Lys n'était pas là, elle avait son entraînement de football. Tu étais très pâle, je voulais que tu manges mais tu as refusé. Quelques secondes plus tard, tu t'es effondrée, inconsciente. Je t'ai réanimée moi-même, sans avoir besoin d'appeler les secours, mais j'ai compris que ça ne pouvait plus durer comme ça.

– Alors qu'avons-nous fait ?

– Je t'ai envoyée chez Phoolan.

La sœur aînée de ma mère, qui est également ma marraine. Elle vit à la campagne.

– Tu es restée là-bas pendant tout ce temps. Phoolan me contactait chaque jour pour me donner de tes nouvelles. Chez elle, tu insistais pour revoir tes cours, mais elle ne te laissait pas faire. Elle t'interdisait de consulter ton tech et te forçait à sortir, à te promener, à aller courir. Petit à petit, tu as retrouvé le sommeil et l'appétit. Le sourire, aussi. Alors Phoolan a jugé que tu étais prête, et tu es revenue à la maison.

– Comment ?

– Elle t'a déposée à la gare et tu as pris un héliotrain.

Elle sort son tech de sa poche et, du bout du doigt, anime l'écran. Il scintille doucement et livre à ma mère les horaires du jour.

– Celui de 9 h 45. Tu es arrivée tout à l'heure, à 10 h 30.

– Il y a un problème. Je suis passée par les bambous. C'est là que Rosalind m'a vue.

Il ne faut pas plus de quelques secondes à ma mère pour improviser une explication :

– Tu appréhendais ton retour. Même si tu allais mieux, tu avais peur de reprendre ton rythme normal, avec les cours au lycée et les examens qui approchaient.

– Alors j'ai eu envie de marcher avant de rentrer à la maison. Je me suis dirigée vers la forêt.

– Oui. Tu as toujours aimé la forêt. Tu as traversé la plantation de bambous et tu as croisé Rosalind.

L'histoire tient debout. Cette version des faits explique même pourquoi j'étais mal à l'aise quand Rosalind m'a rencontrée, et pourquoi je lui ai demandé de ne pas dénoncer ma présence : mon retour à la maison remuait en moi des sentiments contradictoires. J'acquiesce :

– D'accord. Ensuite, Rosalind m'a accompagnée et je vous ai retrouvées, Lys et toi.

– Est-ce que ça ira ? Tu te souviendras de tout ça ?

– Oui. Je vais mieux, j'ai pris du recul sur mes études d'agrégée et j'ai compris qu'il ne fallait pas que je me mette la pression comme ça. C'était simplement du surmenage.

– Voilà, confirme ma mère.

Je suis impressionnée par son calme. Elle a pensé à tout. Je me demande comment elle a réussi à mentir.

Peut-être a-t-elle privilégié les échanges écrits avec le lycée, par exemple.

Malgré tout, quelque chose me préoccupe. Ce scénario ne tiendra que si Phoolan confirme point par point ma version des faits.

– Ne t'en préoccupe pas, me répond-elle. Phoolan me doit bien ça.

L'expression de ma mère est sévère et cela ne m'étonne pas. Depuis plusieurs années, elle ne s'entend plus aussi bien avec sa sœur. Même si elle a toujours évité de m'en parler, je sais que leurs relations sont conflictuelles. J'ignore pourquoi. Je ne relance pas, estimant qu'il vaut mieux éviter le sujet. Il ne fait pas partie de mes priorités. Je me contente donc de hocher la tête :

– Merci maman.

Ma mère me sourit et conclut :

– L'essentiel est que tu sois de retour. Maintenant, c'est fini et nous allons pouvoir reprendre notre vie là où elle en était.

Je ne lui dis pas que mes projets sont tout autres. Grâce à elle, j'ai désormais un peu plus de temps devant moi pour retrouver Pierrick. Je n'ai plus besoin de me cacher. Je vais pouvoir marcher dans la rue sans craindre d'être vue, croiser nos voisines, parler à mes camarades. Je serai libre de me déplacer, de me rendre partout où je pense pouvoir trouver sa trace. En apparence, je me conduirai normalement, je mènerai une vie ordinaire, j'agirai comme n'importe quelle fille de l'année 2188. Mais, sans le dire à personne, je chercherai Pierrick et je n'abandonnerai pas tant que je n'aurai pas réussi à le ramener chez lui, sain et sauf.

Pendant que je réfléchis à la meilleure façon de le localiser, ma mère active de nouveau son tech et contacte Phoolan. L'image de ma marraine apparaît devant nous. Je l'avoue, ça me fait plaisir de la voir. Je l'ai toujours bien aimée. Elle arbore une de ces coiffures qu'elle affectionne, le crâne rasé sur les tempes et autour des oreilles, les cheveux longs sur le dessus. Elle est surprise de me voir, bien sûr, mais sourit.

– Je vois que Pénélope est de retour, dit-elle simplement.

Ma mère confirme sobrement que je suis bien rentrée. De toute évidence, Phoolan sait parfaitement ce que ça signifie. Ma mère avait vraiment tout préparé dans l'espoir que je revienne. Elle a aussi jugé que ma marraine était la mieux placée pour me protéger. J'ignore pourquoi.

Quoi qu'il en soit, je m'apprête à remercier Phoolan pour son aide, mais ma mère m'interrompt. Elle ne me laisse même pas le temps de prendre des nouvelles de ma cousine, qui a pourtant la santé fragile.

– Inutile de prolonger cette conversation, lance-t-elle sèchement à sa sœur. L'essentiel a été dit.

– Laisse-moi au moins parler deux minutes à Pénélope, proteste Phoolan. Elle est ma filleule, tout de même !

Mais ma mère rétorque avec une colère contenue :

– Tu sais parfaitement ce que je pense de tout ça.

– Jane, insiste Phoolan, je sais que ces derniers temps ont été difficiles à vivre pour toi, mais tu ne peux pas...

– Tu m'as très bien entendue, réplique ma mère d'un ton sans appel. C'était la dernière fois que je t'adressais la parole. Ma famille n'a plus besoin de toi.

Et sur ces mots, ma mère clôt la conversation en serrant le tech dans son poing. Il diffuse sa lumière un instant encore entre ses doigts, avant de s'éteindre.

Je suis interloquée. Même si leurs relations sont compliquées, ce que ma mère vient de faire est extrêmement violent. Les marraines d'une enfant jouent un rôle essentiel dans la famille. Elles sont choisies par la jeune maman avec le plus grand soin et suivent leur filleule pendant toute leur vie. S'adressant à Phoolan, ma mère aurait dû dire *notre famille*. Or, elle a bien dit *ma famille*... Ce n'était pas une erreur de sa part. Elle a clairement voulu faire comprendre à Phoolan qu'elle souhaitait ne plus la voir jouer son rôle de marraine. Elle vient de l'exclure de notre cellule familiale.

Dès le plus jeune âge, mes contemporaines apprennent combien les mots sont importants et pourquoi il faut les choisir avec soin, mesurant attentivement leur sens et leur portée. C'est un domaine qui s'étudie en EPS. Pour ma mère plus encore que pour la plupart d'entre nous, ce principe est essentiel. Elle est dialoguiste municipale, un métier qui consiste à favoriser les échanges verbaux entre les unes et les autres, afin de permettre la résolution des conflits, sans violence.

Si elle a parlé ainsi à ma marraine, c'était donc sciemment.

Silencieuse, je l'observe qui débarrasse les restes de mon repas d'un air sombre. Je me sens perdue. Si elle a agi de la sorte avec sa sœur, c'est qu'il y a une bonne raison. Mais laquelle ? Phoolan nous aide de façon inespérée en me servant d'alibi, et ma mère la remercie en la congédiant ?

Elles étaient pourtant très proches quand elles avaient mon âge. Elles n'ont que deux ans d'écart. J'ai vu de nombreuses images d'elles sur le tech de ma mère, riant aux éclats, complices. Phoolan est d'ailleurs ma première marraine, même si ma mère en a choisi deux autres par la suite, comme ça se fait souvent.

Je revois aussi tous ces moments heureux de mon enfance, quand Phoolan venait à la maison avec Minerva, ma cousine. Je me rappelle les mois d'août où nous cueillions les groseilles et les cassis du jardin. Minerva et moi mangions les baies comme des gloutonnes, la moitié seulement arrivaient jusqu'au seau ! Nous étions toutes barbouillées de jus. Ma mère et ma marraine nous grondaient en riant. Lys était toute petite, elle marchait à peine et nous imitait en répétant « Zozeilles ! Zozeilles ! ». Quand elle portait une groseille à sa bouche, elle la recrachait en faisant la grimace. Mais aussitôt après, elle recommençait, parce qu'elle voulait tant faire comme nous, les grandes... Je me souviens aussi de ce soir où nous avions eu l'autorisation exceptionnelle de rester éveillées tard dans la nuit pour observer les étoiles filantes. Nous étions allongées dans l'herbe, Minerva et moi. Phoolan avait posé une couverture sur nous, il faisait frais. Mais le ciel était si beau ! Le lendemain, j'avais plein de piqûres de moustiques, pourtant je m'en fichais. J'étais tellement contente d'avoir pu me coucher aussi tard...

Tant de merveilleux souvenirs qui me semblent bien loin. J'ignore ce qui s'est passé, j'ignore d'où vient la colère de ma mère. Mais elle m'attriste.

Maman a fini de nettoyer l'évier et s'essuie les mains. Elle s'efforce de ne pas montrer à quel point elle reste contrariée.

– Je vais faire un saut au lycée, dit-elle en rangeant le torchon. Il faut avertir la proviseure que tu vas revenir en classe. Demain, je préfère que tu restes à la maison pour te reposer. De toute façon, le dimanche, ton emploi du temps ne comporte pas de matières importantes. Mais dès lundi tu pourras reprendre les cours. J'espère que ton absence ne sera pas trop difficile à rattraper, pour tes cours d'agrégée en particulier.

Je la suis dans l'entrée tandis qu'elle enfile sa cape de pluie.

– Je ferai ce qu'il faut pour que tout se passe au mieux.

– Bien, répond-elle. À tout à l'heure.

Elle sort. Nous sommes samedi après-midi. Si tout va bien, je retrouverai Pierrick rapidement et je ne serai pas obligée de reprendre ma vie d'avant à partir de lundi... J'ai d'ailleurs bien l'intention de ressortir dans quelques minutes, dès que ma mère aura tourné le coin de la rue.

CHAPITRE 10

Devant le lycée, j'ai repéré deux filles qui semblent avoir le même âge que moi. L'une est vêtue d'une sorte de combinaison pourpre, aux reflets changeants. Blond vénitien, elle arbore une coiffure savante faite de plusieurs tresses entrecroisées. L'ensemble évoque une princesse de fantasy façon Daenerys Targaryen. La deuxième fille a la peau cuivrée et de grands yeux bruns aux longs cils noirs. On pourrait croire une star de Bollywood si elle n'avait pas le crâne presque entièrement rasé. Ce qui lui reste de cheveux, tondus super court, dessine sur sa tête des arabesques florales. Uniquement habillée d'un mini-short gris et d'un tee-shirt rose bonbon, elle semble ne pas craindre le temps pluvieux.

Évidemment, elles sont toutes les deux de grande taille, et je vais avoir l'air d'une demi-portion à côté d'elles.

Tant pis, il faut bien que je cherche de l'aide auprès de quelqu'un. Je me force à sourire, j'essaie d'avoir l'air détendue et cool pour engager la conversation.

Je m'avance, tentant de contrôler mon appréhension. À mesure que j'approche, je ne peux que constater à quel point elles sont belles. Leur façon de se tenir, à la fois fière et naturelle, leurs mouvements quand elles parlent... Et puis, bien sûr, leur peau satinée, leurs cheveux brillants, enfin au moins en ce qui concerne la blonde... Mais même la fille aux cheveux rasés est superbe. Son choix capillaire extrême fait ressortir son regard expressif.

En fait, depuis mon arrivée ici, je n'ai vu que des femmes de ce genre. Même les plus âgées, comme la femme à vélo qui m'a crié de m'en aller, ou la mère de famille qui parlait au féminin, toutes avaient ce point commun... Elles étaient belles. Pas forcément parfaites, mais le visage lumineux et le corps resplendissant de santé.

Je me souviens de la première fois où j'ai découvert la véritable allure de Pénélope. Nous étions chez moi et j'ignorais encore tout d'elle. Je n'imaginais pas une seconde qu'elle puisse venir du futur. Elle était sale et laide, je lui avais proposé de prendre une douche... Et quand elle était sortie de la salle de bains, j'avais découvert une créature superbe. Pas une poupée, pas un condensé de clichés sur la beauté féminine, non, mais une fille tellement séduisante... Elle était absolument différente de toutes les femmes que j'avais croisées jusqu'alors. Aujourd'hui, je retrouve ces mêmes qualités chez toutes les personnes du futur...

Ici, c'est moi qui suis différente. Et ça ne m'arrange pas du tout.

Je n'en mène pas large en me dirigeant vers les deux lycéennes. Forcément, elles vont se rendre compte que je viens d'ailleurs. Je ne suis pas comme elles, avec mes quelques kilos en trop et ma peau à tendance acnéique. Mes cheveux mouillés par la pluie commencent à sécher, mais je suis sûre que l'averse les a rendus gras. C'est un peu comme si je faisais partie d'une autre espèce, l'*humanis normalis*, par opposition à cette autre branche de l'évolution tellement plus accomplie, celle de la *mulier sapiens fabulae bellissimae*.

Bon, avec un peu de chance, ça ira. Si ça se trouve, certaines filles du futur ne sont pas si belles que ça, des sortes d'exceptions confirmant la règle. Dans ce cas, je pourrai faire illusion.

De toute façon, je n'ai pas le choix, il faut que je leur parle. Rassemblant tout mon courage, je repasse dans ma tête les consignes de prudence élémentaire dans ce monde. Me tenir bien droite pour gagner un ou deux centimètres, garder une distance de sécurité pour éviter une comparaison trop frappante avec mes interlocutrices, et bien sûr... ne pas montrer que j'ai peur.

Ça y est, elles m'ont repérée et me regardent approcher, l'air surpris. Je rejette les épaules en arrière, je lève un peu le menton et je me lance :

– Salut... Je cherche quelqu'un. Vous pouvez m'aider ?

J'ai posé ma question d'un air aussi nonchalant que possible mais malgré mes efforts, elles me toisent froidement et chuchotent entre elles. J'insiste en souriant d'un air amical que j'espère crédible :

– Je sais, on se connaît pas, mais ça serait cool de votre part.

L'effet obtenu est pire encore et les filles me jettent maintenant des regards réprobateurs. Heureusement, je comprends mon erreur. J'ai parlé comme une médiévale. Quelle idiote ! Comment j'ai pu ne pas y penser ? Cela m'avait pourtant frappée depuis le début. Pénélope s'exprime toujours avec précision, en utilisant un langage soutenu, prononçant toutes les négations et employant systématiquement la forme interrogative. J'aurais dû dire : *Bonjour, pourriez-vous m'aider ? Nous ne nous connaissons pas mais voulez-vous bien me répondre tout de même ?* Au lieu de ça, je déboule avec mon style oral du Moyen Âge. Ça valait bien la peine de prendre des risques pour voler ces vêtements, si après ça je suis incapable de me comporter comme il faut.

Je ferais peut-être mieux de m'enfuir à nouveau vers la forêt. Sans m'en rendre compte, j'ai déjà reculé de quelques pas, mais je me raisonne. Ce n'est pas une solution. Si je me sauve au premier obstacle, je n'y arriverai jamais.

– D'où viens-tu ? me demande la blonde avec méfiance.

Pile la question qu'il ne fallait pas poser. J'improvise comme je peux :

– J'ai été surprise par la pluie, c'est pour ça que mes cheveux sont sales et que ma peau est affreuse. D'habitude, je suis plus belle que ça.

Et je me force à rire pour les convaincre que tout cela est sans importance. Mais cela ne semble pas marcher. Les deux filles se consultent du regard, suspicieuses.

– Peut-être devrions-nous prévenir la proviseure, chuchote la blonde.

– Tu as raison, répond la fille au crâne rasé.

– Elle est petite, reprend la blonde, l'air écœuré. Tu réalises ? C'en est forcément une !

– Je ne sais pas ce qu'elle fait ici, poursuit le crâne rasé.

– S'il vous plaît, dis-je en essayant de ne pas montrer à quel point je suis stressée, je voudrais juste vous poser une question.

– Que souhaites-tu nous demander ? interroge le crâne rasé avec une grimace dégoûtée.

J'hésite un instant. J'espère ne pas faire une connerie plus grosse que moi... Prononcer le nom de Pénélope, c'est donner une information essentielle à ces filles. Est-ce que, en faisant cela, je mets ma meilleure amie en danger ? Est-ce que je me mets en danger, moi aussi ?

Mais je n'ai pas d'autre option... Alors je regarde les filles et je lance :

– Je cherche Pénélope Filledejane.

– Tu connais Pénélope ? s'étrangle la blonde.

Elle a l'air aussi interloquée que sa copine. De toute évidence, elles ne s'attendaient pas à ça. Toutes les deux m'observent plus attentivement que jamais.

– Il paraît qu'elle est malade, répond prudemment le crâne rasé.

– Ça fait un mois qu'elle n'est pas venue au lycée, poursuit la blonde d'un air soupçonneux.

Un mois... C'est-à-dire le temps que Pénélope a passé à mon époque. Ça colle et c'est rassurant. Pénélope est rentrée il y a quelques heures à peine, et ces filles ne sont pas encore au courant. Enfin, j'espère.

– Pourriez-vous me dire où habite sa famille ?

– Écoute, me répond le crâne rasé, nous n'avons rien contre les femmes comme toi. Mais on dirait que tu n'as pas bien compris. Tu n'as rien à faire ici.

– Retourne dans ton refuge, renchérit la blonde. Ça vaudra mieux.

Elles sont devenues un peu agressives et ça m'inquiète. J'essaie de calmer le jeu :

– Bien sûr, c'est ce que je vais faire... Mais avant cela, je voudrais juste connaître l'adresse de Pénélope.

Mon insistance leur déplaît, ça se voit.

– Je ne sais pas ce que tu lui veux, rétorque le crâne rasé, mais tu devrais abandonner cette idée.

– Sa maison est-elle près d'ici ? dis-je en faisant semblant de ne pas percevoir leur contrariété. J'ai vraiment besoin de le savoir.

– Nous refusons de te livrer une information personnelle sur une de nos camarades, réplique la blonde.

Comment vais-je faire si je n'obtiens pas l'adresse de Pénélope ? Stressée, je cherche un argument pour les convaincre de me répondre, mais je ne trouve pas, ça me panique, jusqu'à ce qu'une idée me vienne enfin. Sans prendre le temps de peser le pour et le contre, je me lance :

– Je suis sa cousine.

Ma déclaration les surprend encore plus. Merde, j'espère que je n'ai pas fait une énorme bourde. Elles se consultent du regard.

– Si vraiment tu étais la cousine de Pénélope, argue le crâne rasé, tu saurais où elle habite.

Quelle conne, j'aurais dû y penser ! J'improvise de nouveau :

– Cela fait longtemps que je ne suis pas venue la voir et je ne retrouve pas le chemin.

Mon insistance ne fait qu'augmenter leur réticence.

– Elle ment, affirme le crâne rasé. Je le sens.

– Va-t'en, m'ordonne la blonde d'un ton sec. Sinon, ce n'est pas la proviseure que nous appellerons, mais directement les Autorités !

– Obéis, me conseille l'autre. Ici, tu n'es pas à ta place.

Je vois dans leur regard qu'elles ne plaisantent pas et je m'éloigne d'un pas rapide. Je n'aurais jamais dû leur parler. Dans mon dos, je sens qu'elles me suivent des yeux... Heureusement, mon départ les a un peu calmées, et apparemment elles ne mettent pas leur menace à exécution.

Je me dépêche de quitter la cour du lycée, complètement découragée. Où je vais aller maintenant ? Comment je vais pouvoir trouver Pénélope ? Je n'en peux plus d'être seule ici, perdue.

Pour couronner le tout, il se remet à pleuvoir, et puis mes vêtements trop grands me gênent. J'aimerais pouvoir enfiler de nouveau mon jean.

Rentrer à la maison. Me sentir chez moi.

CHAPITRE 11

Lys est dans sa chambre, elle est sûrement en train de travailler son solfège. Je pense qu'elle ne s'apercevra même pas que je suis sortie.

Je laisse un petit mot à l'intention de ma mère. *Je vais courir. Je passerai prendre le dîner si tu veux. J'ai vu que c'était au tour de Tove et Leymah. À tout à l'heure.*

Je programme le message pour qu'il apparaisse sur le tech de ma mère dans une heure. Pour être plus crédible, je chausse mes souliers de sport. Puis je sors de ma chambre et je descends au rez-de-chaussée.

Je m'apprête à sortir discrètement par la cuisine quand j'entends un léger bruit. Je me retourne. C'est Lys qui se tient debout en bas de l'escalier et me regarde fixement. Je ne sais pas depuis combien de temps. Elle est toujours tellement discrète.

– Ah, tu es là...

– Vas-tu courir ? me demande-t-elle. N'es-tu pas trop fatiguée pour cela ?

Bien sûr, je mens :

– Au contraire. Quand j'étais chez Phoolan, j'ai fait beaucoup de sport. Ça m'a aidée à me sentir mieux.

– Puis-je venir avec toi ? questionne-t-elle.

– Une autre fois peut-être. Je vais forcer un peu, tu auras du mal à me suivre.

– D'accord, répond-elle, un peu déçue. Que dois-je dire à maman ?

– Je lui ai laissé un message.

J'ouvre la porte, quand Lys me rappelle en utilisant le diminutif qu'elle est la seule à employer :

– Péné...

– Oui ?

– Tu sais... tu m'as manqué.

Elle a parlé presque timidement. Depuis mon premier voyage dans le passé, j'ai l'impression que nous sommes moins proches, toutes les deux. Elle ne vient plus aussi spontanément vers moi pour me demander n'importe quoi, ou simplement pour le plaisir de m'embêter. Parfois, j'ai même le sentiment qu'elle a deviné combien ma découverte du Moyen Âge m'a changée... Comme si elle percevait, sans vraiment les comprendre, ces moments où mon esprit est ailleurs, près de Pierrick... En conséquence, la complicité que nous avions autrefois s'est muée en une certaine distance. Cela me fait de la peine.

Et maintenant elle est là, face à moi, et m'observe en silence. Est-ce qu'elle sent combien mon retour est compliqué ? Perçoit-elle que je suis préoccupée par tout autre chose que mes études et mon statut de future agrégée ? En réalité, ce n'est pas pour elle que je suis revenue, ni pour ma mère. J'avais fait le choix de vivre ailleurs. Si je suis ici, c'est parce que les circonstances m'y ont forcée.

À ce moment-là, j'ai très envie de tout lui raconter. Lui expliquer que le passé n'est pas comme nous le pensons, que les hommes sont aussi humains que les femmes, que la mixité est une richesse. J'aimerais lui confier mes sentiments, mon amitié pour Andrea, une médiévale, mais aussi pour son petit frère, Tiago, ou pour un de ses camarades, Yoan. Et, bien sûr, mon amour pour Pierrick. Elle est ma petite sœur et j'ai terriblement envie de partager avec elle tout ce qui compte tellement pour moi. Mais si je lui parlais, comprendrait-elle ?

– Qu'y a-t-il ? murmure Lys. Tu es soucieuse...

Elle m'observe avec inquiétude. Je la regarde, touchée.

– Non, bien sûr que non. Je suis contente d'être ici.

– C'est vrai ? sourit-elle, heureuse.

– Oui. Toi aussi, tu m'as manqué.

Mais au lieu de me confier à elle comme j'en avais le désir, je me tais. J'ai peur de son incompréhension, de son rejet peut-être. Comment aurais-je réagi, quand j'avais neuf ans, si quelqu'un m'avait parlé des hommes avec bienveillance ? Il faut rencontrer des garçons pour comprendre qu'ils ne sont pas si différents des filles. Et Lys n'a pas eu cette chance.

Alors, je me tais, je dépose un rapide baiser sur sa joue et je sors, malheureuse de devoir lui dissimuler ce qui est devenu si important pour moi.

Dans la rue, je fais quelques mouvements d'échauffement. Tout le monde doit croire que je vais vraiment faire du sport.

Tove et Leymah sont toujours devant chez elles. La première est en train de semer des carottes ou des radis, je ne sais pas, tandis que la seconde travaille à la greffe d'un poirier. En me voyant, Tove se relève un peu péniblement, et Leymah se tourne vers moi en souriant. Toutes les deux doivent avoir près de quatre-vingt-dix ans, je pense.

– Ça nous fait plaisir de te voir, dit Leymah. Ta mère était tellement inquiète, elle nous faisait de la peine.

– J'étais malade.

– Je sais, elle nous l'a expliqué. Tu subissais beaucoup de pression dans le cadre de tes études d'agrégée.

– Ça ne m'étonne pas, renchérit Tove. Si les professeures m'avaient proposé cette orientation quand j'étais jeune, je ne sais pas si je l'aurais supporté. De toute façon, ça ne risquait pas d'arriver, je n'étais pas très bonne en classe !

Elle rit et cela creuse les rides au coin de ses yeux.

– Je vous laisse, dis-je. Je vais courir.

– Tu as raison, répond Leymah. C'est le début de l'été, il faut en profiter. En tout cas, sache que, dans le quartier, tout le monde est content pour toi.

– La nouvelle de ton retour a déjà fait le tour des maisons ! confirme Tove.

Je leur souris et je pars à petites foulées. Il pleut un peu, mais rien de gênant. Je me dirige vers la forêt, bien sûr. J'ai toutes les raisons de croire que Pierrick s'est réfugié là-bas après être sorti de l'exploitation de bambous.

Sur mon chemin, je croise plusieurs voisines et toutes me font un signe de la main amical. J'ai l'impression que ma disparition soudaine les avait mises mal à l'aise. Malgré les explications de ma mère, un doute subsistait sans doute dans leur tête. *Après tout, Pénélope est élève agrégée... Et si elle avait utilisé ses capacités pour voyager dans le passé sans autorisation ?* Tout le monde ici se souvient de ma mésaventure, quand je suis restée coincée au Moyen Âge, lors de l'épreuve d'histoire du BAC. Et voilà que je disparais de nouveau, sans que personne ne sache vraiment où je suis ? Il y a de quoi créer une certaine suspicion...

Mais maintenant, je suis de retour et j'ai l'air tout à fait normale. Cela les rassure. Si elles savaient qu'en réalité je suis à la recherche d'un garçon...

J'arrive enfin à la forêt. J'espère repérer rapidement d'autres traces laissées par les baskets de Pierrick. Mieux chaussée que tout à l'heure, j'avance sans risquer de glisser dans la boue à chaque foulée. Je garde les yeux fixés sur le sol, mais le tapis de mousse mêlée de feuilles mortes ne favorise pas les empreintes de pas. Comment faire ? Avancer droit devant, au hasard ? Ou au contraire progresser en faisant de grandes boucles pour ratisser un espace plus large ? Cela va nécessiter un temps fou. Or je n'ai qu'une heure ou deux devant moi, le temps que je prendrais pour un circuit de course à pied... Après, il me faudra rentrer chez moi jusqu'à demain.

Je chemine de façon un peu désordonnée, toujours hésitante sur la méthode à adopter. Déjà trente minutes que j'ai quitté la maison... Mais alors que je franchis une petite butte, un mouvement attire mon attention, un peu plus loin, dans une zone de fourrés assez denses. Ce qui se cache là-bas est trop gros pour être un renard ou un lièvre, et il n'y a pas de sangliers dans ce coin de la forêt. Se pourrait-il que la chance me sourie, déjà ? Est-ce Pierrick ?

Impatiente, j'accélère le pas. Je distingue maintenant un peu de rouge... Mon cœur s'accélère. Pierrick a bien un tee-shirt rouge avec un logo de boxe thaïe dessiné dessus, mais je ne sais pas s'il le portait quand il est parti à l'aide du sèche-cheveux. Pleine d'espoir, je me mets à courir à longues foulées. Si je le pouvais, je crierais son nom, mais je dois rester prudente. Claironner un prénom masculin à mon époque n'est simplement pas envisageable.

Sauf que j'ai été repérée et maintenant, le vêtement rouge s'éloigne en courant. J'estime que ce comportement est un bon signe. Il fuit, c'est donc que je ne me suis pas trompée. C'est lui !

Si je ne peux pas appeler le nom de Pierrick, je peux hurler le mien :

– Attends ! C'est moi, Pénélope !

J'avais raison. En entendant mon prénom, la tache rouge s'arrête net.

Je m'élance vers lui, enfin rassurée. Je souris déjà, je suis si heureuse ! Finalement, j'ai eu de la chance !

Mais ce n'est pas Pierrick que je découvre, immobile dans les fourrés.

C'est Andrea.

Je n'en crois pas mes yeux. Elle est ici, à l'époque moderne ! Elle aussi écarquille les yeux en me voyant. D'abord hébétée, elle se jette ensuite dans mes bras, me serrant de toutes ses forces. Je l'entends pousser un long soupir de soulagement contre ma poitrine.

– Pénélope ! s'exclame-t-elle. Si tu savais... J'ai cru que jamais je m'en sortirais !

Doucement, je la repousse pour mieux la voir. Elle a les cheveux mouillés et emmêlés, et des traces de terre sur la joue.

– Est-ce que tu vas bien ?

– Tellement mieux depuis que tu es là ! répond-elle dans un souffle.

Elle est réellement là, devant moi, mais j'ai du mal à comprendre comment c'est possible. Je lui fais part de ma surprise :

– J'ai cru que tu étais restée à ton époque, comme lors de notre première tentative !

– Et moi, confie-t-elle, j'ai cru que j'étais paumée quelque part entre chez toi et chez moi. C'était horrible.

Être perdue à une époque inconnue, sans connaître personne... Je sais exactement ce qu'elle a dû ressentir.

– Je suis désolée, dis-je en me sentant coupable. C'est ma faute, je n'aurais pas dû te lâcher la main...

– Tu as fait de ton mieux, me rassure gentiment Andrea. Tu n'as pas l'habitude de voyager en emmenant d'autres personnes avec toi. On était deux poids supplémentaires, c'était trop difficile pour une élève agrégée.

– Depuis quand es-tu là ?

– Quelques heures, répond-elle.

Antarès et moi avions donc mal raisonné. Mon amie a en réalité réussi à nous suivre, presque jusqu'au bout, ne s'égarant que très peu de temps avant nous. Elle est en fait arrivée un peu plus tôt. Quelques minutes seulement de décalage, sans doute, mais c'était suffisant pour ne pas se retrouver. Je réfléchis tout haut pour reconstituer ce qui s'est passé :

– Tu es donc arrivée ce matin, comme nous. Ne nous voyant pas, tu t'es éloignée. Quelques instants plus tard, nous avons nous aussi atteint l'époque moderne, mais tu n'étais déjà plus là.

– Où est Antarès ? interroge Andrea en regardant autour de moi.

– Il est parti tout de suite. Il ne voulait pas être surpris par mes contemporaines.

– C'est normal, dit Andrea en hochant la tête d'un air compréhensif. Il fait jour. Il a bien fait d'aller se cacher.

Je ne lui dis pas que le comportement d'Antarès m'a déçue. Après tout, Andrea n'a pas tort et j'ai peut-être été un peu sévère. C'est un homme, il n'a pas droit de cité ici. Pour lui, disparaître est presque un réflexe.

– As-tu des nouvelles de mon frère ? s'inquiète-t-elle.

– J'étais en train de le chercher.

– Tu penses qu'il a pu se perdre à une autre année ? s'alarme mon amie. Comme j'ai failli le faire ?

– Non. J'ai vu l'empreinte d'une de ses baskets, tout à l'heure. Juste à côté d'ici.

– Tu me rassures. Ça aurait été une catastrophe.

– Viens. Il me reste à peu près une heure avant de devoir rentrer chez moi. Je t'expliquerai plus tard. Heureusement, à deux, on a plus de chances de tomber sur lui.

– Où tu crois qu'il a pu aller ?

– Je ne sais pas... Logiquement, il a cherché à s'éloigner des chemins, comme toi.

Et je désigne le cœur de la forêt.

– Plus vite on l'aura récupéré, plus vite on pourra rentrer à mon époque, répond mon amie d'un ton décidé. Je n'ai pas du tout envie de m'éterniser ici.

Et déjà, toujours aussi volontaire, elle se met en route. C'est là que je remarque ce qui aurait dû me sauter aux yeux : elle ne porte plus ses éternels jean et sweat à capuche, mais des vêtements modernes.

– Où as-tu trouvé ces habits ? dis-je avec étonnement.

– Je les ai volés. J'avais trop peur de me faire repérer. Avec ça au moins, j'ai un peu l'air d'une fille du futur.

Je ne peux pas m'empêcher d'éclater de rire. C'est idiot parce que je suis toujours aussi inquiète pour Pierrick, mais l'allure d'Andrea est tellement insolite que je ne peux me retenir.

– Quoi ? se vexe-t-elle. J'ai dit une connerie ?

– Non, non, dis-je en pouffant nerveusement. C'est juste que...

Et je suis de nouveau prise d'une crise d'hilarité.

– OK, proteste-t-elle, c'est pas tout à fait ma taille, mais j'y peux rien si vous êtes toutes des géantes !

– En effet, ces vêtements sont un peu grands pour toi, mais ce n'est pas le plus gros problème...

Je m'esclaffe de nouveau, je n'arrive pas à me calmer. C'est comme si toute la tension accumulée depuis ce matin avait fait sauter une soupape.

Andrea attend, l'air offensé. Je réussis enfin à maîtriser mon fou rire pour lui expliquer :

– Le pantalon et la tunique sont plutôt bien choisis pour aujourd'hui. Ce sont des vêtements de pluie. Par contre, les couleurs ne vont pas du tout ensemble. Tu as l'air d'un clown !

– Tu es sérieuse ? réplique Andrea. Vous mettez toutes des trucs bariolés, j'ai bien vu ! Tout le monde ici a des habits colorés !

– D'accord, nous apprécions les tons vifs et les couleurs joyeuses, mais tu vois bien : vert pomme et rouge vermillon, c'est tout de même une association contestable !

– Comme si j'avais eu le choix ! répond-elle d'un ton agacé. Tu penses que j'ai pu faire mon shopping tranquillement ? Tu crois vraiment que c'était facile, de voler ces fringues sans me faire prendre ?

– Non, bien sûr. Et tu t'es très bien débrouillée, c'était mille fois mieux que de rester en jean. Mais il n'y a pas que ça...

J'éclate à nouveau de rire.

– Quoi encore ?

– Autour du cou… tu portes une nappe !

– C'est un foulard, dit-elle en remettant la nappe en place sur ses épaules, comme pour se draper dans sa dignité. Il est un peu grand, d'accord, mais c'est un foulard quand même.

Je préfère ne pas la contrarier davantage.

– Comme tu veux. C'est un foulard. Mais tu devrais quand même le retirer. Il ne te va pas bien au teint.

Boudeuse, Andrea dénoue la nappe et l'abandonne près d'un arbre. Mon envie de rire s'est calmée. Ce qu'elle a dit me préoccupe, maintenant. Si elle a jugé indispensable de s'habiller conformément à l'époque, c'est qu'elle n'est peut-être pas restée cachée dans la forêt pendant tout ce temps… Cette allusion à un vol n'est pas faite pour me rassurer. Je l'interroge en espérant qu'elle me répondra par la négative.

– Est-ce que tu as été vue ? As-tu croisé du monde ?

– Oui, beaucoup, répond-elle. Dans la rue, puis à la gare et au lycée aussi.

Ça, c'est une très mauvaise nouvelle. L'inquiétude monte en moi et, je l'avoue, je m'énerve un peu :

– Pourquoi es-tu allée dans tous ces endroits ? Ne pouvais-tu pas faire preuve de discrétion ?

– Facile à dire, réplique Andrea. Je te ferai remarquer que j'étais en rade. Il fallait bien que je fasse quelque chose ! Tu veux que je te rappelle dans quel état tu étais quand je t'ai rencontrée la première fois ? Tu n'en menais vraiment pas large. Tu as même tabassé un flic et on a failli le payer cher, toutes les deux ! Alors maintenant que c'est moi qui suis paumée à ton époque, pas de reproches, s'il te plaît.

– D'accord, je te prie de m'excuser. Mais, rassure-moi, tu n'as adressé la parole à personne ?

– Bien sûr que si. Quelle autre solution j'avais ? Rester cachée dans la forêt jusqu'à prendre racine ?

– Je ne sais pas, moi ! N'importe quoi, tant que tu évitais toute interaction avec une femme de mon époque !

– Figure-toi que je m'en suis plutôt bien tirée. Certaines me regardaient de travers, c'est vrai. Quasiment toutes, à vrai dire. Mais aucune ne m'a dénoncée aux Autorités. Comme quoi j'ai réussi à faire illusion !

Elle a l'air plutôt fière d'elle, mais moi je comprends ce qui s'est passé.

– Elles ont dû te prendre pour une réfugiée.

– Une réfugiée d'où ? s'étonne-t-elle. Je croyais qu'à ton époque il n'y avait plus de pays en guerre.

Je suis un peu mal à l'aise, je n'ai pas envie de parler de ça avec elle. Pas maintenant, en tout cas. Je préfère esquiver :

– C'est un peu compliqué à expliquer.

– En tout cas, reprend-elle sans faire attention à mon air fuyant, qu'elles m'aient prise pour une réfugiée ou non, je n'ai pas eu d'ennuis.

Je réfléchis et je ne peux que me rallier à son avis.

– Tu as raison. Si quelqu'une avait appelé la police, tu aurais déjà été arrêtée.

– Tu vois bien ! Je suis peut-être étrangère à ton époque, mais je me débrouille pas si mal. Alors maintenant, on arrête de se prendre la tête et on cherche mon frère.

Nous nous éloignons l'une de l'autre pour avancer en parallèle, concentrées sur le moindre signe qui pourrait nous guider. Nous fouillons le sous-bois en observant chaque bosquet, chaque recoin d'ombre. Mais même à deux, même en ratissant cette zone de la forêt avec toute notre attention, nous ne trouvons aucune trace de Pierrick.

La nuit tombera dans quelques heures, je crois. Là où je suis maintenant, personne ne circule, et même, me semble-t-il, personne ne vit. Par prudence, je préfère quand même attendre l'obscurité. Je tenterai alors de sortir de cet espace exigu où je suis caché depuis des heures. Mais pour aller où ? Je n'ai aucune idée de la façon dont je pourrais partir d'ici.

Je suis ankylosé. J'essaie de changer de position en prenant garde à ne pas attirer l'attention, si toutefois une femme du futur passait par là. Je bouge lentement, et je me réinstalle tant bien que mal entre ces murs de béton.

Puis j'attends, encore.

Soudain, je perçois un mouvement, tout près de moi. Je me fige, sur mes gardes... quand une frêle silhouette se découpe sur le ciel du soir. Un petit visage curieux me contemple maintenant, et me laisse interdit.

CHAPITRE 12

La lumière baisse déjà et, autour de nous, tout semble sinistre. Le ciel est si gris, si bas... Le feuillage des arbres, dense, n'arrange pas les choses.

Pénélope sort une bille de sa poche, de la taille d'un calot. La petite sphère s'allume aussitôt, diffusant une clarté apaisante.

– Presque sept heures, déclare Pénélope, contrariée.

La lueur éclaire la paume de sa main. Si c'est une montre, je n'ai pas vu comment elle y lisait l'heure.

– Qu'est-ce que c'est ? dis-je en touchant la bille du bout des doigts.

– Un tech, me répond-elle.

– Un quoi ?

– Un objet technologique, si tu préfères. Mais tout le monde dit tech.

La bille est douce, satinée. Je la prends dans ma main. Elle est assez lourde malgré sa petite taille.

– Ça sert à quoi ?

– À tout, dit-elle en reprenant l'objet pour le fourrer de nouveau dans sa poche.

Elle a l'air encore plus stressée que tout à l'heure. Sûrement parce que la lumière baisse et que cela va compliquer nos recherches.

– Tu as raison, lui dis-je, le temps presse. On continue par là ?

– Je ne peux pas, objecte Pénélope. Je suis obligée de retourner chez moi.

Je suis choquée, je ne m'attendais pas à cette réaction.

– Tu es sérieuse ? Tu vas abandonner mon frère ?

– Nous continuerons les recherches demain, réplique-t-elle en s'en allant vers la ville.

– C'est pas possible, on ne peut pas le laisser !

– Nous n'avons pas le choix, s'obstine-t-elle.

– C'est quoi ce délire ? Tu vas pas renoncer !

– Andrea, moi aussi, j'aurais préféré que nous le retrouvions aujourd'hui. Mais puisque nous n'avons pas réussi, il faut être raisonnables. De toute façon, si vraiment Pierrick se cache quelque part dans les bois, il est en sécurité.

Elle a parlé sur un ton sérieux qui me donne envie de la secouer. Pourtant, je sais qu'elle est sincère. Mon frère compte pour elle. Je l'ai compris avant qu'elle-même en prenne conscience.

– C'est en ville qu'il risque d'être vu, insiste-t-elle. Ici, il n'y a presque personne.

Et elle continue d'avancer vers l'orée de la forêt. Moi je pense à Pierrick, obligé de se terrer jusqu'au matin... Seul, sans même une lampe de poche ou une couverture. J'ai de la peine pour lui, mais Pénélope a sans doute raison. Une nuit dehors, ce n'est pas le pire. Le vrai danger, c'est ce qui l'attend s'il se fait repérer.

Avant de suivre mon amie, je jette un dernier coup d'œil en arrière, en vain.

Je presse maintenant le pas pour la rejoindre. Elle marche rapidement, visiblement inquiète à l'idée d'avoir passé trop de temps à la recherche de Pierrick. Je la retiens par le bras :

– Tu as retrouvé ta famille, alors ? Tu as réussi à les embobiner ?

– Plus ou moins. En tout cas, je dois les rejoindre pour la nuit.

– D'accord, mais comment on se retrouve, demain ?

– Que veux-tu dire ? s'étonne-t-elle.

– Demain matin... À quelle heure tu reviens pour qu'on reprenne les recherches ?

À vrai dire, cette perspective m'angoisse un peu. Comme Pierrick, je suis tout à fait capable de survivre à une nuit dans les bois, mais je m'en serais bien passée. Il fait déjà plus froid, avec le soir qui tombe, et même si je n'ai pas peur du noir, je trouve les zones d'ombre assez inquiétantes. Et puis je ne sais pas trop si les forêts du futur sont comme les nôtres...

– Andrea, sourit gentiment Pénélope, n'aie pas peur.

– J'ai bien le droit d'être un peu nerveuse.

– Qu'est-ce que tu vas imaginer ? Je ne vais pas te laisser dormir ici. Tu viens avec moi bien sûr.

Et elle me sourit gentiment. Je respire. Je l'avoue, je préfère ça. Je marche sur ses pas, un peu réconfortée.

Quelques minutes plus tard, nous arrivons en bordure de forêt. Pénélope me fait signe de rester en arrière et regarde à droite et à gauche.

– La voie est libre. Viens, je vais t'expliquer.

Je la rejoins et elle me désigne le toit d'une maison en bois, un peu plus loin dans la rue voisine.

– C'est là que j'habite. Tu iras seule en passant par ce chemin. Tu t'introduiras dans le jardin et tu te cacheras derrière la cabane à outils. Tu ne peux pas te tromper, il y a un carillon à vent accroché au toit. Je viendrai te chercher un peu plus tard. Compris ?

J'acquiesce.

– Et si quelqu'un me voit ?

– Ce ne serait pas trop grave. Elles te prendraient pour une vagabonde. L'essentiel, c'est que personne ne te voie avec moi, ni ne remarque que tu entres dans ma maison.

– D'accord.

– Je pars la première. Attends quelques minutes avant d'y aller.

Pénélope s'éloigne, passant par la rue. Elle tourne au coin d'une villa et je ne la vois plus. Je compte lentement dans ma tête pour m'empêcher de sortir tout de suite de la forêt. Je n'aime pas rester seule ici.

99... 100... J'y vais.

J'avance comme si je n'avais rien à me reprocher. Les environs sont déserts à cette heure-ci. Les gens doivent être en train de dîner. J'espère ne croiser personne mais, quelques pas plus loin, une femme me voit. Elle fronce les sourcils et s'empresse de rentrer chez elle, refermant aussitôt la porte comme si j'allais l'agresser. J'ai donc vraiment une allure de délinquante ?

Cela me met mal à l'aise. Heureusement, dans un instant, je serai à l'abri. J'emprunte le chemin indiqué par Pénélope et j'arrive sans encombre en vue de sa maison. Je vérifie que personne ne me regarde et je me faufile dans le jardin, à l'arrière. En effet, il y a un abri à outils au fond, sous un noisetier. Un carillon à vent y est suspendu, décoré avec des plumes. C'est un enfant qui l'a fabriqué. Je me glisse derrière la cabane et j'attends.

Au début, je n'entends pas d'autre bruit que celui des oiseaux et des bambous du carillon qui s'agitent doucement dans le courant d'air. Un chat passe par là et tourne la tête vers moi, avant de poursuivre son chemin, indifférent. Cela me semble long. La nuit commence à tomber.

Puis des voix me parviennent par la fenêtre entrouverte. Je reconnais celle de Pénélope, en conversation avec deux autres personnes, dont un enfant. Je me penche pour essayer de voir. À l'arrière de la maison, il y a une porte qui donne sur la cuisine. La lumière est allumée, chaleureuse, et je peux voir une femme en train de mettre la table. Je devine que c'est Jane, la mère de Pénélope. J'aperçois aussi sa petite sœur, Lys.

– As-tu bien couru ? demande la mère.

– Oui, c'était agréable, répond Pénélope.

– Merci d'être passée chez Leymah et Tove, reprend Jane. Qu'ont-elles préparé ?

– Des lasagnes aux aubergines, dit Pénélope.

– Miam, commente la petite sœur. C'est leur meilleure recette, avec la pizza.

J'entends ensuite des bruits de couverts et je réalise que moi aussi je meurs de faim. Mon dernier repas date d'hier soir, ou plus exactement d'il y a cent soixante-huit ans.

Je suppose que Pénélope attend la fin du dîner pour monter dans sa chambre. Discrètement, elle viendra me chercher et je me faufilerai chez elle. Même si mes vêtements du futur ont étonnamment bien résisté à l'humidité, je suis impatiente d'être au sec, au chaud, et de pouvoir manger.

Mais soudain, j'aperçois une silhouette qui s'avance dans le jardin. C'est une femme d'une quarantaine d'années, dont les cheveux sont rasés sur le côté et longs sur le reste de la tête, un peu comme ceux d'une punk, mais sans le gel qui tient les mèches toutes droites. Sur à peu près n'importe qui, ça serait moche. Sur elle, ça souligne ses yeux bleus, ses pommettes bien dessinées et sa nuque fine.

Elle frappe au carreau de la cuisine. Ce doit être une habituée de la maison, sinon elle serait passée par l'entrée principale. Heureusement, elle ne m'a pas vue.

Je retourne m'abriter derrière la cabane en espérant que cette visite ne retarde pas trop Pénélope, quand j'entends la porte de la cuisine qui s'ouvre et la voix sèche de la mère :

– Que fais-tu ici ?

Apparemment, la visiteuse n'est pas la bienvenue.

CHAPITRE 13

Ma mère contient sa colère. Un silence tendu a envahi la cuisine. Par la fenêtre entrouverte, je sens l'air humide du jardin pénétrer dans la pièce. Assise à table en face de moi, Lys me jette un coup d'œil. Elle sait, elle aussi, que les relations entre notre mère et sa sœur sont compliquées.

– Puis-je entrer ? demande calmement Phoolan.

Mais ma mère refuse de la recevoir. Au contraire, elle fait un pas pour sortir et referme la porte derrière elle. Malgré la pluie, ma marraine reste donc dehors, comme une visiteuse malvenue. Un peu atténuées, leurs voix nous parviennent tout de même.

– Je dois te parler, insiste Phoolan.

– Je pensais pourtant avoir été claire, réplique ma mère.

– Tu ne peux pas briser ainsi notre famille, reproche ma marraine.

– Ce n'est pas notre famille qui t'intéresse.

– Laisse-moi au moins parler à Pénélope.

Ma marraine me regarde à travers la vitre, mais je ne sais pas trop comment réagir. La situation est tellement étrange...

– C'est hors de question, objecte ma mère.

– Cela fait un an que tu m'empêches de la voir, supplie Phoolan.

Je suis déconcertée... Ça, je l'ignorais. C'est vrai, je n'ai pas vu ma marraine depuis tout ce temps, mais je pensais que c'était simplement parce que toutes les deux s'étaient disputées... Jamais je n'aurais imaginé que ma mère puisse faire obstacle entre Phoolan et moi. Perturbée par cette révélation, je ne sais que penser. Je sens le regard de Lys posé sur moi. Elle est surprise, elle aussi.

– Tu sais pourquoi j'ai agi ainsi, répond ma mère.

– Je dois absolument m'entretenir quelques instants avec Pénélope, insiste ma marraine.

Mais ma mère reste imperturbable et se contente de répliquer :

– Va-t'en.

– S'il te plaît... Après, je vous laisserai tranquilles, je te le promets.

Je n'ai jamais vu ma marraine comme ça. C'est elle l'aînée, et elle a toujours eu de l'ascendant sur ma mère, d'un caractère moins trempé. Pourtant, ce soir, je la vois... oui, implorante. Cela me laisse une impression étrange, je suis mal à l'aise. Je ne sais pas du tout de quoi Phoolan voudrait me parler... Pour tout dire, je me sens un peu perdue.

– Tu nous as fait assez de mal comme ça, conclut ma mère.

Maman est habituellement calme et posée, mais là, face à sa sœur, elle semble sur le point d'exploser. Phoolan comprend qu'il est inutile d'insister. Elle me lance un nouveau regard dans lequel je lis un appel silencieux, puis elle s'en va.

Ma mère revient dans la cuisine, referme la porte derrière elle et tire le rideau.

– Je vais réchauffer nos assiettes, se contente-t-elle de dire.

Lys ne fait aucun commentaire. Moi non plus. Quand notre mère est comme ça, mieux vaut ne pas insister.

Je ne dis rien, mais les questions se bousculent dans ma tête. Je suis très tentée de finir rapidement mon repas pour filer dehors. Je suis presque sûre que Phoolan va m'attendre dans la rue, espérant que je désobéisse à ma mère et que je vienne lui parler. Ma curiosité est forte, mais je ne peux pas faire une chose pareille. Pour plusieurs raisons.

Petit un, ma mère pourrait me surprendre, et ce n'est pas le moment pour moi d'avoir des ennuis avec elle.

Petit deux, Andrea m'attend, cachée derrière la cabane à outils. Je ne dois pas tout mélanger. Pour l'instant, c'est elle qui compte.

Je prends donc tout mon temps pour dîner, afin de rassurer ma mère sur mes intentions. Si vraiment Phoolan m'attend, elle comprendra bientôt que je ne viendrai pas et elle s'en ira. Ça me fait un peu de peine, elle avait l'air sincère... Mais je ne dois pas compromettre la suite de nos recherches. Ce soir, je dois m'employer à mener une vie de famille normale.

Ma mère demande à Lys de raconter sa journée, et ma sœur s'exécute, consciente de sa mission : parler d'autre chose. D'un ton volontairement gai, elle explique qu'elle va bientôt assister à un concert avec sa classe, une sortie qui la réjouit beaucoup, et je lui souris. Ses efforts pour que ma première soirée à la maison se passe bien me touchent sincèrement.

CHAPITRE 14

La visiteuse est repartie après un échange bizarre avec la mère de Pénélope. Cachée derrière mon abri, je n'entendais pas bien, mais ça avait l'air d'une belle embrouille.

Maintenant, la soirée semble se passer de nouveau normalement. La conversation en famille se poursuit, banale. La fenêtre est restée entrouverte et j'entends toujours leurs voix. Lys a raconté un truc d'école, et maintenant Jane explique que le lycée est prévenu et que Pénélope pourra reprendre les cours lundi. Mon amie acquiesce sans la contredire.

Puis la petite sœur annonce fièrement qu'elle a fait un gâteau au chocolat et qu'il est encore chaud. En effet, une odeur délicieuse me parvient et mon estomac est aussitôt victime de crampes.

Le temps qu'elles prennent pour manger le gâteau est interminable. Enfin, Jane demande à Lys de monter se brosser les dents puis se coucher, et le silence se fait.

De longues minutes s'écoulent encore. Il fait vraiment noir maintenant. Je pourrais presque me demander si mon amie ne m'a pas oubliée, mais soudain, j'entends quelqu'un approcher. Enfin, c'est Pénélope. Elle vérifie que personne ne peut nous voir et me rejoint derrière l'abri.

– Suis-moi, chuchote-t-elle. Ma mère lit une histoire à ma petite sœur.

– Je l'ai vue par la fenêtre. Vous ne vous ressemblez pas du tout, elle et toi.

– C'est à cause de la politique de partage des gamètes.

– Qu'est-ce que c'est que ça ?

– Tu sais bien que les femmes de mon époque font des bébés en se passant de la collaboration des hommes.

– Oui. Vous faites une sorte de fécondation *in vitro* avec le patrimoine génétique de la mère et celui d'une donneuse.

– Exactement. Et pour encourager une plus grande richesse génétique, les gamètes des donneuses circulent d'un continent à l'autre. Cela favorise le métissage.

– C'est pour ça que ta sœur a des traits asiatiques.

– Oui, et moi j'ai certainement des ancêtres sur le continent africain. Mais tiens-tu vraiment à ce qu'on ait cette discussion maintenant ? Il me semble qu'il y a plus urgent. Viens. Tu vas te cacher dans ma chambre.

Nous sortons de là pour longer rapidement le potager et pénétrer dans la maison par la porte de derrière.

La pièce dans laquelle je viens d'entrer ressemble en tout point à une cuisine de mon époque. Des meubles encastrés, un plan de travail équipé de ce qui me paraît être des plaques à induction. À côté de l'évier est posée la vaisselle sale. Les verres sont en verre et les assiettes en porcelaine. Il y a une corbeille de fruits, du pain posé sur une planche à découper, avec un couteau tout à fait banal abandonné parmi les miettes. Au milieu, une table et des chaises en bois. Une salière. Une carafe d'eau. Un dessous-de-plat pour poser les casseroles chaudes. C'est accueillant, et terriblement banal.

Mais je n'ai pas le temps de m'attarder. Pénélope a avancé jusqu'au pied de l'escalier et me fait signe de la suivre. En passant, je jette un coup d'œil au salon, qui a l'air, lui aussi, parfaitement ordinaire, avec son canapé et sa table basse.

À l'étage, je distingue la voix de Jane en pleine lecture. Pénélope met un doigt sur sa bouche. À chaque nouvelle marche, j'espère que les lames de bois ne vont pas grincer, mais ça va. Pour avoir un point d'appui et me faire plus légère, je pose le bout des doigts sur le mur... Et là, j'étouffe un cri de dégoût en retirant vivement ma main.

Le mur est mou !

Pénélope se retourne aussitôt et me foudroie du regard. Je lui désigne le mur en faisant la grimace, mais elle secoue la tête d'un air sévère et m'ordonne silencieusement de me dépêcher.

Je n'ose plus toucher à rien. Sur le palier, la porte de la chambre de Lys est entrouverte. J'entends plus nettement sa mère qui lit à voix haute… Heureusement, la chambre de Pénélope est de l'autre côté et, un instant plus tard, nous sommes à l'intérieur. Soulagée, mon amie referme la porte derrière nous.

– Es-tu folle ! me reproche-t-elle en chuchotant, l'air vraiment fâchée. Tu as failli nous faire surprendre !

– Je suis désolée… J'ai eu trop peur quand j'ai vu que le mur s'enfonçait !

Un moment, je me demande même si cette maison n'est pas purement et simplement un hologramme. Une image qui s'évanouit quand on essaie de la toucher. Tout ce que je vois ne serait qu'une illusion, un décor qui ressemblerait à une maison de mon époque, mais qui cacherait en réalité un lieu hypermoderne…

Je regarde autour de moi, pas trop à l'aise. Ici aussi, on dirait une chambre normale. Un lit avec une couette et un oreiller, un bureau. Au sol, du parquet et un tapis.

Prudemment, j'avance la main vers le mur. Il est tout aussi mou, mais il m'oppose une résistance si j'appuie davantage. Ce n'est pas un hologramme, plutôt une surface genre chamallow.

– C'est du papier peint, tout simplement, indique Pénélope en chuchotant toujours.

– À mon époque, dis-je sur le même ton, le papier peint n'est pas comme ça.

– Oui, je me suis toujours demandé comment vous pouviez vivre dans des logements si peu accueillants. Des murs aussi durs que du béton, c'est vraiment inconfortable.

– Toutes vos maisons sont comme ça, à l'intérieur ?

– Bien sûr. C'est tellement plus douillet.

J'observe autour de moi, méfiante. Quelles surprises cache encore cette maison ? Je cherche dans les coins, au plafond ou sur les murs. Je ne me sens pas en sécurité ici.

– Est-ce qu'il y a des caméras ?

– Pardon ? s'étonne Pénélope.

– S'il y a des caméras dans ta chambre, il faut tout de suite les empêcher de me filmer. On doit mettre un chiffon devant l'objectif et localiser les micros aussi.

– Pourquoi voudrais-tu qu'il y ait des caméras ? demande Pénélope, l'air perplexe.

– Pour te surveiller, tiens.

– C'est à ton époque qu'il y avait des caméras dans les rues. Quelques années avant ta naissance, en 1984, je crois même qu'il y en avait partout.

– Qu'est-ce que tu racontes ?

– Mais oui. Quand votre président de la République s'appelait Big Brother.

Je la regarde de travers.

– *1984* est un roman.

– En es-tu sûre ? demande-t-elle. Quand j'étais chez toi, j'ai vu des caméras dans les magasins et même parfois dans les rues.

– On en a dans les lieux publics, c'est vrai, mais pas dans les maisons.

– Ah bon ? Alors c'est exactement comme chez nous.

Elle a l'air sûre d'elle. Malgré tout, j'aimerais être certaine qu'elle a raison et que personne ne nous épie.

Je ne peux pas m'empêcher de continuer à scruter la chambre de Pénélope d'un air suspicieux.

Alors, quand la fenêtre s'ouvre sans prévenir et que quelqu'un jaillit dans la pièce, je fais un bond en arrière, au bord de l'infarctus.

CHAPITRE 15

Andrea a sursauté comme si elle avait vu un fantôme, faisant tomber ma lampe de chevet. En réalité, c'est Antarès qui vient de s'introduire dans ma chambre. Je ne sais pas comment il a fait pour trouver mon adresse, mais il est bien là. Il a escaladé la glycine et s'est introduit par la fenêtre. Ce garçon se déplace comme un chat, cela m'a toujours frappée.

– Tu m'as foutu une de ces peurs ! chuchote Andrea.

– Désolé, répond-il à voix basse.

Mais aussitôt, nous nous figeons tous les trois car ma mère m'appelle :

– Pénélope ! Tout va bien ?

– Oui oui ! J'ai seulement fait tomber ma lampe !

– Viens souhaiter bonne nuit à Lys, crie-t-elle de nouveau. Elle veut que tu l'embrasses.

Je signifie à Andrea et Antarès de ne pas faire un bruit, et je sors de ma chambre.

Lys est blottie sous sa couette. Il y a des colibris imprimés sur le tissu de la housse. J'en connais bien le motif. Ces draps étaient à moi quand j'étais enfant. Comme chaque soir, Lys a réglé son tech sur l'image d'une prairie dont les hautes herbes ondulent doucement dans le vent. Cela donne l'impression qu'elle va dormir à la belle étoile. Moi aussi j'aimais faire ça, autrefois.

Je viens m'asseoir au bord du lit.

– Je sais que je ne suis plus un bébé, s'excuse Lys, mais j'avais quand même envie que tu me fasses un câlin.

Je la rassure d'un sourire et je lui fais un bisou qui claque sur les joues, le front et les mains.

– Bonne nuit, petite sœur.

– Bonne nuit, Péné.

Ma mère nous regarde, heureuse de nous voir de nouveau réunies, mais je ne m'attarde pas. Je veux savoir si Antarès a trouvé un indice concernant Pierrick. Je trouve un prétexte :

– Je vais réviser mes cours pour lundi.

– Veux-tu de l'aide ? propose gentiment ma mère.

– Non merci. Je préfère rester seule pour me concentrer.

Je rejoins Andrea et Antarès, refermant soigneusement la porte derrière moi. Ils sont en train de chuchoter, l'un près de l'autre, et je devine sans peine l'émotion d'Andrea. Elle a toujours eu un faible pour lui.

J'entends ma mère qui descend l'escalier et regagne la cuisine. Bien. Le risque qu'elle nous surprenne est moins grand si elle est au rez-de-chaussée.

Andrea se tourne vers moi, l'air désappointée.

– Antarès n'a rien trouvé. Aucune trace de Pierrick. Pourtant, il a cherché dans la forêt, lui aussi.

Je ne veux pas croire que Pierrick ait réussi à se cacher sans laisser aucun indice derrière lui. J'insiste :

– As-tu cherché longtemps ?

– Oui, répond Antarès. Andrea vient de me dire que tu avais vu une empreinte dans les bambous. J'ai cherché de ce côté-là aussi, mais je n'ai rien repéré.

– Es-tu certain d'avoir exploré les environs sérieusement ? dis-je d'un ton accusateur. N'as-tu pas préféré rester à l'abri ?

– J'ai fait le maximum, répond-il en se fermant, blessé par mes propos.

– C'est bien ce que je pensais. Tu t'es caché peureusement.

– Arrête, Pénélope ! intervient Andrea, choquée. Antarès a évité les lieux peuplés. Tant qu'il faisait jour, il n'avait pas le choix. À quoi ça aurait servi, s'il s'était fait prendre ? On aurait été bien avancés.

Au fond de moi, je sais qu'elle a raison, mais je suis tellement inquiète... Ça me rend peut-être un peu injuste, je l'avoue.

– Il faut essayer de raisonner comme mon frère, reprend Andrea. Imaginer sa réaction en arrivant ici et comprendre où il a choisi d'aller.

– Nous avons besoin d'une carte, dis-je.

Je pose mon tech sur mon bureau et j'affiche le plan de la ville et des environs. L'image se projette aussitôt et couvre la surface du sol au plafond. Andrea écarquille les yeux, elle n'est pas encore habituée à notre technologie, tellement plus avancée que celle du Moyen Âge. Je commence à examiner le plan, comptant sur l'aide d'Antarès. Il a sûrement une idée des endroits où Pierrick a pu se cacher, mais je vois bien qu'il a du mal à se concentrer. En fait, depuis qu'il est dans ma chambre, il est nerveux. Il regarde autour de lui comme un animal pris au piège et n'ose toucher à rien. Je me doute qu'il n'a pas l'habitude de se trouver dans une maison, lui qui a toujours vécu loin de la civilisation, mais j'aimerais qu'il se focalise sur nos recherches. Sauf que c'est exactement le contraire qui arrive.

– Regardez ça sans moi, lâche-t-il, mal à l'aise. Je repars.

– On doit d'abord décider ensemble où il faut chercher, objecte Andrea.

– J'étais juste venu vous prévenir, répond rapidement Antarès. Je veux profiter de la nuit pour pousser plus loin les recherches. On est en juin, le jour se lève tôt, j'ai peu de temps devant moi.

S'il ne parvient pas à surmonter son angoisse, nous serons moins performants. Contrôlant mon agacement, je le lui fais comprendre :

– Reste encore un peu. Andrea a raison. Nous serons plus efficaces si nous ciblons précisément la meilleure zone où fouiller.

– Je n'ai pas besoin de plan. Je connais la région comme personne. Je le trouverai.

– On a plus de chances de réussir en restant à trois, intervient Andrea, inquiète.

– Laissez-moi faire, rétorque Antarès d'un ton ferme. Je vais le localiser cette nuit. Il est hors de question que notre séjour ici se prolonge.

Mais sa voix est comme enrouée quand il ajoute :

– Si je dois passer trop de temps à cette époque... je ne le supporterai pas.

Il est agité et Andrea aussi l'a perçu.

– Antarès, murmure-t-elle, je sais que c'est pas facile pour toi de revenir ici.

D'un coup, Antarès n'a plus rien du garçon impatient que nous avions devant nous. Son regard s'est voilé et il semble fragile maintenant. Doucement, Andrea passe le bras autour de ses épaules.

– C'est pour ça que je te remercie vraiment d'être venu avec nous. Grâce à toi, on a beaucoup plus de chances de retrouver mon frère. Mais c'est mieux de prendre un moment pour réfléchir ensemble.

Un peu apaisé, Antarès hoche la tête. Il prend sur lui.

– D'accord. Étudions la carte. Mais vite.

Cette décision est plus sage et, d'un geste de la main, j'élargis le périmètre autour de ma maison pour avoir une vue d'ensemble. Mon quartier, le lycée, la plantation de bambous, la forêt, le centre-ville, la gare, la voie ferrée qui relie Paris à la banlieue plus lointaine, la Seine... Mais soudain, je remarque qu'Andrea est toute pâle et je la retiens alors qu'elle vacille.

– Qu'as-tu ? dis-je, alarmée.

– Je crois que j'ai besoin de manger, répond-elle d'une voix faible.

Quelle idiote ! Je n'ai même pas pensé à la nourrir, comme si j'ignorais la perte énergétique causée par les déplacements temporels. Je fais une amie terrible. Honteuse de mon égoïsme, je me confonds en excuses et je l'aide à s'asseoir sur mon lit. Puis je file à la cuisine en préparant une excuse pour ma mère. Je lui dirai que mon circuit de course à pied m'a ouvert l'appétit et que malgré le dîner, j'ai encore faim.

Finalement, mentir une nouvelle fois ne sera pas nécessaire. Ma mère est sortie dans le jardin. Elle va parfois respirer l'air du soir, seule, même quand il pleut. La visite de Phoolan l'a perturbée, à l'évidence.

Cela m'arrange bien. Je coupe rapidement une large tranche de pain, j'attrape de la purée de pois chiches dans le réfrigérateur. C'est riche en protéines. Et je n'oublie pas une part de gâteau au chocolat, pour les glucides. Un grand verre d'eau aussi. Les bras chargés, je remonte aussitôt à l'étage.

Andrea est toujours aussi blanche et je l'encourage à commencer par le gâteau.

– Tu as besoin de sucre, dis-je.

Elle mâche lentement et, petit à petit, les couleurs lui reviennent.

– Ça fait du bien, avoue-t-elle.

– Bois.

Elle m'obéit et je propose à Antarès de se restaurer, lui aussi. Il accepte. Je l'interroge sur sa vie passée, tout en préparant pour Andrea une tartine de houmous.

– Où te cachais-tu, quand tu vivais ici ?

– Je changeais d'endroit très régulièrement, répond-il en mangeant.

– Y avait-il un lieu que tu trouvais plus sécurisant que les autres ? Un abri que Pierrick aurait pu adopter ?

– C'est difficile à dire, tout dépend de la direction qu'il a prise… En été, je restais souvent dans la forêt. Il m'est arrivé de m'abriter dans d'anciennes carrières de craie, aussi.

J'échange un regard avec Andrea. Nous connaissons bien ce lieu, et ce n'est pas un très bon souvenir.

– Mais l'accès est difficile à trouver, reprend Antarès. En revanche, Pierrick s'est peut-être dirigé vers les serres municipales. Il y a là-bas un hangar qui m'a régulièrement servi de refuge.

– Nous irons. As-tu une autre idée ?

Antarès continue de réfléchir.

– Derrière la ressourcerie, il y a un entrepôt où les techniciennes stockent leur matériel.

– Montre-nous sur la carte.

Preuve que la crise d'hypoglycémie d'Andrea est passée, elle réfléchit de nouveau comme avant, avec vivacité.

– C'est là, dit-il en désignant une zone plus au sud. Sinon, je pense aussi à la maison de santé. Le bâtiment le plus ancien est rarement utilisé.

C'est cohérent. Tous ces endroits sont près du lieu où j'ai vu l'empreinte de Pierrick. Mais juste à ce moment-là, une petite lumière rouge se met à clignoter au centre de mon tech.

– Il y a une alerte d'information, dis-je avec inquiétude.

Je pourrais l'ignorer mais, vu les circonstances, je préfère être au courant du moindre événement. Je dirige donc mon regard vers le signal rouge et, ma demande prise en compte, l'information apparaît devant nos yeux.

Le texte est bref. Il annonce : *Un homo sapiens de sexe mâle aurait été aperçu cet après-midi dans le sud-ouest de la région parisienne. Vigilance.*

Je me tourne vers Andrea et Antarès. Ils sont aussi consternés que moi.

CHAPITRE 16

Le témoignage de cette riveraine est en cours d'expertise. Aucune image n'a pu être saisie pour l'instant, et les Autorités estiment qu'il s'agit sans doute d'une méprise. À ce jour, toutes les alertes de ce type se sont soldées par un non-lieu. Des chercheuses ont toutefois été envoyées dans la zone concernée, et des patrouilles se déploient actuellement au sol. Les habitantes du secteur peuvent maintenir une activité normale, mais sont encouragées à signaler tout détail suspect aux forces de police.

La journaliste qui parle semble être dans la chambre avec nous. C'est carrément stressant. L'image est en 3D, incroyablement précise, et le son est tellement net… J'ai l'impression terrifiante que cette femme peut nous voir et que, dans un instant, elle va pointer du doigt Antarès et le dénoncer.

Une petite carte s'affiche devant la journaliste, sur laquelle s'animent des cercles concentriques, localisant l'endroit exact où l'homme a été signalé. Il me semble reconnaître les lieux, mais je ne suis pas sûre.

– C'est juste à côté d'ici, confirme Antarès. En bordure de forêt.

– Crois-tu que c'est toi qui as été vu ? demande Pénélope.

– Non, réplique-t-il. J'en suis certain. C'est Pierrick.

Pénélope hoche la tête, sans mettre en doute la parole d'Antarès. C'est logique. Mon frère ne connaît pas ce monde, il a sans doute eu des difficultés à échapper aux regards, surtout en plein jour. Maintenant, une chasse à l'homme est organisée. Une course contre la montre vient donc de commencer. Si Pierrick est localisé par les Autorités avant que nous le retrouvions, c'est la fin.

– Je viens avec toi, dis-je en me levant pour accompagner Antarès.

Mais Pénélope me retient :

– Tu vas te faire repérer.

– Je veux retrouver mon frère.

– Moi aussi, rétorque-t-elle. Mais pour l'instant, c'est trop risqué.

– Laisse-moi y aller !

– Nous sommes passées en vigilance rouge, insiste Pénélope. Il va y avoir des patrouilles de police. Tu ne pourras pas justifier ta présence dehors à une heure aussi tardive.

– Justement, il fait noir. Je me cacherai comme Antarès

sait le faire, je me déplacerai sans me faire voir. Il y arrive bien !

– Lui, oui. Mais je doute que tu saches en faire autant.

Déjà, Antarès enjambe le bord de la fenêtre pour disparaître dans la nuit. Il ne m'a pas attendue. Je suis en colère contre Pénélope qui m'a empêchée de le suivre :

– Si on retrouve Pierrick, on pourra se tirer d'ici aussitôt ! Même s'ils nous repèrent, les flics ne pourront rien contre nous. Un instant plus tard, nous aurons disparu, nous serons à l'abri chez moi !

– Tu ignores combien de temps il nous faudra pour découvrir où il se cache, réplique Pénélope. Si cela dure trop, tu augmentes le risque d'être arrêtée, toi aussi.

– Je n'ai pas peur.

– Et comment ferons-nous si Antarès retrouve ton frère, mais que toi tu es entre les mains des Autorités ? À cause de cette erreur, nous serons obligés de rester à l'époque moderne !

Je souffre de devoir lui donner raison. C'est insupportable pour moi de rester inactive alors que Pierrick est menacé. Ça me rend injustement agressive :

– Et toi ? Pourquoi tu n'y vas pas maintenant ?

– Ma mère se rendrait compte de mon absence, répond Pénélope d'un air sombre.

– Retrouver Pierrick est plus important que de te faire gronder par ta mère !

– Tu sais bien que j'ai un passif. Une sorte de casier judiciaire, si tu préfères. Après mon premier voyage à ton époque, j'ai failli avoir de gros ennuis. Et là, je viens de disparaître à nouveau pendant un mois.

– Ta mère n'a pas l'air très en colère, puisque tu es tranquillement chez toi.

– C'est vrai, admet Pénélope. Elle a même fait plus que m'ouvrir de nouveau la porte de la maison. Elle m'a protégée.

Mon amie me raconte alors comment sa mère l'a accueillie, tout à l'heure, et le mensonge qu'elle a échafaudé pour que sa fille ne soit pas inquiétée. Elle a prétexté une sorte de *burn out* qui nécessitait une mise au vert chez sa marraine.

– Mais si je filais d'ici en pleine nuit, reprend Pénélope, je ne sais pas comment elle réagirait. Peut-être que cette fois, elle ne me pardonnerait pas. Et si elle découvrait notre secret, la présence de Pierrick à notre époque... peut-être même qu'elle me dénoncerait.

Silencieuse, je n'insiste plus. Je vois bien que Pénélope souffre à cette idée.

– Je suis désolée, reprend-elle tristement. Tout cela est ma faute, depuis le début. Je vous ai fait beaucoup de mal, à toi et à ta famille.

– Pénélope... Comment tu peux dire ça ? Sans toi Pierrick serait mort à l'heure qu'il est, de même que la moitié de l'humanité ! On va y arriver. Fais confiance à mon frère. C'est un garçon, je sais, mais il n'est pas idiot. Il a forcément compris qu'il doit se cacher et si tout va bien, Antarès le trouvera rapidement. Demain, on les rejoindra et on se tirera d'ici.

Mais pile à ce moment, on entend des pas dans l'escalier et une seconde plus tard, la mère de Pénélope frappe à la porte. C'est la panique totale ! J'espère que nous parlions assez bas... Vite, je me cache sous le lit, juste à temps avant qu'elle n'ouvre la porte. Mon cœur bat super fort et j'essaie de ne faire aucun bruit. Elle est là, je vois ses jambes à deux mètres de moi.

– Il est tard, indique Jane. Tu devrais dormir.

– D'accord maman, répond Pénélope. Bonne nuit.

– Bonne nuit à toi aussi.

Elle semble hésiter un instant, puis je vois ses pieds avancer vers ceux de Pénélope et je devine qu'elle serre sa fille dans ses bras.

– Je suis tellement heureuse que tu sois revenue, murmure-t-elle.

Je ne peux pas voir son visage, mais je perçois l'émotion dans sa voix. Ça me touche, même si la seule chose que je souhaite pour l'instant, c'est qu'elle ressorte de la chambre.

Heureusement, elle ne s'attarde pas davantage et quand la porte est refermée, je m'extrais de ma cachette. Pénélope souffle de soulagement.

– On a eu chaud, dis-je à voix basse.

– Il faut qu'on fasse plus attention.

Encore un peu nerveuse, elle rallume sa bille technologique pour suivre les informations. Aussitôt, l'image de la journaliste réapparaît, façon hologramme comme tout à l'heure. Pénélope règle le son en sourdine.

– Avec nous, sur le plateau, Hypatie Filledeharriet. Hypatie, que pensez-vous de cette alerte ?

À côté de la journaliste intervient une femme plutôt âgée, la peau ridée, tannée par le soleil, et les cheveux gris coupés court.

– C'est une anthropologue, précise Pénélope à mon intention. Celle qui a écrit le *Guide du comportement médiéval.*

Devant nous, Hypatie répond :

– Des événements de ce genre se produisent régulièrement. Il faut bien comprendre que ces témoignages sont toujours de bonne foi. Cependant, à chaque occurrence, une explication tout autre a été trouvée. L'homme aperçu est en réalité une femme à l'allure un peu massive, ou même simplement un gros chien à peine discernable dans la pénombre.

– Ne peut-on pas imaginer qu'un homme du Moyen Âge puisse se déplacer jusqu'à notre époque ?

– Bien sûr que non ! s'amuse Hypatie. L'oreille interne masculine ne permettait pas le déplacement temporel.

– Un article récent paru dans le magazine Science *a suggéré le contraire...*

– Cette théorie manque d'arguments.

– Vous estimez donc que cette alerte est sans fondement ?

– Oui. Des battues ont été organisées en urgence par les Autorités, mais je n'ai pas de doute à ce sujet : dans les heures qui viennent, l'alerte sera levée.

–Nos concitoyennes peuvent donc être rassurées. Comment expliquer que de telles erreurs soient encore possibles à notre époque ?

–Il s'agit de résurgences archaïques, un peu comme à l'époque médiévale, où les bêtes effrayantes peuplaient l'imaginaire collectif. Le monstre du Loch Ness, le yéti, la bête du Gévaudan... Rien de très sérieux.

–Merci, Hypatie.

La journaliste enchaîne sur d'autres informations. Je ne peux pas m'empêcher de chuchoter :

–J'ai toujours été convaincue que ton *Guide du comportement médiéval* était foireux.

–Quand je pense qu'il est étudié par toutes les lycéennes... avoue Pénélope.

Nous passons la nuit dans le silence et l'inquiétude, presque sans dormir. Toutes les deux, nous avons sans cesse à l'esprit ces battues qui ont lieu en ce moment même, et le risque que courent à la fois Pierrick et Antarès.

De temps en temps, je m'assoupis, épuisée, puis je me réveille en sursaut et je réalise que je n'ai pas rêvé.

Je suis dans le futur et j'ai peur.

Quand je me réveille pour de bon, le jour se lève. Pénélope tient son tech dans le creux de sa main. Elle voit que j'ai ouvert les yeux et me tient informée :

–L'alerte vigilance n'est pas levée, mais nous allons sortir quand même. Les citoyennes ont pour consigne de vaquer normalement à leurs occupations, personne ne devrait donc nous remarquer.

– D'accord.

– Je dirai à ma mère que je vais me promener. Toi, tu sortiras discrètement de la maison et tu me rejoindras à l'orée de la forêt, là où nous nous sommes séparées hier. Tu retrouveras l'endroit ?

– Oui.

Ces consignes données, Pénélope descend rejoindre sa mère pour le petit déjeuner. Le temps me semble long, à nouveau, mais je sais que mon amie doit éviter d'avoir l'air pressée pour ne pas éveiller les soupçons.

Enfin, elle remonte. Elle me tend une tartine de confiture, qu'elle a prise discrètement, et me rassure :

– Tout s'est bien passé. Ma mère vient de sortir. Certaines femmes du voisinage sont inquiètes à cause de l'alerte, et ma mère doit aller les rassurer. Cela fait partie de son travail. Quant à ma petite sœur, elle est déjà partie pour l'école.

– Il me semblait qu'on était dimanche...

– Ici, me répond Pénélope, il n'y a pas de différence entre les jours de la semaine. Le dimanche chômé est un vestige des sociétés religieuses. Les magasins, les administrations ou les établissements scolaires sont ouverts sept jours sur sept.

Je suis carrément surprise. Il y a cours toute la semaine ? Dur ! Mais sans me laisser le temps d'y penser davantage, Pénélope me tend une tunique beige avec une capuche, qu'elle vient de sortir de son placard.

– Tu peux garder ton pantalon mais, pour le haut, porte plutôt ceci. Ce sera plus discret.

Je l'enfile et je fais un pli aux manches. Ce n'est pas davantage à ma taille, mais en effet c'est moins voyant que le rouge.

– Je partirai la première, reprend-elle, comme hier. Attends quelques minutes puis passe par la porte de derrière.

Elle quitte la chambre et je reste seule. Comme hier, je compte dans ma tête. Puis je fais un pas et j'ouvre lentement la porte…

CHAPITRE 17

Au loin, j'entends des aboiements. Une battue est organisée tout près d'ici. Nerveuse, j'attends Andrea. Enfin, mon amie approche d'un pas rapide. Je l'entraîne aussitôt car au bout de la rue, j'aperçois maintenant les premières policières en uniforme. Plusieurs d'entre elles tiennent un chien en laisse. Je n'ai vraiment pas envie d'être aperçue en compagnie d'une fille qui mesure un mètre soixante-cinq.

Nous quittons mon quartier, nous éloignant de la zone habitée pour rejoindre les serres municipales. J'ai le cœur battant à l'idée que c'est peut-être ici que Pierrick a trouvé refuge. Hélas, je comprends rapidement que cette hypothèse n'est pas réaliste...

Des dizaines de citoyennes sont là, venues participer à la cueillette des fraises, des salades et des asperges.

Une classe de l'école maternelle aide à la pollinisation du champ de lin. Bref, beaucoup trop de monde pour envisager de se cacher à cet endroit. Le hangar est un peu à l'écart, mais ses portes sont grandes ouvertes pour permettre à chacune de venir y entreposer la récolte. Je suis déçue. Si Pierrick est venu par ici, il n'a pas dû s'y attarder.

Nous ne nous laissons pas décourager et partons vers la ressourcerie. L'endroit semble désert, cette fois, et je retrouve espoir. Nous pénétrons prudemment dans l'entrepôt et nous avançons en tendant l'oreille, autant pour déceler la présence éventuelle d'une des techniciennes, que pour essayer de localiser Pierrick. Autour de nous s'alignent des étagères métalliques où sont stockés les objets à réparer. Des techs, bien sûr, mais aussi des grille-pain ou des vélos. Hélas, en explorant les lieux, nous comprenons que Pierrick n'est pas ici non plus...

La matinée est déjà bien avancée et nous nous dépêchons de rejoindre la maison de santé. Heureusement, elle n'est pas très loin. Une fois sur place, nous longeons le jardin d'agrément en espérant ne pas être remarquées par une des patientes qui s'y promènent. Par chance, il n'y a guère qu'une femme qui allaite son nouveau-né sur un banc, et une ancienne qui se déplace avec des béquilles.

Le bâtiment dont nous a parlé Antarès est juste là, et je presse encore le pas. Mais la porte est verrouillée et les volets soigneusement fermés. Nous en faisons le tour, impatientes de trouver une trace d'effraction. En vain. Pierrick n'est nulle part.

J'échange un regard avec Andrea, aussi dépitée que moi. Je sens qu'elle attend une proposition de ma part, prête à poursuivre nos recherches à un autre endroit, mais je me tais. Je dois l'avouer, je n'ai aucune idée de l'endroit où Pierrick peut bien être.

Combien de temps nous faudra-t-il pour le retrouver ? Je ne sais plus. Des jours, peut-être même des semaines... Le découragement m'envahit.

Dans ces conditions, une chose est claire. Nous n'allons pas pouvoir conserver notre organisation actuelle. Sur ce point, je ne vois qu'une solution, qui ne me plaît pas du tout. Résignée, j'en informe mon amie :

– Je vais te présenter à ma mère.

– Tu es folle ! s'exclame-t-elle.

– Il le faut, puisque tu vas devoir rester chez moi quelque temps.

– Tu ne peux pas faire ça. Ta mère ne va pas du tout apprécier que tu aies ramené une amie du passé !

– C'est exact, mais notre situation a changé. Je pouvais espérer lui mentir sans me faire démasquer, tant que ça ne durait pas trop longtemps. Mais de toute évidence, nous allons devoir prolonger notre séjour. Je ne vais pas réussir à la tromper plus longtemps.

– Tu vas lui dire qui je suis vraiment ?

– Je n'ai pas le choix. Mais bien sûr, je ne parlerai pas de Pierrick ni d'Antarès. Je lui expliquerai aussi que tu repartiras dès que possible. Je pense qu'elle acceptera de te cacher dans notre maison.

En prononçant ces mots, j'ai la gorge qui se serre. Ma mère va détester cette situation. Ma petite sœur aussi...

Je n'ai pas envie de mentir à Andrea, mais je ne veux pas non plus l'inquiéter plus que de raison. J'opte pour un euphémisme :

– Ma mère sera un peu réticente au début, c'est certain. Elle a... disons qu'elle a quelques préjugés sur ton époque. Mais une fois la mauvaise surprise digérée, tout se passera bien. J'en suis sûre.

Je crois que je dissimule assez mal la vérité car Andrea fait une drôle de tête. Les pensées se bousculent dans mon esprit. J'ai peur que la période qui commence ne soit très difficile à vivre.

Quelques instants plus tard, nous avons regagné mon quartier. Je ne prends plus la peine de me séparer discrètement d'Andrea avant de rentrer chez moi. Tant pis si quelqu'un la voit avec moi, maintenant. Il va falloir assumer.

Étonnamment, maintenant que je suis prête à affronter le regard des autres, nous ne croisons personne. Je pousse la porte de la maison et je fais signe à Andrea de me suivre à l'intérieur.

Le salon et la cuisine sont déserts. Il est près de quatorze heures. Lys a dû quitter l'école pour se rendre à son cours de poney. Ma mère est sans doute de retour dans son bureau, occupée à gérer les inquiétudes suscitées par l'alerte.

– Attends-moi ici, dis-je à Andrea.

Je frappe à sa porte et, en effet, elle répond :

– Entre !

J'ai toujours trouvé cet endroit agréable. La fenêtre donne sur le peuplier blanc de notre jardin et, quand il y a un peu de vent, ses feuilles argentées s'agitent et renvoient la lumière dans la pièce. Mais je vois que ma mère a réglé les murs sur une couleur azur, apaisante, ce qui indique qu'elle est stressée.

– Tu veux me parler, dit-elle en m'observant attentivement.

Ce n'est pas une question. Je hoche la tête.

– Viens voir, dis-je simplement. Tu comprendras.

L'inquiétude assombrit son visage. Ce que j'ai à lui dire va lui déplaire, et elle le sent. Parfois, j'ai vraiment l'impression qu'elle a des antennes. Elle se lève sans mot dire et me suit dans le salon.

En voyant Andrea, elle s'immobilise, pâle. Mon amie a beau porter des vêtements modernes, elle ne fait pas illusion deux secondes sous le regard attentif de ma mère. Comme je m'en doutais, elle a déjà tout compris :

– Tu as ramené ton amie du Moyen Âge... prononce-t-elle d'une voix blanche.

– Oui. Je te présente Andrea.

Le visage défait, ma mère fixe Andrea qui soutient son regard mais n'en mène pas large. Moi non plus, je l'avoue.

– Pourquoi t'a-t-elle accompagnée à notre époque ? me demande ma mère d'une voix atone, sans détacher ses yeux de mon amie.

– Elle ne restera pas. C'est provisoire.

– Dès que possible, confirme Andrea, je repartirai.

Ma mère lui lance un regard assassin. Je devine qu'elle la trouve insolente, s'imposer dans une maison qui n'est pas la sienne, répondre alors qu'elle n'y a pas été invitée.

– Si tu ne veux pas rester à l'époque moderne, interroge sèchement ma mère, pourquoi as-tu suivi ma fille ?

J'interviens, il ne faut surtout pas que ma mère découvre la présence de Pierrick parmi nous. Ni celle d'Antarès, bien sûr.

– C'est compliqué à expliquer, dis-je le plus calmement possible. Ça ne s'est pas passé exactement comme nous l'espérions. En principe, elle devait repartir rapidement.

– Ramène-la chez elle immédiatement, m'ordonne froidement ma mère.

– Je le ferai bientôt, je te le promets.

– J'ai dit maintenant.

– C'est techniquement impossible.

Ma mère se trouble. Elle n'a jamais été élève agrégée, elle ne connaît pas grand-chose aux déplacements temporels. Comme tout le monde ici, elle est impressionnée par mes facultés. Devenir agrégée n'est pas donné à tout le monde. Je pense pouvoir utiliser ce sentiment d'infériorité et sa réelle ignorance pour la convaincre d'accueillir Andrea.

– Je suis revenue hier seulement, dis-je d'un ton pédagogue. Je ne suis pas capable d'effectuer un nouveau déplacement aussi peu de temps après le précédent. Je n'ai plus assez d'énergie.

– Tu es douée, réplique ma mère d'un ton qui manque d'assurance. Ta professeure me l'a dit.

– Je suis assez adroite dans ce domaine, c'est exact, mais je n'ai pas terminé ma formation. Il me faudra encore plusieurs années d'entraînement pour arriver à ce niveau-là. Se déplacer à travers les siècles est très éprouvant.

Ma mère ne peut rien objecter à cela. Elle n'a voyagé qu'une fois à l'âge de seize ans, accompagnée par sa professeure et sa classe, et je sais qu'elle en garde un souvenir pénible. Comme la plupart des élèves, il lui a fallu du temps pour récupérer complètement. En général, les voyageurs éprouvent des vertiges et une fatigue anormale pendant plusieurs jours.

– Dans combien de temps penses-tu pouvoir la raccompagner chez elle ?

J'hésite sur la réponse à donner... Je dois prévoir un délai raisonnable pour nous laisser le temps de retrouver Pierrick, mais je ne veux pas braquer ma mère. Je tente une réponse apaisante, même si je crains qu'elle ne soit trop optimiste :

– Dans quelques jours.

Ma mère secoue la tête, extrêmement contrariée.

– C'est trop long, réagit-elle. Nous ne pouvons pas cacher une médiévale aussi longtemps. Quelqu'une finirait par s'en rendre compte.

– On ne peut pourtant pas la mettre dehors.

– Pourquoi pas ? Elle saura très bien se débrouiller seule. Elle a grandi au Moyen Âge, elle a l'habitude des conditions de vie extrêmes.

– Tu exagères.

– Je refuse de la garder chez nous.

– Et moi, je refuse de la laisser.

Tentant de se faire toute petite, Andrea n'ose plus intervenir. Je ne suis pas vraiment surprise par la réaction de ma mère. Bien sûr, j'aurais préféré que la générosité dont elle est souvent capable s'exprime pour Andrea. Mais mon amie est une médiévale, et cela suffit pour que ma mère veuille la chasser immédiatement de chez nous.

– Elle ne craint rien à notre époque, poursuit ma mère. Même si elle doit vivre dans la rue, elle ne sera agressée par personne, puisque les hommes ont disparu depuis longtemps. Et puis, si elle préfère ne pas rester seule, elle peut toujours se rendre dans un refuge.

– Un refuge ? As-tu vu les images sur ton tech ? Les conditions de vie dans ces endroits sont horribles.

– C'est tout à fait suffisant pour une médiévale. De toute façon, nous n'avons pas le choix. Si quelqu'une apprenait que nous cachons une fille du passé, cela te mettrait en danger.

– Tant pis. Je suis prête à prendre le risque.

– Moi pas. La seule option est de la chasser de notre maison !

Ma mère me fait face, ses traits sont durs. Le conflit que j'appréhendais tant est bien là. Je n'arriverai pas à la convaincre, je le sens...

À moins de m'exprimer sur un autre ton. Surtout, ne pas crier, ne plus m'opposer à elle. Je m'approche doucement et je parle doucement. Je chuchote presque :

– Maman, imagines-tu ce que j'ai ressenti, quand je suis restée coincée au Moyen Âge, alors que toutes mes camarades étaient reparties avec notre professeure ?

– Cette histoire appartient au passé, objecte ma mère.

Elle a répondu d'un ton ferme, mais je sens bien que ma nouvelle façon d'aborder les choses la perturbe. Nous n'avons jamais vraiment parlé de ce moment. Il y a un an, l'une et l'autre avions préféré l'occulter, parce que le sujet était trop dérangeant. Maintenant, c'est l'occasion ou jamais de l'évoquer.

– J'étais seule. J'avais tellement peur. Je croyais que j'allais mourir.

– Je pensais à toi à chaque instant, murmure ma mère avec émotion. Si tu savais comme j'aurais aimé pouvoir t'aider, venir te chercher, te ramener à la maison...

– Je sais. Mais tu ne le pouvais pas. C'est Andrea qui m'a recueillie. Sans son aide, je ne sais pas ce qui me serait arrivé.

– Elle t'a apporté son assistance, admet ma mère, c'est une chance, mais nous ne pouvons tout de même pas la garder avec nous.

– Andrea est mon amie. On ne chasse pas une amie de sa maison.

Pendant un instant, c'est le silence. Quand elle prend de nouveau la parole, ma mère est ébranlée, je le sens.

– Je la remercie pour ce qu'elle a fait. Elle s'est montrée généreuse avec toi et je lui en suis reconnaissante.

– La seule vraie façon de la remercier, c'est de l'aider

maintenant, comme elle m'a aidée quand j'ai eu besoin d'elle.

Ma mère regarde longuement Andrea. Quand elle prend de nouveau la parole, sa voix est rauque :

– Tu te rends compte à quel point ce que tu me demandes est dangereux ?

– Oui. Mais nous devons le faire. L'hospitalité est un devoir. Sinon, nous ne serions que des sauvages.

Ma mère garde la tête baissée, silencieuse. Puis elle relève les yeux et s'adresse à Andrea :

– Pénélope a raison. Nous devons t'aider comme tu l'as aidée.

Elle s'interrompt un instant et je remarque une nouvelle ride qui barre son front. Elle poursuit, à contrecœur :

– Je vais t'accueillir dans notre maison.

– Merci maman, dis-je.

Elle respire profondément, tendue. Cette décision l'angoisse, et je ne peux pas lui en vouloir. Le risque est bien réel.

– Heureusement que personne ne l'a vue, dit-elle pour essayer de se tranquilliser.

Là, je suis mal à l'aise. Et pour cause. Ma mère s'en aperçoit aussitôt.

– Pénélope, ne me dis pas que ton amie a été aperçue ?

– En fait... si.

– Mais toujours de loin, je suppose ? De telle façon que personne n'a pu remarquer sa petite taille et son allure générale hors normes ?

– À vrai dire, Andrea a circulé un peu en ville.

– Rassure-moi, elle n'a adressé la parole à personne ?

Maintenant, je suis vraiment embarrassée. J'avoue :

– Si. Elle a parlé à des élèves du lycée.

– C'est une catastrophe, lance ma mère, consternée. Et tu m'annonces ça comme si ce n'était rien ! Es-tu devenue folle ? Te rends-tu compte de ce que ça signifie ?

– Je sais, dis-je fermement. Cela aurait été mieux que personne ne la repère, mais maintenant c'est fait, alors il faut s'organiser au mieux pour que tout se passe correctement.

– J'ai fait le maximum pour avoir l'air d'une fille du futur, intervient Andrea. J'ai même dit que j'étais la cousine de Pénélope.

Atterrée, ma mère contemple Andrea. Moi aussi, je suis contrariée. J'ignorais ce détail. Le moins que l'on puisse dire, c'est que mon amie a déjà eu des idées plus brillantes.

– Parce que, en plus, explose ma mère, tu as affirmé que tu connaissais ma fille ? Tu n'as donc vraiment pas de cervelle !

– Je pensais que c'était mieux, bafouille Andrea.

– Jamais je n'aurais dû accepter ta présence ici. C'est encore pire que ce que j'imaginais !

Un bref instant, j'ai peur que ma mère ne revienne sur sa décision, mais elle ne le fait pas. C'est une femme de parole. Pourtant, j'avoue que moi aussi je suis préoccupée.

– Comment allons-nous faire pour que tu ne sois pas démasquée ? se lamente ma mère. C'est impossible, nous sommes perdues...

Le silence s’abat sur nous. Je me sens découragée, et Andrea non plus n’en mène pas large. À bout, ma mère prend sa tête entre ses mains et reste silencieuse.

Mais quand elle se redresse, un instant plus tard, elle a un ton décidé :

– Tant pis. J’aurais préféré ne pas avoir à la recontacter, mais nous n’avons pas le choix.

– De qui parles-tu ?

– De Phoolan.

Ma mère a une idée en tête, mais je ne comprends pas laquelle. Quel rapport entre ma marraine et Andrea ? Je saisis enfin, quand ma mère précise :

– La solution était dans le problème. Nous allons présenter ton amie comme ta cousine.

CHAPITRE 18

Quand la mère de Pénélope a découvert ma présence, je n'étais vraiment pas à l'aise, et toute cette conversation à mon sujet a été pénible. C'est très désagréable d'entendre parler de soi comme si on était un peu moins qu'un être humain. Cette femme accepte de m'accueillir de mauvaise grâce et si Pénélope n'avait pas insisté, je serais déjà dehors.

Maintenant, je suis spectatrice d'une discussion tendue entre Pénélope et sa mère. Je comprends qu'elles parlent de la femme qui est venue hier soir, celle avec la coiffure punk. C'est la tante de Pénélope. Mais pour le reste, j'ai du mal à suivre.

Au début, Pénélope a reconnu que c'était une bonne idée. Apparemment, la cousine en question, qui s'appelle

Minerva, a des problèmes de santé qui ont freiné sa croissance.

– En réalité, m'a rapidement expliqué Pénélope, ma cousine n'est tout de même pas aussi petite que toi. Elle doit mesurer à peu près un mètre soixante-dix. Mais elle n'a jamais habité dans la région et depuis quelques temps, nous ne nous voyons plus très souvent. Certaines de mes amies ou de nos voisines se souviendront juste des visites occasionnelles d'une fille de mon âge particulièrement petite. Ça suffira.

Si elle le dit... J'espère juste qu'elle ne se trompe pas. Imaginant que sa minuscule cousine d'un mètre soixante-dix est aussi belle que les autres filles du futur, je ne suis pas sûre de faire illusion. Pour ça, il me manque la peau de pêche, les cils façon maquillage permanent, la chevelure soyeuse et les ongles naturellement nacrés. C'est clair, il faudra que je reste planquée dans la maison le plus possible.

Je n'ai pas le temps d'y réfléchir davantage car la discussion entre Pénélope et sa mère est de plus en plus conflictuelle, sans que je comprenne trop de quoi elles parlent.

– Pourquoi refuses-tu de me répondre ? insiste Pénélope avec colère.

– Cela ne te concerne pas, répond sa mère, visage fermé. C'est entre ma sœur et moi.

– Quand j'étais petite, reprend Pénélope, Phoolan et Minerva venaient souvent à la maison. J'aimais tant leurs visites !

– Ce sont désormais des souvenirs.

– Pourquoi ? Pourquoi est-ce que tout s'est arrêté ? Pourquoi avez-vous cessé de vous voir, Phoolan et toi ?

– C'est comme ça. Je le regrette autant que toi.

– Si ça te fait de la peine, à toi aussi, tu pourrais faire un effort ! Cela arrive à tout le monde de se disputer ! Moi aussi, je m'énerve parfois contre Lys, mais ça ne veut pas dire que je ne l'aime pas !

– C'est différent, répond la mère de Pénélope, les traits crispés.

– Je ne vois pas pourquoi. Phoolan est ta sœur, je suis sûre que vous pourriez vous réconcilier. Ce qui s'est passé entre vous ne peut quand même pas être si terrible pour que tu refuses définitivement de la voir !

– Justement si.

– Mais enfin, que lui reproches-tu ? insiste Pénélope.

– Ce sont des affaires d'adultes.

– J'ai dix-sept ans. Si tu m'expliques, je comprendrai.

– Non, c'est trop compliqué.

Je les observe, toutes les deux. Pénélope a les sourcils froncés, le front plissé. En face d'elle, sa mère a une attitude défensive, comme si elle voulait quitter la pièce et ne plus entendre parler de cette histoire.

– Parfois, accuse Pénélope, j'ai l'impression que la réponse est simple. Tu détestes ta sœur, voilà tout.

– Non, ce n'est pas ça... Enfin, ce n'est pas si simple.

– Maman, que s'est-il passé entre vous, il y a un an ?

La mère de Pénélope baisse la tête. Un lourd silence envahit la pièce. Pénélope attend sa réponse, décidée à ne pas lâcher l'affaire.

– Phoolan m'a trahie, murmure Jane.

Elle est pâle et son regard est sombre.

– Comment peux-tu dire ça ? s'étonne mon amie, choquée.

– Pénélope, ne t'es-tu jamais demandé pourquoi tu portes ce prénom ?

Cette fois, la mère de Pénélope n'a plus le regard fuyant. Elle fixe sa fille droit dans les yeux, mais sans colère. Je lis plutôt une grande tristesse en elle.

Et je vois que, en face d'elle, mon amie a perdu sa belle assurance. Cette question, elle se la pose depuis trop longtemps. Pénélope, épouse d'Ulysse. Celle qui passe l'*Odyssée* à attendre le retour de son mari en faisant de la tapisserie. Un personnage peu charismatique, c'est clair...

Pourquoi ce prénom, si étonnant pour une fille du futur ?

CHAPITRE 19

Toute mon enfance, je me suis interrogée sur mon prénom. J'étais la seule à le porter. Ceux de mes amies évoquaient des personnalités qui avaient compté dans l'histoire, des femmes fortes et volontaires, des figures historiques qui avaient fait avancer l'humanité dans les domaines de la science ou de l'art… Et moi je portais ce prénom détestable. J'en ai toujours voulu à ma mère, sans vraiment le lui dire. De toute façon, je crois qu'elle le savait.

Enfin je vais comprendre… Mais j'ai peur de ce que je suis sur le point de découvrir. Je reprends :

– Tu m'as toujours dit que tu avais choisi Pénélope sans vraiment réfléchir… Que tu aimais bien la sonorité de ce prénom, tout simplement.

– J'ai menti, répond ma mère.

– Alors je ne comprends pas...

– C'est Phoolan qui a choisi ton prénom.

Ces mots tournent dans ma tête. Il n'est pas rare que la première marraine d'un enfant participe au choix du prénom. Mais cela n'explique pas une telle décision. Pénélope, c'est tout de même insolite !

– Pourquoi n'en as-tu pas proposé un autre ? Pourquoi ce choix ?

– J'ai d'abord été surprise par l'idée de ma sœur, bien sûr. Pénélope, l'épouse qui attend son mari, c'était si étrange ! Mais Phoolan disait qu'il fallait cesser de penser au passé, qu'il était temps de se sentir libre. Que rien ne nous obligeait à opter pour un prénom chargé de sens, que Pénélope sonnait bien et qu'au moins tu ne risquais pas de retrouver dans ta classe d'autres élèves baptisées comme toi. Elle disait aussi que, peut-être, tu deviendrais une grande voyageuse, un peu comme Ulysse... Moi j'étais simplement heureuse de t'avoir donné naissance. Tu étais ce joli bébé, âgé de quelques heures seulement mais déjà plein de vie. Et puis Phoolan avait raison, ce prénom était mignon, original. Je n'ai jamais pensé qu'un nom pouvait avoir de l'influence sur la personne qui le porte. Ce serait ton prénom, et celui de personne d'autre. Ça me plaisait. Alors j'ai accepté.

Ma mère semble amère en évoquant ces souvenirs. Moi je comprends un peu mieux, ce qui ne suffit toutefois pas à effacer des années de complexes et de honte. Mais cela n'explique pas sa rancune envers Phoolan. Pourquoi ma mère a-t-elle parlé de trahison ?

– Si j'avais su, à l'époque... reprend-elle d'un air sombre, j'aurais refusé, bien entendu. Je n'aurais même jamais demandé à Phoolan de devenir ta marraine.

Elle serre les dents à l'évocation de ce souvenir pénible.

– Maman, je ne comprends pas. C'est juste un prénom.

– N'as-tu pas deviné ? insiste ma mère d'un ton étrange.

Une idée surgit dans ma tête, mais confuse, irréelle. J'essaie de la saisir mais elle m'échappe, c'est comme si elle filait entre mes doigts, ne me laissant qu'un sentiment de malaise. Ma mère m'observe et secoue la tête.

– Quand tu t'es retrouvée seule, perdue dans le passé... Quand ta professeure et les autres lycéennes sont rentrées, et que toi tu n'as pas su les suivre... Tu t'es forcément demandé ce qui t'arrivait !

– Bien sûr, mais je n'étais pas très bonne en classe, j'étais une élève très moyenne... Que je reste en arrière n'était pas si étonnant...

– Tu sais maintenant que c'est faux. Tu es même devenue élève agrégée. Tu sens le vent sur ta peau plus que n'importe qui dans la région, tu sais dire où est la Lune à tout moment du jour et de la nuit... Tu peux voyager dans le temps, même sans l'aide d'une agrégée titulaire. Ne vois-tu pas que c'est absurde ?

Je me suis fait cette réflexion, déjà. Évidemment, ces incohérences me sont apparues. Pourtant je suis toujours incapable de les expliquer... Ma mère reprend doucement, comme si elle ne voulait pas me blesser :

– Ton accident de déplacement temporel a été provoqué sciemment par Phoolan.

Je n'arrive pas à saisir ce qu'elle tente de m'expliquer. Je comprends les mots, je comprends les phrases, mais je ne comprends pas le sens.

– Non... Tu dis n'importe quoi...

– Ta marraine est une opposante, assène ma mère.

J'ai la tête qui tourne, je me sens perdue.

– Comment Phoolan aurait-elle pu m'empêcher de suivre la classe ? Elle n'était même pas là !

– Je ne sais pas exactement, hésite ma mère. Elle n'a jamais voulu me le dire. Mais te souviens-tu qu'elle était passée à la maison la veille de ton départ, à l'improviste ? Elle était restée dîner, même si les relations entre nous étaient déjà tendues. Je pense qu'elle a mis quelque chose dans ta nourriture. Un médicament, peut-être un psychotrope, qui allait t'empêcher de te concentrer.

– Cela n'a pas de sens. Si c'était le cas, je n'aurais pas réussi à partir d'ici.

– Les déplacements temporels sont physiquement épuisants, tu le sais mieux que moi. Bien dosée, une drogue pouvait te laisser assez d'énergie pour faire l'aller, mais, la fatigue s'accumulant, entraver ton retour.

Soudain, le voile tombe. Tout me semble clair.

Phoolan, une opposante...

Je ne suis pas restée bloquée dans le passé à cause d'un moment d'inattention. Je ne suis pas demeurée là-bas par hasard.

J'étais envoyée par ma marraine, qui nourrissait l'espoir de me voir changer le cours de l'Histoire. Elle souhaitait que je m'acclimate au Moyen Âge... Que je prenne conscience que les hommes ne sont pas si effrayants, que ce sont des êtres humains au même titre que les femmes, qu'ils méritent de vivre... Phoolan a saboté mon séjour de trois minutes pour qu'il se prolonge. Elle voulait que je reste là-bas pour alarmer les hommes et les femmes du passé sur le danger qui les guettait.

Et c'est exactement ce que j'ai fait.

Je suis assommée par ce que je viens de comprendre. J'échange un regard avec Andrea, qui n'a pas bougé pendant mon échange avec ma mère, mais qui a compris elle aussi.

Je me tourne de nouveau vers ma mère, bouleversée.

– Mais pourquoi moi ? Pourquoi pas Minerva ?

– Ta cousine a six mois de plus que toi, répond ma mère. Quand tu es née, la différence entre vous deux était flagrante. Tu étais vigoureuse. Elle était déjà fragile. Elle prenait peu de poids, dormait mal. Nous savions déjà que sa santé serait délicate. Tu ne peux pas t'en souvenir, mais tu as marché avant elle, tu n'avais qu'un an. Elle tenait à peine sur ses jambes à dix-huit mois.

– Et Phoolan se doutait qu'elle ne serait jamais capable de voyager dans le temps...

Ma mère acquiesce, et ajoute :

– Je pense aussi qu'elle a eu accès aux résultats de ton test de perception des phéromones.

Le test du petit chat... Celui où les élèves doivent sauver des chatons, en situation d'urgence simulée, et où je n'avais choisi que des petits mâles... Un résultat anormal, prouvant que ma perception des phéromones mâles était excessive. Ce bilan, *a priori* déplorable, avait au contraire dû conforter Phoolan dans sa décision de m'envoyer en mission dans le passé.

Des sentiments contradictoires m'agitent. Je me sens trahie... Ma marraine aurait dû veiller sur moi, m'encourager dans mes choix, m'accompagner dans la vie que j'avais choisie. Au lieu de ça, elle m'a forcée à changer de trajectoire, à vivre les pires moments de mon existence. C'est à cause d'elle que j'ai eu si peur, que je me suis sentie si seule...

Et pourtant... mes yeux se sont ouverts sur le monde. J'ai appris à connaître des êtres différents. J'ai découvert que la peur se surmonte, que l'étranger n'est pas un ennemi, que la dissemblance est une richesse. J'en suis heureuse. Et si j'avais à choisir, je recommencerais.

Ce que je suis aujourd'hui, je le dois à ma marraine. Alors, je ne suis pas si sûre d'être vraiment en colère contre elle...

Sauf que ma mère n'est pas de cet avis :

– Jamais je ne lui pardonnerai ce qu'elle t'a fait. Elle t'a mise en danger, elle t'a éloignée de nous.

Elle se tait un instant et ajoute d'une voix sombre :

– Mais aujourd'hui, je n'ai pas le choix. Je dois la rappeler pour lui demander son aide.

CHAPITRE 20

La mère de Pénélope s'est isolée dans son bureau pour contacter sa sœur. Moi je reste inquiète.

– Comment on va faire ? Je vais récupérer la carte d'identité de ta cousine ? Ça va se voir, la photo ne correspondra pas !

– Nous n'avons pas de carte en plastique avec notre nom marqué dessus, m'explique mon amie. Notre identité se résume à notre prénom, notre nom et notre date de naissance. Cela suffit.

– OK, je vais dire que je suis ta cousine, super, mais comment les gens vont me croire ?

– C'est la meilleure idée que nous ayons. En fait, c'est même la seule qui soit valide.

Cela ne m'apaise pas vraiment. Pénélope tente de me

réconforter, après avoir jeté un œil vers le bureau de sa mère pour s'assurer qu'elle ne peut pas nous entendre.

– Il faut juste tenir jusqu'à ce qu'on retrouve Pierrick, me dit-elle à voix basse. Ensuite, nous partirons.

Mais combien de temps cela prendra-t-il ? Quelques jours ? Peut-être bien plus ? Cela me semble insurmontable. Avec cette femme qui accepte ma présence à contrecœur, rester cachée dans la maison ne va pas être une partie de plaisir...

Alors quand Jane ressort de son bureau en déclarant d'un ton sinistre que tout est arrangé, je tente de mettre un peu d'huile dans les rouages en me montrant polie et reconnaissante :

– Je vous remercie, madame. C'est gentil de votre part de m'accueillir.

Raté. Elle me foudroie du regard avant de répliquer sèchement :

– Il va falloir que tu fasses un effort. Le vouvoiement est un comportement archaïque, le vestige d'une société inégalitaire. Ici, tout le monde se tutoie. Et, bien sûr, le terme « madame » est oublié depuis longtemps. Tu devras m'appeler Jane.

– Excusez-moi, je savais pas... Je veux dire, excuse-moi, Jane.

– Ce genre d'erreurs te trahira, poursuit-elle sur le même ton. Veille à ne plus en commettre. Et retire-moi ça tout de suite.

Je ne comprends pas de quoi elle parle, mais je vois qu'elle désigne ma poitrine...

– Ton soutien-gorge, me souffle Pénélope. On voit la bretelle sur ton épaule. Ici, souviens-toi, nous n'en portons que pour faire du sport, et sûrement pas des modèles de ce genre...

Mon soutif n'a pourtant rien de spécial, il est même plutôt sobre, mais je vois qu'avec ses armatures et ses bretelles trop fines, il est déjà trop médiéval. J'acquiesce, un peu mal à l'aise.

– Emmène-la faire des achats, ordonne Jane. Il faut lui trouver des vêtements à sa taille. Avec ça sur le dos, elle a l'air déguisée.

– D'accord, répond Pénélope.

– Qu'elle ouvre la bouche le moins possible, reprend sa mère. C'est la meilleure chose qu'elle puisse faire.

Et elle ajoute en me regardant droit dans les yeux :

– N'oublie pas. Dès que possible, tu partiras.

Cette femme a le don de me mettre mal à l'aise. De toute façon, tout ici me répugne. Ce que je veux, c'est me planquer dans un coin, ne plus sortir que pour chercher mon frère. Je n'ai aucunement l'intention de me mêler à la population locale, alors je souffle à Pénélope qu'il est inutile d'aller faire du shopping puisque, de toute façon, je vais rester au maximum cachée dans sa chambre. Mais j'hallucine en entendant sa réponse :

– N'as-tu pas compris ? Tu es officiellement ma cousine, désormais. Cela signifie que tu vas devoir aller au lycée.

– Quoi ? dis-je en m'étranglant.

– Tu es une fille du futur, maintenant. Tu dois te comporter comme les autres filles de notre époque.

– Tu te rends pas compte, c'est juste pas possible !

– Chez nous, confirme abruptement la mère de Pénélope, la scolarité est obligatoire jusqu'à l'âge de dix-huit ans. Tu as été vue dans les parages. Alors si nous voulons que notre mensonge soit crédible, tu n'as pas le choix.

Quelques minutes plus tard, nous sommes dehors, en route pour m'acheter des fringues compatibles avec ma rentrée des classes dans un lycée du futur. Ce cauchemar n'en finit pas. Ça ne marchera jamais, c'est sûr ! Tout le monde verra bien que je suis une fille du passé. Je ne comprends même pas comment Pénélope peut accepter unc idée aussi stupide.

Et voilà qu'en attendant, elle m'emmène faire les magasins. Je trouve ça hyper risqué, on va croiser du monde, là-bas... Et puis à quoi ressemble un centre commercial à l'époque de Pénélope ? C'est forcément très différent de ce que je connais, puisque mon amie était elle-même surprise en découvrant le monde médiéval du shopping... Mais différent comment ? Nous remontons la rue à pied et je suis terriblement angoissée.

Pourtant, tout est tellement calme ici, on n'entend que les oiseaux chanter. Rien à voir avec la rumeur urbaine omniprésente à laquelle je suis habituée. En fait, depuis que je suis arrivée, je n'ai vu que très peu de voitures. J'ai peur de devoir prendre un moyen de transport moderne, un truc que je n'aurais pas encore identifié et dans lequel je ne saurais pas comment me comporter.

– Comment on va aller au centre commercial ?

– Comment va-t-on aller au centre commercial ? réplique Pénélope en veillant à ne pas parler fort.

Je suis interloquée. Elle veut jouer au perroquet ou quoi ? Elle remarque mon air perplexe et précise :

– Tu dois désormais utiliser une forme interrogative correcte. Sinon, ce sera comme ta petite taille, ça va te désigner comme une médiévale.

C'est vrai, je dois faire l'effort de parler autrement. J'ai l'impression que je n'y arriverai jamais et que fatalement, à un moment ou à un autre, j'oublierai de faire attention et je m'exprimerai comme une médiévale. Tendue, je prends sur moi :

– Comment nous déplacerons-nous jusqu'au centre commercial ?

– À pied, répond Pénélope. C'est bien, continue de parler ainsi.

Nous passons le petit rond-point fleuri et empruntons une rue tout aussi paisible. Je vérifie tout de même que personne ne peut nous entendre avant de demander :

– Ta mère n'a-t-elle pas de voiture ?

– Personne ici ne possède de voiture. Elles sont en libre-service.

– Ah, tu veux dire, comme les Autolib'.

– De quoi s'agit-il ? interroge-t-elle.

– Ce sont des voitures qu'on peut louer. Il y a des stations dans les grandes villes. Et elles sont électriques.

– Tu veux dire que vous disposez de quelques véhicules de ce genre dans un océan de voitures particulières polluantes, c'est bien cela ? À l'époque moderne, le système est généralisé.

Voilà donc une des solutions que les femmes du futur ont adoptées pour lutter contre la pollution... Logique.

Tandis que nous marchons, Pénélope me donne ses consignes pour que tout se passe bien.

– Tu es donc la fille de la sœur aînée de ma mère. Tu es née en 2171, la même année que moi. Le 2 janvier, plus précisément. C'est important. Ta date de naissance et ton nom complet, Minerva Filledephoolan, constituent ton identité officielle. Retiens déjà ça. Nous continuerons plus tard. C'est ici.

À ma grande surprise, elle s'arrête devant un petit pavillon fleuri. Je lève les yeux sur les jardinières de géraniums et les rideaux imprimés aux fenêtres. Ça, un centre commercial ? Mais déjà Pénélope sonne à la porte du garage. Un instant plus tard, une femme ouvre. Elle a la quarantaine, des cheveux noir corbeau coupés au carré et des petites lunettes perchées au bout du nez. À son poignet est accroché une sorte de bracelet avec un coussin dodu sur lequel sont plantées des épingles à tête colorée. Un accessoire de couturière à l'ancienne. Elle sourit largement en voyant Pénélope, mais ne peut retenir un léger mouvement de recul en découvrant ma présence.

– Bonjour Margaret, dit Pénélope. C'est ma cousine, Minerva.

Margaret semble un peu surprise et m'observe plus attentivement. Cela n'échappe pas à Pénélope, qui ajoute :

– Elle a bien changé, n'est-ce pas ?

– En effet, dit-elle en me souriant. Ça fait longtemps que tu n'étais pas venue par ici. Si Pénélope ne me l'avait pas dit, je ne t'aurais pas reconnue.

– Il lui faudrait une tenue complète, reprend mon amie. Ces vêtements-là ne lui vont pas très bien. Elle a toujours du mal à s'habiller, étant donné sa petite taille !

En évoquant spontanément le problème, Pénélope a habilement écarté les soupçons de la couturière. C'est plutôt malin. Margaret hoche la tête, compatissante.

– Entrez. J'ai ce qu'il vous faut.

L'intérieur du garage est en réalité un vaste atelier de couture. Partout, des vêtements sont suspendus sur des cintres, dans un fouillis arc-en-ciel. Au fond est installée une large table de travail, avec de grands rouleaux de tissu, des patrons et une machine à coudre. C'est très artisanal. Ici, j'ai plutôt l'impression de faire un voyage dans le passé !

Malgré le désordre apparent, Margaret semble s'y retrouver et s'active d'un portant à l'autre, décrochant différents vêtements pour me les montrer. Il n'y en a pas deux pareils.

– Regarde celui-ci, c'est l'un de mes préférés, je l'ai terminé la semaine dernière, j'attendais la bonne cliente pour le proposer. Je pensais plutôt à une adolescente n'ayant pas terminé sa croissance, mais peu importe. Le tissu est traité antipluie, bien sûr. Tu peux aussi opter pour ce modèle-là, plus adapté pour un temps sec, mais moins coûteux.

Elle dispose les différents vêtements sur un portant libre, comme si elle était ma conseillère personnelle aux Galeries Lafayette. Pénélope désigne aussi quelques modèles, pour lesquels Margaret s'enthousiasme aussitôt.

– Excellente idée ! Le rose fuchsia lui va sûrement très bien au teint. Et tu as repéré ce petit imprimé estival, tu as l'œil. Je t'en prie, Minerva, essaie celui qui te plaît le plus !

Je reste plantée devant tous ces vêtements, les bras ballants. Pénélope et Margaret attendent que je fasse un premier choix. J'exclus d'emblée le rose. Je ne supporte pas cette couleur. Je n'envisage pas non plus le petit imprimé estival, comme dit Margaret, qui est en fait un déploiement de couleurs acidulées. J'aurais l'impression d'être un Dragibus, là-dedans. Il faut pourtant que je me décide, alors je tends le bras pour saisir un ensemble dans les tons bleus, plus vif que la couleur jean, mais raisonnablement flashy. Le tissu est fin, comme celui de la tenue que j'ai volée. Je le trouve léger et doux. Des petits coquillages nacrés sont cousus sur le bord du col, mais ça va, c'est assez discret. C'est même assez joli.

– Cent pour cent chanvre déperlant, avec un traitement confort, annonce fièrement Margaret. Tu peux le passer en machine autant de fois que tu voudras, il ne bougera pas !

Les vêtements en main, je regarde autour de moi pour localiser la cabine d'essayage, mais je n'en vois aucune. Alors je me souviens de cette fois où Pénélope avait failli essayer des sous-vêtements en se déshabillant en pleine boutique. Je comprends qu'ici il va me falloir faire mes essayages devant la vendeuse, au milieu du magasin. Pour couronner le tout, juste à ce moment-là, une nouvelle cliente arrive, nous salue et commence à passer en revue les différents modèles. Je suis super mal à l'aise. En plus, j'ai retiré mon soutif et mon débardeur avant de sortir de chez Pénélope, histoire de ne pas me faire repérer, et si je veux enfiler ces fringues, je vais me retrouver en petite culotte. C'est tout ce que je déteste. Dans les vestiaires, en cours de sport, j'ai toujours été gênée à cause de la promiscuité. Ici, je sais que je n'ai pas le choix. Il me faut vraiment éviter de me faire remarquer à cause d'une pudeur anachronique.

Heureusement, Pénélope remarque mon embarras et me prend les vêtements des mains pour les placer devant moi. Elle évalue leur taille du regard.

– Je suis sûre que ça t'ira très bien ! Nous les prenons.

– Ça serait tout de même mieux d'essayer, s'étonne Margaret.

– J'ai promis à maman de rentrer tôt pour réviser mes cours, ment Pénélope.

En entendant cela, Margaret n'insiste pas. Comme les autres, elle respecte le statut d'élève agrégée de mon amie.

– Si la coupe ne va pas, propose-t-elle, n'hésitez pas à revenir.

– Je suis certaine que ça ne sera pas nécessaire. Mais avant de partir, il nous faudrait également des chaussures.

Pendant que Margaret s'occupe de l'autre cliente, j'essaie rapidement une paire de boots en veillant à ne pas montrer mes baskets médiévales. Les bottines sont fabriquées dans une sorte de matière caoutchouteuse, mais élastique et agréable. Je m'y sens tout de suite à l'aise, elles sont souples et légères, et tandis que je fais quelques pas dans la boutique, je sens des milliers de petites billes mouvantes qui s'adaptent à la forme de mon pied. C'est comme si la semelle me massait la voûte plantaire. Avec des chaussures comme ça, on doit pouvoir marcher des heures sans fatigue !

En revanche, je trouve ce choix un peu bizarre pour un mois de juin, même si en effet, depuis mon arrivée, il pleut presque tout le temps. Je chuchote :

– C'est pas un truc pour l'automne, ça ?

– Au contraire, répond Pénélope. C'est parfait pour l'été.

À ce moment-là, elle chipe discrètement deux petits coussins ronds posés sur le plan de travail, puis en retire chaque épingle, comme si elle épilait un hérisson. Les épingles finissent en douce à la poubelle et Pénélope me tend les coussinets. La couturière ne remarque rien, occupée à discuter avec l'autre cliente.

– Glisse-les dans tes chaussures, me souffle mon amie. Ça te fera gagner un ou deux centimètres.

Un instant plus tard, nous sortons du magasin. Pénélope a payé avec son tech, qui sert apparemment aussi de porte-monnaie électronique, puis a glissé mes nouveaux vêtements dans son sac en bandoulière, en lin tendance baba cool.

Mais moi, je galère avec mes bottines complétées par ces talonnettes improvisées. Ce n'est pas pratique, et les petits coussins placés sous mes talons sont assez inconfortables. Comme si j'avais besoin de ça pour me sentir mal à l'aise.

J'essaie de ne pas y penser en me félicitant que tout se soit passé sans encombre. Cette couturière était plutôt gentille, mais acheter des vêtements a toujours été une épreuve pour moi, quelle que soit l'époque.

En remontant la rue, tentant de marcher avec naturel, je constate :

– C'était quand même bizarre, comme boutique.

– Oui, je sais, tu as dû être déçue. Mon époque a fait des progrès incontestables en ce qui concerne la technologie et les sciences, mais pour ce qui est du shopping, le Moyen Âge gagne haut la main.

Et elle pousse un profond soupir avant de poursuivre, des étoiles dans les yeux :

– Vos centres commerciaux sont tellement merveilleux... Il y a tant de boutiques, tant de modèles différents ! Même les pantalons appelés jeans sont proposés dans plein de versions singulières, avec un petit détail qui exalte le modèle. Un tel degré de perfection a été l'un des premiers arguments qui m'ont poussée à apprécier ton époque.

Je la regarde en me demandant si elle est sérieuse et je constate que oui. Pénélope et le shopping, ça a toujours été une grande histoire d'amour. Il faut dire que je ne lui ai jamais donné les clés pour comprendre que les choses ne sont pas si simples et que le monde merveilleux des centres commerciaux cache une organisation économique des plus contestables. J'avais préféré garder ces informations pénibles pour moi. Maintenant, j'hésite. Dois-je briser son illusion ?

– Pénélope, ça va te faire de la peine, mais il faut que je t'explique un truc...

– Quand nous rentrerons au Moyen Âge, poursuit Pénélope d'un ton rêveur, ce sera la première chose que je ferai. Une visite au centre commercial.

Un peu emmerdée de casser son rêve, j'entreprends de lui expliquer de quoi il retourne. Je ne me sentirais pas honnête si je continuais à la laisser dans l'ignorance. Les usines en Asie ou ailleurs, les ouvriers recevant des salaires de misère, les enfants qui travaillent au lieu d'aller à l'école... Ces produits fabriqués à la chaîne qui sont ensuite rangés dans des conteneurs, eux-mêmes placés dans des navires gigantesques, sillonnant la planète pour approvisionner les centres commerciaux de l'autre moitié du monde, celle qui est riche. Un système absurde et injuste.

– Dis-tu vrai ? gémit Pénélope, abasourdie.

– Je suis désolée.

Elle se tait, visiblement choquée.

– Je suis idiote, regrette-t-elle. J'aurais dû m'en douter. C'était trop beau pour être possible.

– Tu ne pouvais pas savoir.

– C'était logique, pourtant. À la réflexion, je me demande même s'il n'y a pas un chapitre là-dessus dans mes cours d'histoire de première...

– Tu n'as jamais été très forte en histoire, dis-je, essayant de la réconforter.

Elle hausse les épaules, dépitée.

– Je suis nulle, tu veux dire. Quel dommage... J'aimais beaucoup l'idée de pouvoir acheter des vêtements bon marché. Ici, les habits sont tellement chers.

– Ceux que tu viens de m'acheter aussi ?

– Bien sûr, répond Pénélope. Il faut cultiver le chanvre, le bambou ou la soie, traiter la fibre, fabriquer le tissu, puis le couper, l'assembler et le coudre. Cela demande du travail, c'est forcément coûteux.

Mon amie soupire, digérant péniblement sa déconvenue.

– Quelle déception ! Si je l'avais su avant, j'aurais refusé d'acheter toutes ces choses inutiles, comme du rouge à lèvres et des jolies chaussures dorées.

CHAPITRE 21

C'est pour moi une vraie désillusion. J'avoue que, chaque fois que j'ai franchi la porte du centre commercial, j'ai eu la chair de poule... Tous ces articles à portée de main, ces objets bon marché, pas toujours utiles, mais tellement ravissants... Et puis ces matières devenues rares à mon époque, les tissus légers et souples en polyester, en acrylique ou en élasthanne, les coques de téléphone en plastique décoré de faux diamants... C'était si attirant ! En repensant à cette absurde organisation économique décrite par Andrea, je me sens perturbée.

– Mais alors... Pourquoi continuez-vous à fonctionner ainsi ? Pourquoi les gens achètent-ils des objets fabriqués dans de telles conditions ?

– Franchement, répond Andrea, je ne sais pas. Parce que c'est plus facile, sans doute.

Cette discussion l'a un peu démoralisée, elle aussi. J'essaie de la réconforter en lui donnant une petite tape dans le dos.

– Tu n'as que dix-sept ans, tu as la vie entière pour changer ça, dis-je gentiment. Quand nous retournerons au Moyen Âge, nous trouverons des solutions pour améliorer votre système.

Nous rentrons à la maison. J'accompagne Andrea à l'étage et je lui propose de prendre une douche avant de passer ses nouveaux habits. Elle examine l'intérieur de la salle de bains avec méfiance et touche le carrelage en se demandant s'il est moelleux, lui aussi. Ce qu'il n'est pas, puisque c'est du carrelage.

– Il faut que tu m'expliques comment ça fonctionne, demande-t-elle en contemplant le mitigeur avec circonspection.

– Comme la douche chez toi. Nous ne nous lavons pas avec des rayons laser ou des jets de protons nettoyants. Il y a un robinet d'eau chaude, un autre d'eau froide, et si tu ouvres les deux ça fait de l'eau tiède. Ici, c'est du savon.

– Ah... OK, merci.

Je la laisse seule et, de retour dans ma chambre, je profite de ce moment de calme pour réfléchir à la question qui me tourmente.

Lys.

Je la devine en colère contre moi, et je le comprends aisément. Elle sait maintenant que je n'étais pas en convalescence chez notre tante, mais volontairement repartie dans le passé.

Pour Lys, le Moyen Âge est cette époque obscure qui m'a tenue éloignée une première fois, et qui m'a attirée vers elle une deuxième fois. À l'école, on lui a bien évidemment raconté le pire au sujet des médiévaux et de leur façon de vivre. Mais ce qui doit lui être plus insupportable encore, c'est mon mensonge...

À travers la cloison, j'entends qu'elle travaille un nouveau morceau sur son violoncelle. Elle joue depuis trois ans déjà et elle progresse bien. C'est parfois un peu maladroit, mais très sensible. Je décide d'aller frapper à la porte de sa chambre.

Le silence se fait et j'entends sa voix, posée :

– Entre.

Je pousse la porte. Elle me regarde sans mot dire et je peux lire la rancune dans ses yeux.

– Maman t'a expliqué, je suppose.

– Oui, répond-elle d'un ton neutre. J'ai compris. Je dois faire comme si cette fille était notre cousine Minerva.

– Son vrai nom est Andrea. Je sais que tu n'es pas contente que nous l'hébergions...

– ... mais ça serait bien que je sois accueillante avec elle. Ça aussi, maman me l'a déjà dit. As-tu autre chose à me communiquer ?

Elle n'a pas cillé, distante. Normal, elle me fait payer ma trahison. Je vais avoir du mal à arranger ça.

– Puis-je m'asseoir ?

– Si tu veux, répond-elle en haussant les épaules.

Je m'installe au bord de son lit en cherchant mes mots.

– J'aurais dû me montrer plus honnête avec toi, c'est vrai. Mais comprends-tu, je ne pouvais pas te confier mon projet de voyage, puisqu'il était illégal…

Lys reste silencieuse, ne me facilitant pas la tâche. Si Andrea était à mes côtés, elle dirait que je rame, et elle aurait raison. J'essaie de trouver d'autres arguments, mais je me sens maladroite :

– Et puis de toute façon, au début, je pensais m'absenter quelques minutes seulement. Je comptais revenir avant même que quelqu'un ne se rende compte de mon absence.

– Dans ce cas, pourquoi es-tu partie pendant presque un mois ? rétorque Lys.

– J'ai eu un problème technique.

– Pourquoi ?

Elle m'observe attentivement, comme si elle devinait que la vraie question était là. Je suis embarrassée.

– Je me suis trouvée incapable de repartir…

– Qu'est-ce qui t'en empêchait ? insiste-t-elle avec fermeté. Il y a forcément une raison à cela.

Elle attend ma réponse sans ciller, et évidemment, mon malaise ne lui échappe pas. Comment lui expliquer qu'en arrivant au Moyen Âge, j'ai revu un garçon qui me plaisait beaucoup, et que c'est mon émotion qui m'a empêchée de regagner l'époque moderne ?

Lys est trop sensible pour ne pas voir qu'une fois encore, je lui mens, ne serait-ce que par omission. Moi, j'essaie désespérément de trouver quoi dire pour sauver la situation :

– C'est vrai, je suis partie dans le passé sans t'en parler, mais ça ne veut signifie pas tu ne comptes pas pour moi...

– As-tu autre chose à me dire ? m'interrompt froidement Lys.

Je me sens nulle, et je ne trouve rien de mieux que :

– Oui, enfin, non, je ne sais pas...

– Dans ce cas, pourrais-tu me laisser ? Je dois travailler mon arpège.

Elle reprend son archet, de cette façon légère et délicate que j'admire, et elle recommence à jouer. Je suis tellement mal, j'aimerais ajouter quelque chose, un mot qui nous rapprocherait, mais lequel ?

Je l'ignore, alors je ressors de sa chambre en refermant doucement la porte derrière moi. J'ai le douloureux sentiment d'avoir creusé encore un peu le fossé entre ma petite sœur et moi.

Quand je retourne dans ma chambre, je vois qu'Andrea a enfilé sa nouvelle tenue. Elle lui va plutôt bien, pantalon ample et fluide avec tunique brodée de coquillages, à capuche amovible. Je lui propose de descendre à la cuisine pour un goûter rapide. Mon amie se restaure de quelques tartines avec du chocolat, puis de fraises du jardin trempées dans la crème fraîche. Elle est affamée, mais moi je ne peux rien avaler. Non seulement, je n'ai pas réussi à apaiser mes relations avec Lys, mais en plus, nous ignorons toujours où est Pierrick.

Depuis tout à l'heure, je ne cesse de réfléchir. Où peut-il avoir trouvé refuge ? Je passe en revue les différents lieux de ma ville, sans trouver d'hypothèse vraisemblable. Cela me désespère. Plus j'y pense, plus je me dis qu'il faut envisager une autre option. Pierrick a dû s'éloigner davantage que je ne le pensais.

Allumant mon tech, j'élargis le champ des possibles. Andrea se penche avec moi sur la carte que j'ai dirigée sur la table. Le rayon de nos recherches est plus étendu maintenant.

J'étudie attentivement la carte. Par où commencer ? Autant de nouvelles possibilités, mais aussi une probabilité plus faible d'avoir la chance de tomber sur le bon endroit. Une zone située à une dizaine de kilomètres plus au sud attire pourtant mon attention.

La ZUP.

– Si Pierrick a continué de s'écarter de la ville, dis-je en chuchotant, il a pu arriver là. Ce n'est pas à côté, mais il a pu parcourir cette distance.

Je pointe l'endroit sur la carte et Andrea lit l'inscription à voix basse :

– ZUP... C'est une cité, c'est ça ?

– Cela signifie Zone d'Urbanisation du Passé. Nous en avons plusieurs dans la région. C'est un quartier, parfois une ville entière, qui n'a pas été modernisé depuis ton époque.

Mon amie essaie d'imaginer ce que ça donne, et je lui fournis les explications nécessaires :

– Pendant la Renaissance, les femmes ont dû faire face à un certain nombre de difficultés. La moitié de l'humanité venait de disparaître et cela avait forcément des conséquences incalculables. L'une d'entre elles était que le nombre de logements était désormais trop élevé.

– Alors vous avez abandonné certains quartiers ?

– Dans les décennies qui ont suivi, oui. Il valait mieux occuper toutes les maisons de certains quartiers ou de certaines villes, plutôt que de laisser des logements abandonnés au beau milieu des zones habitées.

– Plus d'un siècle après... tente de visualiser Andrea. Ça doit être en ruine.

– Oui, mais c'est également désert. Un bon endroit pour se cacher.

Ma mère étant sortie à nouveau, je décide que nous pouvons partir immédiatement. Cela m'épargnera de me justifier, et de toute façon, mieux vaut ne pas perdre de temps. Si Pierrick n'est pas là-bas, il nous faudra des jours pour explorer les autres cachettes possibles.

Andrea chausse de nouveau ses bottines en y glissant les talonnettes improvisées, et nous sortons. Dans le jardin, je prends mon vélo et je lui indique le porte-bagages.

– Monte à l'arrière.

En quelques coups de pédale, nous quittons mon quartier. Andrea se tient à ma taille. J'ai la désagréable sensation que nous sommes suivies mais quand je me retourne, je ne vois personne...

À mesure que nous nous éloignons de la ville, les abords de la route sont moins bien entretenus, des herbes folles dansent sur le bas-côté. Je garde un rythme soutenu, désireuse d'arriver au plus vite. Un renard traverse la chaussée en courant. Il y a peu de circulation, quelques taxivilles ou voibus.

J'ai souvent emprunté cette route, quand nous partions en famille passer quelques jours à la campagne. J'ai aperçu la ZUP, au loin, sans jamais m'en approcher, ne lui accordant qu'un regard distrait. C'est la première fois que je franchis l'espace qui me sépare de cette ancienne ville médiévale. Nous en découvrons maintenant les premiers bâtiments, gris et délabrés. Je quitte la nationale pour suivre une ancienne voie désaffectée. Enfin, nous sommes arrivées. Je ralentis et tends l'oreille.

– Tout va bien. Si une battue avait lieu ici, nous entendrions les chiens.

Je pensais qu'il ne resterait rien d'autre que des murs en ruine et des vitres brisées, mais ce n'est pas du tout ça. Au contraire, les vestiges du passé sont visibles partout, et cela rend l'endroit impressionnant. Ici, tout évoque la vie à l'époque d'Andrea... Et le temps a fait son œuvre, usant et abîmant ce que les êtres humains ont créé, mais sans réussir à rien effacer.

Les mauvaises herbes ont envahi le revêtement qui se fissure sous la pression des racines. Mon vélo tressaute et Andrea doit s'accrocher pour ne pas perdre l'équilibre. Je décide de continuer à pied. Andrea descend du porte-bagages et je pose mon vélo contre une vieille barrière à moitié cassée.

Des véhicules à essence, rongés par la rouille, encombrent la rue. Des animaux en ont fait leur abri. Méfiant, un chat miaule quand nous approchons, puis s'enfuit. Un caddie de supermarché est renversé au milieu du passage, vide. Une poussette gît, il ne reste plus d'elle que les montants de métal et les roues. C'est étonnant de voir combien ces objets anciens ont résisté à l'usure du temps. Je vois même le cartable d'un enfant, dont le contenu s'est renversé sur le sol. Malgré les années, on peut encore distinguer dans la terre les stylos en plastique qu'il contenait. Du lichen a poussé dessus mais je reconnais leurs couleurs : bleu, rouge, vert.

Autant de témoignages d'une époque disparue... J'imagine ce que ressent Andrea en découvrant ce paysage dévasté. Je me tourne vers elle :

– Ça va ?

Elle acquiesce en silence. Moi j'ai l'impression de marcher dans un musée qui proposerait aux visiteurs d'admirer la reconstitution d'une civilisation ravagée. Frissons garantis.

– Regarde... chuchote Andrea.

Je lève les yeux sur une publicité dont le panneau de verre est resté miraculeusement intact. Comme mon amie, je reste hébétée devant cette image.

Vigdis nous regarde, souriante, ignorant le désastre autour d'elle. Le visage soigneusement maquillé, les ongles vernis, parfaite, elle semble nous inviter à acheter ce joli flacon doré qui contient du parfum...

C'est vertigineux. L'image de mon ancienne baby-sitter a traversé le temps grâce à une publicité. C'est à la fois ridicule, et bouleversant.

CHAPITRE 22

Aux côtés de Pénélope, j'avance dans ce qui était autrefois une banlieue ordinaire. Il devait y avoir du monde, ici, de l'animation, du bruit. Tout est désormais figé. Ça me serre le cœur.

La vie n'a pourtant pas quitté les lieux car la végétation est là, partout. Elle s'est glissée dans le moindre interstice, a pris racine dans chaque anfractuosité, s'est approprié un peu plus l'espace à chaque nouvelle saison. Tout est calme ici, mais pas silencieux. Les chants d'oiseaux résonnent d'un mur à l'autre, et des abeilles s'activent pour butiner les pissenlits entre deux pavés.

Nous passons entre les immeubles abandonnés. Cela fait longtemps qu'il n'y a plus de vitres aux fenêtres. Les ronces et le lierre ont élu domicile à l'intérieur, il y a même de la terre qui couvre les carrelages et les parquets.

C'est comme s'il n'y avait plus de limite entre dehors et dedans.

Quand je prends la parole, je ne peux pas m'empêcher de chuchoter.

– Tu crois que Pierrick est ici ?

– Je ne sais pas, répond mon amie sur le même ton.

Elle aussi est accablée par la désolation des lieux. Elle avait l'air de croire à cette option, mais à mesure que nous avançons, j'ai l'impression qu'elle doute. Pour l'instant, c'est vrai, nous n'avons trouvé aucune trace de mon frère ou d'Antarès.

Nous marchons plus avant. Ce n'est pas facile de progresser sur le sol ravagé, parmi les objets abandonnés. Dans le caniveau, je vois un poupon masculin, nu, un bras arraché. Ça me fait de la peine. Pénélope l'a vu, elle aussi. Elle détourne les yeux, comme si c'était un mauvais présage.

– Comment on pourrait le retrouver dans tout ça ?

– Personne ne circule jamais dans cette zone, explique-t-elle. Si quelqu'un est passé, il y aura forcément des traces.

Nous progressons en silence entre les bâtiments désaffectés. L'atmosphère est pesante. Un peu plus loin, des croix sont plantées dans ce qu'on devine être un ancien jardin public maintenant rendu à la vie sauvage. Certaines sont bien droites et solides, d'autres ont été fabriquées à la hâte. Je comprends qu'il s'agit d'un cimetière improvisé. Les survivantes de la Grande Grippe ont géré la situation comme elles le pouvaient.

Soudain, un détail attire mon attention. Au pied d'un bâtiment, je viens de repérer une porte arrachée de ses gonds. Elle a été déplacée récemment, j'en suis sûre. On peut voir les traces dans la poussière mêlée de terre qui couvre le sol. L'espoir me redonne de l'énergie. Pénélope l'a remarquée, elle aussi, et me précède dans cette direction.

Nous entrons dans cet immeuble. En levant les yeux, je remarque que des morceaux de plafond se sont écroulés, il y a déjà longtemps. Un ascenseur à la fosse béante se trouve en face de nous, et deux portes défoncées donnent accès aux appartements du rez-de-chaussée.

Nous commençons par visiter le logement situé à notre droite. Il nous suffit d'un coup d'œil pour nous convaincre que personne n'est entré ici depuis longtemps. Il est tout simplement impossible d'avancer à l'intérieur. Un arbre s'est même épanoui au milieu de ce qui tenait lieu de pièce principale. Ses branches se sont adaptées et se tordent pour sortir par les fenêtres. L'appartement voisin, sur la gauche, est quasiment dans le même état. Je ne m'attarde pas :

– Il faut monter.

Pénélope me suit dans l'escalier tout en me mettant en garde : il n'y a plus de rampe et le premier palier menace de s'effondrer.

– J'ai vu, dis-je en continuant de gravir les marches.

Le sol est sale, toujours couvert d'une épaisse couche de terre et de poussière, mais nous y voyons les traces d'un passage récent. Je recommence à y croire.

Au premier étage, l'immeuble est un peu moins inhospitalier. La végétation est envahissante, mais il s'agit maintenant surtout de lierre et de liseron. Des oiseaux s'abritent ici, et leurs fientes couvrent le sol. Je m'avance vers la porte de l'appartement le plus proche, mais je fais aussitôt demi-tour car à l'intérieur, le plancher s'est effondré largement, rendant l'endroit impraticable.

– Plus haut, dis-je simplement. Il n'y a personne ici.

Et je reprends mon ascension.

CHAPITRE 23

Arrivée au deuxième étage, Andrea s'arrête comme si elle avait entendu un bruit. Elle me fait signe de ne plus bouger et reste immobile, attentive... En silence, elle désigne les étages supérieurs et entreprend d'y monter. Elle passe le troisième sans ralentir et, tandis que j'arrive sur ses pas au palier du quatrième, elle pénètre prudemment dans un appartement.

Au sol, il y a des traces de pas, bien visibles cette fois, mais je n'arrive pas à déterminer si elles correspondent à une semelle médiévale ou à une chaussure moderne... Sur mes gardes, moi aussi, j'avance à la suite d'Andrea. Soudain, juste dans mon dos, un mouvement me fait sursauter. Je me retourne, le cœur battant.

C'est Antarès qui se tient sur le palier, une épaisse

barre de métal à la main, prêt à frapper. En nous voyant, il baisse son arme improvisée.

– Vous m'avez fait peur, avoue-t-il. Suivez-moi.

– Tu as retrouvé Pierrick ? interroge Andrea avec impatience.

– Oui. J'allais revenir en ville pour vous prévenir.

En entendant ces mots, le soulagement me submerge comme une vague. J'étais tellement angoissée ! Enfin, les choses vont s'arranger. Je suis impatiente de le rejoindre.

– Où est-il ?

– Au dernier étage, répond Antarès. Mais il y a un problème.

Ces mots m'inquiètent. Pierrick est-il blessé ? J'échange un regard avec Andrea, qui partage ma crainte.

De son pas souple, Antarès emprunte l'escalier pour accéder au cinquième étage. C'est le dernier palier, sur lequel s'ouvrent là aussi deux appartements. Il entre dans celui de gauche, le plus sombre… Andrea le suit aussitôt.

Ici non plus, il n'y a aucune vitre aux fenêtres. Les persiennes sont baissées, sans doute depuis très longtemps. Le logement a été un peu préservé par son étage élevé. Peu de végétation, surtout de la saleté. Quand j'entre, un oiseau effrayé s'envole en me heurtant de ses ailes et s'enfuit par le vasistas de la cage d'escalier. Il a fait son nid dans un fauteuil éventré. Dans cet appartement, les meubles médiévaux sont encore là, et certains objets du quotidien aussi. Un ordinateur hors d'usage, une tasse brisée, un magazine aux pages moisies…

Je ne vois pas Pierrick. Est-ce qu'Antarès l'a allongé dans la chambre ? Est-il conscient ? Je réfléchis à toute vitesse. J'ai des notions de premiers secours mais ça ne suffira peut-être pas. Si c'est grave, il faudra le soigner avec les moyens du bord. Impossible de l'emmener dans un hôpital, et je sais qu'une blessure trop sérieuse l'empêcherait d'effectuer un déplacement temporel vers le Moyen Âge.

Mais juste à ce moment-là, Pierrick sort de la pièce voisine. Malgré la pénombre, il me semble valide. Je ne vois sur lui aucune trace de blessure et il sourit même en nous voyant.

Ça me fait toujours la même chose. Quand ses yeux croisent les miens, le temps ralentit et mon cœur s'arrête de battre.

Je me jette dans ses bras et je le serre, fort. Je respire profondément son odeur et je sens sa peau contre ma joue. Lui aussi m'étreint et je sens ses mains dans mon dos, chaudes et rassurantes. Souriante, je me tourne vers Andrea, prête à la laisser embrasser son frère. Elle aussi doit avoir envie d'un contact physique.

C'est mal la connaître. Elle réagit à sa façon, c'est-à-dire qu'elle manifeste son soulagement en engueulant Pierrick. En l'entendant, on pourrait penser qu'elle ne l'aime pas, mais je l'ai suffisamment fréquentée pour savoir que c'est sa façon d'exprimer son bonheur.

– Qu'est-ce qui t'a pris de partir dans le futur ? lui reproche-t-elle avec véhémence. Tu pouvais pas laisser ce sèche-cheveux tranquille ? Tu es vraiment un expert en conneries, toi ! Tu te rends compte qu'on a failli jamais te retrouver ? Si on t'avait pas suivi, comment tu aurais fait, hein ? Et moi, comment j'aurais expliqué ta disparition à papa et Tiago ?

Pierrick ne se formalise pas de ces retrouvailles acides. Il se contente de passer sa main dans ses cheveux, l'air abasourdi.

– Je voulais juste retrouver Pénélope, répond-il. Et puis j'avoue, je pensais pas que c'était vrai, tout ça...

Et il désigne d'un geste de la main l'appartement à l'abandon, le monde qui l'entoure, les temps modernes.

– Eh bien tu es content maintenant ! reprend Andrea. Tu as constaté par toi-même que Pénélope est pas mytho ! Franchement, tu pouvais pas te contenter de lui poser la question ?

– La prochaine fois, c'est ce que je ferai, répond simplement Pierrick en me regardant.

Je pourrais rester comme ça, longtemps, sans bouger, les yeux dans ses yeux... Mais Andrea nous interrompt et elle a raison.

– OK, dit-elle d'un ton décidé, on va pas non plus y passer des heures. Pierrick est là, Antarès aussi. On va pouvoir repartir. Pénélope, la Lune est comment ? Le Soleil, l'alignement des planètes, tout ça ? Il n'y a pas tellement de vent aujourd'hui, mais ça ira quand même ?

Je réfléchis rapidement. Les éléments sont plutôt favorables. Nous sommes arrivés hier, avec la nouvelle Lune. Les astres sont donc encore assez bien alignés et je pense pouvoir réussir à emmener facilement mes amis. Sans compter que j'ai beaucoup progressé ces derniers temps. En unissant leur volonté à mon expérience, un déplacement temporel groupé ne devrait pas poser trop de difficultés...

Pourtant, je n'ai pas oublié ce qu'a dit Antarès. Si Pierrick n'est pas blessé, alors quel est le problème ? J'ai un mauvais pressentiment, l'impression désagréable que nous ne sommes pas au bout de l'épreuve...

Comme pour confirmer mon inquiétude, Pierrick fait un pas en arrière, l'air ennuyé. Mais c'est Antarès qui intervient :

– Ce n'est pas si simple.

– On ne va pas pouvoir repartir tout de suite, confirme Pierrick.

– Bien sûr que si, se méprend Andrea. Ça sera beaucoup plus facile qu'à l'aller. Même moi, j'ai réussi, alors c'est dire. Et maintenant, toi aussi, tu as l'aide de Pénélope. On est motivés, ça devrait passer tout seul. C'est le plus important, la volonté.

– Justement... répond Pierrick.

– Ne me dis pas que tu veux rester ici, ironise Andrea. C'est pas vraiment une époque faite pour toi.

– Je vais t'expliquer...

Le ton sérieux de son frère commence à inquiéter Andrea. Elle fronce les sourcils et cherche à comprendre, mais elle semble complètement perdue. Moi aussi, à vrai dire.

– Attendez-moi là, reprend Pierrick.

Et il disparaît dans la pièce voisine. Un instant plus tard, il revient, et il n'est pas seul.

Il tient la main d'un petit garçon.

CHAPITRE 24

D'où vient ce gamin ? Un garçon ! Je n'y comprends rien. En retrait comme si mon frère était un arbre derrière lequel se cacher, il nous regarde, Pénélope et moi, avec un air farouche. On dirait qu'il est prêt à s'enfuir au moindre de nos gestes. À côté de Pierrick, il semble tout petit, j'ai l'impression qu'il mesure à peine plus d'un mètre. Il n'est pas épais non plus, ses bras sont tout maigres et ses genoux cagneux. Je ne suis pas sûre qu'il mange à sa faim. Il porte un pantalon déchiré et transformé en short, maintenu autour de sa taille par une ficelle. Ses pieds sont nus. Son tee-shirt est trop grand pour lui et très sale. Son visage aussi est crasseux, et ses cheveux semblent avoir été coupés avec un couteau. Ils sont emmêlés comme s'il avait essayé de se faire des dreadlocks sans aucune méthode. Il se gratte la tête et je suis sûre qu'ils sont infestés de poux. Sur sa figure, il y a des écorchures et des croûtes qui me semblent infectées.

– Je l'ai trouvé en arrivant, indique Pierrick.

– Comment s'appelle-t-il ? demande Pénélope.

En entendant la voix de mon amie, l'enfant recule un peu plus et dévisage Pénélope d'un air agressif. Sa petite main serre plus fort la main de mon frère, et ses ongles terreux s'enfoncent dans sa peau. Je devine qu'il a peur de nous, les deux filles présentes dans la pièce. Pas étonnant.

– Ça va aller, le rassure Pierrick. Elles ne te feront pas de mal.

Mais l'enfant ne le lâche pas.

– Ce doit être le fils d'une opposante, estime Pénélope. Comme Antarès. Sa mère ne doit pas être loin.

– Quand j'avais son âge, intervient Antarès, je ne restais jamais isolé plus de quelques jours.

– Vous lui avez demandé où est sa mère ? insiste Pénélope. Il en a forcément une.

– Il ne parle pas, répond mon frère. Il comprend, mais ne dit pas un mot.

– Sa mère a dû être empêchée de revenir, poursuit Antarès. Je crois qu'il se débrouille sans l'aide de personne depuis pas mal de temps.

– Il vit seul, confirme Pierrick. C'est sûr. On a regardé, avant votre arrivée. Personne ne s'occupe de lui, sinon on aurait trouvé de la nourriture ou des vêtements propres.

– Il semble avoir à peine six ou sept ans ! s'étonne Pénélope.

– Je sais, répond Pierrick. C'est juste inhumain. En plus, il est malade, il a de la fièvre.

Nous nous taisons, affligés. Comment un enfant aussi jeune peut-il vivre seul ?

Pénélope avance jusqu'à l'entrée de la chambre. Quand elle passe près de lui, l'enfant recule, et sa lèvre supérieure se retrousse pour laisser apparaître ses canines. Comme un chien qui gronde, prêt à mordre. Mais Pierrick pose sa main sur l'épaule du garçon et il se calme un peu.

– Viens voir, m'appelle doucement Pénélope. Je crois qu'ils ont raison.

Je la rejoins et ce que je vois me serre le cœur.

Des dizaines de bouts de tissu, de couvertures et de coussins sont entassés dans ce qui était autrefois une chambre normale. Ils ont été amenés là, patiemment, et arrangés pour faire... oui, pour faire un nid. Aucun d'eux n'est placé au hasard, ils sont mêlés et imbriqués comme un oiseau aurait fait avec des brindilles et des plumes. D'ailleurs, je ne crois pas si bien dire : il y a aussi des plumes. Et l'ensemble sent fort, parce que cet amoncellement d'objets anciens n'est jamais nettoyé et que le petit y dort depuis longtemps. C'est l'odeur animale du repaire d'un enfant sauvage.

– Ne restez pas là, dit Pierrick.

Je me retourne et je constate que le petit garçon tremble comme une feuille. Nous voir approcher ainsi près de son nid le bouleverse.

– D'accord, dis-je d'un ton apaisant, on s'éloigne.

– Sortez carrément de l'appart, insiste Pierrick. C'est trop dur pour lui.

Et ce qu'il ajoute me glace :

– Vous êtes des femmes.

J'ai envie de protester, je n'ai pas l'habitude d'être considérée comme un danger public simplement parce que je suis une fille, mais Pénélope me fait signe qu'il vaut mieux obtempérer et Antarès nous accompagne sur le palier. À ce moment-là, quelque chose semble inquiéter mon amie, qui se retourne.

– Pierrick... Est-ce que tu l'as vacciné ?

– Je m'en suis occupé, intervient sobrement Antarès.

Rassurée, Pénélope me rejoint sur le palier. Antarès nous suit.

– Descendons, propose-t-il.

Nous reprenons les escaliers vers la sortie, prenant garde où nous mettons les pieds, enjambant les ronces et le lierre qui gênent le passage.

Quelques minutes plus tard, nous sommes dehors, au pied de l'immeuble. Je me tourne vers Antarès :

– Tu penses que sa mère est morte, c'est ça ?

– Je crois que oui, reconnaît-il d'un air sombre. À mon avis, elle s'est longtemps occupée de lui. Sinon il n'aurait pas vécu. Et après, je suppose qu'il lui est arrivé quelque chose. Peut-être qu'elle est tombée gravement malade ou qu'elle a eu un accident. En tout cas, le résultat est là. Son fils est orphelin.

Bien sûr, ces mots réveillent en moi ce sentiment angoissant que je connais bien. La douleur de l'absence.

Mais pour cet enfant, c'est encore pire. Il n'a ni mère ni père. Pas d'amis non plus. Personne.

– Ça fait combien de temps qu'il est seul, tu crois ?

– Difficile à dire, répond Antarès. Plusieurs mois, à mon avis.

Ça me file un choc, d'imaginer ce gamin obligé de se débrouiller par lui-même. Une chance que Pierrick soit tombé sur lui.

– Il faut l'aider, dis-je d'un ton décidé. Pénélope, es-tu capable de nous emmener, tous les cinq ?

Mais elle détourne les yeux. Je connais cette réaction, elle veut me cacher quelque chose et je n'aime pas ça du tout. Antarès aussi fait une drôle de tête. J'insiste :

– Quoi ? J'ai dit une connerie ? Puisqu'il n'a plus de famille ici, il peut partir avec nous. Il sera bien plus heureux à notre époque. Moi, ça ne me dérange pas de l'accueillir à la maison, je suis sûre que notre père sera d'accord, et Tiago sera content d'avoir un petit frère...

– Ce n'est pas si facile, m'arrête Pénélope, mal à l'aise.

– Tu es élève agrégée, oui ou non ?

– Pénélope ne va pas pouvoir faire ça, intervient Antarès.

Lui aussi semble triste. Je ne comprends pas pourquoi ils laissent tomber aussi facilement. Cet enfant n'a aucun avenir ici ! Ça serait dégueulasse de l'abandonner. Je proteste, choquée :

– On ne peut pas baisser les bras avant d'avoir essayé ! C'est une crevette, ce gamin, il ne pèse presque rien... Ça ne changera pas grand-chose pour toi. Pénélope, dis-moi que tu peux le faire !

– Justement, intervient Antarès. L'enfant est en mauvaise santé.

– Il ne supporterait pas le choc, confirme Pénélope.

– C'est quoi, cette règle débile ! C'est marqué dans le guide de l'autre incompétente, là, l'anthropologue nulle ?

– Non, confirme Antarès. C'est avéré.

– Il y a quelques années, m'explique piteusement Pénélope, une lycéenne a participé à l'épreuve anticipée d'histoire pour le BAC. Elle était malade. Un début de varicelle pas encore détecté. Elle n'a pas survécu.

– L'enfant n'est pas assez solide pour pouvoir partir d'ici, conclut Antarès, sans appel.

Je suis consternée. Dans ma tête, la situation est terriblement claire. Soit on s'enfuit en le laissant derrière nous. Soit on reste avec lui.

Ça me fait mal. On ne peut quand même pas abandonner ce gamin à une époque horrible qui considère que les femmes et les hommes n'ont pas la même valeur ! Sans nous, sa vie se poursuivrait dans la solitude et le dénuement le plus total. Je ne peux pas l'admettre, c'est monstrueux.

Et pourtant... une petite voix murmure en moi. Avons-nous vraiment le choix ? Ne vaut-il pas mieux le laisser ? Le sacrifier, lui seul, plutôt que cinq personnes ?

Je regarde mes amis et je pense à eux. Même si c'est épouvantable, je dois avoir le courage de dire ce qu'ils refusent d'admettre.

– Dans ce cas, dis-je d'une voix ferme, on doit partir sans lui.

Antarès et Pénélope me contemplent, embarrassés. Je poursuis :

– Je sais ce que vous pensez. Vous me trouvez égoïste, vous vous dites qu'on ne peut pas laisser cet enfant. Mais réfléchissez ! Si nous restons, ce n'est pas la vie d'une personne que nous gâchons. Ce sont quatre existences de plus que nous foutons en l'air. Et au cas où vous auriez la mémoire courte, je vous rappelle que toi, Antarès, et Pierrick, vous êtes des garçons également. En restant ici, vous vous condamnez à une vie de reclus !

– Partez. Moi, je reste.

C'est Pierrick qui a parlé. Il est sorti de l'immeuble et nous rejoint sur le trottoir défoncé.

– Il est hors de question que j'abandonne ce petit, reprend-il d'un ton calme.

– Tu préfères abandonner ta famille ? Papa ? Tiago ? C'est ton petit frère, lui aussi a besoin de toi !

Pierrick est mal, je le vois bien, mais il argumente :

– Tiago n'est pas tout seul. Il a papa. Et il t'aura, toi aussi. Alors que ce gamin...

– Tu le connais à peine, il n'est même pas de notre famille !

– Il est complètement abandonné, tu réalises ? On ne peut quand même pas partir en le laissant derrière nous ! Ça serait comme si on le condamnait à mort !

Je me tais, atterrée. Je sais qu'il a raison.

– Mais alors, comment on va faire ? Moi je ne peux pas rentrer sans toi...

– C'est pourtant la meilleure solution, déclare-t-il.

– Je refuse de te laisser ici !

– Alors tu vas être obligée de rester, parce que moi je ne pars pas sans l'enfant.

– Pierrick, s'il te plaît...

– Laisse tomber, répond-il. J'ai compris que pour voyager dans le temps, la volonté est essentielle... Ça veut dire que même si je faisais un effort, je n'arriverais à rien. Ma volonté profonde m'empêcherait de m'en aller.

Je me tourne vers Pénélope dans l'espoir qu'elle démente ce que pourtant je sais déjà. Mais elle hoche la tête pour me confirmer que oui, Pierrick a raison. On ne peut pas voyager dans le temps si une partie de soi-même lutte contre cette décision. Je suis abattue.

– Il faut soigner l'enfant, déclare Pénélope. Quand il ira mieux, nous pourrons tenter un départ collectif.

– Mais ici, nous sommes en danger ! Nous pouvons nous faire prendre à chaque instant ! Vous vous rendez compte que vous êtes en train de nous imposer une épreuve insurmontable ? Combien de temps faudra-t-il avant de pouvoir nous en aller ?

Pénélope répond à ma question :

– Ça dépend... Il faut identifier pourquoi il a de la fièvre, et trouver les médicaments appropriés.

– J'ai compris, mais je te demande quand tu estimes qu'il sera capable de voyager !

– Je ne sais pas exactement, avoue-t-elle piteusement. Dans quelques jours, au minimum.

Nous avons enfin retrouvé Pierrick, et nous sommes malgré tout obligés de rester dans le futur. Quelle merde.

CHAPITRE 25

Je me suis montrée naïve. Croire qu'il suffisait de faire un petit saut vers mon époque d'origine, trouver Pierrick en quelques heures et repartir comme si rien ne s'était passé. Quelle idiote.

Je le sais pourtant. On ne peut pas voyager dans le temps en pensant n'y rester que quelques minutes et s'en aller ensuite sans qu'il y ait de conséquences. Quand on se déplace à une autre époque, on est toujours secoué, remis en cause. Obligé d'aller plus loin. Forcé de se confronter au monde où l'on se trouve.

Je me retourne et je contemple l'enfant, qui est sorti de l'immeuble et se tient accroupi dans les gravats. Il joue avec un vieux jouet médiéval, un cheval en plastique dont la patte est cassée. Il lui fait sauter les obstacles : un vieux flacon de gel douche, une lampe toute cabossée, un gros tuyau en plastique gris. De temps en temps, sur le qui-vive, il jette un coup d'œil sur le côté pour vérifier qu'Andrea et moi restons à distance. Nous lui faisons peur.

Pierrick approche et se penche vers lui. Patiemment, il répare la jambe du cheval avec un bout de bois et une ficelle. Le petit garçon attend, les yeux levés sur lui, confiant. À ce moment-là, je comprends combien la tentative d'Andrea de faire comme si nous n'avions pas croisé la route de cet enfant était vaine. Des liens se sont déjà noués entre Pierrick et lui, un peu comme s'ils s'étaient adoptés l'un l'autre.

J'avoue que je ne m'attendais pas à découvrir l'existence d'un petit garçon, vivant seul en marge de la société. Comment peut-on accepter un monde qui laisse de côté un enfant, sous prétexte qu'il est de sexe masculin ? Je suis honteuse. Moi j'ai grandi dans une maison confortable, entourée d'une famille aimante, alors que ce petit est obligé de vivre dans des conditions effroyables. Qui était là pour le consoler quand il se sentait triste ? Personne ne lui mettait de pansement quand il s'écorchait le genou, personne ne lui lisait d'histoires. Personne ne lui faisait de câlin avant la nuit. Cela me révolte.

Je consulte rapidement mon tech, la journée est déjà bien avancée. Nous devons retourner chez moi pour ne pas éveiller les soupçons de ma mère. J'en informe Andrea. Elle ne répond pas, l'air sombre. Elle a du mal à accepter d'être obligée de rester plus longtemps à mon époque.

Toutes les deux, nous devons pourtant laisser Pierrick, Antarès et l'enfant dans la ZUP. Ils vont devoir se montrer prudents. J'espère qu'aucune battue n'aura lieu par là, mais je me rassure en me disant qu'Antarès saura gérer si le danger approche. L'enfant aussi est sûrement capable de se rendre invisible. Il fait cela depuis toujours.

Dans le même temps, nous devons à tout prix soigner ce petit, et j'ai du mal à estimer le délai nécessaire pour cela. Il faut que je me documente afin d'évaluer plus précisément quand il sera capable de voyager. C'est désormais notre priorité.

J'ai récupéré mon vélo et nous marchons pour rejoindre la route. Dans ma poche, mon tech vibre doucement. J'y jette un coup d'œil. La lumière rouge qui scintillait en continu pendant la vigilance s'est éteinte. Cela signifie que l'alerte est levée. J'ouvre un document écrit qui confirme cette information : la silhouette masculine aperçue dans la région n'était qu'un gros chien errant, c'est la version officielle.

Je suis soulagée et je fais part de la bonne nouvelle à Andrea. S'ils restent cachés, Pierrick, Antarès et l'enfant ne devraient plus être inquiétés, au moins dans l'immédiat.

Moins d'une heure plus tard, nous sommes de retour à la maison. Tandis qu'Andrea reste dans ma chambre, je vais immédiatement voir ma petite sœur. Je ne veux pas rester en conflit avec elle, cela me préoccupe beaucoup. Mais quand j'ouvre sa porte, je vois qu'elle est sortie. Par chance, j'ai une petite idée de l'endroit où elle se trouve...

Je ressors de la maison et, quelques minutes plus tard à peine, je l'ai repérée. Comme je m'en doutais, elle est dans le parc, en train d'enregistrer des chants d'oiseaux avec son tech. Elle veut devenir compositrice, quand elle sera grande, et tient un cahier dans lequel elle consigne ses observations sur les mélodies des merles, des troglodytes ou des grives musiciennes.

Je viens près d'elle. Elle ne s'interrompt pas, tech dans la paume, main tendue vers un arbre. Le chant qui en provient est très joli, en effet.

– Veux-tu que je te raconte à quoi ressemble le Moyen Âge ?

Elle ne me répond pas tout de suite, semble hésiter, puis range son tech.

– D'accord, concède-t-elle.

Nous nous asseyons sur la pelouse. Je cherche par où commencer...

– Là-bas, dis-je enfin, j'ai rencontré un garçon qui a presque ton âge. C'est le petit frère d'Andrea. Tu le trouverais très sale. Il ne se lave pas très souvent car il économise l'eau.

– Pourquoi ? demande Lys.

– Il essaie de préserver la planète. Il aime beaucoup les animaux.

– Les oiseaux aussi ?

– Tous les animaux.

– Les médiévaux ne prenaient pas soin de la faune. À cause d'eux, des centaines d'espèces se sont éteintes.

– Lui est différent. Il s'occupe bien de ses trois rats. Il est aussi très en colère contre les gens qui exploitent la planète et polluent l'environnement. Il a même créé un groupe avec d'autres enfants pour préserver la vie sauvage.

Lys reste silencieuse, sourcils froncés, tentant d'imaginer la réalité que je lui décris. À ce moment-là, un rouge-gorge approche, sautillant sur l'herbe, curieux de notre présence... Lentement, Lys sort de sa poche un croûton de pain sec et l'émiette pour attirer l'oiseau plus près encore. Le passereau jette des coups d'œil vifs, semblant mesurer le risque, puis saute sur le genou de Lys et vient picorer une miette directement dans sa main. Moi, j'observe sans faire un mouvement. Puis, aussi vivement qu'il est arrivé, l'oiseau chipe une grosse miette et disparaît dans un arbre. J'échange un regard avec Lys et nous éclatons de rire. Ma petite sœur aime les oiseaux, et, depuis toujours, on dirait que les oiseaux l'aiment aussi.

Mais ce qui me fait chaud au cœur, c'est qu'elle ne semble plus aussi en colère contre moi. Nous restons un moment ainsi, côte à côte, sans parler, puis elle se lève.

– Nous devrions rentrer, dit-elle. Sinon maman va nous attendre pour le dîner.

Quand nous pénétrons dans la cuisine, ma mère est en effet en train de réchauffer le plat. J'appelle Andrea pour qu'elle nous rejoigne.

Nous passons à table. Je reconnais la recette de risotto printanier d'une de nos voisines. J'explique brièvement à Andrea cette organisation dont elle n'a pas l'habitude. Dans un voisinage donné, plusieurs familles, en général cinq ou six, se regroupent pour ne pas avoir à préparer le dîner chaque soir. L'une d'elles cuisine le repas pour tout le monde. Il suffit alors de passer pour récupérer sa part. Le lendemain, c'est au tour d'un autre foyer. Le système a été mis en place après la Renaissance. La solidarité était alors indispensable pour recommencer à mener une vie normale après les ravages de la Grande Grippe, et beaucoup de solutions de cette époque ont perduré.

Le moment est insolite. Ma famille, en train de dîner avec une fille du passé... Forcément, personne ne sait quoi dire. Andrea veille à rester silencieuse, jugeant ce comportement plus prudent. Ma mère n'est pas très à l'aise non plus. Quant à Lys, elle observe régulièrement mon amie du coin de l'œil, imaginant peut-être à quoi peut ressembler son petit frère...

Le dessert avalé, nous ne nous attardons pas et regagnons rapidement ma chambre. Même là, Andrea reste tendue. La question qu'elle me pose me renseigne sur les raisons de son inquiétude :

– Tu crois que ça va aller pour moi, dans ton lycée ?

– Je suis certaine que tu t'en sortiras très bien, dis-je pour la réconforter.

En réalité, je ne comprends que trop son angoisse. Quand elle a appris qu'elle allait devoir fréquenter mon lycée, un gouffre sans fond s'est ouvert devant elle. Comportements inattendus, règles inconnues, un nouveau monde… Et le risque, toujours présent malgré nos efforts, d'être identifiée comme une médiévale.

Je l'avoue, je ne suis pas du tout rassurée. Andrea sera-t-elle capable de faire illusion ? De se comporter comme une élève moderne ? D'accepter qu'en cours d'histoire la Renaissance soit enseignée comme un bienfait ? Qu'en cours de biologie les hommes soient décrits comme des êtres moins évolués que les femmes ?

Quand j'ai dû fréquenter le lycée d'Andrea, tant de choses me heurtaient. J'aurais voulu crier mon opposition, hurler mon désaccord. Sans oublier mes innombrables maladresses, et toutes les gaffes que j'ai faites…

Pour que tout se passe bien, il va falloir que mon amie se montre plus intelligente que je ne l'ai été quand je me suis trouvée dans la même situation.

Le petit s'est endormi. Je contemple son visage, ses cheveux emmêlés, son nez enfoui dans un morceau de tissu qui lui sert de doudou... Dans le sommeil, ses traits se détendent et il ressemble à n'importe quel enfant.

Puis je rejoins Antarès dans la pièce principale. Il se prépare à sortir pour nous trouver à manger. Ses gestes sont précis, ses décisions rapides... Il sait comment survivre. Il m'impressionne. Un instant plus tard, il a déjà disparu dans la nuit.

Je reste seul et je peux enfin repenser à Pénélope, et au bonheur que j'ai ressenti en la revoyant. Exactement comme la première fois que je l'ai rencontrée, quand elle avait ouvert la porte de ma chambre sans frapper. Comme les jours suivants, quand elle s'était installée chez nous. Et comme un an plus tard, quand elle était revenue... Comme chaque fois que je croise son regard, tout simplement.

CHAPITRE 26

Je n'arrive pas à dormir.

Pénélope est dans son lit, juste à côté. Elle a installé un matelas gonflable pour moi. Quand je me suis allongée, j'ai eu l'impression de me coucher sur un nuage. Pas un vrai nuage, bien sûr. Non, un nuage comme ceux dont on rêve quand on est enfant, entre coton et barbe à papa, accueillant et confortable. Rien à voir avec un vieux matelas d'appoint qui crisse quand on essaie de se retourner. L'oreiller aussi est fabuleux, léger et douillet à la fois. Je ne sais pas ce qu'il y a dedans pour être aussi agréable. Épuisée, j'ai cru que j'allais m'endormir aussitôt.

Mais comment je pourrais trouver le sommeil ? Bloquée ici pour plusieurs jours. Et pour couronner le tout, obligée de sortir, d'aller au lycée, de faire comme si ce monde était le mien !

Je me sens tellement loin de chez moi... J'entends la pluie taper sur le carreau de la fenêtre. Est-ce qu'il pleut toujours à cette époque ?

Mes nouveaux vêtements sont posés sur une chaise, juste là, sous mes yeux. Même s'ils sont confortables et pratiques, assez jolis même, je ne les aime pas. Pénélope m'a prêté un grand tee-shirt en guise de pyjama, dans lequel je ne me sens pas plus à l'aise. Je pense à mon jean et mon sweat, pliés en boule entre les racines d'un arbre, dans la forêt. J'aimerais y aller, les récupérer et partir d'ici.

Dans la pénombre, j'observe la chambre de mon amie. J'ai d'abord trouvé qu'elle ressemblait à la mienne, à part les murs mous. Le mobilier n'est pas différent.

Ce qui l'est, c'est l'absence de désordre. Pas de cahiers empilés, pas de livres sur des étagères, pas de stylos sur le bureau. Pas de Post-it collés n'importe où. Pas de photos aux murs. Il y a juste quelques objets posés sur la table de nuit. Des petits animaux en verre coloré, joliment travaillés, soigneusement alignés. Quelques bijoux dans une soucoupe de porcelaine. Un chien en peluche au bout du lit. Et c'est tout. À croire que Pénélope est maniaque du rangement. Je n'avais pas remarqué ce trait de caractère chez elle auparavant, mais après tout je ne l'avais jamais vue vivre dans son environnement habituel.

Ou alors, il en va des objets comme des vêtements. On évite d'accumuler des objets inutiles, des gadgets en plastique que l'on jette à la poubelle dès qu'ils se cassent... Je devrais apprécier ça. La société de consommation, ça n'a jamais été mon truc. Les mille et une bricoles qu'on possède, le barda inutile, les cadeaux McDo qui finissent à la poubelle en quelques jours à peine, les fringues pas chères qu'on ne met qu'une saison...

Mais maintenant, je pense à ma chambre encombrée, à mon placard mal rangé, à la pagaille planquée sous mon lit. Ça me manque, j'ai de nouveau le cafard. Le vide qui règne ici me gêne. Moi je suis habituée au désordre, au bruit dans la rue, à la foule autour de moi.

Tout ici me met mal à l'aise. Issue d'une famille d'hommes, me voilà arrivée dans une famille de femmes, qui plus est hostiles. J'ai toujours eu du mal à me lier d'amitié avec les autres filles. Je préfère les garçons.

Je déteste cette époque qui, en refusant son existence, oblige un enfant de six ans à rester seul, simplement parce que c'est un petit mec. J'ai le mal du pays. Le mal du temps, je devrais dire.

Je m'endors à l'aube.

À peine ai-je fermé les yeux que Pénélope me réveille.

– C'est l'heure d'aller en cours.

Et d'un coup, j'ai mal au ventre.

Un peu plus tard, nous sommes prêtes. J'ai enfilé mes fringues du futur. Je comprends mieux pourquoi les vêtements d'ici sont traités antipluie, car l'averse de cette nuit s'est transformée en bruine têtue.

– C'est la météo normale pour le mois de juin, affirme Pénélope.

Je trouve ça bizarre. Il n'y a pas eu de réchauffement climatique, finalement ? Mais à ce moment-là, je me souviens de ce que Tiago disait parfois. *La fonte des glaces du pôle Nord est en train de modifier les courants marins.* Or je n'ignore pas que nous devons notre climat océanique au Gulf Stream, ce courant chaud... Sans lui, impossible d'oublier que la France est en réalité à la même latitude que Vancouver.

– En effet, confirme Pénélope, c'est un peu à cause de toi, s'il pleut beaucoup ici. Ou plus exactement, à cause des gens de ton époque. Vous n'avez pas pris les bonnes décisions à temps.

Elle termine de boutonner une tunique en tissu satiné, qui ressemble un peu à la robe couleur du temps dans *Peau d'âne.*

– C'est venu progressivement, précise-t-elle. Les femmes les plus âgées se souviennent d'une époque où il pleuvait moins, où les printemps étaient ensoleillés et les automnes agréables. Mais moi, je n'ai jamais connu autre chose. Des hivers trop gris, des printemps trop humides et des étés trop courts.

Voilà pourquoi elle a choisi pour moi ces boots en caoutchouc. Avec le réchauffement climatique, le pays a maintenant un climat comparable à celui qui règne dans l'ouest du Canada. Si Tiago savait ça, il serait encore plus motivé pour développer l'OSAT.

– Mais nous ne devons pas nous plaindre, conclut pourtant Pénélope. Ici, il pleut beaucoup mais, dans de nombreuses régions du monde, c'est l'inverse, la sécheresse est un véritable problème et l'eau manque en permanence. Allez, viens, sinon nous serons en retard.

Au petit déjeuner, je ne peux rien avaler. Jane et Lys sont dans la cuisine, en train de manger des tartines à la confiture. Leur présence a fortement tendance à me couper l'appétit. D'ailleurs, l'air un peu pincé, Jane prend soin de me rappeler que la moindre de mes erreurs sera lourde de conséquences.

De toute façon, j'ai toujours eu du mal à avaler quoi que ce soit avant de partir au lycée, alors le matin de ma rentrée dans un lycée de filles du futur, c'était sûr que mon estomac allait se contracter sur lui-même, se réduisant comme une vieille pomme pourrie. Je repousse ma tartine, je préfère attendre dans le couloir.

Pénélope me rejoint et, avant de sortir, me tend une bille blanche et satinée, comme une perle. Un tech.

– C'est celui que j'avais au collège. Il n'a pas toutes les fonctionnalités récentes, mais il marche encore bien.

Il pèse dans ma paume et en le faisant rouler entre mes doigts, je me surprends à trouver son contact agréable. C'est une sphère parfaite et, même en la regardant plus attentivement, je n'y vois aucun bouton.

– Il faut que tu me montres comment on s'en sert.

– C'est intuitif. Bien plus simple que votre matériel médiéval. En attendant, range-le dans ta poche.

Je percute. Cette minuscule poche sur le côté de ma tunique, qui me semblait trop petite pour être vraiment utile, sert en fait à y placer un tech.

Quelques instants plus tard, nous sommes en route pour le lycée. C'est à la fois normal et bizarre. Je marche pour aller en cours, supportant tant bien que mal mes inconfortables talonnettes. Tout autour de moi, d'autres jeunes se dirigent dans la même direction, comme un matin ordinaire. Sauf qu'ils n'ont pas de sac Eastpak sur le dos, pas de contrefaçon Vanessa Bruno au creux du bras. Pas de Stan Smith ou de Nike aux pieds. Et surtout, aucun n'est un garçon.

Les filles du futur sont seules ou en petits groupes. Elles portent des vêtements colorés, courts ou longs, simples ou ornés de perles et de broderies. Leurs coiffures sont aussi variées que leurs couleurs de peau. À mesure que nous approchons du lycée, elles sont plus nombreuses. Rien à voir cependant avec la foule compacte qui franchissait la grille à mon époque. D'abord, il n'y a plus de grille. Ensuite, il y a moitié moins d'élèves. C'était l'une des choses qui avaient le plus surpris Pénélope lors de son premier séjour. Notre nombre. Si je me souviens bien des explications parcellaires de mon amie, la population du futur ne comporte que trois milliards et demi d'individus.

Moitié moins d'élèves, donc, mais cent pour cent de regards curieux tournés dans ma direction. Je reconnais les deux filles à qui je me suis adressée avant-hier, la blonde avec des tresses et la brune au crâne rasé. Elles froncent les sourcils en me voyant et, dans un même mouvement, viennent vers nous. Je rentre la tête dans les épaules, j'aurais préféré qu'elles m'ignorent.

– Voilà Simone et Kitty, chuchote Pénélope à mon intention. Ce sont des filles de ma classe. Elles sont parfois idiotes, mais pas méchantes.

Cela ne me rassure pas vraiment.

– Bonjour Pénélope, dit la blonde en m'ignorant ostensiblement.

– Bonjour Simone, répond Pénélope en lui souriant. Bonjour Kitty.

J'en déduis que la blonde est Simone, et le crâne rasé Kitty.

– Nous sommes heureuses que tu reviennes en cours, ajoute Kitty.

– Nous comprenons que tu aies eu besoin de te reposer, poursuit Simone.

– Ça doit être tellement difficile d'être élève agrégée, enchaîne Kitty.

On dirait deux lèche-bottes qui veulent s'attirer l'amitié de la fille la plus populaire du lycée. Mais elles se tournent maintenant vers moi et me toisent avec condescendance.

– Mais pourquoi es-tu accompagnée par cette réfugiée ? reprend Simone avec une grimace.

Une fois de plus, ces filles réagissent à ma présence en me qualifiant de réfugiée. Je ne comprends toujours pas. Qui sont ces réfugiées à qui on ne cesse de m'identifier ? Cela m'intrigue et je regrette de ne pas avoir posé la question à Pénélope quand nous étions seules.

Heureusement, Pénélope ne se laisse pas démonter par la remarque de Simone, et éclate de rire comme si cette histoire de réfugiée était parfaitement saugrenue.

– Minerva, une réfugiée ? s'esclaffe-t-elle. Mais voyons, c'est ma cousine !

Les deux filles sont incrédules.

– Impossible, rétorque Simone en me toisant. C'est ce qu'elle a affirmé quand nous l'avons rencontrée, mais c'est incohérent. Elle est bien trop petite.

– Ne te souviens-tu pas ? répond Pénélope. Tu l'as pourtant déjà rencontrée, il y a quelques années.

– Cela m'étonnerait ! estime Simone.

– Mais si ! Nous devions avoir onze ou douze ans. Nous avions passé l'après-midi à jouer dans ma chambre. Minerva était là et si tu avais bonne mémoire, tu te rappellerais qu'elle était déjà plus petite que nous.

Simone cherche parmi ses souvenirs. Moi, je me tiens la plus droite possible, me promettant de ne plus râler contre mes inconfortables talonnettes.

– Cela me dit quelque chose, en effet... reprend Simone. Mais la différence de taille n'était pas aussi importante.

– Évidemment. Nous n'avions pas terminé de grandir. L'écart s'est creusé encore par la suite.

– Combien mesure-t-elle ? insiste Simone, l'air un peu dégoûté. J'ai l'impression qu'elle n'atteint même pas le mètre soixante-dix.

– En effet, reconnaît Pénélope, mais je commence à trouver ton insistance sur ce point assez désagréable. Ce n'est pas gentil de souligner les imperfections des autres. Est-ce que je passe mon temps à te rappeler tes difficultés en EPS ? Tu n'as pas une très bonne moyenne dans cette matière, si je me souviens bien.

Simone pique un fard. Pénélope a tapé juste. Mais c'est Kitty qui repart à l'attaque :

– Si vraiment c'est ta cousine, comment se fait-il qu'elle ignorait ton adresse quand nous l'avons croisée samedi ?

– Ça ne m'étonne pas du tout, répond Pénélope en se marrant. Minerva a toujours été nulle en sens de l'orientation !

– Il y avait autre chose, objecte encore Kitty. Elle parlait bizarrement.

– C'est exact, se souvient Simone. Quand nous l'avons croisée, avant-hier, sa façon de s'exprimer était très étrange.

– Elle employait des mots inhabituels, confirme Kitty. On aurait dit des expressions archaïques.

– Moi, appuie Simone, ça m'a même fait penser à un langage médiéval.

Je suis tendue, elles sont sur le point de me démasquer... Tentant de cacher mon affolement, je guette un signe de Pénélope m'indiquant que nous devons nous enfuir, mais mon amie reste zen.

– Rappelez-moi combien de temps vous avez passé au Moyen Âge, toutes les deux ? lance-t-elle d'un ton moqueur.

D'un coup, Kitty et Simone ont l'air de chiens à qui on aurait donné un coup de pantoufle sur le museau.

– Le temps normal, bafouille Simone.

– Trois minutes, répond Pénélope à leur place. Moi, l'an dernier, j'y ai passé douze jours.

Évidemment, mon amie se garde bien de préciser qu'elle a même fait un deuxième séjour dans le passé, parfaitement volontaire celui-là, et qui a duré plus longtemps encore. Avec les douze jours de son premier voyage, elle impressionne déjà énormément Simone et Kitty. Ici, personne n'ignore l'histoire de la lycéenne perdue au Moyen Âge, qui a courageusement survécu à une telle mésaventure, puis miraculeusement réussi à revenir à l'époque moderne par ses propres moyens.

– C'est vrai, reconnaît piteusement Simone.

– Alors je crois qu'en matière de langage médiéval tu ne peux pas exactement te considérer comme une spécialiste.

Kitty et Simone ne savent plus quoi ajouter. Elles marmonnent quelque chose comme « on se retrouve en cours » et s'éloignent, penaudes. Pénélope leur a bien rabattu le caquet.

– C'était sur un fil, souffle-t-elle en les regardant s'en aller.

Je me rends compte que, malgré les apparences, elle était aussi stressée que moi. Je la remercie en chuchotant :

– Tu t'es super bien démerdée.

Mais mon amie reste tout de même inquiète.

– J'espère les avoir définitivement convaincues. Je ne voudrais pas qu'elles propagent l'idée que tu es trop étrange pour être ma cousine. En tout cas, il va vraiment falloir que tu fasses attention à ta façon de te comporter.

Devant moi se dresse le lycée, imposant. Quand je l'ai découvert il y a deux jours, je me suis dit qu'un établissement aussi beau pourrait me donner envie d'aller en cours... Sauf que là, si j'avais le choix, je m'enfuirais à toutes jambes.

La pluie s'est arrêtée mais le ciel reste obstinément gris et bas. Nous avançons, traversant la grande pelouse, passant entre les balançoires, les trampolines et les hamacs. Un peu plus loin, j'aperçois deux filles de mon âge qui se tiennent la main. L'une a de longs cheveux auburn et un visage large et rond. L'autre a des cheveux courts, blond vénitien, qui encadrent un visage fin. Elles bavardent tranquillement, puis s'embrassent. Des amoureuses... Statut rare et envié.

Un groupe de gamines nous coupe la route en riant et s'engouffre à l'intérieur. Nous les suivons, franchissant une grande porte battante. Mais à l'intérieur, je m'arrête net, éberluée. Ce n'est pas le hall d'un lycée avec son carrelage, sa peinture uniforme et ses panneaux où sont affichées la date de la prochaine réunion du foyer et des incitations à ne pas fumer.

C'est un jardin luxuriant.

Partout où je porte le regard, je ne vois qu'arbres fruitiers, fleurs et légumes. Des plants de tomates grimpent le long de tuteurs, chargés de fruits rouges, et atteignent presque une vigne dont les grappes de raisin sont encore petites et vertes. Au sol, j'identifie des courgettes et des melons. Un peu plus loin, des aubergines violet sombre. Une fillette se dresse sur la pointe des pieds pour cueillir un abricot. Il y a des cerisiers aussi, et des pommiers. En levant les yeux, je découvre que le toit est entièrement vitré, laissant entrer la lumière comme dans une serre.

Et ces vitres doivent être un petit miracle de technologie car on a l'impression que c'est un soleil radieux qui règne au-dehors, et non un ciel plombé.

Je commence tout juste à accepter l'idée qu'un hall de lycée puisse ressembler au jardin d'Éden, quand passe à mes pieds un canard qui se dandine d'un air fier. Il caquette et rejoint une petite mare que je n'avais d'abord pas remarquée, dans laquelle nagent ses petits, boules de plumes duveteuses. Et ce ne sont pas les seuls animaux. En me montrant plus attentive, je discerne des lapins sur un petit coin d'herbe, des écureuils et même un hérisson caché dans du persil.

Comme si tout cela était naturel, les élèves circulent en empruntant les chemins qui traversent ce fabuleux jardin, s'arrêtant parfois pour caresser un animal, accroupies dans l'herbe semée de pâquerettes.

CHAPITRE 27

Andrea est fascinée par notre serre. Il est vrai que son lycée ne ressemble pas du tout aux établissements de l'époque moderne. Je n'y ai jamais trouvé la salle de permaculture, par exemple, ni la salle de soins vétérinaires. Mon amie regarde tout autour d'elle, bouche bée.

Cela dit, à ce moment précis, ça m'arrange. Le jardin lui a fait oublier, au moins pour l'instant, ce moment où Simone et Kitty l'ont accusée d'être une réfugiée.

Sur le coup, j'ai bien vu qu'elle était intriguée. Normal, ce n'est pas la première fois qu'elle entend ce terme depuis son arrivée. Heureusement, elle ne pouvait pas me questionner devant tout le monde, et ensuite tout s'est enchaîné.

Pourtant, je sais que le moment arrivera où elle voudra en savoir plus... Et là, elle comprendra qu'à l'époque moderne les réfugiées ne sont plus des migrantes géographiques, mais des déplacées temporelles...

Bien sûr, l'idée qui m'est venue à l'esprit il y a quelque temps est hautement improbable. Dans un moment d'égarement, j'avais imaginé que la mère d'Andrea, Pierrick et Tiago, disparue alors que ses enfants étaient encore petits, pouvait en réalité être l'une de ces déplacées temporelles.

Évidemment, quand j'étudie cette hypothèse de plus près, je me rends bien compte que ça ne colle pas. La mère d'Andrea n'avait pas le profil pour être emmenée vers le futur par une militante. Mais tout de même... Cela aurait expliqué pourquoi elle n'a jamais été retrouvée.

Je sais la blessure qu'Andrea garde en elle. Je sais à quel point sa mère lui a manqué, pendant toutes ces années. Je devine que Pierrick aussi en a terriblement souffert. J'aimerais les aider. Mais en leur faisant part d'un scénario si hasardeux, je ne ferais que leur donner un faux espoir et les peiner plus encore...

Je chasse cette idée de ma tête, au moins provisoirement. Pour l'instant, il y a plus important. Vivre avec Andrea la journée de deux lycéennes normales.

– Certaines de nos salles de cours ressemblent parfaitement à celles que tu fréquentes dans ton lycée, dis-je à Andrea pour la sortir de sa stupeur. Allez, suis-moi.

Nous traversons le jardin et mon amie continue de se dévisser le cou pour tout voir. La serre aux papillons attire son attention, ainsi que le colombier. Nous passons devant le chenil où une femelle a récemment mis bas. Des élèves y sont attroupés et Andrea ralentit pour regarder, elle aussi. Ce sont des bébés de race border collie et je ne peux pas m'empêcher de sourire. Je connais leur mère qui surveille d'un œil paisible les élèves en train de faire des papouilles à ses chiots. Je l'ai vue naître ici même, quand j'étais au collège.

Je l'avoue, revenir dans mon lycée remue en moi des sentiments contrastés. J'ai passé six ans dans cet établissement. Des centaines d'heures de cours et de jeux avec mes camarades. Je m'y sentais bien, à ma place. Heureuse, oui. Et maintenant, j'ai tellement changé... Je suis toujours élève, mais je fais semblant. Semblant d'être à l'aise, semblant d'être d'accord.

Simone et Kitty étaient pour moi de bonnes copines, autrefois. Tout à l'heure, c'était la première fois que je les revoyais depuis mon second voyage au Moyen Âge, et j'ai eu l'impression très nette de ne plus rien avoir en commun avec elles. Je ne devrais pas le regretter, mais ça me fait tout de même un peu de peine. Comme si mon enfance était désormais très loin de moi...

J'interromps ces pensées déprimantes. Dès que possible, je repartirai et je ferai ma vie à l'époque que j'ai choisie, loin de la carrière d'agrégée que tout le monde attend de moi.

Je tire Andrea par la manche et je lui fais signe qu'il faut aller en cours. Nous sommes tout près de la salle d'histoire des collégiennes, qui propose depuis la rentrée une exposition sur la vie au Moyen Âge, réalisée par les élèves elles-mêmes. Je veux faire un détour pour qu'Andrea ne voie pas ça. Je doute fort que cela lui plaise.

– Allez, c'est l'heure !

Elle s'éloigne à regret du chenil. Nous nous apprêtons à sortir de la serre pour rejoindre notre salle de classe, quand je me raidis. J'ai juste le temps d'alerter Andrea dans un souffle :

– Attention. Voilà la proviseure.

En effet, Hatch, la directrice du lycée, marche droit sur nous. J'espère naïvement qu'elle ne fera pas attention à notre présence, mais mon retour après un mois d'absence ne peut pas la laisser indifférente. Elle est déjà là et me sourit.

– Bonjour Pénélope, dit-elle d'un ton cordial. Je suis ravie de voir que tu vas mieux. Je comprends les difficultés que tu as rencontrées. Tu étais surmenée, tu avais besoin de repos. Mais tu es notre élève la plus brillante et je suis sûre que ton retour va bien se passer.

– Je te remercie, dis-je en guise de réponse.

– Tu dois être impatiente de reprendre tes cours d'agrégée. Hélas, nous n'avons toujours pas de professeure titulaire. J'ai cependant prévenu le rectorat qui devrait nous envoyer une remplaçante dès que possible.

Cela ne m'étonne pas, je connais le problème qui se pose depuis un an. Depuis que George a été démise de ses fonctions, très exactement. Les agrégées ne sont pas nombreuses et pendant toute l'année scolaire, les remplaçantes se sont succédé pour me donner des cours. Mais s'il n'y a personne pour le moment, ça ne me dérange pas du tout. Au contraire. Tant que nous sommes bloquées ici, je préfère clairement ne croiser aucune agrégée.

La proviseure se tourne maintenant vers Andrea.

– Je suppose que tu es Minerva Filledephoolan, dit-elle. Bienvenue dans notre établissement. Ta tante m'a prévenue de ton arrivée.

CHAPITRE 28

C'est une femme vigoureuse et souriante, dont la volumineuse coiffure afro encadre un visage expressif. Elle doit avoir des origines du genre Aborigènes d'Australie. Elle me serre chaleureusement la main sans paraître choquée par ma petite taille.

– Je m'appelle Hatch, reprend-elle.

Mais moi, comme une idiote, je reste muette. J'ai trop peur de répondre de travers. Résultat, la proviseure attend ma réponse, déconcertée de me voir paralysée.

Je me souviens du premier jour de Pénélope dans mon lycée. Elle était particulièrement nerveuse. Si j'avais su, je ne me serais pas moquée d'elle. Comment savoir quel comportement adopter ?

Je réfléchis à toute vitesse et soudain, je me remémore comment Pénélope avait réagi dans les mêmes circonstances. Très spontanément, elle avait voulu faire la bise à madame Ragon, notre CPE. J'en déduis que dans le futur c'est le comportement adéquat et, hop, je claque une bise à la proviseure.

– Merci pour ton accueil, dis-je en souriant.

Je n'ai pas oublié de la tutoyer, même si ça me fait bizarre. Je suis assez contente de moi. Mais la proviseure a maintenant une drôle de tête et je vois que Pénélope me fait les gros yeux. Merde, j'ai gaffé ! J'aurais dû écouter cette petite voix qui me disait que j'allais faire une connerie. Ma bise a créé comme un gros malaise, la proviseure est interloquée, et moi j'attends la suite avec angoisse.

Pourtant, sans que je comprenne davantage, Hatch éclate d'un rire sonore.

– Tu as déjà visité notre petite exposition sur la vie au Moyen Âge, je vois ! Tu as beaucoup d'humour, ça me plaît !

Elle me tape dans le dos, l'air ravie, avant de repartir en saluant d'autres élèves d'un ton jovial.

Moi, je n'ai pas bien compris, mais je suis carrément soulagée. En revanche, Pénélope me regarde, très mécontente.

– Si tu continues comme ça, chuchote-t-elle avec sévérité, nous n'allons pas nous en sortir. Réfléchis-tu avec tes pieds ou avec ton cerveau ?

– Désolée. J'ai cru que c'était une bonne idée. En même temps, ta proviseure a bien pris les choses.

– C'était simplement un coup de chance, rétorque-t-elle. Sans ça, je ne sais pas comment tu te serais justifiée.

– En gros, elle a cru que je lui faisais une blague ?

– Oui. Mais la prochaine fois, ça ne se passera pas forcément aussi bien. Alors fais un effort, s'il te plaît.

Elle a ton un peu sec, mais je ne peux pas lui en vouloir. Je pense à Pierrick, Antarès et l'enfant, et je sais qu'elle a raison. Ma prochaine bêtise pourrait être plus lourde de conséquences, pour eux comme pour nous deux.

– La proviseure a fait allusion à une exposition. Explique-moi.

– Rien d'important, répond-elle. Allons plutôt en classe, le cours commence dans dix minutes.

– C'est une expo sur mon époque, c'est ça ?

J'ai vu juste, et Pénélope est bien obligée de l'admettre.

– Oui. Mais ne t'en préoccupe pas, c'est un tissu d'âneries.

Moi, je me demande quelles idées ridicules cette expo propage sur mon époque. Avec ce genre d'initiatives, pas étonnant que les femmes du futur soient bourrées de préjugés.

– Je peux la voir ?

– Non, refuse Pénélope. Je t'assure, ce n'est pas la peine...

Je commence à devenir experte pour déceler les moments où mon amie essaie de me cacher la vérité. Et là, c'est le cas, alors j'insiste :

– Tu permets ? Je préfère me faire une opinion par moi-même. C'est où ?

À contrecœur, Pénélope me montre la direction à suivre.

C'est une salle un peu à l'écart. Une pièce normale, cette fois. Là, je découvre des dizaines de photos représentant la vie à mon époque. On y voit des écoliers dans une salle de classe, un étudiant travaillant sur un ordinateur avec clavier et souris, une femme faisant les courses au supermarché, un homme conduisant une voiture, un couple posant devant l'église le jour de son mariage, un enfant qui joue aux Lego, un vieil homme fumant une cigarette… Autant de scènes de la vie quotidienne médiévale.

Saisie, je m'avance vers l'une d'entre elles. Elle montre un groupe d'hommes qui sourient largement, l'air sympathiques. Ils sont habillés de jeans et de chemises, et me semblent parfaitement normaux. En dessous est inscrit ce commentaire : *Les hommes étaient sales et se lavaient une fois par mois en moyenne.*

Là, j'éclate de rire. C'est tellement ridicule ! Je comprends mieux pourquoi Pénélope ne voulait pas que je voie ça. Elle a raison, cette expo raconte n'importe quoi.

– Tu vois, chuchote piteusement mon amie. Il y a beaucoup d'inexactitudes, mes contemporaines sont mal informées. Nous ferions mieux de nous en aller.

– Attends, finalement, c'est tellement n'importe quoi que je trouve ça marrant. Je veux voir la suite.

Le centre de la pièce est occupé par une série d'ateliers pratiques, un peu comme à la Cité des sciences de La Villette. Je me dirige vers le premier. Au sol, je vois le dessin de deux pieds, qui m'invite à venir me placer là. Dès que je m'y positionne, je sursaute car une sorte d'hologramme apparaît devant moi. C'est une silhouette neutre qui aussitôt se met à se pencher d'un côté puis de l'autre, et ainsi de suite. Je suis perplexe mais un petit panneau lumineux indique : *Fais la bise comme une médiévale.*

Je crois que j'ai compris. Je me mets à faire la même chose que la silhouette, me penchant à droite puis à gauche, croisant mon mouvement avec celui de mon ami virtuel, comme si je lui claquais la bise. Chaque fois que je réussis à coller ma joue contre la sienne avec le bon rythme, j'entends le bruit d'un smack et, sur un petit compteur, le décompte de mes points augmente. Ça me fait marrer.

– Je suis douée, non ?

Pénélope soupire, mais moi j'ai vraiment envie de poursuivre la visite de cette expo tout à fait passionnante. Je passe à l'atelier suivant où une grosse boîte est percée de trous assez larges pour y passer la main. Cette fois, le petit panneau indique : *Touche la joue d'un homme.*

Impatiente d'essayer, je glisse mes mains dans la première paire de trous et je palpe un truc qui ressemble à un ballon de baudruche. Ce n'est pas ça. J'essaie la paire de trous suivants et cette fois, je tombe sur du métal dur et froid. Toujours pas. Le troisième essai sera le bon. Je touche maintenant un paillasson tout rêche. Il y a une erreur ou quoi ? Mais, en voyant la tête déconfite de Pénélope, je comprends que non. La bonne option est la troisième, paillasson. J'appuie sur le bouton qui valide ma réponse et je marque un point.

– Désolée, me glisse Pénélope. Ce sont les élèves de sixième qui ont préparé cette exposition, comprends-tu ?

Perso, je pense que même si c'était des adultes qui avaient mis en place ces ateliers, le résultat n'aurait pas été bien différent. Mais je ne veux pas enfoncer Pénélope, alors je me tais. Je préfère aller essayer un autre atelier qui attire mon attention avec son panneau : *Fabrique ton homme toi-même.*

C'est un grand bac d'argile avec laquelle on peut modeler un personnage. Sur le bord sont exposées les tentatives des élèves qui sont venues avant moi. Le résultat est à la hauteur de mes espérances et je pouffe de rire. Le premier modelage ressemble à un gorille, le deuxième à un extraterrestre, et le troisième à une femme. Les élèves d'ici sont décidément mal renseignées.

– Je vais leur montrer, moi.

Je prends une boule de terre glaise pour fabriquer un homme digne de ce nom, mais Pénélope interrompt mon élan créatif :

– Ne crois-tu pas que tu devrais éviter de te faire remarquer ?

Elle n'a pas tort. À regret, je repose l'argile et j'accepte d'abandonner l'expo pour aller en classe.

Quand nous rejoignons le hall-jardin, il n'y a presque plus d'élèves pour caresser les chiots ou cueillir les fruits.

– Dépêchons-nous, me presse Pénélope, sinon nous allons être en retard.

L'angoisse me gagne de nouveau et je me renseigne :

– Sommes-nous dans la même classe ?

– Oui. C'est ce que ma mère a demandé à la proviseure.

Je suis un peu rassurée. Je questionne à nouveau :

– Quel est notre premier cours ?

– Histoire. Comme aucune agrégée n'est disponible, c'est la proviseure qui assure le remplacement. Elle n'est pas compétente pour mes cours d'agrégée, mais elle a suffisamment de notions pour les cours classiques.

Cours d'histoire, c'est bien ma chance. Comme s'il fallait remuer le couteau dans la plaie.

À mesure que nous avançons vers la salle de classe, mon stress ne fait qu'augmenter. Pourvu que je ne sois pas interrogée. Parce que si c'est le cas... Mon amie avance d'un pas vif. Comment peut-elle croire que je vais faire illusion ? Dans quelques minutes, je serai forcément démasquée...

CHAPITRE 29

Andrea est effrayée, et je la comprends. Nous remontons le couloir et, je l'avoue, je me sens oppressée, même si j'essaie de ne pas le montrer. Hatch n'est pas agrégée, heureusement, mais elle n'est pas idiote non plus. Pourvu qu'Andrea sache adopter le bon comportement. Il ne faudrait pas qu'elle fasse une nouvelle gaffe, comme tout à l'heure avec la bise.

– Mes vêtements sont-ils bien mis ? demande-t-elle justement. Ai-je l'air d'une fille du futur ?

J'apprécie ses efforts pour parler correctement en utilisant une forme interrogative conforme. Je l'encourage :

– Tu es très bien.

Pas de classes surchargées ici, contrairement au Moyen Âge. Nous sommes une vingtaine d'élèves. Je fais signe à Andrea de venir s'asseoir près de moi.

Mes camarades me regardent avec intérêt. L'allure d'Andrea intrigue, et les commentaires chuchotés vont bon train. Rosalind ne dit pas un mot, mais la dévisage avec un regard intrigué. J'espère qu'elle ne va pas nous poser problème. Cette fille a parfois des intuitions surprenantes.

Simone et Kitty s'assoient au premier rang, un peu déçues de ne pas être à mes côtés. Depuis que je suis élève agrégée, ma popularité a grimpé en flèche. Auparavant, j'étais une élève ordinaire, et personne ne faisait vraiment attention à moi. J'avais des amies, bien sûr, mais j'étais loin d'être une meneuse. Maintenant, tout le monde cherche à s'attirer mon amitié. Plus jeune, j'aurais adoré ça. Aujourd'hui, cela me laisse indifférente.

À mes côtés, Andrea est tendue. Je me penche vers elle et je chuchote :

– Tout se passera bien. En attendant, prends ton tech.

Elle obéit et, comme nous toutes, pose son tech sur sa table, dans le petit creux prévu à cet effet.

– Tu ne m'as toujours pas dit comment ça marche, s'inquiète-t-elle à voix basse.

– Tu n'auras qu'à faire comme moi.

Mais je me tais car Hatch vient d'entrer.

– Bonjour à toutes ! déclare-t-elle en souriant. La semaine dernière, nous avons commencé le chapitre sur la transition politique. Minerva, as-tu étudié cette partie du programme dans ton précédent lycée ?

Andrea a-t-elle oublié que c'était son prénom ? Elle ne

réagit pas tout de suite et je dois lui donner un coup de genou pour qu'elle réponde d'un air effaré :

– Euh... oui, un peu.

– Bien. Si tu n'arrives pas à suivre, n'hésite pas à me poser des questions. Placez vos techs sur le chapitre sept, s'il vous plaît.

Nerveuse, mon amie touche maladroitement du doigt la surface satinée de son tech, dans l'espoir d'accéder au manuel d'histoire, chapitre sept. On dirait une enfant de trois ans. Elle ignore que les mouvements de ses yeux suffiraient, pour peu qu'elle se concentre un peu. J'ai peut-être un peu présumé de ses capacités à apprivoiser la technologie. Heureusement, Hatch est focalisée sur son propre tech et, autour de nous, plus aucune élève ne fait attention à Andrea. L'information selon laquelle elle est ma cousine de petite taille a circulé et calmé la curiosité générale. C'est bien ce que j'espérais.

Le cours commence. La « transition politique », c'est-à-dire la réorganisation de la société pendant la Renaissance. Dans quelques instants, c'est donc, à peu de chose près, l'époque d'Andrea que nous allons étudier. Pourvu qu'elle sache masquer ses sentiments.

CHAPITRE 30

Je n'y comprends rien. Les ordinateurs, les iPad, les téléphones, je savais m'en servir. Cette petite boule me laisse perplexe. Pour moi, elle ressemble plus à un objet décoratif qu'à un ordinateur du futur. J'ai trop peur que la proviseure remarque combien je galère.

– Utilise ton regard, me souffle Pénélope.

Facile à dire. Je cesse d'employer mon index et je me concentre, les yeux fixés sur l'écran comme si je voulais le transpercer avec un rayon laser qui sortirait de mes iris, mais je ne réussis qu'à ouvrir une image de cours de maths qui se projette sur mon bureau comme la page d'un livre, puis une vidéo sur le mouvement des planètes, sans le son, heureusement, et enfin une recette de muffins. Impossible de trouver ce foutu cours d'histoire.

Je suis sauvée par Pénélope qui se penche vers moi et fait apparaître le chapitre sept comme par magie. Des graphiques sont maintenant visibles, et je reconnais aussi une pyramide des âges. Je peux cesser de m'acharner sur mon matériel pour écouter le cours.

– Étudions le tableau numéro trois, déclare la proviseure d'une voix enjouée.

En principe, je suis plutôt bonne en histoire-géo, c'est même ma matière préférée. « Transition politique » est cependant un terme que je n'ai jamais entendu de ma vie.

– Qui peut me décrire ce document ? poursuit la proviseure.

Elle balaie la classe du regard et je retiens mon souffle, figée comme un lapin pris dans les phares d'une voiture. Mais les yeux de la proviseure s'arrêtent pile sur moi...

– Minerva ? sourit-elle.

Il faut croire que c'est une habitude immuable, quelle que soit l'époque. Les profs adorent interroger les nouveaux élèves. C'est pénible.

J'observe l'image qui luit sur mon bureau. C'est un tableau répertoriant des statistiques. Je vois la mention *INSEE 2019*. Ça veut dire que les chiffres datent de la dernière année avant la Renaissance. Mon époque. Hors de question que je m'aventure sur ce sujet dans une classe du futur. Je fais l'idiote.

– Je ne sais pas, dis-je avec mon air le plus sincère possible.

Une élève profite de ma capitulation pour lever le doigt, motivée. Je reconnais la fille rousse qui parlait toute seule, quand j'étais cachée dans les bambous. Je suis surprise de la retrouver dans cette classe car elle a vraiment l'air plus jeune que les autres. La proviseure lui donne la parole.

– C'est un document ancien, déclare la fille. L'INSEE était un institut médiéval qui étudiait les statistiques.

– Oui, Rosalind, très bonne réponse, confirme la proviseure. La plupart des données anciennes ont disparu pendant les années difficiles de la Renaissance. Comme vous le savez, la maintenance informatique a connu de nombreux aléas à ce moment-là. Heureusement, quelques documents nous sont quand même parvenus. Observons celui-ci.

Comme les autres élèves, je regarde à nouveau le tableau. C'est une liste de métiers avec des pourcentages. Je comprends rapidement qu'il s'agit d'une étude sur la proportion d'hommes et de femmes dans ces professions.

– En 2019, explique la proviseure, c'est-à-dire juste avant l'apparition de la Grande Grippe, certains métiers étaient traditionnellement dévolus aux femmes, tandis que d'autres étaient considérés comme des emplois masculins. Qui parmi vous pourrait me citer un métier où les femmes étaient surreprésentées ?

Les filles de la classe lisent le tableau et plusieurs lèvent la main.

– Infirmière ! propose Rosalind.

– En effet, confirme la prof. 87 % des personnes exerçant cette profession étaient des femmes.

– Assistante maternelle ou aide à domicile, lit une autre élève. 97 %.

– Exact. Quoi d'autre ?
– Enseignante à l'école primaire, 82 %.
– Pédiatre, 66 %.
– Orthophoniste, 95 %.
– Très bien. Nous allons maintenant chercher dans ce tableau les professions où les femmes étaient sous-représentées.

À nouveau les filles se penchent vers leur écran. Rapidement, les réponses fusent :

– Militaire ou policière, 1 % de femmes.
– Ouvrière du bâtiment, 1,7 %.
– Pompière, 14 %.
– Ingénieure, 17 %.
– Députée 27 %, maire, 16 %.
– Chirurgienne, 27 %.
– Agricultrice, 1 %.
– Ces données, reprend la proviseure, brossent un tableau de l'organisation professionnelle à la fin du Moyen Âge. À cette même date apparaissait la Grande Grippe et, en quelques années, les hommes se sont éteints.

Doigt levé, Rosalind intervient de nouveau. J'ai l'impression que c'est la surdouée de la classe.

– Si on en juge par ce tableau, commente-t-elle, les métiers très féminins étaient souvent ceux qui concernaient les soins à la personne.

– Avant la Renaissance, approuve la proviseure, les femmes possédaient en effet une véritable expertise dans les domaines de l'enseignement, du langage et de la santé. En revanche, elles étaient très minoritaires dans le domaine des sciences, de la technique ou de la vie politique.

– Mais alors, questionne Rosalind en se tapotant pensivement le menton avec son index, comment les femmes de l'époque ont-elles fait quand les hommes sont morts ?

– Tu viens de souligner un point essentiel. À la Renaissance, certains secteurs ont perdu la totalité ou presque de leurs représentants. Avec eux ont donc disparu la force de travail, les compétences, le savoir.

Je comprends ce qu'elle veut dire. Ce n'est pas comme si la moitié de la population mondiale était supprimée de façon équitable. 50 % des boulangers, 50 % des pilotes d'avion, 50 % des coiffeurs... Non, dans certains domaines, c'est presque l'ensemble des professionnels qui ont disparu, par exemple dans la mécanique ou le bâtiment. Cela a forcément déséquilibré l'organisation de la société. Comme pour confirmer ma pensée, la proviseure reprend :

– Notre société s'est bâtie sur les ruines de la société médiévale. Les femmes étaient très compétentes dans certains domaines, et très peu dans d'autres. Ce sont ces points forts et ces lacunes qui ont dessiné le monde moderne.

La fille au crâne rasé, Kitty, a l'air sceptique :

– Pourquoi existait-il de telles inégalités entre les femmes et les hommes ? Les femmes sont pourtant douées dans les domaines scientifique et technique.

Kitty n'est visiblement pas la seule à trouver ça bizarre car un murmure approbateur parcourt la classe.

– C'était pourtant ainsi, confirme la proviseure. La civilisation médiévale entière était construite sur des distinctions de genre. Les premiers mots prononcés à la naissance d'un bébé étaient invariablement : *C'est une fille*, ou *C'est un garçon*. Puis, selon leur sexe, les enfants étaient éduqués différemment et encouragés à faire des choix professionnels contrastés.

– En a-t-on des preuves ? insiste Kitty. Est-ce que les archéologues ont trouvé des vestiges confirmant cette théorie ?

Je jette un coup d'œil à Pénélope qui, comme moi, se garde bien d'intervenir. Nous nous faisons aussi discrètes que possible.

– Comme vous le savez, reprend la proviseure, nos meilleures agrégées voyagent régulièrement dans le passé. Elles restent sur place un long moment, parfois même une dizaine de minutes.

Je note une touche de fierté dans cette affirmation. Les élèves autour de moi sont impressionnées. Waouh, dix minutes à mon époque, quel exploit !

– Moi, insiste Kitty, je trouve quand même cela surprenant. Par exemple, si un tech tombait en panne, qui le réparait ?

– Il n'y avait pas de techs au Moyen Âge, rappelle la proviseure. Les objets qui s'en rapprochent le plus s'appelaient ordinateur ou tablette. Une technologie balbutiante.

– Mais si un objet technologique archaïque avait besoin d'être réparé, qui s'en chargeait ?

– Le plus souvent, un individu masculin. Les spécialistes de l'informatique étaient presque tous des hommes.

– Et les hommes étaient compétents pour cela ? interroge encore Kitty, déconcertée.

– Oui. Malgré leur cerveau primitif, ils étaient capables d'effectuer un certain nombre de tâches complexes.

– C'est vraiment surprenant, s'étonne Kitty. Comme la vie au Moyen Âge devait être étrange...

Il règne maintenant une belle pagaille dans la classe, tout le monde parle en même temps pour donner son avis. La proviseure réclame le silence.

– Pour vous aider à comprendre, je vous propose un exercice pratique. J'ai besoin de deux volontaires.

Aussitôt, Kitty lève le doigt, motivée. La prof lui demande de venir à ses côtés, puis cherche une autre élève. Elle ne va quand même pas me tomber dessus une deuxième fois, ça serait du harcèlement ! Je garde les yeux fixés sur mon tech, sauf que, pas de chance, c'est à nouveau moi que la proviseure désigne. À croire que c'est la pire méthode pour se faire oublier.

– Minerva ! Tu formeras un binôme avec Kitty.

Des travaux pratiques ? J'échange un regard paniqué avec Pénélope, et son air consterné ne me rassure pas du tout. Quelle catastrophe. Comme on va à l'échafaud, je rejoins Kitty.

– L'une de vous va jouer le rôle d'un garçon, et l'autre le rôle d'une fille, s'enthousiasme la proviseure.

– Je fais le garçon ! s'exclame Kitty, ravie.

– Alors je fais la fille, dis-je en essayant de cacher mon appréhension.

– Parfait, reprend la proviseure. Vous fréquentez le même lycée et vous vous saluez. Allez-y, commencez la scénette.

OK, un jeu de rôles. Mais quel comportement je dois adopter ? Dire bonjour, tout simplement, ou cette prof attend-elle autre chose de moi ? Pessimiste, je me tourne vers Pénélope dans l'espoir qu'elle va me souffler la conduite à tenir, mais bien sûr elle ne peut pas réagir. Je suis super emmerdée, quand Kitty me colle une gifle monumentale. La joue en feu, je réagis aussitôt, furieuse :

– Qu'est-ce que tu fous ! Ça va pas, non ?

– Ouiiii ! se réjouit la proviseure. Excellent, Kitty, tu as bien compris la leçon de la semaine précédente. Les hommes étaient agressifs. Quant à toi, Minerva, tu t'exprimes exactement comme une médiévale, je te félicite ! En revanche, ta réaction n'est pas juste.

– Elle doit se mettre à pleurer, indique Rosalind d'un ton docte. Les filles du Moyen Âge pleuraient tout le temps.

– C'est exact, confirme la proviseure. Reprenez.

Du coin de l'œil, je vois que Pénélope me fait signe d'obtempérer, alors je fais semblant de pleurer. Kitty singe une voix masculine et prend un ton condescendant pour me dire :

– Tu es larmoyante et plaintive. Cela ne me surprend pas puisque tu es un individu de sexe féminin.

– Ta réponse est acceptable, commente la proviseure. Les garçons méprisaient les filles qu'ils trouvaient faibles et geignardes. Cependant, ton vocabulaire est à revoir. Minerva, toi qui es douée pour les langues anciennes, peux-tu aider ta camarade ?

– Euh... elle pourrait dire : « Espèce de pisseuse, arrête de chialer. Les meufs, c'est trop pénible. »

– Excellent ! se réjouit la proviseure en battant des mains. Tu es vraiment brillante !

J'ai peur un instant d'avoir été trop bonne élève, mais la proviseure est tellement contente de notre sketch qu'elle n'imagine pas une seconde les raisons de ma réussite.

– À l'époque médiévale, conclut-elle, on encourageait les filles à exprimer leur désaccord par des larmes ou des mots. À l'inverse, les garçons étaient encouragés à se battre. C'était plus ou moins conscient, mais généralisé. Si une fillette était frappée dans la cour de récréation, on trouvait normal qu'elle pleure et déplacé qu'elle rétorque d'un coup de poing vigoureux. En grandissant, les femmes avaient donc un comportement moins agressif que celui des hommes, à qui on enseignait au contraire l'art de s'imposer, d'être des leaders. C'est pourquoi les femmes ont appris que le dialogue est plus efficace que la violence.

À ce moment-là, Simone balance une claque à sa voisine, une brunette qui ouvre de grands yeux ronds, abasourdie.

– Simone ! désapprouve la proviseure.

– C'était juste pour essayer, se justifie Simone.

Une sonnerie, ou plus exactement une petite musique mélodieuse, indique heureusement la fin du cours. Autour de moi, les élèves rangent leur tech en commentant la leçon du jour, passionnées par ce qu'elles ont découvert sur le passé et ses mœurs surprenantes.

CHAPITRE 31

Finalement, Andrea s'est bien comportée et nous avons évité la catastrophe. Je souffle de soulagement, impatiente de sortir de la salle. J'étais tellement nerveuse que cette heure d'histoire m'a semblé interminable.

Nous enchaînons sur le cours de swahili. Il m'avait bien semblé que les langues étrangères occupaient une place anecdotique dans l'emploi du temps d'un lycéen médiéval, et j'en ai la confirmation. Andrea est complètement dépassée. Elle se débrouille à peu près en anglais, possède des notions d'espagnol, mais en ce qui concerne les langues non européennes, c'est un désastre.

Son mutisme étonne la professeure et je suis obligée de le justifier en affirmant que, dans son lycée habituel, elle étudie le mandarin en LV3 et l'hindi en LV4.

Nous avons ensuite un cours de métallurgie, pendant lequel la professeure nous enseigne comment fabriquer une éolienne portative qui pourra alimenter l'éclairage d'appoint d'un abri à vélos. De toute évidence, c'est la première fois qu'Andrea tient un fer à souder dans ses mains, mais elle fait de son mieux pour s'en sortir.

Quand arrive l'heure de déjeuner, elle ne dit pas un mot. Je devine qu'elle est épuisée par tant d'efforts. J'essaie de la réconforter :

– Allez, viens. Manger te fera du bien. En principe, j'ai option agrégée à quatorze heures, mais comme aucune professeure n'est disponible, nous allons pouvoir rentrer à la maison.

Andrea acquiesce, espérant comme moi profiter de l'après-midi pour retourner à la ZUP avec des médicaments et des provisions. Ma mère a une réunion à la mairie et ne devrait pas en sortir tôt. Cela nous laissera le temps de faire l'aller-retour.

En attendant, comme les autres élèves, nous avançons vers la cantine. L'odeur des plats cuisinés nous guide. Je pousse la porte battante et nous voilà arrivées. Andrea observe attentivement les lieux et fronce les sourcils.

– C'est tout ? chuchote-t-elle.

– À quoi t'attendais-tu ?

– Je ne sais pas... Ça ressemble à une cantine du Moyen Âge.

– Une cantine sera toujours une cantine.

Je crois que mon amie imaginait quelque chose d'extraordinaire, peut-être de la nourriture fluorescente qui sortirait de tubes à essai, ou des pilules multicolores pour remplacer la purée et les légumes.

Nous prenons un plateau et y posons assiette, verre et couverts. Nous le faisons glisser sur les rails vers les gamelles en inox. Je jette un coup d'œil sur leur contenu fumant :

– Aujourd'hui il y a... gratin de brocoli, pommes de terre sautées, fricassée de chou rouge, lentilles, fenouil braisé et salade tiède de cœur d'artichaut. Et en dessert, yaourt de brebis, fromage de chèvre, framboises et melon.

– Waouh ! chuchote Andrea. C'est la fête !

Je l'observe, indécise. Est-elle sincère ou ironique ? Elle est végétarienne, elle aussi. Elle ne devrait pas être gênée par l'absence de viande au menu... Mais apparemment, elle fait la grimace. J'avoue à voix basse :

– Il est vrai que ce menu serait plus attrayant s'il proposait des fips. Pardon, des chips.

J'ai toujours du mal à retenir ce mot. Andrea hoche la tête, pensive :

– Pas étonnant que personne ici ne soit obèse. Vous êtes vraiment obsédées par la santé, dans le futur. Des légumes partout, pas trop de gras, peu de sucre. C'est pas un peu saoulant, à la longue ?

Je la regarde avec indulgence. Je crois que des explications s'imposent.

– Est-ce que tu t'es demandé pourquoi mes contemporaines font tellement attention à ce qu'elles mangent ?

– Euh... non. Pour rester belles ?

– À la Renaissance, la moitié de l'humanité est morte à cause d'un virus. Crois-tu que cela n'a pas laissé de traces ? Que cela n'a pas marqué les esprits de celles qui ont assisté à cette catastrophe ?

– C'est pas faux, reconnaît Andrea à voix basse.

– Les femmes modernes sont des survivantes. De quoi rester traumatisées pendant des générations. Alors, oui, forcément, elles sont obsédées par l'hygiène et la santé.

– J'avoue, me répond Andrea.

– Nous menons une vie saine pour être bien portantes. N'oublie pas ce que Hatch a expliqué en cours, tout à l'heure. Le présent est né sur les vestiges du passé. Mon monde est né du tien.

Convaincue sur le principe seulement, Andrea se sert chichement des différents plats proposés.

– Et puis n'oublie pas. En adoptant un régime alimentaire de ce type, ton acné devrait disparaître.

Je dois avoir trouvé un argument valable car, mine de rien, elle se sert un peu plus généreusement. Moi, j'opte pour une belle portion d'artichaut et de lentilles. J'adore ça. Pour les desserts, mon amie est plus à l'aise. Nos plateaux garnis, nous allons nous asseoir à une table isolée, près de la fenêtre.

Tandis qu'Andrea goûte prudemment son repas, je vois approcher Simone et Kitty qui, hélas, s'assoient toutes les deux à notre table.

Il faut essayer de voir le côté positif des choses. Au moins, leur présence avec nous signifie qu'elles ont accepté Andrea comme l'une des nôtres. Elles bavardent d'ailleurs parfaitement naturellement tout en attaquant leur plat :

– J'ai trouvé ce que je veux faire plus tard ! annonce fièrement Kitty. Archéologue !

– Fouiller dans le passé, ça t'intéresse vraiment ? doute Simone en repoussant ses tresses pour qu'elles ne trempent pas dans la fricassée de chou rouge.

– Je trouve cela passionnant, répond Kitty. J'aimerais en apprendre davantage. D'ailleurs, il y a une chose que je n'arriverai jamais à croire à propos du Moyen Âge.

– Quoi donc ? interroge Simone.

– Selon les agrégées, les gens de l'époque mangeaient de la viande. De la viande ! Qui peut admettre une chose pareille ?

– Moi aussi, reconnaît Simone, j'ai du mal à l'imaginer.

– D'après Hatch, ce n'était même pas exceptionnel. À l'entendre, les médiévaux étaient capables de manger de la vache ou de la poule ! Et plusieurs fois par mois, qui plus est !

– Par semaine, même ! En tout cas, c'est ce qu'elle affirme.

– À mon avis, elle exagère, renchérit Kitty.

– Bien sûr. Elle force le trait. Qui pourrait prendre plaisir à manger de l'animal mort, et régulièrement en plus ?

– Imagines-tu ? s'esclaffe Kitty. Un sandwich avec une tranche de cochon dedans ?

– Beurk ! rit Simone. Ou des spaghettis avec une sauce tomate bourrée de petits morceaux de vache !

– Dégoûtant !

Elles partent dans un fou rire incontrôlable. J'échange un regard avec Andrea qui se tait, comme moi. Impossible de leur dire que c'est pourtant vrai.

À ce moment-là, un souvenir perturbant surgit dans ma tête. C'était lors de mon premier séjour chez Andrea. Nous étions allées au centre commercial pour m'acheter des habits médiévaux et des affaires de classe, comme du papier authentique et de l'encre. Après une matinée à courir les boutiques, nous étions affamées. Andrea m'avait emmenée dans un lieu dédié à la restauration rapide. Je n'en pouvais plus de me nourrir exclusivement de lait et j'avais choisi mon menu d'après une photo affichée au-dessus des comptoirs. Il s'agissait d'un sandwich tout rond, dodu et appétissant, avec de la salade, une rondelle de tomate et un steak de soja. Du moins, c'était ce que je pensais. En mordant dedans, je l'avais trouvé particulièrement savoureux. Il faut savoir que, d'habitude, je n'aime pas trop le soja. Je trouve ça fade. Ce soja-là me plaisait beaucoup et j'avais continué à déguster mon sandwich avec gourmandise.

Puis j'avais compris.

Cela aurait dû m'apparaître dès la première bouchée. J'étais au Moyen Âge, il s'agissait donc de viande ! Mais le régime carnivore me semblait tellement inimaginable que je n'avais pas réalisé tout de suite. J'avais recraché aussitôt la bouchée que j'étais en train de mâcher et j'avais bien sûr refusé de terminer mon sandwich, horrifiée à l'idée d'avoir avalé de l'animal mort.

Horrifiée, et honteuse. Car j'avais aimé ça.

J'avais savouré ce morceau de vache tuée, découpée, hachée, puis cuite et insérée entre deux tranches de pain comme un vulgaire cornichon.

Et maintenant, je suis blessée de voir Kitty et Simone rire des médiévaux qui aiment manger de la viande. Mon époque de naissance se moque de mon époque d'adoption. Je ne peux pas m'empêcher d'intervenir :

– Peut-être que si les gens du passé mangeaient de la viande, ce n'était pas parce qu'ils étaient barbares. Peut-être simplement que la viande a bon goût.

Andrea me fait les gros yeux, l'air de vouloir me ramener à la raison. Effectivement, je ferais mieux de me taire, mais Simone et Kitty m'énervent trop.

– Beurk ! réagit Kitty, dégoûtée. Du cadavre, cela ne peut pas être ragoûtant !

– Qu'en sais-tu ? Tu n'as jamais goûté.

– Pourquoi dis-tu des horreurs pareilles ? se révolte Simone. C'est écœurant ! Est-ce parce que tu es restée coincée là-bas que tu dis ça ? Le penses-tu vraiment ?

Je vois que je suis allée trop loin.

– Je plaisantais, dis-je pour calmer le jeu. Bien sûr que les régimes carnivores constituent un archaïsme répugnant.

– Tu ferais mieux de finir ton artichaut, au lieu de débiter des insanités, rétorque Kitty.

J'obtempère en silence, pendant que Simone et Kitty changent de sujet pour discuter du prochain contrôle de mathématiques. Andrea et moi passons rapidement au dessert, puis nous quittons la table en emportant nos plateaux.

– Qu'est-ce qui t'a pris ? chuchote mon amie. Tu as carrément déconné !

– Elles ne m'ont pas prise au sérieux.

– J'espère ! Tu me dis de faire attention à ne pas gaffer, et toi tu mets les pieds dans le plat ! S'il te plaît, ne fais plus jamais ça.

Je sais qu'elle a raison, mais parfois les préjugés de mes contemporaines sur le Moyen Âge m'exaspèrent.

Nous quittons la cantine pour rentrer à la maison. Je suis impatiente de rejoindre les garçons à la ZUP. Mais, alors que nous traversons la serre, Hatch m'interpelle :

– Pénélope ! J'ai une bonne nouvelle pour toi !

Que va-t-elle m'annoncer ? Le large sourire de la proviseure devrait me rassurer, mais j'ai un mauvais pressentiment.

– Le rectorat a dépêché une agrégée ! annonce-t-elle fièrement. Tu vas pouvoir reprendre tes cours, et cela dès maintenant !

Je suis consternée.

– En plus, reprend-elle, tu as de la chance. Devine de qui il s'agit !

– Je ne sais pas...

– Olympe Filledediana, en personne !

La proviseure est aux anges. Moi pas. C'est encore pire que ce que je pensais. Olympe est l'agrégée principale de notre région ! Je sens sur moi le regard inquiet d'Andrea.

Je m'efforce à grand-peine de ne pas laisser paraître mon malaise.

– Elle t'attend en salle de déplacement temporel dans cinq minutes, précise Hatch. Tu vas beaucoup progresser avec elle !

Radieuse, la proviseure m'encourage d'un tapotement sur l'épaule et s'en va. Je suis effondrée.

– Dis-moi que j'ai compris de travers, murmure Andrea d'une voix blanche.

Je ne peux hélas pas la rassurer. Je dois au contraire la mettre en garde :

– Olympe Filledediana ne doit absolument pas te voir. Tu resteras à l'écart pendant que j'assiste à mon cours.

– Mais toi… Est-ce que tu seras en danger ?

– Seulement si elle devine la vérité.

Et en disant cela, je pense que la lui cacher va être bien difficile.

– Tu pourrais sécher ton cours, propose Andrea, pleine d'espoir.

– On ne sèche pas le cours d'une agrégée.

– Mais tu la connais, cette prof ? Tu l'as déjà vue ?

– Une fois, oui.

– Elle est moins dangereuse que George, j'espère…

– Au contraire. C'est une prime agrégée.

– Une quoi ?

– C'est la responsable hiérarchique des agrégées de la région.

En apprenant cela, Andrea se décompose.

– C'est la chef de George ?

– Oui. Heureusement, jusqu'à maintenant, elle s'est montrée plutôt correcte avec moi.

Je lui explique en quelles circonstances j'ai rencontré Olympe. C'était après mon premier séjour au Moyen Âge. Olympe était chargée d'enquêter pour déterminer pourquoi j'étais restée bloquée dans le passé. Elle m'avait interrogée, longuement, et je me souviens encore à quel point je l'avais trouvée impressionnante. Ni agressive ni brutale... Pas même sévère. Non, ce qui m'avait mise mal à l'aise, c'était précisément qu'elle ne laissait transparaître aucune émotion. Comme si elle maîtrisait totalement ses sentiments.

– Mais à l'arrivée, me demande Andrea, c'est elle qui a jugé que tu étais innocente ?

– Oui. C'est aussi elle qui a estimé que George était coupable de faute professionnelle.

– Alors on n'a pas de raisons de s'inquiéter, hasarde Andrea. Cette femme est un peu ton alliée, en réalité.

Je ne suis pas aussi optimiste qu'elle, mais je préfère ne pas démentir.

– J'y vais. Trouve un coin discret et attends-moi.

– Ça va durer combien de temps ? demande Andrea.

– Deux heures. Après, nous nous rendrons à la ZUP.

En mon for intérieur, j'ajoute : Si j'arrive à faire illusion devant Olympe...

Andrea reste dans la serre, tandis que je me dirige vers la salle de déplacement temporel. À chaque pas, je me force à respirer doucement, dans l'espoir de contrôler mon rythme cardiaque.

Une fois arrivée, je me déchausse et j'entre. Olympe n'est pas encore là.

La pièce est sphérique, du sol au plafond, et quand on y entre, on a l'impression immédiate de perdre ses repères. Refermée, la porte est difficile à discerner et, bien sûr, il n'y a aucune fenêtre. Seule l'attraction terrestre permet de distinguer le haut du bas. Pour le reste, les murs sont épais et constitués d'une matière qui isole du monde extérieur. Aucun bruit ne filtre. L'endroit est assez vaste, le sommet de la sphère doit être à peu près à dix mètres du sol.

Aujourd'hui, un objet a été déposé par terre. Un voyageur. Je le saisis.

Si j'étais une médiévale, ignorant tout des voyages temporels, je jurerais qu'il s'agit d'un sèche-cheveux. Il ressemble à cet objet très courant du Moyen Âge, avec sa poignée, son bouton équipé d'un variateur, et son orifice soufflant l'air. La seule différence est qu'il n'a pas besoin d'être branché sur une prise murale. Il fonctionne sur batterie.

Je le tiens fermement dans la main et je l'allume. Aussitôt, mes cheveux sont plaqués en arrière par le déplacement d'air. Lentement, je pousse le variateur jusqu'à son maximum.

J'ai la respiration coupée. Cet objet est tellement puissant... Rien à voir avec un appareil pour se faire un brushing.

Avec ça entre les mains, si je le voulais, je pourrais quitter mon époque, repartir vers le passé en un instant. J'ai de l'entraînement, maintenant, et cela serait si facile... Je crois que je n'ai même plus besoin de sentir l'attraction conjuguée de la Lune et du Soleil. Si je devais passer dès maintenant mon examen pour devenir agrégée, je pense que je le réussirais brillamment.

J'éteins le voyageur et j'attends.

Quelques instants plus tard, Olympe entre dans la pièce.

– Bonjour, Pénélope.

Le timbre de sa voix est profond. Elle serait très agréable à écouter si elle n'était pas aussi peu mélodieuse, sans intonations.

Olympe m'observe d'un air absolument neutre. C'est tellement rare, quelqu'un qui n'exprime rien. D'habitude, les gens affichent toujours un sentiment, même s'il n'est qu'ennui ou désintérêt. Le visage de la prime agrégée me fait l'effet d'un masque, comme si sa peau noire absorbait toute émotion, toute lumière.

Je m'efforce de ne pas me laisser déconcerter.

– Bonjour, Olympe.

– Comment te sens-tu ? me demande-t-elle.

– Je vais bien, merci.

– Pourquoi as-tu éprouvé le besoin de prendre des congés ?

Je ne peux pas dire la vérité, ni mentir. Un exercice d'équilibriste.

– J'ai éprouvé le besoin de m'éloigner d'ici quelque temps.

– C'est pour cela que tu es partie chez ta tante.

– Je suis partie pendant un mois, en effet.

– Je dispose déjà de cette information. C'est inscrit sur ton dossier. Ce que je veux savoir, c'est pourquoi.

– J'avais la tête ailleurs, je n'arrivais plus à me concentrer sur mes études.

– Rien d'autre ?

– Je suis satisfaite de pouvoir reprendre mes études afin de perfectionner ma technique de déplacement temporel.

Olympe me contemple en silence et je suis incapable de savoir si je l'ai convaincue.

– Commençons le cours, propose-t-elle.

Je lui tends le voyageur mais elle se contente de l'accrocher à sa ceinture.

– Nous n'en aurons pas besoin. Je pense que tu es apte à passer au niveau supérieur. Aujourd'hui, je te propose un exercice qui n'est habituellement étudié qu'en cursus post-BAC.

– Je ne sais pas si j'en suis capable...

– Certaines élèves agrégées expérimentées échouent. Elles sont trop faibles. Mais en ce qui te concerne... J'ai toutes les raisons de penser que tu vas me surprendre.

CHAPITRE 32

J'ai trouvé un coin calme, derrière un buisson, et je m'assieds dans l'herbe. La pelouse est épaisse, accueillante, et après avoir vérifié que personne ne fait attention à moi, je retire mes chaussures. Ça fait un bien fou. Ces talonnettes sont épouvantables.

J'essaie de ne pas trop m'inquiéter pour Pénélope. Un cochon d'Inde vient me renifler et je le prends sur mes genoux. Je le caresse tout en profitant de ce moment pour m'entraîner à utiliser mon tech. Plus j'en saurai sur le futur, mieux je serai armée pour affronter les jours à venir.

Mais ce n'est pas si facile. C'est moi qui ne suis pas douée, ou ce sont les filles du futur qui ont des yeux transgéniques ? Cette boule refuse de m'obéir. Pénélope dit que c'est intuitif, que je dois me concentrer sur ce que je souhaite voir s'afficher, mais ça ne marche pas.

Je vais finir par croire que les femmes ont vraiment évolué depuis mon époque, et que leur cerveau est plus performant que celui des *homo sapiens* comme moi. Des images apparaissent, des vidéos se déclenchent, mais sans cohérence, et je passe maladroitement de l'une à l'autre.

J'aimerais trouver des informations sur les réfugiées. Depuis mon arrivée, ce terme est revenu trop souvent dans la bouche des femmes que j'ai croisées pour qu'il soit anodin. Sans compter que j'ai senti une certaine réticence de la part de Pénélope, comme si elle n'avait pas envie de me parler de ça.

Sauf que cette foutue bille connectée reste incontrôlable. Un moment, je réussis tout de même à afficher une page d'information, un article sur les opposantes, qui se stabilise quelques secondes puis disparaît. Dommage. Je suis maintenant bloquée sur une comptine pour enfants, *Dors petite fleur,* celle-là même qui avait permis à Pénélope d'identifier Antarès comme un garçon du futur.

En fait, tout ça ressemble quand même pas mal à Internet, mais je suis sûre que Pénélope m'expliquerait que ça n'a rien à voir, que notre réseau d'information et de communication était archaïque et que je ne peux pas comparer.

Hyperconcentrée, je cligne des yeux pour zapper et, miracle, pour une fois ça marche. Sauf que je ne contrôle pas du tout la page sur laquelle j'arrive.

Cette fois, il s'agit d'une vidéo. Une femme s'exprime d'un ton docte, c'est la fameuse Hypatie que j'ai déjà vue pendant l'alerte vigilance.

Lors de mon dernier séjour au Moyen Âge, j'ai vécu en immersion parmi la population pendant près de vingt-quatre minutes.

Apparemment, c'est un record. Moi je la trouve gonflée. Elle se pose en spécialiste, elle signe des manuels scolaires et des guides, tout ça avec une expérience longue de moins d'une demi-heure ? Pénélope ferait bien d'écrire un livre à sa place, tiens. Elle est mille fois plus compétente que cette femme.

Je suis agacée, et un léger mouvement de mes yeux change la page, me renvoyant sur des explications pour coudre une tunique antipluie soi-même, avec le patron et les mesures précises. Je m'acharne, je veux vraiment trouver des informations sur les réfugiées.

– Que fais-tu ?

Je referme vite la main sur la bille et je lève les yeux pour voir qui s'adresse à moi. C'est de nouveau cette fille, Rosalind, celle qui a l'air d'avoir sauté une classe ou deux.

– Que fais-tu ? insiste-t-elle.

– J'attends ma cousine.

– Est-elle en cours d'agrégée ?

– Oui.

– Parfait, déclare-t-elle. Nous serons tranquilles. J'ai envie de bavarder avec toi.

Et sans me demander mon avis, elle s'assied à côté de moi. J'aimerais bien lui dire d'aller jouer ailleurs ou faire ses devoirs, mais elle semble décidée à rester là. Je l'observe. En fait, sans que je sache pourquoi, cette fille me trouble. Depuis le début, elle me fait vraiment penser à quelqu'un, mais à qui ? Qu'importe, je voudrais juste me débarrasser d'elle :

– Je n'ai rien à te dire. Je ne suis pas quelqu'un de très intéressant.

– Je suis sûre que si, insiste-t-elle. Est-ce que je peux te questionner ?

Elle ne lâche pas. Tant pis, je devrais réussir à jouer mon rôle. Après tout, même si elle est à moitié surdouée, elle n'a que treize ou quatorze ans, et puis elle a l'air d'être toujours un peu dans la lune.

– Pourquoi mens-tu à tout le monde ? me demande-t-elle d'un air sincèrement intéressé.

Et elle attend tranquillement ma réponse en se tapotant le menton avec l'index. Moi qui pensais qu'elle me poserait des questions sur mon lycée d'avant, ma famille, ou la région où je suis censée vivre avec ma mère Phoolan... Mais là, j'avoue que ça commence fort.

– Je ne mens pas.

– Si, insiste Rosalind. Sauf à Pénélope. Je vois bien qu'avec elle tu es sincère.

Cette fille n'a quand même pas compris mon secret ? J'essaie de la jauger pour évaluer le danger.

– Et d'après toi, pourquoi ferais-je une chose pareille ? Mentir à tout le monde ?

– C'est ça que j'aimerais bien savoir, répond-elle. Pourtant, j'ai beau envisager tout un tas d'hypothèses, je n'arrive pas à en trouver une qui tienne debout.

– Peut-être parce que tu te trompes et qu'en réalité, je suis tout à fait normale.

– Peut-être. Ou peut-être que l'explication est tellement incroyable que je n'arrive pas à la formuler. Bien sûr, de nombreux éléments laissent penser que tu es une réfugiée essayant de se faire passer pour la cousine de Pénélope. Sauf que moi, je n'y crois pas.

Encore cette histoire de réfugiée... Cette fois, Rosalind m'intéresse.

– Pourquoi ?

– C'est évident, dit-elle en haussant les épaules. Les réfugiées restent entre elles. Elles craignent de se mélanger à la population.

– En as-tu déjà vu ?

– Deux ou trois fois. Elles sont très peu nombreuses, même si on en parle beaucoup aux informations.

– Et qu'en penses-tu ?

– Tout le monde aime donner son opinion sur le sujet, déclare-t-elle avec assurance, mais personnellement, je préfère ne pas rentrer dans ce débat.

Ce n'est pas comme ça que je vais réussir à en savoir plus. J'insiste :

– Nous pourrions tout de même en discuter.

– Je me dis juste que ça ne doit pas être facile pour elles.

Sur ces mots, elle reste songeuse, tapotant de nouveau son menton. Comment la faire parler davantage ? C'est un peu risqué, il ne faut pas que j'aie l'air de débarquer d'une autre planète, mais je tente quand même le coup :

– Pourquoi n'est-ce pas facile ?

– Parce qu'elles sont loin de chez elles, répond Rosalind. Tout simplement. Et qu'elles ne peuvent pas repartir.

– Vraiment ?

– Tu sais bien pourquoi, dit Rosalind en haussant les épaules.

Considérant visiblement que notre conversation est terminée, elle se lève et lisse soigneusement sa jupe. Je cherche le moyen de lui délier la langue, quand elle bondit sur place en s'exclamant :

– Ça y est ! Je sais quel est ton secret !

Et elle me dévisage avec un sourire radieux. Même si ce n'est qu'une gamine, je ne peux pas m'empêcher de craindre le pire.

– Je n'ai pas de secret, dis-je d'un ton aussi assuré que possible.

– Si, et je l'ai identifié ! Tu es une fille du futur !

– Pardon ?

Je dois avoir l'air interloquée, car elle me fait un clin d'œil.

– Inutile de prendre cet air idiot pour m'induire en erreur. Je t'ai percée à jour. Pénélope est très douée en voyages temporels, tout le monde le dit. Je parie qu'elle a réussi à aller dans le futur sans le dire à personne, dans les années 3000 par exemple !

Alors là... je m'attendais à tout, sauf à ça.

– Tu dis n'importe quoi.

– Non, c'est logique. En tout cas, moi, si j'étais capable de voyager dans le temps, c'est ce que je ferais. C'est pour cela qu'elle a été absente pendant un mois. Là-bas, elle t'a rencontrée, vous avez sympathisé, et tu as eu envie de venir avec elle pour visiter le passé. J'aurais fait exactement pareil à ta place. C'est génial !

– Je t'assure que tu te trompes…

Mais, ravie, Rosalind ne m'écoute plus du tout.

– J'espère que tu resteras encore quelques jours car j'ai un milliard de questions à te poser ! Mais pour aujourd'hui, je dois te laisser car j'ai un cours de mathématiques. J'adore les mathématiques. Presque autant que la physique. À bientôt !

Et elle s'éloigne d'un pas dansant, toute joyeuse. Cette fille a vraiment une imagination débordante. J'étais inquiète, au début, mais de toute évidence je n'ai pas de souci à me faire. Il y a du monde qui se bouscule dans sa tête, et cela la rend inoffensive.

C'est là que j'ai un flash. Cette façon de se tapoter le menton avec l'index… Je connais quelqu'un qui fait exactement la même chose… C'est à lui que Rosalind me fait penser depuis le début ! Yoan, le surdoué de mon lycée !

Je n'en reviens pas. Yoan aurait-il réussi à conserver ses petits spermatozoïdes dans notre congélo, et ces mêmes spermatozoïdes auraient-ils donné naissance à des bébés du futur ? À Rosalind ? J'hallucine.

Plus j'y réfléchis et plus j'y crois. Il y a ce même tic quand ils réfléchissent, mais pas seulement… Leur ressemblance à tous les deux est en réalité saisissante, mais aussi leur façon de parler, de marcher, de penser… Cette habitude de passer du coq à l'âne, comme si les mécanismes de leur cerveau étaient à la fois super compliqués et étonnamment efficaces. Comme Yoan, Rosalind est à côté de la plaque, mais aussi incroyablement perspicace... Elle a tort quand elle pense que je viens du futur, c'est vrai, mais elle n'est pas tombée loin...

Si j'ai raison, ça veut dire qu'une femme de l'époque de Pénélope, une opposante forcément, a voulu faire un bébé en utilisant des spermatozoïdes congelés, sans doute dans l'espoir de donner naissance à un garçon. Pour avoir un bébé XY, il faut que l'un des deux géniteurs soit un homme. Et pour avoir accès à un patrimoine génétique XY, ici, il faut pas mal se casser la tête. Cette femme aurait donc réussi à se procurer le sperme congelé de Yoan...

Mais finalement, elle a eu une fille. C'était une chance sur deux. Le résultat, c'est Yoan en version féminine : Rosalind.

Je n'en reviens pas. Je me marre en douce. J'ai hâte de raconter ça à Pénélope.

Je fais des papouilles au cochon d'Inde. Je me sens un peu mieux. Finalement, Pénélope avait raison. Personne ici n'arrive à deviner d'où je viens vraiment. Pas même la fille de Yoan...

J'espère que pour Pénélope tout se passe bien aussi, mais le souvenir de George revient me hanter. Je frissonne et je me dis qu'il vaudrait mieux éviter de se mettre à dos une prime agrégée...

CHAPITRE 33

Pas un bruit ne me parvient. J'ai les yeux fermés. Sous mes pieds nus, le sol est insensiblement concave. Je tends légèrement les mains devant moi, paumes tournées vers l'avant.

– Peux-tu la situer ? me demande Olympe de sa voix sans timbre.

Bien sûr. Cela ne m'a pas pris plus de quelques minutes. Une pierre de Lune. Elle doit être assez grosse, c'est tellement évident. Je ne la vois pas, mais je la sens. C'est un peu comme si elle m'attirait vers elle.

Je ne veux pas montrer à Olympe quelles sont mes capacités réelles. Je ne dois pas dévoiler mon aisance, je ne dois pas avoir l'air d'une fille qui sait aller et venir entre passé et présent, à son gré.

Mais je ne veux pas non plus faire naître la suspicion en elle. Après une hésitation, je décide de ne pas mentir. Du moins, pas tout de suite. Lentement, je lève la main et je désigne une direction légèrement sur ma droite.

Puis j'ouvre les yeux. J'avais raison. Exactement là où je le pensais, Olympe tient une grosse pierre, qui doit peser au moins deux cents grammes. À cette distance, c'était trop facile.

– Continuons, dit la prime agrégée sans faire d'autre commentaire.

Je ferme à nouveau les paupières et j'attends.

Il faut du temps pour sentir les choses.

Puis, petit à petit, elle m'apparaît. Nettement plus réduite, cette fois. Sur ma gauche, un peu derrière moi. Olympe n'a pas fait un bruit en se déplaçant, mais je suis sûre de moi.

Trop sûre.

Si j'ai raison, si cette pierre-là est aussi petite que je le pense, je ne devrais pas la sentir déjà. Cette fois, je décide d'échouer.

Alors je fais mine d'être indécise, de me sentir perdue. D'être légèrement déséquilibrée. Je me tourne. Puis, hésitante, je lève la main et désigne mon côté droit.

– Tu peux rouvrir les yeux, déclare Olympe.

S'attendait-elle à une meilleure performance de ma part ? A-t-elle senti que je dissimulais ma facilité à percevoir la pierre ? Elle ne laisse rien paraître, bien évidemment.

– Réussir un tel exercice est quasiment impossible, commente-t-elle. Sauf pour une élève particulièrement douée.

Elle me dévisage et je veille à soutenir son regard sans ciller. Que pense-t-elle à ce moment-là ? Elle pourrait me faire convoquer par les Autorités pour me questionner plus en détail…

– Ma tête tourne un peu, dis-je. Le cours est-il terminé ?

– Oui, répond-elle enfin. Nous reprendrons la semaine prochaine.

– Je te souhaite une bonne fin de journée.

J'ouvre la porte concave, impatiente de sortir d'ici. Je suis soulagée qu'Olympe me laisse partir, mais je regrette de n'être sûre de rien. Impossible de savoir si en réalité elle me soupçonne de trahison.

Dans le couloir, je jette un rapide coup d'œil derrière moi pour vérifier qu'Olympe ne me suit pas et je me hâte de rejoindre Andrea dans la serre. Mon amie se lève en me voyant arriver.

– Tu es blanche, remarque-t-elle avec inquiétude. Ça va ?

– Oui. Rentrons à la maison.

– Mais rassure-moi… Tu as réussi à persuader la prime agrégée que tout allait bien ?

– J'espère que oui.

Andrea voit que je suis encore tendue, alors elle me rappelle que j'ai réussi à convaincre mes contemporaines une première fois. Pourquoi ne réussirais-je pas à les rassurer de nouveau ? Et puis George n'est plus là pour m'accuser, cela rend les choses plus faciles...

Mais alors que nous marchons vers chez moi, nos capuches rabattues sur la tête pour nous protéger de la pluie, je garde un pénible sentiment d'insécurité.

– Mieux vaut reporter notre sortie à la ZUP.

– On ne peut pas faire ça, désapprouve Andrea. Les garçons ont besoin de nous !

– Si Olympe a senti quelque chose de trouble en moi, elle pourrait décider de me faire suivre.

– Mais le gamin doit prendre des médicaments !

Andrea a raison. Laisser l'enfant sans soins retarde d'autant notre propre départ. Pourtant, je reste inquiète :

– En journée, c'est trop risqué.

– Alors quand ? insiste Andrea, contrariée.

J'hésite et je me décide :

– Nous irons cette nuit.

Quand nous arrivons à la maison, ma mère est là, en train de cuisiner. J'en déduis que c'est son tour de préparer le dîner pour notre groupe de voisines. Malgré tout, je suis un peu surprise, elle a dû écourter sa réunion à la mairie. Je la soupçonne de vouloir garder un œil sur moi. Derrière moi, Andrea se crispe. Le courant ne passe toujours pas entre elles deux.

– Comment la journée s'est-elle déroulée, au lycée ? demande ma mère, l'air de rien.

– J'ai repris mes cours d'agrégée.

– Oh... Hatch a donc trouvé une remplaçante ?

– Oui. Olympe Filledediana.

Ma mère arrête aussitôt de couper les oignons. Elle sait parfaitement de qui il s'agit. Inquiète, elle m'interroge du regard mais je la rassure :

– Tout s'est bien passé.

Elle jette alors un coup d'œil préoccupé vers Andrea et je réponds à sa question muette :

– Nous nous sommes arrangées pour qu'elles ne se croisent pas.

Ma mère se détend un peu.

– Tant mieux. Olympe est une femme puissante. Mieux vaut que ton amie ne l'approche jamais.

Un peu plus tard, nous sommes attablées autour de la paella préparée par ma mère. À ma grande surprise, elle rompt le silence. Elle a dû réfléchir au fait qu'Andrea m'a sauvé la vie car j'ai l'impression qu'elle fait des efforts pour l'accueillir un peu mieux. Après tout, c'est aussi son métier. Dialoguiste. Elle se tourne vers mon amie et pour la première fois, lui adresse la parole plutôt gentiment :

– Ta mère doit s'inquiéter de ton absence.

Pas de chance, avec Andrea, cette amorce à la conversation ne fonctionne pas. Je la vois d'ailleurs serrer les dents.

– La mère d'Andrea a disparu quand elle était enfant, dis-je pour éviter à mon amie de s'expliquer.

– Oh ! réagit ma mère, touchée, je suis désolée. Mais dans ce cas, qui prend soin de toi ? As-tu une marraine ?

– Non. J'ai un père.

– Bien sûr, répond ma mère, un peu gênée. Au Moyen Âge, c'est très courant. Je n'y pensais plus.

Elle a du mal à le concevoir. Cela n'échappe pas à Andrea, qui ajoute avec une once de provocation :

– J'ai également deux frères.

– Vis-tu seule avec trois hommes ? s'étonne ma mère.

– Oui. Et j'aime beaucoup ça. Je préfère les hommes plutôt que les femmes. Ils sont moins emmerdants.

Pendant un moment, ma mère ne dit plus rien, franchement choquée. Andrea aurait pu éviter de se montrer aussi effrontée, mais je la comprends un peu. Nous continuons à manger en silence. Cela ne dure pas car ma mère semble sincèrement désireuse d'établir le dialogue. Je l'avoue, ça me fait plaisir.

– Je suis en train de relire le *Guide du comportement médiéval*, déclare-t-elle, pleine de bonne volonté. Je ne l'avais plus feuilleté depuis mes années au lycée. C'est très intéressant. L'as-tu lu, Andrea ?

– Quelques extraits.

– Je trouve le chapitre sur la pilosité particulièrement intéressant. Est-il exact que les femmes de ton époque sont obligées de s'épiler les jambes et les aisselles ?

– Non, répond Andrea d'un air agacé. Personne ne nous force. On le fait parce qu'on le veut bien.

– Ah, s'exclame ma mère, décontenancée. J'avais compris qu'une certaine pression sociale existait sur ce sujet.

– Pas du tout, ment Andrea. J'ai toujours fait ce que j'ai voulu.

Je me tais, mais je me souviens du jour où nous étions allées à la piscine et où mon amie s'était sentie obligée d'appliquer de la cire sur sa peau pour en arracher chaque poil. Je me souviens aussi qu'elle râlait fort, trouvant cette obligation pénible... Mais je connais suffisamment Andrea pour savoir qu'elle ne l'admettra pas.

– Tant mieux, répond ma mère. Cela doit être tellement douloureux. Mais si tu le fais par plaisir, dans ce cas, je ne peux qu'approuver. J'ai relu également le chapitre sur les modes capillaires. Est-il vrai que, dans certains endroits du monde, les femmes doivent cacher leur chevelure ?

Je lève les yeux au ciel. Si ma mère énumère les bêtises accumulées dans ce livre, cela risque d'être long et très irritant pour Andrea. Forte de mes connaissances, j'interviens donc :

– Au contraire, les médiévaux n'aiment pas les chapeaux. Je l'ai moi-même expérimenté.

En effet, je n'ai pas oublié le jour où j'ai voulu passer la grille du lycée avec un foulard sur la tête. La Contrôleuse des Poux à l'Entrée m'avait immédiatement stoppée. Elle souhaitait à tout prix que mes cheveux restent visibles.

– Veux-tu dire que porter un couvre-chef est interdit ? s'étonne ma mère. Ce n'est pas précisé dans le *Guide du comportement médiéval.*

– Ce livre est un tissu d'âneries, maman. Crois-moi.

– Tu ne peux pas dire cela. Hypatie est une éthologue réputée.

– Éthologue s'applique aux animaux. Pour les hommes, tu dois dire ethnologue.

Ma mère ne répond pas, mais je vois bien qu'elle n'est pas convaincue.

CHAPITRE 34

Plus tard dans la soirée, Pénélope est allongée sur son lit, et moi sur mon matelas nuage-de-barbe-à-papa. Dehors, il fait nuit. Nous attendons.

– Tu crois qu'on peut y aller ? dis-je en chuchotant.

Pénélope hésite. Olympe n'a pas donné de nouvelles, c'est plutôt rassurant, mais peut-on estimer que l'affaire est réglée ?

– Je pense que si elle avait des soupçons, décide Pénélope, elle serait déjà intervenue. C'est ce qui s'était passé, l'an dernier. Les Autorités n'avaient pas perdu de temps avant de m'interroger.

– On peut partir maintenant alors ?

– Ma mère dort, je crois, mais pas Lys. Je l'entends dans sa chambre.

– Ta petite sœur a neuf ans, et elle se couche aussi tard ?

– Elle a toujours été ainsi. Elle dort peu.

Les minutes passent. Ça n'aide pas à surmonter le stress. Nous laissons s'écouler encore un moment, qui me semble très long, puis Pénélope se lève.

– Allons-y.

Nous prenons chacune un sac dans lequel nous avons auparavant placé les médicaments et des provisions. Tout à l'heure, Pénélope a consulté son tech pour obtenir des informations sur l'état de santé nécessaire à un déplacement temporel. Ce qu'elle a lu est plutôt rassurant. L'essentiel est de guérir l'enfant de cette infection qui lui donne de la fièvre. S'il retrouve une température normale, nous pourrons envisager un départ.

Doucement, Pénélope ouvre la porte de sa chambre et jette un coup d'œil dans le couloir sombre. Elle me fait signe de la suivre. Nous descendons les escaliers en silence et, toujours dans le noir, nous nous dirigeons vers la cuisine, pour sortir par la porte de derrière. Il faut l'ouvrir très lentement car elle grince un peu. Pénélope gère bien, et nous nous retrouvons dehors. Évidemment, il pleut. Je marmonne :

– C'est vraiment con, ce réchauffement climatique à l'envers.

– Prends la bicyclette de ma mère, se contente de répondre Pénélope.

Les trois vélos sont rangés sous un abri. Celui de Lys est décoré de rubans colorés accrochés aux poignées, qui doivent danser joliment dans le vent quand elle roule.

Celui de Jane est plus sobre, avec un panier fixé à l'avant. J'y place mon sac.

– Je pars la première, chuchote Pénélope. Tu attends au moins deux minutes avant de me suivre.

C'est ce que nous avons convenu tout à l'heure. Comme ça, si l'une de nous se fait arrêter, l'autre restera libre et pourra quand même rejoindre les garçons.

Pénélope enfourche son vélo comme une pro, en posant un pied sur la pédale et en enjambant selle et porte-bagages avec l'autre jambe. Moi je n'ai pas son entraînement et je passe simplement un pied de l'autre côté, avant de hisser mes fesses sur la selle. Je rabats ma capuche sur ma tête, en me demandant comment elle va tenir quand je roulerai.

J'attends un peu près de l'abri. Une grenouille coasse dans l'herbe, tout près de moi. Ça sent la terre mouillée. Enfin, j'estime avoir laissé passer le temps nécessaire, et je donne un coup de pédale pour sortir du jardin.

Là, je reste bouche bée. La route brille ! Le macadam de la chaussée est luminescent, diffusant une clarté suffisante pour s'orienter sans peine. Les maisons restent plongées dans l'ombre, mais c'est comme si un chemin magique se déployait sous mes roues. C'est impressionnant... Mais pas vraiment pratique pour qui veut se déplacer discrètement la nuit. Mal à l'aise, je m'efforce de rouler sur le bord du trottoir, à la limite de la pénombre.

La ville semble endormie, mais si quelqu'un surveille les parages, c'est sûr que je serai repérée. Tout en remontant la rue, je regarde autour de moi, dans la crainte de voir apparaître Olympe, mais je ne perçois aucun mouvement.

En pédalant, je constate que le vélo est très léger, sans que je sache déterminer en quelle matière il est fait. Tant mieux, c'est facile d'avancer vite. Je rejoins Pénélope à la limite de la forêt.

– Personne ne t'a vue ? chuchote-t-elle.

– En tout cas, moi, je n'ai vu personne.

Nous avons une bonne dizaine de kilomètres à parcourir mais à la sortie de la ville, la route reste phosphorescente et j'avoue que ça facilite notre déplacement. Avec un ciel aussi couvert, la nuit est particulièrement sombre. Je n'ai aucune idée de l'endroit où se trouve la Lune ni de sa phase actuelle. Pas étonnant que les femmes du futur aient développé une sensibilité particulière à ces cycles. Il faut bien qu'elles imaginent où sont les astres, puisque les nuages empêchent en permanence de les voir.

Et puis soudain, une éclaircie laisse apparaître la Lune. C'est un fin quartier, presque rien. Dans ma tête, je cherche à la superposer à un p ou un d. C'est p, comme premier croissant. La Lune est donc croissante, bien sûr. Cela signifie que chaque jour qui passe nous éloigne de la nouvelle Lune, le moment le plus favorable pour voyager...

Déçue, je continue pourtant à pédaler, les yeux levés vers le ciel. Maintenant qu'il est dégagé, j'aperçois des milliers d'étoiles, je crois que je n'en ai jamais vu autant, sauf peut-être l'été quand nous allions en vacances en Dordogne. En ville, le ciel est toujours un peu marron...

Mais je manque de faire une sortie de route et je dois de nouveau me concentrer sur ma trajectoire pour éviter la chute.

Un peu plus tard, nous arrivons à la ZUP. Ici, plus de route lumineuse pour nous guider. Pénélope sort son tech et enclenche sa fonction lampe de poche. Nous laissons les vélos au bord de la route et, nos sacs en bandoulière, nous progressons entre les voitures abandonnées et les autres vestiges du monde médiéval.

Le faisceau lumineux du tech éclaire brièvement la poupée qui gît par terre. Elle fait encore plus peur dans le noir, son visage abîmé est fantomatique. Je la ramasse et je la couche dans la poussette qui se trouve un peu plus loin. C'est idiot mais je n'avais pas envie qu'elle reste seule par terre.

Nous approchons enfin de l'immeuble. Je suis soulagée d'être arrivée et j'en profite pour retirer mes talonnettes et les fourrer dans mon sac. Ça va mieux.

J'espère que les garçons n'ont pas changé de planque. Dans les étages, il n'y a pas de lumière, pas même la faible lueur d'une bougie, mais c'est normal. Ce serait bien imprudent de s'éclairer la nuit, et Antarès n'aurait pas commis une telle erreur.

Je repousse une ronce qui s'accroche à ma jambe quand, soudain, je hurle de terreur.

Quelque chose vient de bondir sur Pénélope ! Son tech est tombé et éclaire inutilement le sol. Il fait trop sombre, je ne vois rien. La chose pousse des cris gutturaux et s'attaque à mon amie.

J'ai carrément peur, pourtant je me précipite pour l'aider. Ce n'est pas Olympe, c'est sûr, elle est beaucoup plus grande que ça. Mais alors, qu'est-ce que c'est ? Un chien sauvage ? Un renard ? Je vais être obligée de toucher cet animal mais tant pis, je n'ai pas le choix. Je l'attrape des deux mains, effrayée à l'idée de me faire mordre, et je tire de toutes mes forces. Mais sous mes doigts, je ne sens pas de poils rugueux, ni de plumes, ni d'écailles. Je sens de la peau, des épaules maigres et des cheveux emmêlés. C'est l'enfant. J'essaie de le calmer.

– Arrête... C'est juste nous... Pénélope et moi, Andrea...

Je ne sais pas comment un si jeune enfant, en mauvaise santé qui plus est, peut avoir autant d'énergie. Il maintient son étreinte sur Pénélope qui a compris à qui elle avait affaire et ne veut pas le repousser violemment de peur de lui faire mal.

– Tu te souviens ? On est des amies de Pierrick et Antarès...

Mais mes mots n'ont aucun effet sur lui, il ne lâche pas Pénélope, je crois même qu'il essaie rageusement de la mordre. Je regrette de ne pas savoir comment s'appelle ce gamin. C'est difficile d'essayer d'apaiser quelqu'un sans utiliser son nom.

Heureusement, j'entends une cavalcade dans l'escalier, puis la voix de Pierrick, chaleureuse et rassurante :

– Tout va bien... Laisse-les, elles sont avec nous.

L'enfant semble hésiter, puis recule, essoufflé. La voix de Pierrick l'a calmé en un instant. Pénélope se redresse.

– Ça va ? demande mon frère en venant vers elle.

– Oui, répond Pénélope, un peu secouée quand même.

Je la connais bien, ce n'est pas l'agression en elle-même qui la met dans cet état. C'est plutôt de réaliser qu'un petit garçon puisse être aussi perturbé par sa simple présence. C'est d'être regardée comme quelqu'un de mauvais, simplement parce qu'elle est une femme.

– Il a l'oreille fine, explique Pierrick. On l'a déjà remarqué à plusieurs occasions.

Antarès est descendu, lui aussi, et ramasse le tech pour le tendre à Pénélope.

– Il a seulement voulu nous protéger, Pierrick et moi.

Comme pour confirmer cela, l'enfant glisse sa main dans celle de Pierrick. Il reste méfiant et nous regarde avec rancœur.

– Montons, dit mon frère.

Nous les suivons tandis qu'ils regagnent le dernier étage.

Antarès et Pierrick ont arrangé un peu mieux la pièce principale. Ils ont trouvé deux vieux matelas, qu'ils ont installés près de la porte donnant sur la chambre du petit garçon. En revanche, ils n'ont pas touché au nid de l'enfant.

Pénélope montre à Pierrick ce que nous avons apporté. Des antibiotiques. De l'antiseptique pour soigner les écorchures du petit. Des vitamines. Du pain frais, du fromage, du chocolat. De l'eau, aussi.

– C'est bien, approuve Antarès en préparant le médicament. Pierrick et moi pouvons supporter de boire l'eau de pluie mais, pour lui, ça serait mieux d'éviter quelque temps. Et le reste, c'est parfait. À part les fruits et les légumes que nous pouvons voler dans les potagers, nous n'avons pas grand-chose de consistant à nous mettre sous la dent.

– Oui, merci, renchérit mon frère. Antarès a réussi à voler des œufs dans un poulailler, la nuit dernière, mais on les a déjà tous mangés. Sinon, il nous a trouvé des noix et des amandes, mais ça ne suffira pas pour que le gamin se retape.

Antarès donne à l'enfant sa première dose d'antibiotiques tandis que Pénélope finit de vider nos sacs, qui contenaient aussi du savon et du shampoing.

– Est-ce que tu as pu te procurer du produit contre les poux ?

– Oui. C'est ce flacon.

– Il est petit, regrette Pierrick.

– C'est suffisant pour le débarrasser de ses parasites, explique Pénélope. Une application suffit. Il faut bien en mettre partout et laisser reposer un peu.

Mais Pierrick se gratte la tête en faisant la grimace.

– Si tu pouvais apporter deux flacons supplémentaires la prochaine fois, dit-il, ça serait bien.

Antarès se gratte lui aussi, et tous les deux se marrent. Leur rire est contagieux et le petit garçon les imite, le regard confiant, comme s'il ne désirait qu'une chose : leur ressembler. Son rire est cristallin, comme celui de tous les enfants du monde. Je regarde Pénélope et, comme elle, je souris.

CHAPITRE 35

Antarès est en train d'appliquer la lotion antipoux à l'enfant. Enfin il essaie, car le petit n'aime pas ça et ne tient pas en place. Andrea donne un coup de main en les éclairant avec son tech. Elle s'est efforcée de trouver la fonction lampe de poche toute seule, mais elle n'est vraiment pas douée et j'ai dû l'aider.

L'enfant s'agite beaucoup, il supporte mal la contrainte. Pour le distraire, Andrea raconte l'histoire d'un monde où les hommes vivent en liberté, où ils ont les mêmes droits que les femmes, où les uns et les autres se respectent et s'apprécient. Fasciné, le petit garçon se calme et écoute comme s'il s'agissait d'un conte de fées, merveilleux et impossible à la fois.

Pierrick et moi quittons l'appartement et sortons respirer l'air de la nuit. Le vent a chassé les nuages. Nous nous éloignons, marchant lentement. Je sens son épaule contre la mienne.

– J'arrive pas à croire que tu aies grandi ici, confie-t-il en parlant doucement. J'essaie d'imaginer mais franchement, c'est difficile.

– Maintenant, tu sais qui je suis réellement.

Il hoche la tête en silence.

– Pour ça, je ne regrette pas d'être venu.

– Ne dis pas une chose pareille. Ici, tu es en danger.

– Ça en valait la peine quand même, dit-il en me regardant. Sinon, jamais je n'aurais pu te comprendre vraiment.

Je suis touchée par sa sincérité. Nous avançons au hasard, comme pour une promenade, sauf que les lieux ne s'y prêtent pas. Rien n'est agréable ici, ce n'est que destruction et ruines. Nous devons parfois contourner ou enjamber un obstacle, un vieux canapé qui s'est retrouvé dans la rue sans que l'on sache pourquoi, des câbles électriques, une benne de métal...

Et puis soudain, au détour d'un immeuble, nous découvrons un endroit étonnant.

C'est comme un abri dans la tourmente, une clairière au beau milieu de la forêt. Autrefois, il s'agissait d'une cour intérieure donnant accès à des bâtiments d'habitat collectif. Ici aussi, la végétation a tout envahi mais, par un concours de circonstances inattendu, elle l'a fait de façon harmonieuse... Une mousse épaisse, vert tendre, couvre les dalles de béton qui formaient le sol, et cette mousse est parsemée de campanules violettes et de petites pervenches blanches. Par endroits se dressent des bosquets de fougères, et les murs sont tapissés de lierre aux feuilles sombres et brillantes. Levant les yeux plus haut encore, je vois le ciel étoilé, comme un vasistas ouvert au-dessus de nous. Il est si rare à mon époque de pouvoir admirer les étoiles...

– C'est beau, souffle Pierrick.

Je l'observe tandis que son visage est levé vers le ciel. Qui a pu penser un jour que les hommes étaient différents des femmes ? Sans même m'en rendre compte, je m'approche de lui et il tourne la tête pour me regarder. Je suis troublée. Doucement, il remet en place une mèche de mes cheveux. J'ai envie de l'embrasser sur les lèvres, comme nous l'avons déjà fait. J'avais trouvé cela très agréable.

Je touche sa joue pas rasée. Je me souviens de ce jour où j'ai voulu voir quelle sensation cela faisait. C'était lors de mon premier voyage au Moyen Âge, je n'étais là que depuis peu, et les visages masculins me repoussaient et m'intriguaient en même temps. Surtout celui de Pierrick.

Pourtant, les hommes me faisaient terriblement peur, je les pensais violents, colériques, dangereux. J'ignorais qu'ils étaient capables de tendresse, d'humour, de générosité. D'amour. Je ne peux pas m'empêcher de sourire. Cela me semble tellement loin, j'ai parcouru un si long chemin depuis...

Je garde ma main contre sa joue et j'inspire profondément, lentement. Il ne bouge pas, et tandis qu'il ne me quitte pas des yeux, je suis surprise de constater qu'une fois de plus le temps ralentit.

Du bout des doigts, je caresse son visage. Qui sait ce qui arrivera dans les jours à venir, et dans quelle urgence nous serons emportés... Olympe pourrait me convoquer devant les Autorités, je n'aurai peut-être plus jamais l'occasion de dire à Pierrick à quel point il compte pour moi...

Mais les mots ne franchissent pas mes lèvres. Je ne sais pas comment lui dire ce que je ressens. Au lieu de parler, je me rapproche de lui, légèrement. Suffisamment pour sentir son parfum, l'odeur de sa peau. Cette odeur qui me bouleverse, toujours et encore.

La tête me tourne et je respire un peu plus vite. Son visage est tout près du mien, maintenant, et je sens la chaleur de son corps contre moi. Mes yeux sont perdus dans les siens et, cette fois, le temps semble s'arrêter tout à fait.

Je ne contrôle plus mes pensées, d'ailleurs je ne pense plus. Je vis le présent ; le passé et l'avenir n'existent plus.

J'ai peur, un peu. Et puis je me souviens que je suis avec Pierrick et que j'ai confiance en lui. J'ai envie de continuer ce que nous avons commencé, et lui aussi en a envie.

Alors je me laisse aller. Je me noie dans le corps de Pierrick et il se noie dans le mien.

C'est difficile à décrire. C'est à la fois...

Effrayant.

Doux.

Enthousiasmant.

Tendre.

Surprenant.

Bon.

Joyeux.

J'avais entendu beaucoup de choses sur cet acte, que l'on peut également désigner sous le nom de relation sexuelle. *Faire l'amour* est toutefois le terme le plus usité.

J'ai toujours trouvé ces mots étranges. Faire l'amour... Fabriquer l'amour ? Construire l'amour ? Le préparer, le façonner, le réaliser... Ce n'était certainement pas le cours de SVT auquel j'avais assisté dans le lycée d'Andrea qui m'avait renseignée davantage. Heureusement, d'ailleurs.

Considérant le manque d'informations fiables fournies aux jeunes médiévaux sur ce sujet, j'en avais déduit qu'il s'agissait plutôt d'une expérience personnelle difficilement théorisable. Aujourd'hui, je le confirme.

Jamais je n'aurais cru connaître ça un jour.

CHAPITRE 36

L'enfant mange un morceau de chocolat avec un plaisir évident. En revanche, il a refusé de se laver. Antarès et moi n'avons pas insisté. Les antibiotiques, trois fois par jour, l'antiseptique sur ses bobos infectés et la lotion antipoux sont l'essentiel.

Le jour va bientôt se lever. Nous devons retourner chez Pénélope avant le matin pour ne pas éveiller les soupçons.

Antarès et moi sortons de l'immeuble et marchons jusqu'aux vélos. Même s'il n'en parle pas, je devine que c'est lui qui a veillé sur mon frère et le petit garçon ces deux derniers jours, s'assurant qu'ils ne commettent pas d'erreurs, et leur trouvant de quoi manger et boire. Mais je me doute que ce retour à l'époque qui l'a vu grandir n'est pas évident pour lui. Il avait voulu fuir, et le voilà bloqué ici de nouveau.

– Comment ça va, pour toi ?

Il comprend tout de suite à quoi je fais allusion et hausse les épaules.

– Ça va.

J'hésite, je ne sais pas si je dois lui en parler. Je me souviens qu'en quittant son époque, il n'a pas pris le temps de dire adieu à sa mère. Je sais aussi à quel point cela a dû être douloureux. Je ne veux pas lui faire de peine, mais c'est souvent pire quand on ne parle pas des choses qui font mal, alors je l'interroge quand même :

– Tu vas aller voir ta mère ?

– Je ne peux pas, répond-il. Il faut que je reste avec Pierrick et le petit.

– Mais... si tu pouvais, tu irais ?

Il reste un instant pensif, avant de me répondre :

– Peut-être, oui. Peut-être que ça serait mieux.

– Tu sais où la trouver ? Combien de temps te faudrait-il, pour ça ?

– Non, laisse tomber. C'est tout simplement impossible.

– Dis quand même.

– Je devrais m'absenter toute une nuit, peut-être plus. Le temps d'attendre le moment où elle sera seule et où je pourrai l'approcher sans être vu. Tu vois, c'est beaucoup trop compliqué.

– Pierrick pourrait se débrouiller avec l'enfant quelque temps. Ils sont prudents, ils savent comment se comporter.

– Tant que personne ne vient dans la ZUP, oui. Mais imagine ce qui arriverait s'il y avait un contrôle de la zone.

– Ça se produit parfois ?

– De temps en temps, oui. Ou des fouilles archéologiques. Ils seraient alors en danger. Moi je sais gérer, mais l'enfant est encore très jeune, et Pierrick ne connaît pas ce monde.

– Mon frère sait plutôt bien se démerder, en général. Si tu lui expliquais comment réagir et où se cacher en cas d'urgence, il pourrait s'en tirer.

– Je ne sais pas... Non, ce serait imprudent.

J'ai malgré tout l'impression qu'Antarès appréhende de revoir sa mère et qu'il se réfugie derrière ces excuses pour éviter une confrontation. Ça me fait un peu de peine pour lui.

– Réfléchis tout de même. Il me semble que tu as des choses à dire à ta mère.

Et j'ajoute avec sincérité :

– Moi, si je pouvais parler à la mienne, juste une fois, je le ferais.

Antarès reste silencieux.

Pénélope et Pierrick nous rejoignent. À l'est, une pâle lueur annonce l'aube.

Il nous faut un peu moins d'une heure pour regagner la maison de Pénélope. La route s'éteint peu à peu. Une brume matinale a envahi les environs. Je crois que personne ne nous a repérées, mais le quartier s'éveille et c'est déjà l'heure de nous préparer pour le lycée. Nous n'avons pas le temps de dormir, ne serait-ce qu'une heure.

– Je suis désolée, s'excuse mon amie. Tu dois être épuisée.

Je jette un coup d'œil au matelas qui me tend les bras, alors que la perspective d'une nouvelle journée au lycée me stresse. J'aimerais au moins avoir la certitude que la prime agrégée ne traînera pas dans le coin.

– Est-ce que tu as cours de déplacement temporel, aujourd'hui ?

– Non, me rassure Pénélope. C'est une fois par semaine seulement. *A priori*, nous ne devrions pas croiser Olympe.

Dans ces conditions, ça va. En fait, je suis même un peu curieuse de ce que je vais découvrir au cours de cette nouvelle journée, et mon intérêt est encore plus vif quand Pénélope m'apprend quel est le premier cours de la matinée...

La salle d'EPS ressemble à un salon. Il y a des fauteuils et des canapés, décorés de coussins moelleux qui donnent irrésistiblement envie de s'y asseoir. De jolies lampes sont posées sur des tables basses ou des guéridons et diffusent une lumière douce. Il y a des rideaux aux fenêtres. On dirait un boudoir. Difficile d'imaginer que nous sommes bien au lycée.

Étude et Perception des Sentiments. Depuis le temps que je me posais des questions sur cette matière... Les élèves se dispersent, choisissant de s'asseoir ici ou là. Je vois deux fauteuils disponibles et je chuchote à l'oreille de Pénélope :

– On se met là ?

– Tu ne peux pas choisir ta place. Tu dois consulter le planning.

Et elle m'entraîne vers un tech posé sur un bureau, qui diffuse une liste de noms. Pénélope cherche le mien.

– Tu es en binôme avec Simone, m'annonce-t-elle.

Je me retourne et je vois qu'en effet une place est libre sur un canapé, à côté de la blonde à tresses. Elle fait la gueule et soupire bruyamment.

– Ne t'inquiète pas, chuchote Pénélope, ce n'est pas contre toi. Simone déteste l'EPS. C'est sa matière la plus faible.

Je questionne mon amie à voix basse :

– Qu'est-ce que je vais devoir faire ?

– Nous étudions actuellement le chapitre sur l'écoute active et le réconfort empathique, répond Pénélope.

– Euh... OK, mais c'est quoi ?

Pénélope hésite, il y a du monde autour de nous et c'est compliqué pour elle de me donner plus de précisions.

– Tu n'auras qu'à dire à Simone que l'EPS est ta matière faible à toi aussi, lance-t-elle rapidement. Allez, vas-y. Le cours a déjà commencé.

Je regarde autour de moi et je m'étonne :

– La prof n'est pas encore arrivée.

– En EPS, les TP se pratiquent sans la présence d'une enseignante.

Et Pénélope va s'asseoir près d'une fille que je ne connais pas. Tout autour de moi, les élèves parlent calmement, ou hochent la tête en silence. Je suis la dernière à être debout et je vais vite prendre place à côté de Simone.

– Veux-tu commencer ? me demande celle-ci d'un ton plutôt désagréable.

– Euh… Que dois-je faire ?

– N'as-tu pas révisé ? s'agace-t-elle.

– Si si. Bien sûr.

– Alors je t'écoute, dit-elle en levant les yeux au ciel.

Merde. Je n'ai aucune idée de ce que je suis censée dire. Je jette un regard suppliant à Pénélope, mais elle est en pleine conversation avec son binôme.

– Ton niveau semble encore plus médiocre que le mien, soupire Simone. Je te préviens, je ne veux pas rater cet exercice à cause de toi. Alors s'il te plaît, fais un effort. Ce n'est quand même pas compliqué d'exprimer tes sentiments !

OK, c'est donc ça qu'elle attend de moi. *Exprimer mes sentiments*. Mais quels sentiments ? Ma colère contre les filles comme elle, persuadées que les garçons ont bien fait de mourir ? Mon désir de rentrer chez moi ? Ma peur à l'idée que Pierrick, Antarès ou l'enfant se fassent surprendre ? Des sentiments, j'en ai à revendre. J'estime cependant qu'il vaut mieux parler d'autre chose.

– Je suis un peu fatiguée ce matin, dis-je.

– Ce n'est pas un sentiment, me reproche Simone. C'est un état. Il ne faut pas confondre. Tu es censée avoir étudié ça au collège.

– Ah oui, excuse-moi, j'étais distraite.

– Choisis la tristesse, me conseille-t-elle.

– Pardon ?

– La tristesse. C'est un des sentiments les plus faciles. Allez, vas-y.

– Je ne sais pas quoi dire.

– Décidément, se lamente Simone, je n'ai vraiment pas de chance. Pourquoi suis-je en binôme avec une fille au niveau aussi catastrophique ?

– Désolée. Que dois-je faire, alors ?

– Tu n'es pas obligée de parler. Contente-toi de ressentir.

Bon, d'accord. Comme ça, c'est bon. Je vais juste rester assise là, après tout ce canapé est très confortable. Avec un peu de chance, je pourrai peut-être même m'assoupir et rattraper un peu ma nuit blanche.

Je suis assez déçue, quand même. Je pensais que les cours d'EPS seraient plus intéressants. J'imaginais des trucs comme *La pupille des gens rétrécit quand ils mentent* ou *Méfiez-vous de quelqu'un qui cligne souvent des yeux quand il vous parle*, ou encore *Attention si la respiration de votre interlocuteur s'accélère, ça signifie qu'il essaie de vous arnaquer*... Des trucs précis pour lire le langage corporel des gens, quoi. À la place, j'ai droit à une heure sans intérêt avec Simone.

– Pense à ce qui te rend triste, insiste-t-elle. Sinon je ne pourrai pas faire ma part de l'exercice.

J'acquiesce et je fais mine de me concentrer. La tristesse. OK.

– Puis-je fermer les yeux ?

– Si ça peut t'aider, répond Simone en soupirant.

Parfait. Je m'adosse plus confortablement au canapé, je ferme les paupières et je m'apprête à faire un petit somme, ni vu ni connu.

Mais à ce moment-là, Simone pose sa main sur mon épaule. Je sursaute presque. Pourquoi elle fait un truc pareil ? Ça ne va pas m'aider à m'endormir, ça ! Et maintenant, elle ne bouge plus, sa main simplement placée sur moi. On va quand même pas rester comme ça pendant une heure ?

Et puis c'est bizarre, mais je prends une longue et profonde inspiration. C'est comme si tout un tas de tensions en moi s'atténuaient, disparaissant presque. Je suis surprise et je rouvre les yeux. Simone n'a pas bougé et me regarde, sans sourire, mais sans inimitié non plus.

– Referme les yeux, conseille-t-elle simplement. Nous n'allons pas nous arrêter maintenant, alors que nous commençons juste à travailler.

J'obéis et, sans que je comprenne pourquoi, la tristesse m'envahit.

Je pense à ma mère qui me manque tellement. Je pense à ma famille qui a toujours souffert de son absence inexpliquée. Je pense à mon père malheureux, à Pierrick qui a tout le temps joué le grand frère et s'est occupé de nous pour compenser le manque, à Tiago qui était seulement un bébé quand ma mère a disparu. Et à moi.

Puis je ne pense plus à rien. Il n'y a plus que la tristesse dans ma tête. Que ce sentiment-là.

Je pleure. Moi qui déteste ça, je laisse les larmes couler sur mes joues. Sans honte, longtemps. Et ça me fait du bien.

– Comment te sens-tu ? demande enfin Simone.

– Merci, dis-je dans un souffle.

– J'ai juste créé un climat favorable pour que tu laisses tes sentiments monter en toi. Chapitre deux, programme de début d'année. Et pour une fois, je crois que j'ai bien réussi.

– Euh... oui, je crois aussi.

– Fabuleux, se réjouit Simone. Je suis ravie, ça va remonter ma moyenne !

Toute contente, Simone va annoncer la bonne nouvelle à Kitty. Apparemment, le TP est fini car la plupart des élèves se lèvent. Moi, je reste là, encore bouleversée. Pénélope le remarque et approche, soucieuse.

– Que s'est-il passé ?

– Ne t'inquiète pas. Ça va.

Je suis pas mal secouée, mais je finis par me lever en me demandant quelles surprises cette journée va encore me réserver.

– Quel est le prochain cours ?

– Option sériciculture, me répond Pénélope.

– Pardon ?

– Élevage de vers à soie. Viens. C'est dans la serre.

Mais alors que nous sortons de la salle d'EPS, nous constatons que toutes les collégiennes et lycéennes se dirigent vers la sortie en bavardant joyeusement. La serre est baignée de soleil, je ne l'ai jamais vue comme ça. Je chuchote :

– Qu'est-ce qu'il se passe ?

– Je suis bête ! me répond Pénélope. Avec tout ça, je n'ai pas regardé les prévisions météorologiques.

Nous suivons le mouvement général et quand nous sortons du bâtiment, je m'aperçois que le ciel est d'un bleu limpide. La brume s'est levée et le soleil brille, superbe.

J'ai même l'impression qu'il va faire chaud. Autour de moi, toutes les élèves s'éloignent. Je ne comprends pas.

– Mais pourquoi tout le monde s'en va ?

– À mon époque, répond Pénélope, quand le temps est ensoleillé, les cours sont annulés.

Je la regarde avec des yeux ronds :

– Tu es sérieuse ? Ton lycée est fermé quand il fait beau ?

– Parfaitement. Les journées comme celle-ci sont rares et nous savons en profiter.

Waouh ! Alors là, c'est tout simplement incroyable. Voilà pourquoi un vent de plaisir semblait souffler dans les couloirs... Si seulement toutes les époques de l'histoire pouvaient adopter des lois pareilles !

Le visage de Pénélope ne me quitte pas. Je pense à elle, tout le temps. Antarès, Roitelet et moi sommes allongés tous les trois au soleil, laissant sa chaleur réchauffer notre peau. Ça fait du bien. Il fait trop souvent un temps pourri à cette époque.

Je m'étire en soupirant d'aise, et je chatouille l'enfant pour l'obliger à se redresser. C'est l'heure de sa leçon. Il ne rechigne pas, au contraire, il l'attendait avec impatience. Antarès et moi avons entrepris de lui apprendre à parler. C'est un gros effort pour lui, mais il y met toute sa volonté. Il y arrivera.

Ce gamin est tellement courageux.

CHAPITRE 37

– Nous allons manger un hamburger, annonce gaiement Simone. Venez donc avec nous !

Voilà que maintenant Simone apprécie Andrea. Si j'ai bien compris, elle a récupéré une bonne note en EPS grâce à mon amie du passé. C'est surprenant, mais je n'insiste pas. Tout ce qui permet l'intégration provisoire et l'assimilation apparente d'Andrea à mon époque est une bonne chose.

Comme les cours sont annulés, la tentation est grande de retourner voir les garçons à la ZUP, mais je sais bien que ce n'est pas raisonnable. Nous leur avons apporté les médicaments, notre prochaine visite peut attendre. Et puis surtout, il fait jour, et nous pourrions être repérées. Je décide donc de vivre la journée avec Andrea, comme si nous étions deux filles ordinaires.

– Un hamburger ? dis-je d'un ton enjoué. Excellente idée !

Et nous nous éloignons en compagnie de Simone et Kitty, comme un groupe de bonnes copines.

Le restaurant de nourriture rapide est situé non loin, dans une rue piétonne du centre-ville, près de la gare. Inutile de prendre les vélos pour nous y rendre. Nous ne sommes pas les seules à avoir eu cette idée et, autour de nous, d'autres élèves commencent à faire la queue. L'atmosphère est à la fête, comme toujours quand il fait beau. Perplexe, Andrea contemple les menus affichés au-dessus des comptoirs. Moi, je sais déjà ce que je vais prendre : les nuggets salsifis-topinambours, sauce piquante. En dessert, yaourt glacé avec petits morceaux de nougat.

L'endroit n'est pas très différent du restaurant où mon amie m'avait emmenée, lors de mon premier séjour au Moyen Âge. En plus joli tout de même. En effet, à l'époque d'Andrea, un clown jaune et rouge décorait le lieu, mais il était plutôt du genre à couper l'appétit des clients. Parfois, il faut bien l'admettre, les médiévaux ont des goûts déconcertants.

Je me penche vers Andrea et l'interroge à voix basse :

– Que choisis-tu ?

– Qu'est-ce que tu me conseilles ? chuchote-t-elle, l'air un peu perdue.

– Prends les pelures de pommes de terre frites avec un hamburger de courgettes sauce barbecue. C'est ce qui se rapproche le plus de ce à quoi tu es habituée.

Kitty commande une maxiportion de gris-gris paprika. Quelle gourmande, celle-là !

– C'est pour partager ! lance-t-elle avec mauvaise foi.

Elle dit ça à chaque fois, mais Simone et moi savons qu'elle dévorera presque tout à elle seule.

De son côté, Simone opte pour un menu enfant.

– Encore ! se moque Kitty. Tu as passé l'âge. C'est la surprise qui te fait envie ?

– Pas du tout, ment Simone en secouant ses tresses blondes.

Mais dès que nous nous installons à une table en terrasse, elle jette un coup d'œil impatient dans sa boîte pour découvrir ce qu'elle a eu.

– Tu vas encore être déçue, lance Kitty.

– Je suis sûre que non, rétorque Simone.

C'est pourtant Kitty qui a raison. Simone fait une tête dépitée.

– Alors ? interroge Kitty.

– Des graines de capucine, soupire Simone.

– Je te l'avais dit, répond Kitty. Tu sais bien que les graines de bleuet sont *collector*.

– J'espérais avoir de la chance, pour une fois.

Elle a l'air aussi déçue qu'une fillette de six ans. Il est vrai que les plus jeunes adorent ces petites graines enrobées de terre et d'engrais, rondes comme des billes colorées. Elles n'ont besoin de rien d'autre qu'un peu d'eau pour pousser, n'importe où, au milieu du salon ou sur une table de chevet. Ma petite sœur en a toute une collection en pleine croissance, alignées sur son appui de fenêtre.

Pendant que Simone gère sa déconvenue, Kitty attaque sa maxiportion de gris-gris paprika. Andrea semble intéressée et se penche sur la boîte, mais elle fait une drôle de tête en découvrant qu'il s'agit de grillons grillés. Prudente, elle préfère se contenter de son hamburger.

– On sent bien le goût des courgettes, commente-t-elle sobrement.

Dans sa bouche, je ne suis pas sûre que ça soit un compliment. Toujours circonspecte, mon amie saisit une pelure de pomme de terre frite et la croque.

– Si vous voulez des gris-gris, s'amuse Simone, dépêchez-vous. Kitty est en train de tout dévorer.

– Oui, servez-vous, propose Kitty, la bouche pleine.

– Non merci, répond poliment Andrea.

Je ne peux pas m'empêcher de sourire. Elle a du mal à cacher son dégoût. C'est normal, pour une médiévale. Moi j'ai bien envie de manger un gri-gri ou deux, mais j'ai peur de choquer mon amie, alors je m'abstiens, un peu frustrée.

– C'est pour ça que tu es aussi petite, juge Simone en regardant Andrea avec compassion. Tu ne manges pas assez de protéines.

– Oui, c'est bizarre que tu n'aimes pas les gris-gris, s'étonne Kitty.

– En effet, répond Andrea. Je ne les apprécie pas tellement.

– Ceux-là sont au paprika, pourtant.

– Même, persiste Andrea. Je préfère les courgettes.

– C'est dommage pour toi, compatit Simone. En conséquence, ton alimentation est carencée.

– Tant pis.

– Tu devrais te forcer. Peut-être que ta croissance n'est pas tout à fait terminée et que tu peux encore gagner un ou deux centimètres.

– Simone a raison, renchérit Kitty. Ça serait moins handicapant pour toi, si tu pouvais grandir encore un peu.

C'est plutôt gentil de leur part, mais Andrea n'apprécie guère leur sollicitude. Les médiévaux occidentaux ne mangent pas d'insectes, c'est culturel. Pourtant, s'il y a un mets de mon époque qui peut rivaliser avec les fips, ce sont bien les gris-gris. Finalement, je me laisse tenter, moi aussi, et j'en grignote un. Il est excellent.

CHAPITRE 38

J'ai la gerbe. Ces filles enfournent des grillons comme s'il s'agissait de fraises Tagada... Même Pénélope ! Après tout, je m'en fous. Elle fait ce qu'elle veut, tant que je ne suis pas obligée de l'imiter.

Je termine mon hamburger de courgettes, qui me semble un repas merveilleux en comparaison de leurs insectes grillés. Il est assaisonné d'une sauce qui sauve l'ensemble. Qui est même assez bonne, en fait. Je trempe les dernières pelures de pomme de terre dedans, et c'est finalement pas si mal.

Sauf que Simone s'est mis en tête que j'avais un problème de santé et insiste pour que je mange son foutu gri-gri ! Sa copine Kitty-au-crâne-rasé la soutient et agite un insecte juste sous mon nez. Il est énorme, marron et saupoudré de paprika orange, avec de petites pattes répugnantes et de longues antennes.

– Allez, insiste Simone, fais un effort !

Pénélope voit que je suis vraiment écœurée.

– Laissez-la tranquille, intervient-elle. Puisqu'elle vous dit qu'elle n'aime pas ça.

– Elle a tort, assène Simone.

– C'est une source de protéines indispensable ! approuve sa copine.

– Croque au moins une patte, propose Simone.

Dégoûtée, je détourne la tête.

– Tu es vraiment bizarre, juge Kitty, de nouveau méfiante. Parfois, je me demande si tu es normale.

Maintenant, tout le monde me regarde, y compris des filles à la table voisine. Même Pénélope est embarrassée et n'ose plus prendre mon parti. Ce qui a démarré comme un jeu idiot s'est transformé en un moment de tension inquiétant. Toutes attendent ma réaction.

Je regarde le grillon, que Simone maintient devant ma bouche. Dégueulasse. Mais le regard des filles autour de moi est insistant et je ne sais pas comment me tirer d'affaire. Je ne vais quand même pas me trahir à cause d'un truc aussi débile !

Peut-être que si, en fait... Le malaise autour de moi ne se dissipe pas. Alors, courageusement, je me dis que c'est pas pire que *Koh-Lanta*.

Je saisis le grillon au paprika dans ma main.

Et en me retenant de vomir, je croque une patte.

Pas la grande qui permet à l'insecte de sauter, non. Une petite à l'avant.

Ça fait comme un tout petit biscuit apéritif croustillant. J'avale aussitôt pour expédier l'épreuve.

– Tu vois ? sourit Simone, enchantée. C'est délicieux, non ?

– Si si.

– Mange-le tout entier maintenant.

Et elle me décoche un large sourire. En revanche, Kitty semble encore méfiante et m'observe avec une attention déplaisante... Je vois bien que je n'ai pas le choix et je saisis maintenant l'insecte entier. Je vais le gober tout rond, comme ça je ne le sentirai pas craquer entre mes dents et je n'aurai pas le temps d'en percevoir le goût. Avec un peu de chance, le paprika le couvrira. Allez, courage, ça va prendre une seconde à peine.

Mais quand il est dans ma bouche, je comprends que ça ne va pas être possible. Il est trop gros, charnu et croustillant à la fois, et je suis incapable de l'avaler sans le mâcher.

Alors c'est ce que je fais. Je l'écrase entre mes dents en tentant de garder ma langue en arrière pour qu'elle n'en sente pas le goût. Mais là aussi, je vois que c'est peine perdue. Ce truc est dans ma bouche, et je ne peux pas faire autrement que d'en percevoir la saveur.

Entre l'amande et la noisette.

C'est surprenant. En fait, c'est un peu comme si je mangeais une noix au paprika. Je me détends légèrement. C'est beaucoup moins terrible que je ne le pensais.

Et quand j'avale, le goût qui me reste en bouche n'est pas si désagréable.

– Alors ? s'informe Kitty. Tu aimes ça, maintenant ?

– Disons que je déteste moins.

Simone et Kitty se tapent dans la main, satisfaites. Je dois reconnaître que l'épreuve n'a finalement pas été si terrible…

Mais je ne m'attarde tout de même pas sur les gris-gris restants et je préfère passer rapidement à mon dessert, un yaourt glacé cerise aux pépites de chocolat, qui passe en douceur.

– Maintenant, allons nous baigner ! déclare Kitty.

Elle a terminé son muffin citron-épinards et se lève déjà, souriante. Moi, je ne suis pas enchantée par cette perspective. Je n'ai pas oublié qu'à l'époque moderne, tout le monde se baigne nu. Et ça, c'est pas vraiment mon truc.

– Je n'ai pas tellement envie d'aller à la piscine…

Mais apparemment, j'ai gaffé. Simone et Kitty me regardent avec des yeux ronds.

– Nous ne sommes pas en hiver, s'étonne Simone. Pourquoi voudrais-tu aller t'enfermer ? Moi, quand je nage, j'aime voir le ciel.

– Évidemment, renchérit Kitty. Nous allons nous baigner dans la Seine !

– Bien sûr. Je plaisantais. La Seine, parfait.

Mais dans ma tête, j'hallucine. La Seine, sérieusement ? Décidément, cet après-midi de congé est plus galère que le lycée. J'aide Pénélope à débarrasser la table pour avoir un instant de tranquillité. À voix basse, je la questionne :

– On va quand même pas aller nager dans la Seine ?

– Tout le monde y va. Si nous restons de côté, nous allons nous faire remarquer. Et puis aussi... je crois que ça va nous faire du bien. On a besoin de se détendre. Tu vas voir. C'est très agréable.

– Dépêchez-vous, lance Simone. Sinon nous allons rater le prochain héliotrain !

Toutes les trois accélèrent le pas, ce qui m'oblige à courir derrière elles, vu la longueur de leurs jambes et la taille des miennes. Inutile de dire qu'avec mes talonnettes, ce n'est ni facile, ni agréable.

L'héliotrain est aussi incroyable à l'intérieur qu'à l'extérieur. Quand il démarre, souple et silencieux, je sens à peine l'accélération. Pourtant, tandis que je regarde par la fenêtre, je constate à quelle vitesse formidable nous avançons.

Le train utilise la même voie que celle de mon époque, je reconnais son itinéraire. Les talus ont été réaménagés, il y a maintenant des cultures en terrasses et des vergers. Je me tords le cou pour essayer d'en apercevoir davantage mais, pour le reste, je ne vois que des maisons et des immeubles, à l'architecture plus ou moins semblable à celle de mon époque.

Je vais m'asseoir à côté de Pénélope. Juste en face, Simone et Kitty bavardent gaiement. La voiture est envahie de collégiennes et lycéennes qui ont choisi comme nous d'aller se baigner.

L'intérieur du train est en murs chamallow. Tout y est très lumineux car la partie supérieure de la voiture est vitrée, et on peut voir le ciel. Les sièges sont agencés en petits groupes. Sur le côté, il y a une longue banquette façon canapé, et au milieu est installé un coin enfants avec des fauteuils miniatures et des jouets. Des filles de sixième s'y sont assises, même si elles semblent bien trop grandes pour ça et que leurs genoux touchent presque leur poitrine.

Si je ne me trompe pas, le train va déjà s'engager dans le tunnel qui mène à Paris. Cela a pris moins d'une minute. Je n'ai pas de bons souvenirs, ici...

Mais le tunnel n'a plus rien à voir avec le lieu sombre et suintant dans lequel George et Lionel nous avaient poursuivis. Les murs sont éclairés sur tout le trajet, et le spectacle qui s'offre à mes yeux est fantastique. Ce sont des milliers de diodes, ou de je ne sais quoi, qui s'allument sur notre passage, créant un tableau abstrait et mouvant, fascinant.

– Mon artiste préférée est celle-ci, annonce Pénélope en désignant un côté du tunnel.

Je vois de grandes vagues de couleur, dans les tons bleus et verts, et la vitesse du train donne l'impression qu'elles bougent comme l'océan. Je n'arrive pas à en détacher mes yeux, c'est superbe.

Mais aussi je m'étonne. C'est pas très écolo, ça. Je me penche à l'oreille de Pénélope :

– Ça doit consommer énormément...

– Oh non ! C'est l'énergie cinétique du train qui permet l'éclairage. Les rames circulent à toute allure, ça aurait été dommage de ne pas utiliser l'électricité qu'elles produisent.

Je suis impressionnée, mais je n'ai pas le temps de poser d'autres questions. Nous sortons du tunnel, le train ralentit et Pénélope me fait signe que nous descendons à cet arrêt.

C'est la première fois que je vois le futur sous le soleil. Paris n'a pas tellement changé. J'ai le plaisir de retrouver ses belles façades de pierre et ses toits en zinc. Je devine juste que les immeubles ont été rénovés et qu'à l'intérieur il y a des murs chamallow et d'autres aménagements encore que j'aimerais découvrir.

Dans la rue, il y a peu de trafic. Ici aussi, le vélo est un mode de transport privilégié, même si quelques voitures circulent, ainsi que des sortes de bus. Je sais maintenant que les vélos sont extralégers et confortables, et je me doute que les véhicules fonctionnent avec autre chose que de l'essence, mais l'allure générale de la ville n'est pas si futuriste que ça. La principale différence avec mon époque, c'est qu'on peut traverser la rue sans risquer de se faire écraser par des bagnoles qui roulent trop vite. Et puis le nom des rues, aussi. Des femmes que j'imagine célèbres y sont honorées. Je remarque une *avenue Nelly-la-Brune*... C'est déroutant de voir le prénom de mon ancienne camarade de classe inscrit sur une plaque.

Pénélope cueille quelque chose dans un bac à fleurs. Je lui chuchote que ce n'est pas malin, elle risque d'attirer l'attention des flics.

– Mais non, répond-elle. C'est en libre-service. Tu en veux ?

Je me méfie, elle va me proposer une coccinelle à croquer ou je ne sais quoi... Mais je découvre qu'il s'agit simplement d'une cosse de petits pois. Je goûte une de ces petites boules rondes d'un vert tendre. C'est bon, ça change des petits pois tout mous dans les boîtes de conserve. Je cueille une autre cosse.

Nous marchons un moment et je me repère à peu près. Il va nous falloir encore un bout de temps avant d'arriver à la Seine car nous sommes dans le XVᵉ arrondissement, je crois, du côté de la Motte-Picquet. Je reconnais le métro aérien. La structure en métal est toujours là, et je guette pour voir si elle est encore utilisée. D'abord, je ne vois rien et j'en déduis que la ligne est désaffectée, quand une rame passe tranquillement sous mes yeux. Elle n'est pas particulièrement rapide et ressemble même un peu à un métro de mon époque, mais elle est absolument silencieuse. Si je n'avais pas levé les yeux à ce moment-là, je ne l'aurais pas remarquée.

Nous avançons encore quand soudain je marque le pas. Je suis abasourdie.

Devant moi, il n'y a plus rien. Plus d'immeubles, plus de façades en pierre de taille. Seulement le ciel bleu, et le métro aérien qui semble s'élancer dans le vide. Je cligne des yeux pour chasser cette hallucination, quand je comprends.

Nous ne sommes pas arrivées au bout du monde. Nous sommes simplement au bord de la Seine. Elle est là, juste un peu plus loin, qui scintille sous la lumière de l'été. En tournant la tête sur ma droite, je comprends mieux. La tour Eiffel a les pieds dans l'eau. Est-ce dû à la montée du niveau de la mer, ou aux pluies incessantes, ou à ces deux facteurs conjugués ? Le fleuve est maintenant trois fois plus large qu'avant. Et le spectacle qui s'y déroule me laisse ébahie...

Des dizaines de femmes et de filles évoluent sur le quai aménagé en plage. Certaines s'éclaboussent en riant, d'autres mangent une glace ou se sèchent au soleil. C'est bruyant, c'est joyeux. On dirait une scène ordinaire de vacances, sauf qu'on est en plein Paris.

Et que toutes sont nues.

J'avoue, ça me fait bizarre. Ces filles se baignent sans maillot de bain, pas gênées un instant. Je manque de partir dans un fou rire incontrôlable tant la scène me semble insolite, mais Pénélope me donne un coup de coude dans les côtes.

Des petits tas de vêtements jonchent la pelouse. Simone et Kitty commencent déjà à se déshabiller, impatientes de plonger dans l'eau.

– Elle a l'air délicieuse ! s'exclame joyeusement Kitty.

– Je vais y rester des heures ! renchérit Simone.

Quelques secondes plus tard, elles sont entièrement nues, elles aussi.

Je m'efforce d'avoir l'air naturelle. Je ne dois ni les regarder attentivement, comme si je n'avais jamais vu de filles à poil, ni détourner le regard, comme si j'étais gênée. Je suis une fille du futur, et cette scène de baignade doit m'apparaître comme tout à fait banale.

– Il paraît qu'autrefois, s'amuse Kitty, personne ne se baignait dans la Seine.

– Où as-tu entendu une ânerie pareille ? interroge Simone.

– Je t'assure. Le fleuve était trop pollué, à l'époque.

– Tu crois ? doute Simone, pas certaine de devoir croire une allégation pareille.

– Oui, enfin il me semble, répond Kitty qui n'a plus trop l'air sûre de son fait. Mais de toute façon les gens s'en fichaient, parce qu'ils ne savaient pas nager.

– Mais si, affirme Simone en haussant les épaules. Les gens du passé étaient capables de faire la brasse, j'en suis certaine. Peut-être même le crawl. Par contre, ils se baignaient tout habillés.

Elles pouffent de rire.

– Quelle drôle d'idée !

– J'ai vu des images. Les femmes portaient des petits vêtements spéciaux en forme de triangle, qui couvraient leur poitrine et leurs fesses.

– Et les hommes ?

– Les hommes aussi, pareil. Les fesses et la poitrine. Ils étaient vêtus d'une sorte de salopette avec des rayures. Enfin je crois. À vrai dire, je ne sais plus bien.

Simone et Kitty se taisent, un peu perdues. Elles doivent avoir en tête des photos des années 1900, genre premiers bains de mer à Deauville. C'est insolite, ces deux filles du futur qui tentent maladroitement d'imaginer quelle quantité de tissu les gens de mon époque portaient pour se baigner, elles-mêmes étant intégralement nues. J'ai du mal à ne pas repartir dans un fou rire déplacé.

– Peu importe, décide Kitty. J'étudierai la question quand je commencerai l'université d'archéologie. Peut-être même que je consacrerai ma thèse à ce sujet. En attendant, à l'eau !

Pénélope me lance un coup d'œil discret, et je n'ai pas de mal à comprendre le message. *Ne te fais pas remarquer. Agis comme une fille normale.*

Elle aussi se déshabille. Alors je fais quelque chose que je n'aurais jamais imaginé auparavant.

Je retire mes vêtements, un à un.

Ce serait mentir d'affirmer que je suis parfaitement à l'aise. Je n'ai jamais aimé mon corps. Mes cheveux sont ternes, et mon épiderme est *à tendance acnéique*, comme on peut lire sur mon tube de crème laissé sur la tablette de ma salle de bains, quelque part dans le passé. Je n'aime pas non plus ma peau trop blanche qui rougit au soleil, mes deux ou trois kilos en trop, mon ventre un peu trop rond. Mes cuisses trop larges. Mes fesses pas assez fermes. Je ne veux pas croiser le regard de ces filles quand elles découvriront à quel point je suis moche.

J'ai pourtant retiré mon espèce de tunique à capuche et je m'apprête à enlever mon pantalon, quand je m'arrête net.

D'un coup, je suis super stressée. Ce qui me vient à l'idée pourrait tout faire foirer et nous mettre en danger, moi, Pénélope et les garçons. C'est une question fondamentale.

De quand date ma dernière épilation ?

Cela paraît idiot mais dans ma situation, c'est déterminant. Nerveuse, je cherche dans ma mémoire et quand je me souviens, je souffle de soulagement. Tout va bien, je ne me suis pas épilée depuis deux mois. C'est une corvée que je retarde toujours au maximum. Une chance. Si j'avais eu les jambes glabres, les autres filles l'auraient remarqué et cela aurait fait naître de sérieux soupçons à mon égard. Dans le futur, les femmes gardent leurs poils. Mais là, je suis poilue, comme tout le monde. Ouf.

C'est la première fois que je me réjouis d'aller nager sans être épilée.

Mon pantalon glisse à terre. Ma culotte aussi. Je suis nue.

Devant moi coule la Seine. Je n'ai aucune envie de sauter dedans. Il y a sûrement plein d'algues et quand je me baigne, j'ai toujours un peu peur de toucher des choses bizarres, des poissons gluants ou des objets flottants non identifiés...

Mais je n'ai pas non plus envie de rester comme ça, nue, exposée aux regards des autres. Je me sens gauche, mal à l'aise.

Alors je cours vers le rivage et je saute dans l'eau.

CHAPITRE 39

Je nage et je me souviens de cette fois où j'étais allée à la piscine avec Andrea. Un lieu du Moyen Âge, avec maillot de bain obligatoire et odeur d'eau de Javel omniprésente. J'avais regretté mes baignades dans la Seine.

J'ai des centaines de souvenirs, ici. Il existe de nombreuses plages le long du fleuve, mais celle-ci a toujours été ma préférée. Nous y venions souvent l'été, en famille. C'est ici que j'ai appris à nager, et que j'ai enseigné les mêmes mouvements à Lys quelques années plus tard.

Près du rivage, j'aperçois Anna et Wangari qui avancent lentement dans l'eau, main dans la main. Elles sont amoureuses depuis si longtemps... Quand nous étions en classe de cinquième déjà, elles passaient leur temps ensemble. Comme je les admirais ! C'était d'ailleurs notre cas à toutes. Chaque élève rêvait d'être à leur place. Certaines essayaient de les imiter, jetant leur dévolu sur l'une ou l'autre des filles de leur âge et faisant semblant d'être en couple avec elle. Moi aussi, j'ai fait ça. Mais ça ne sonnait pas juste. D'ailleurs, personne n'était dupe et toutes se moquaient des affabulatrices.

Les sentiments amoureux ne se commandent pas. À l'époque, je l'ignorais encore. Alors, déçue, je me contentais d'espérer en l'avenir. Je me disais qu'un jour peut-être moi aussi je tomberais amoureuse. Mais les années passaient, et je restais asentimentale.

Aujourd'hui, tout est différent pour moi. L'impensable m'est arrivé. Je suis amoureuse de Pierrick. Et j'ai partagé avec lui un moment d'intimité bouleversant.

Si les filles qui profitent près de moi de cette belle journée d'été le savaient, elles seraient horrifiées. Elles ne comprendraient pas et me rejetteraient. Pourtant, je n'ai pas honte. Je suis dans le vrai et je n'ai pas de doute là-dessus. L'amour est la plus belle chose du monde, même quand il concerne un être du sexe opposé.

Un moment, je me sens triste pour mes contemporaines. Par ignorance, elles se privent d'un sentiment merveilleux. Tant pis. Je ne peux pas changer le monde. Je ne peux que tenter d'y survivre, avant de fuir.

Je nage vers le milieu du fleuve, mais le courant devient trop fort et je fais demi-tour. Si je continuais, je serais emportée au loin sans pouvoir lutter.

CHAPITRE 40

L'eau tourbillonne dans mes oreilles, puis c'est le silence.

C'est froid.

Tout est gris.

J'ai gardé les yeux ouverts. Au-dessus de moi, la lumière du soleil. En dessous, le fond, sombre. Et tout autour, la Seine.

Pas si boueuse que ça. Presque claire, en fait.

Je sens l'eau qui glisse contre ma peau à chaque mouvement. C'est la première fois que je me baigne sans maillot. Je n'ai pas besoin de tirer mon bas pour le remettre en place après avoir sauté, inutile de vérifier que mon haut tient toujours.

Rien n'entrave mes mouvements.

Je nage contre le courant et c'est agréable de devoir lutter pour avancer. Je tire sur mes bras, j'ai l'impression de réveiller mes muscles après un long sommeil, et j'avance.

Je n'ai plus si froid. L'eau doit être à dix-sept degrés maximum. Mais Kitty avait raison, une fois qu'on y est, ça va. Ici, je me sens bien.

Puis l'air commence à me manquer et je reviens à la surface.

La tête hors de l'eau, j'inspire profondément, et l'oxygène remplit à nouveau mes poumons. Je sens la chaleur du soleil sur ma peau.

Pénélope, Simone et Kitty nagent vers moi.

– La dernière arrivée à la bouée a perdu ! crie Simone.

Aussitôt, les trois filles commencent la course en battant des pieds, et je me prends un tas d'éclaboussures. Je bois la tasse et je me mets à tousser. Mais quand j'aperçois à mon tour la bouée jaune, je me précipite à leur suite.

Pénélope et Simone arrivent presque en même temps, essoufflées. Les tresses blondes de Simone, trempées, lui donnent l'air d'un cocker. Moi j'ai presque réussi à rattraper Kitty. Déjà, elles repartent dans l'autre sens.

C'est si étrange de se baigner ici, au pied de la tour Eiffel. Au-dessus de ma tête, une rame de métro emprunte le pont pour traverser le fleuve.

J'ai maintenant rejoint les autres. Simone et Kitty discutent entre elles, elles espèrent que l'été sera beau, qu'il ne pleuvra pas trop. Je devine aussi, en les écoutant parler, que plus personne ne se baigne dans la mer. Elle serait infestée de méduses... Je profite d'un moment où Kitty est en train d'essayer de couler Simone pour interroger Pénélope. Celle-ci me confirme que l'eau des océans est devenue hostile. Avant la Renaissance, la pêche intensive a quasiment fait disparaître les gros poissons, les requins ou les tortues marines, laissant le champ libre aux méduses qui n'avaient alors plus de prédateurs.

– Mais les choses vont s'améliorer, me rassure Pénélope. Les programmes de préservation et de réintroduction des espèces commencent à porter leurs fruits. Si tout va bien, dans deux ou trois générations, nous pourrons de nouveau nager dans l'océan.

Cette nouvelle me laisse quand même un triste sentiment, mais Kitty s'attaque maintenant à moi, m'attrapant par la cheville et me tirant vers le fond. Plus le temps de réfléchir, je contre-attaque en riant. Et quand je découvre qu'une corde à nœuds est accrochée à un des pylônes de la tour Eiffel et permet de se jeter dans la Seine façon Tarzan, je ne peux résister à l'envie d'essayer. J'escalade la poutrelle brun-ocre et je me suspends à la corde, prenant de l'élan pour me balancer le plus loin possible, avant de lâcher et de tomber à l'eau dans une gerbe d'éclaboussures.

Pendant longtemps, nous nageons, jouant à nous poursuivre, à celle qui restera sous l'eau davantage que les autres. J'oublie où je suis et avec qui je suis.

Puis Kitty annonce qu'elle commence à avoir froid.

– Toi aussi, dit-elle en me regardant. Tu as les lèvres bleues.

Elle a raison. Nous regagnons la rive.

Quand je sors de l'eau, je suis surprise de voir que je suis nue. Je n'y pensais plus. Un instant, j'hésite, mais en constatant qu'aucune des filles autour de moi ne m'examine avec curiosité ni dégoût, je ne pense plus à me cacher ni à me rhabiller le plus vite possible. Je fais comme les autres, je m'allonge sur l'herbe et je laisse le soleil sécher ma peau.

En fait, je me rends compte que je n'avais jamais vu d'autres filles à poil. À part vite fait dans des films ou des pubs, mais ça ne compte pas. Ce n'était pas réel.

Pour la première fois, je découvre comment sont les autres femmes. Je n'avais jamais imaginé qu'il existait une telle variété d'anatomies.

Elles sont toutes grandes, bien sûr, mais même ici il y a des petites, aux alentours d'un mètre soixante-quinze, et des géantes, au gabarit de joueuses de basket. Pénélope est dans la moyenne. Certaines ont une large carrure et d'autres les épaules menues. Des hanches larges ou étroites, des tailles marquées ou des silhouettes toutes droites. Des poitrines généreuses ou des petits seins haut perchés. Des peaux blanches, des peaux noires, et toutes les nuances entre les deux. Certains corps sont jeunes et d'autres marqués par le temps.

Pourtant, elles sont toutes belles, chacune à sa façon. Je ne savais même pas que c'était possible.

Peut-être est-ce parce que, ici, presque tout le monde est en bonne santé. Cela joue sûrement. Un corps musclé, une peau saine...

Et puis cela me frappe.

Elles sont belles parce qu'elles sont sûres d'elles.

Elles se tiennent droites, les épaules dégagées, le regard franc. Elles se déplacent toutes avec assurance, satisfaites de ce corps que la nature leur a donné. Elles n'ont pas honte de leur physique, elles ne se cachent pas. Elles ne se montrent pas non plus, désireuses de séduire. Elles sont, tout simplement.

Après une sieste au soleil, pendant laquelle j'ai dormi d'un sommeil de plomb, nous nous sommes rhabillées et nous quittons maintenant les bords de Seine. Pénélope nous offre une glace. Il y a fraise, vanille, fruit de la passion, chocolat. Rien de bizarre, comme cancrelat ou poireaux. C'est reposant. Je choisis chocolat.

– Pourvu que demain, le temps soit de nouveau ensoleillé, soupire Simone en dégustant sa glace.

– Oh oui, renchérit Kitty en faisant la grimace, d'autant plus que nous avons deux heures de compost et biomasse dès le matin.

Encore une matière que je ne connais pas. Celle-là, je ne suis pas très curieuse de m'y initier.

Au début, je n'aimais pas du tout ces deux filles. Simone et ses tresses alambiquées, Kitty et son crâne rasé... Je les jugeais idiotes et hostiles. Maintenant, je commence à les trouver sympas. Marrantes, en tout cas. Et je ne déteste plus leur compagnie.

Pour la première fois depuis mon arrivée dans le futur, je me sens plutôt bien. Plus de tensions dans mes épaules, plus d'envie furieuse de m'assurer en permanence que personne ne m'observe. J'avais oublié cette sensation agréable de ne pas avoir peur.

Nous marchons vers la station d'héliotrain pour rentrer à la maison. J'écoute Simone et Kitty qui se disputent pour déterminer laquelle des deux est la plus rapide en crawl, quand soudain une silhouette attire mon attention...

Cette femme-là n'est pas comme les autres.

Elle marche le dos voûté et la tête baissée. Une toux rauque secoue ses épaules. Elle porte des vêtements usés et sales, une écharpe jaunâtre enroulée autour de son cou. Elle est laide. Je l'observe plus attentivement. Pourquoi n'est-elle pas comme toutes les femmes du futur ? On dirait une SDF de mon époque.

Kitty remarque mon regard.

– Moi aussi, chuchote-t-elle, leur présence me met mal à l'aise.

– Les réfugiées devraient rester dans leurs foyers, assène Simone d'un ton sévère.

Encore cette histoire... Cette femme est donc une réfugiée. Cette fois, je veux absolument en savoir plus. Je me tourne vers Pénélope pour l'interroger discrètement, mais elle détourne les yeux et accélère le pas. Elle veut éviter mes questions, c'est clair. Cette histoire de réfugiées la dérange. Mais pourquoi ?

Prudemment, je relance le sujet de façon aussi anodine que possible, dans l'espoir de glaner des renseignements.

– Elle a vraiment mauvaise allure, dis-je simplement.

– Oh oui, répond Kitty. Elles sont toutes comme ça.

– C'est répugnant, confirme Simone, même si je sais bien que ce n'est pas leur faute.

– C'est vrai, reprend Kitty. Après tout, ce sont juste des femmes malheureuses.

– Le problème, c'est qu'elles sont de plus en plus nombreuses.

– Nous ne pouvons pas les accueillir toutes. Nous manquerions de nourriture et de logements. Nos ressources ont des limites.

– Elles auraient mieux fait de rester chez elles.

Chez elles, d'accord, mais où ? Simone et Kitty ne m'en apprennent guère davantage. Comment faire pour savoir qui sont vraiment ces femmes ? Je renchéris, un peu au hasard :

– Moi aussi, dis-je, je pense qu'elles auraient dû rester chez elles. Je trouve même qu'elles devraient repartir.

– Elles ne le peuvent pas, tu le sais bien, me répond Simone.

C'est aussi ce que disait Rosalind, je m'en souviens, mais j'aimerais bien comprendre pourquoi.

– Évidemment, dis-je d'un air entendu. C'est impossible pour elles.

– Pourrions-nous parler d'autre chose ? s'impatiente Pénélope.

L'obstination de mon amie à écourter cette conversation me conforte dans mon désir d'aller plus loin. Je poursuis :

– Mais si elles le pouvaient, cela serait mieux.

– Les choses rentreraient dans l'ordre, confirme Simone.

– Inutile de regretter quelque chose qui ne peut pas se produire, dit Kitty en haussant les épaules.

– En effet, admet Simone, puisque l'intervention est irréversible.

Ces mots résonnent dans ma tête... *L'intervention*. J'ai déjà entendu Pénélope utiliser ce terme, à une occasion : quand elle me parlait de ces ultrasons qui agissent sur l'oreille interne afin de priver les femmes du futur de leur capacité à voyager dans le temps. J'avais trouvé ça vraiment limite, mais je n'y avais plus trop repensé. J'étais surtout contente de savoir que Pénélope avait réussi à y échapper. Est-ce bien de cette intervention que parle Simone ? Dans ce cas, cela voudrait dire que... Je n'ose pas le croire. Je dois vérifier...

– C'est clair, dis-je en conservant tant bien que mal un ton assuré. Les ultrasons agissent de façon définitive.

– Et puis si ces femmes rentraient chez elles, confirme Simone, imagines-tu ? Ce serait une catastrophe.

Je hoche la tête en me contentant de reformuler sans comprendre :

– Bien sûr, une vraie catastrophe.

– Elles raconteraient ce qu'elles ont vu à tous leurs amis du Moyen Âge !

Je suis sous le choc. C'est donc ça... Les réfugiées sont des femmes du passé ! Des médiévales, comme moi. Mais comment des femmes de mon époque ont-elles pu venir jusqu'ici ? Et surtout, pourquoi ?

Simone et Kitty continuent de discuter et je les entends regretter que ce mouvement migratoire, pourtant récent, soit en pleine expansion.

– Le PF ne devrait pas agir ainsi, estime Kitty.

PF... Je cherche dans ma mémoire pour retrouver ce que signifie ce sigle. Parti Féminin, je crois. C'est-à-dire le mouvement extrémiste qui refuse de reconnaître que les hommes sont des êtres humains. Les adhérentes de ce parti s'expriment en mettant tous les mots au féminin, comme cette femme que j'ai croisée avec sa petite fille sur le quai, le jour de mon arrivée. Une parapluie, une gâteau, une manteau.

– Les femmes qui exfiltrent ces médiévales sont quand même des agrégées, objecte Simone.

– Peut-être, répond Kitty, mais cela ne leur donne pas le droit de profiter des voyages scolaires pour ramener avec elles une médiévale. Imagines-tu si toutes se comportaient ainsi ? Notre époque se retrouverait envahie de femmes du passé !

Elles continuent de débattre mais je ne les écoute plus. Mes oreilles bourdonnent et j'essaie maladroitement de discipliner mes pensées. Si je récapitule ce que j'ai appris, ça donne les faits suivants...

Certaines agrégées membres du PF profitent des voyages du BAC pour repartir vers le futur avec une femme de mon époque. C'est un phénomène récent, et les médiévales réfugiées sont encore peu nombreuses.

Je me sens perdue, je n'y comprends plus rien. Je me

tourne vers Pénélope, j'ai besoin de ses explications. Ce que je lis dans ses yeux achève de m'étourdir.

Elle est emmerdée. Elle regrette que je sache. Elle aurait préféré que je reste dans l'ignorance.

Pourquoi ?

Pourquoi est-il si important pour elle que je ne sois pas au courant ?

Alors, les battements de mon cœur s'accélèrent et je n'entends plus que lui, ça me fait mal à la tête. Je me souviens de ce que Pénélope m'avait dit, lors de son premier voyage. *Les professeures d'histoire choisissent souvent l'année 2019, ou les années situées avant, car il s'agit d'une période charnière. C'est la fin du Moyen Âge.*

Les réfugiées sont donc toutes originaires des années qui ont précédé la Renaissance. Je comprends maintenant pourquoi Pénélope est aussi mal à l'aise...

Ma mère.

Et si ma mère avait disparu non pas de ma maison, de ma ville mais... de mon époque ?

Et si elle était ici, dans le futur ?

CHAPITRE 41

Andrea a compris.

Elle ne dit rien car Simone et Kitty sont toujours avec nous, mais je la connais suffisamment pour voir qu'elle est bouleversée. Dans l'héliotrain, nous ne prononçons plus un mot. Kitty s'est assoupie et Simone fredonne une chanson au rythme entêtant. Andrea, elle, garde les yeux obstinément baissés.

Une fois arrivées dans notre quartier, nous nous séparons.

–À demain ! s'exclament joyeusement mes deux contemporaines, avant de s'éloigner.

Andrea et moi remontons la rue en silence. Je cherche dans ma tête ce que je pourrais dire pour la réconforter, ou m'excuser, je ne sais pas. C'est difficile. Elle me devance. Sa voix tremble et ça me fait de la peine.

– Pourquoi tu me l'as pas dit avant ?

– J'avais peur de te donner un espoir, et que cet espoir s'avère vain.

Andrea a l'air désorientée.

– Qui sont ces femmes exactement ? Est-ce que ma mère pourrait vraiment être l'une d'elles ?

– La probabilité existe, c'est vrai, mais elle est extrêmement faible.

– Je comprends pas...

– Les réfugiées sont amenées ici par des activistes. Des agrégées militantes qui profitent d'un vide juridique car les Autorités n'ont pas encore légiféré. Le sujet fait débat.

– Pourquoi une femme de ton époque voudrait-elle kidnapper quelqu'un dans le passé ? C'est absurde !

Je sais que la suite va lui faire du mal et j'essaie de lui dire les choses doucement :

– Andrea, souviens-toi, la volonté est essentielle pour réussir un voyage dans le temps.

– Et alors ? Pourquoi tu me dis ça ?

– Réfléchis. Si ta mère était ici, ce ne pourrait pas être un enlèvement.

Mon amie est sous le choc. Elle est en train d'imaginer que sa mère aurait pu partir de son plein gré. Andrea n'était qu'une petite fille, mais sa maman l'aurait bel et bien abandonnée. Les larmes aux yeux, elle secoue la tête.

– Mais enfin, pourquoi ? Pourquoi certaines femmes voudraient-elles partir dans le futur ? À une époque où elles ne connaissent personne, où tout est différent ? Où la moitié de l'humanité a disparu ?

– Les activistes proposent ce départ à certaines femmes seulement.

– Quelles femmes ?

– Celles qui souffrent à cause des hommes.

– Tu veux dire, les femmes battues ? Ou celles qui vivent dans un pays où elles n'ont aucun droit ?

– Par exemple.

Andrea fronce les sourcils, essayant de comprendre.

– Si ça permet de sauver une femme maltraitée, je peux le concevoir. Mais ma mère ? Pourquoi ma mère ? Mon père ne lui a jamais fait de mal, il l'aimait ! Elle était heureuse avec nous...

– Essaie de te souvenir de ce que ton père t'a dit.

Les yeux d'Andrea se voilent, et c'est un petit voyage temporel intérieur qu'elle fait devant moi. Elle plonge dans sa mémoire et se rappelle ce soir-là. Dans la cuisine familiale, épuisé par les émotions, son père lui avait avoué sa douloureuse blessure. Florence, la mère de Pierrick, Andrea et Tiago, n'allait pas bien. Elle souffrait d'une dépression qui pesait sur la vie de toute la famille.

– Elle était mal, gémit Andrea. Tu as raison. J'ai des souvenirs de son regard... Il était tellement triste, parfois.

– Son profil ne correspond pas exactement à celui des autres femmes exfiltrées par les activistes, c'est certain. Mais si ta mère souffrait, une militante a pu se méprendre et lui proposer de partir avec elle.

– Et ma mère aurait accepté...

– Si elle était très angoissée, si elle avait des idées noires... peut-être qu'elle aurait préféré partir, oui. Mais je te rapelle que ça reste une hypothèse peu vraisemblable.

Andrea se tait, anéantie. Je suis tellement triste pour elle... Quand elle reprend la parole, elle a pris sa décision :

– Je ne sais pas si ma mère est réellement ici, déclare-t-elle d'un ton ferme. Mais jamais je ne pourrai retourner à mon époque sans l'avoir vérifié.

Je hoche la tête. Si j'avais perdu ma mère à l'âge de six ans et que j'aie aujourd'hui une chance de la revoir, je réagirais exactement de la même façon qu'elle. Et moi, sa meilleure amie, j'ai à cœur de l'aider.

– Mais avant cela, annonce-t-elle, je veux voir Pierrick. Dès que possible.

Elle a raison. Pierrick aussi a le droit de savoir que sa mère est peut-être ici.

Quand nous rentrons à la maison, Lys est en train de mettre la table pendant que ma mère réchauffe des pizzas. Ma sœur m'accueille avec une bonne humeur touchante.

– Il a fait tellement beau, aujourd'hui ! s'exclame-t-elle. Cela m'a donné une idée. S'il fait aussi ensoleillé demain, nous pourrions aller nous baigner ensemble !

Radieuse, elle attend ma réponse.

– Cela me ferait très plaisir, dis-je en lui souriant.

– Andrea pourra venir, elle aussi, ajoute gentiment Lys.

Ma petite sœur me bouleverse. Je sais l'effort que cette proposition lui coûte, et elle l'a pourtant faite. Je lui adresse un clin d'œil :

– J'espère qu'aucun nuage n'obscurcira le ciel.

Satisfaite de ma réponse, elle dispose joliment les serviettes de table, un peu comme si c'était jour de fête. Mais moi, je ne peux m'empêcher de penser que j'ignore de quoi demain sera fait...

Le dîner terminé, Andrea et moi montons dans ma chambre. Nous attendons que la nuit soit suffisamment avancée. Il nous faudrait prendre un peu de repos avant de ressortir, mais je n'arrive pas à fermer l'œil, et Andrea non plus.

Enfin, j'entends Lys qui range son violoncelle, souhaite bonne nuit à ses cochons d'Inde et se couche, puis ma mère qui ferme les volets. Nous allons pouvoir partir.

CHAPITRE 42

Il est deux heures du matin. Je pousse la porte de la maison et une bourrasque de vent me gifle le visage. La pluie tombe de nouveau, étrangement chaude. Il faisait trop beau, le temps a viré à l'orage.

Derrière moi, Pénélope me souffle de me dépêcher. Je sors et me dirige vers les vélos. Comment Pierrick réagira-t-il quand je lui raconterai ce que je viens d'apprendre ?

En attendant que la nuit soit suffisamment avancée, j'ai obtenu d'autres réponses de Pénélope. Je sais maintenant que les réfugiées vivent dans quelques rares foyers situés à la périphérie des villes. À leur arrivée dans le futur, elles doivent faire une demande d'asile et justifier les raisons de leur présence. Puis l'administration examine leur dossier. En théorie, cela devrait ne prendre que quelques mois. Dans la pratique, ça traîne parfois des années, contraignant alors les réfugiées à vivre sans statut légal et sans possibilité de s'insérer dans la société du futur. Les migrantes n'ont pas le droit de travailler tant qu'elles n'ont pas reçu leurs papiers officiels, elles n'ont donc aucun espoir de trouver un meilleur logement et d'accéder à des conditions de vie plus confortables. Elles peuvent circuler librement, mais en réalité elles ne le font guère. Quand elles viennent en ville ou dans un quartier résidentiel, elles sentent rapidement qu'elles ne sont pas les bienvenues.

Car les réfugiées ne sont pas nombreuses, mais elles font beaucoup parler d'elles. Le débat est vif dans la classe politique et parmi la population. Des voix s'élèvent, de plus en plus fortes, pour protester contre leur présence. Trop de migrantes, pas assez de ressources. C'est ce discours que j'ai entendu dans la bouche de Simone et Kitty.

Ces femmes vivent donc à l'écart du reste de la société. En transit, sans moyen de se sortir de là.

Je repense à la femme que j'ai vue tout à l'heure, près de la Seine, avec son écharpe jaunâtre et sa toux rauque. Sale, pauvre. Seule. Ma mère vit-elle ainsi ?

En silence, je pousse mon vélo dans l'allée du jardin, jusqu'à la rue. La pluie tombe si dru que je ne vois pas plus loin que la maison d'en face. La route phosphorescente diffuse une lueur blafarde, comme si elle était plaquée au sol par l'averse. J'enclenche la dynamo dans l'espoir que mon éclairage avant me permettra de mieux m'orienter. Je pense qu'on peut se le permettre. Avec une visibilité aussi réduite, ce n'est pas ça qui nous fera repérer. À mes côtés, Pénélope fait de même.

Rabattant nos capuches, nous enfourchons les vélos et nous mettons en route. Avec un temps pareil, on va galérer pour arriver jusqu'à la ZUP.

Nous remontons la rue, luttant contre le vent, quand soudain il me semble distinguer une silhouette, debout, juste devant nous. Elle n'est qu'à quelques mètres mais, à cause de la pluie si dense, nous ne l'avons pas vue avant.

Elle ne court pas pour échapper à l'averse, elle ne rentre pas la tête dans les épaules. Je n'arrive pas à dire si elle nous tourne le dos ou si elle nous fait face. Ce n'est qu'une ombre.

Elle reste là, immobile.

Comme si elle nous attendait.

La peur monte en moi en un instant. Je donne un coup de frein et je tourne la tête vers Pénélope. Elle aussi s'est arrêtée et m'agrippe vivement le bras.

– Tourne à gauche, m'ordonne-t-elle.

J'ai senti la peur dans sa voix. Mais déjà, la silhouette est sur nous. Elle n'a fait que trois pas, trois longues enjambées de géante, et je vois son visage.

Une cicatrice encore à vif fend sa joue, de l'œil jusqu'au cou. Les gouttes ruissellent sur sa peau tuméfiée. Je la reconnais. Elle a survécu aux coups de Pénélope, dans le tunnel.

C'est George.

– Vous avez commis une erreur, dit-elle simplement.

Elle sourit et ce rictus étire sa cicatrice, la rendant encore plus monstrueuse. Ça me glace le sang.

– Jamais je n'aurais cru que ça serait aussi facile, reprend-elle. Pénélope, je te pensais plus intelligente. Amener une fille du passé, ici, dans ta propre maison... C'est exactement la preuve qui me manquait. La preuve que j'avais dit vrai et que toi, tu mentais.

Je regarde autour de moi pour évaluer de quel côté nous avons les meilleures chances de lui échapper. Je pèse le pour et le contre. Nous avons des vélos, elle pas. Serons-nous plus rapides qu'elle ? Mais je ne m'interroge pas plus longtemps car elle reprend :

– La seule chose que je me demande, c'est pourquoi vous êtes là, toutes les deux. J'aimerais bien le savoir. Que voulez-vous, je suis curieuse...

Et elle nous observe, narquoise, sans tenter de nous attraper, sans rien faire d'autre que guetter notre réaction.

Je comprends que nous ne sommes pas en danger immédiat.

Mais je sais aussi que nous sommes piégées. Empêchées d'aller voir Pierrick. Condamnées à terme.

Sans rien ajouter, jugeant qu'elle en a dit suffisamment, George fait tranquillement volte-face et s'éloigne. Un instant plus tard, elle a disparu derrière le rideau de pluie.

Pénélope et moi restons là un moment, plantées au milieu de la rue, sous la pluie battante. Même les textiles du futur ne peuvent plus nous protéger et nous sommes trempées. J'ai froid jusqu'au plus profond de moi.

– Viens, me dit Pénélope, résignée. On rentre.

Nous poussons lentement nos vélos, parcourant dans l'autre sens le bref trajet de l'aller. Nous les rangeons à leur place et retournons à l'intérieur.

Dans la chambre, nous nous asseyons sur nos lits sans mot dire. Le retour de George change tout. Je suis désespérée. Je pense à Pierrick, à qui je n'ai pas pu révéler la présence possible de notre mère à l'époque moderne. Je pense à Antarès, qui aurait pu nous aider à la retrouver. Je pense à l'enfant, qui va continuer à vivre dans ces conditions inhumaines. J'ai peur pour moi, pour Pénélope, mais plus encore pour eux.

Plus que jamais, il est urgent de quitter cette époque. Mais pas sans les garçons. Et maintenant que George nous a retrouvées, tout devient encore plus difficile. Jamais elle ne doit découvrir qu'ils sont ici, à une dizaine de kilomètres seulement. Car si cela arrivait...

Je ne vois pas d'issue. Nous sommes bloquées dans le futur. Qu'allons-nous faire ?

– Nous ne devons plus rester ensemble, déclare Pénélope d'un ton grave. Toi et moi. Il faut nous séparer.

Mon cœur se serre. Nous avons toujours été plus fortes à deux. Seules, nous ne serions arrivées à rien... Mais aujourd'hui je sais que mon amie a raison. Nous sommes obligées de changer de stratégie.

Même si notre amitié est notre meilleur atout, nous devons continuer l'une sans l'autre.

CHAPITRE 43

Notre amitié est notre force, Andrea a raison.

Mais George est seule. C'est sa faiblesse. Elle ne pourra pas nous suivre toutes les deux.

Nous allons donc prendre deux chemins différents.

Moi je dois prévenir les garçons.

Et Andrea doit partir à la recherche de sa mère. C'est une des étapes que nous devons forcément réussir avant de pouvoir repartir au Moyen Âge. Même si mon amie décidait d'abandonner ce projet difficile pour éviter de retarder notre départ, elle serait un tel poids mort que je ne parviendrais pas à emmener le groupe à destination. Ses sentiments l'empêcheraient de se concentrer. La volonté est essentielle, je ne le sais que trop bien.

Nous avons dormi quelques heures. Pour faciliter les recherches d'Andrea, je lui montre comment afficher le plan des environs sur son tech, et je pointe l'endroit où se situe le refuge. Il n'y a qu'un foyer de réfugiées dans la région France, près de Paris. Hélas, mon amie n'a guère fait de progrès pour utiliser correctement son tech. Je lui montre à nouveau comment faire, insistant sur la façon dont il faut diriger son regard. Cela lui sera indispensable pour s'orienter.

Quoi qu'il en soit, elle doit toujours garder son tech sur elle, pour avoir l'air d'une fille normale d'abord, et aussi pour pouvoir payer un billet d'héliotrain ou un trajet en voibus.

Je rappelle aussi à Andrea les consignes essentielles. Parler peu, se faire aussi discrète que possible. Heureusement, elle a pris l'habitude de s'exprimer correctement, et non comme une fille du Moyen Âge. Déterminée, elle affirme qu'elle se débrouillera, mais moi je n'aime pas du tout l'idée de la laisser partir seule. Si seulement nous avions le choix ! Je suis angoissée et elle pose sa main sur mon bras.

– Pénélope. Je serai prudente. Je te le promets.

Je respire à fond, pas vraiment rassurée, mais déjà elle se lève.

– Je pars la première, déclare-t-elle. George nous surveille, on le sait maintenant. Elle suivra sûrement celle de nous deux qu'elle verra sortir d'abord. Mieux vaut que ça soit moi.

– Non. Tu connais mal mon époque, cela te rend plus vulnérable. Sans oublier ta petite taille et ta faible musculature. Si elle essaie de te faire du mal, tu ne sauras pas te défendre.

– Mais si c'est toi qu'elle suit, elle découvrira la présence des garçons.

Elle a raison. Je dois me résoudre à suivre son idée. Cela me pèse.

Elle me serre brièvement dans ses bras. Je suis émue et ma voix tremble un peu quand je lui dis :

– On se retrouve à la ZUP.

– D'accord. Mais, s'il te plaît, ne parle pas à Pierrick. Je préfère finalement qu'il ne soit pas mis au courant tant que nous ne sommes sûres de rien.

– Es-tu certaine de ça ?

– Oui, répond Andrea. George est de retour et cela change tout. Si Pierrick apprend que notre mère est peut-être ici, il va réagir comme moi. Il va aussitôt se mettre à sa recherche et oubliera toute prudence. Et ça, c'est un risque qu'il ne peut pas prendre.

Je comprends ce qu'elle veut dire et j'approuve sa décision.

– Merci, murmure-t-elle. Si grâce à toi, je retrouve notre mère... je ne te remercierai jamais assez.

Elle s'en va aussitôt, évitant soigneusement de croiser mon regard, pour ne pas me montrer son émotion, je crois. Je la sais pudique sur ce genre de choses.

Déjà, j'entends la porte de la maison se refermer doucement sur elle. Le jour se lève. Je m'allonge sur mon lit. D'ici une heure, ce sera mon tour de m'en aller...

Je réfléchis. Rien ne prouve que George va choisir de suivre Andrea. Peut-être qu'elle va rester pour m'espionner, moi.

Cela veut dire plusieurs choses. D'une part, je vais devoir tenter de la semer, même si je ne suis sûre de rien. La conduire jusqu'à la cachette de Pierrick, Antarès et l'enfant équivaudrait pour eux à une condamnation à mort.

D'autre part, si je réussis à les rejoindre, je ne prendrai pas le risque de revenir ici. Chaque aller-retour entre leur cachette et ma maison serait un risque supplémentaire. Je resterai avec eux jusqu'à ce que l'enfant soit assez vigoureux pour voyager. Il est sous antibiotiques depuis vingt-quatre heures maintenant. La fièvre a peut-être déjà commencé à baisser. Dans ce cas, nous n'aurons plus qu'à attendre Andrea, puis nous quitterons définitivement cette époque.

Je dois donc dire adieu à ma mère et Lys.

Quand j'ai choisi de faire ma vie au Moyen Âge, j'étais loin de ma famille. Décider de ne jamais plus revoir ma mère et ma petite sœur était un peu abstrait, plus facile... Aujourd'hui, c'est différent. Je suis là, avec elles, et je dois confirmer mon choix en toute conscience.

C'est beaucoup plus douloureux.

J'entends ma mère qui se lève et descend préparer le petit déjeuner. C'est le moment. Je ne dois pas perdre de temps. Mais je ne bouge pas. C'est si dur...

Puis, dans la chambre voisine de la mienne, Lys ouvre ses volets. Elle doit être déçue car il fait gris dehors, mais elle ne referme pas tout de suite sa fenêtre. Je l'imagine en train de se tordre le cou pour voir si une éclaircie s'annonce.

Quelques minutes plus tard, je perçois le bruit léger de ses pieds nus dans l'escalier. Si je ne descends pas maintenant, elle partira à l'école et je ne la reverrai plus. Je dois y aller.

Dans la cuisine, ma petite sœur boit son chocolat chaud tout en consultant son tech.

– Le temps pourrait se lever dans la matinée, m'annonce-t-elle avec optimisme. Si c'est le cas, les cours seront annulés cet après-midi.

Elle sourit largement et je me sens horriblement mal. Aux fourneaux, ma mère prépare des crêpes. C'est mon petit déjeuner préféré. Elle a voulu me faire plaisir.

– Bien dormi ? me demande-t-elle en se retournant vers moi, souriante.

– Oui, merci.

– Ton amie est encore au lit ?

– Elle est partie tôt ce matin.

Sur ce point, je ne mens pas. En conséquence, ma mère ne se rend compte de rien. Elle imagine sûrement qu'Andrea est déjà en route pour le lycée et que nous continuons à suivre le plan prévu, c'est-à-dire attendre que je sois de nouveau capable de voyager vers le passé pour raccompagner mon amie chez elle, avant de rentrer définitivement dans ma famille.

Ma mère dépose devant moi une crêpe chaude arrosée de sirop d'érable.

– Tu sais, dit-elle, je regrette d'avoir réagi comme ça, quand tu m'as présenté cette fille du passé. J'aurais dû me montrer plus ouverte. Je te demande de m'en excuser.

Pourquoi est-ce ce moment que ma mère choisit pour se montrer telle que je l'aime, sincère et sensible ? Ce sont mes derniers instants en famille et j'ai la gorge serrée.

– À quelle heure termines-tu le lycée aujourd'hui ? m'interroge-t-elle.

– Seize heures. Nous sommes en semaine B, j'ai option tissage.

Mon affirmation est techniquement exacte, mais j'ai le sentiment déchirant de trahir ma mère. Elle ne s'en rend cependant pas compte et hoche la tête.

– Pourras-tu passer prendre le pain à la boulangerie ? me demande-t-elle.

– Bien sûr, dis-je en saisissant le pot de confiture posé derrière moi.

Cela m'a permis de ne pas lui laisser voir mon émotion. Lys m'observe par-dessus son bol de chocolat. Elle ne dit rien.

– Je suis sortie cueillir des framboises, reprend ma mère. En veux-tu ?

– Oui, merci.

Je goûte les fruits qu'elle me tend dans un bol de porcelaine. Je connais cet objet par cœur. J'y ai mangé du riz au lait, mon goûter préféré quand j'étais petite. J'y ai disposé des fruits en pâte à modeler dans l'espoir enfantin d'abuser ma mère. Je l'ai même ébréché, un jour où j'étais en retard pour l'école et où je l'ai déposé dans l'évier un peu trop vivement. Je connais si bien son motif de jonquilles et de crocus que je pourrais le dessiner de mémoire. Je le garde dans ma main et je n'arrive pas à en détacher mon regard.

– Je voulais vous dire… Je suis contente d'être revenue ici. C'était important pour moi.

– Bien sûr ! s'exclame ma mère, touchée. Nous sommes heureuses, nous aussi. Si tu savais comme tu nous as manqué !

Elle me sourit, et cela illumine son visage. J'aime les petites rides qui se forment alors au coin de ses yeux. C'est tellement mieux que lorsqu'elle a les lèvres serrées.

– Allez, lance-t-elle d'un ton joyeux. File en cours, sinon tu vas être en retard.

Elle ne se doute donc de rien… À quoi servent les cours d'EPS, si une mère n'est pas capable de sentir que sa fille lui dit adieu ? Je regarde la cuisine autour de moi, puis ma mère, puis Lys. Mes derniers moments avec elles seront donc ceux-là… Je dépose un baiser sur la joue de ma petite sœur.

– Passe une bonne journée, lui dis-je.

Mais je contrôle mal ma voix qui s'étrangle d'émotion. D'un geste vif, Lys m'attrape le bras et me regarde droit dans les yeux.

– Tu m'appelleras dès que le soleil réapparaît, n'est-ce pas ? me demande-t-elle.

Son regard reste fixé sur moi, particulièrement attentif. Son visage enfantin est étonnamment sérieux.

– N'est-ce pas ? insiste-t-elle.

Je suis troublée. À ce moment-là, j'ai le sentiment appuyé que ma petite sœur a compris. Qu'elle m'a démasquée, qu'elle connaît mon projet… La panique monte en moi. Derrière Lys, ma mère range la vaisselle. Elle n'a rien remarqué.

Alors vite, pour me sortir de cette situation insupportable, je réponds :

– Bien sûr. Tu as raison, il faut profiter du beau temps. Je ne t'oublierai pas, c'est promis.

Longtemps, le regard de ma sœur reste planté dans le mien. D'un coup, je suis tentée de tout lui avouer. Dire la vérité, que je vais partir loin, que nous ne nous reverrons jamais... Mais elle lâche mon bras et dit simplement :

– Vas-y, si c'est ce que tu veux...

Puis, comme si notre échange était tout à fait anodin, elle croque dans sa crêpe. Je ne suis plus sûre de rien et je reste là, déconcertée, mais Lys ne fait plus attention à moi.

Alors je me dis que j'ai tout imaginé. J'étais stressée, je me suis fait des idées. D'habitude, ma petite sœur est tellement intuitive... Mais bien sûr, elle est en réalité trop petite pour comprendre. Elle termine son petit déjeuner comme si ce matin était un matin normal.

Alors j'agis de même. Je répète les gestes de mon quotidien. Je vais dans le couloir. Je chausse mes bottes de pluie. J'enfile ma veste. Et je glisse mon tech dans ma poche.

Ni ma mère ni Lys ne m'ont suivie jusqu'à la porte. C'est bien naturel puisqu'elles me reverront ce soir. Du moins, c'est ce qu'elles pensent.

Je sors dans le jour sombre. La pluie nocturne a cessé mais le ciel reste chargé. Ça y est, cette partie de ma vie est achevée.

Je n'ai pas le temps de m'en émouvoir. Ce n'est plus le moment de penser à ma mère et à Lys, ni même de m'inquiéter pour Andrea. Je dois me concentrer, garder mes sens éveillés, rester aux aguets.

Je relève la tête et j'observe attentivement autour de moi. George est-elle là, non loin, en train de m'épier ? Debout dans le jardin, je ne cherche pas à me cacher. Si l'ex-agrégée a choisi de ne pas suivre Andrea, elle me guette et je n'ai aucune chance d'échapper à sa vigilance.

Je ne prends pas mon vélo. Il me permettrait d'être plus rapide, mais à pied je serai bien plus réactive et furtive. Je remonte ma rue. Je compte sur la présence de Tove et Leymah qui travaillent sûrement dans leur jardin, comme à leur habitude. C'est en effet le cas, ce matin encore. Je les salue et elles me font un signe amical de la main. Je propose à Leymah de l'aider à porter le lourd panier chargé de bettes, de choux-fleurs et de betteraves. Elle accepte et je la suis dans sa maison, les bras chargés.

Un instant plus tard, je ressors par l'arrière de son pavillon. Là, je file à travers les arbustes, le plus vite possible, et je tourne au coin de la rue.

Ce n'est pas grand-chose, une ruse de débutante. Mais la partie de cache-cache ne fait que commencer. Je prendrai le temps qu'il faudra, mais je ne mettrai pas un pied dans la ZUP tant que je n'aurai pas la certitude d'avoir semé George.

CHAPITRE 44

Je ne l'ai pas vue, mais peut-être n'ai-je pas été assez attentive. Il faisait encore sombre quand j'ai quitté la maison de Pénélope. J'ignore donc si George a décidé de me suivre ou d'attendre mon amie. J'espère qu'elle m'a choisie, moi.

La ville est encore déserte, il est tôt. J'ai pris mes repères tout à l'heure, au moins pour le début de l'itinéraire vers le camp de réfugiées. Je ne suis pas mécontente de ne croiser personne. Même si je connais un peu cette époque, maintenant, et que j'ai une identité officielle, je suis consciente d'être mal armée pour faire illusion longtemps.

Un peu plus loin, j'arrive dans un quartier que je ne connais pas. Il y a une petite place qui n'existait pas à mon époque, et des immeubles de quelques étages, avec des terrasses façon jardins suspendus. Je m'arrête pour consulter mon tech. Pénélope m'a montré à nouveau comment faire, tout à l'heure, et je pense avoir bien compris. Sauf que j'ai beau me concentrer, une fois de plus, j'échoue. Cette bille me résiste. La poisse.

Soudain, j'entends des pas précipités derrière moi. Quelqu'un court à ma suite. Nerveuse, je me retourne, prête à me défendre, mais je découvre qu'il s'agit de Rosalind.

– Bonjour ! lance-t-elle à mon intention, en agitant la main dans un petit geste raide, digne de la reine d'Angleterre.

– Bonjour...

Qu'est-ce qu'elle me veut, celle-là, si tôt le matin ? Il faut croire qu'elle m'a entendue penser car elle me dit :

– Je t'ai vue passer devant chez moi, alors j'ai décidé de te saluer. Où vas-tu ?

– Nulle part.

– Le lycée est de l'autre côté, reprend-elle. J'en déduis que tu n'as pas l'intention d'aller en cours. As-tu remarqué qu'il fait nuageux ?

Pourquoi me parle-t-elle de la météo ? J'ai autre chose à faire que de discuter de la pluie et du beau temps.

– Le lycée n'est fermé que quand il fait très beau, insiste-t-elle. Tu vas donc te faire gronder.

J'ai très envie de lui répondre que je m'en fous, mais je dois policer mon langage.

– C'est exceptionnel. Je reviendrai en cours dès que possible. Pourrais-tu me laisser, s'il te plaît ?

Elle m'observe, longtemps, au point que je me demande si elle n'a pas disjoncté. Je vais en profiter pour m'éclipser, mais elle semble se réveiller et déclare :

– Je viens avec toi !

Il ne manquait plus que ça ! Je fais appel à son goût immodéré pour les maths et les sciences :

– Ce serait dommage que tu rates un cours.

– Tant pis. De toute façon, les autres élèves comprennent trop lentement. Je peux me permettre de manquer une leçon ou deux.

J'ai vraiment l'impression d'entendre Yoan. C'est stupéfiant. Mais déjà Rosalind me tire par la manche.

– Allons-y ! ordonne-t-elle.

– Tu ne sais même pas où je vais.

– Statistiquement, réfléchit-elle, je dirais qu'il y a 53 % de chances pour que tu aies envie de te promener au lieu de travailler, 29 % de chances que tu aies un rendez-vous chez l'orthodontiste, 17 % de chances qu'il s'agisse d'une séance de thérapie avec une dialoguiste.

– Alors tu vois, ce n'est pas très amusant.

– Tu ne sais donc pas compter ? La somme de 53 + 29 + 17 est égale à 99. Il manque 1 %.

– Et d'après toi, il y a 1 % de chances que je fasse quoi ?

– Aucune idée. Mais considérant que tu es une fille bizarre, je me dis que ce 1 % pourrait être intéressant.

Je soupire. Cette fille ressemble vraiment trop à Yoan. Aussi pénible que lui quand il a une idée en tête.

Rosalind ne cille pas quand je la dévisage. J'hésite. Mon plan n'est pas prudent, et si Pénélope était à côté de moi, elle me hurlerait dans les oreilles d'y renoncer tout de suite. Peut-être... mais peut-être pas. Alors je me lance :

– Pourrais-tu m'aider à trouver le foyer pour réfugiées ?

– Évidemment. Ma mère proteste contre leur présence et estime qu'elles ont été installées trop près de chez nous. Alors forcément, je sais où se situe leur campement. Souhaites-tu que je t'y accompagne ?

– Serais-tu d'accord ?

– Pourquoi pas ? Mais je te préviens, il faut marcher un peu.

Elle se met déjà en route, et je me réjouis d'avoir pris le risque de lui demander son aide. Sans elle, j'aurais galéré.

Nous descendons vers Paris, suivant *grosso modo* le trajet du train. Autour de nous, la ville s'éveille. La circulation dans les rues commence à se densifier, mélange hétéroclite de vélos, trottinettes, planches à roulettes motorisées ou non, voibus.

Rosalind a de grandes jambes, comme si elle était en pleine poussée de croissance sur cette partie précise de son corps, et j'ai du mal à la suivre. Je presse le pas pour rester à sa hauteur.

– Dans le futur, interroge-t-elle, y a-t-il encore des bicyclettes ?

– Je ne viens pas du futur.

– D'accord, admet-elle.

Nous marchons un moment en silence, puis elle me demande :

– Et comment vous déplacez-vous ?

– Pardon ?

– Dans le futur, précise-t-elle. Comment vous déplacez-vous ? Maîtrisez-vous la téléportation ?

– Je viens de te dire que je ne suis pas une fille du futur.

– Oui, oui, bien sûr.

Un taxiville passe juste devant nous et je retiens Rosalind qui allait traverser la rue sans regarder. Cette fille est carrément tête en l'air. Monomaniaque, aussi. Elle poursuit le fil de ses pensées.

– Moi, reprend-elle, le passé ne m'intéresse pas tellement. Ce qui me passionne, c'est le futur. J'aimerais tant découvrir ce qui nous attend, quelles seront les nouvelles technologies, les découvertes en biologie, les avancées en mathématiques.

Elle se tait de nouveau, puis soupire :

– Hélas, je ne suis pas douée en déplacements temporels. Je n'arrive jamais à sentir où est la Lune. Sinon, tu peux en être sûre, je serais déjà partie vers ton époque.

Décidément, elle est têtue. Je ne prends même plus la peine de la détromper.

– Et la télépathie ? me demande-t-elle encore. Avez-vous mis au point la télépathie ? J'adore les neurosciences. C'est tellement fascinant. Est-ce que ton cerveau est beaucoup plus évolué que le mien ? Est-ce que tu me trouves stupide ?

– Non non.

– Es-tu une étudiante en anthropologie ? Est-ce pour cette raison que tu es venue jusqu'ici ?

Elle n'est pas que têtue. Elle est aussi un peu barrée. Je vais finir par me demander si j'ai bien fait de lui demander de l'aide.

– Tu comprends bien que, même si je venais vraiment du futur, je ne serais pas autorisée à t'en parler.

– Je m'en doutais, soupire-t-elle. C'est vraiment dommage.

Elle reste longuement plongée dans ses pensées, dépitée.

– Il y a tout de même une chose qui m'étonne. Ce sera ma dernière question. M'autorises-tu à te la poser ?

– Essaie toujours.

– Pourquoi es-tu aussi petite ?

Comment dire... Peut-être parce que je suis une médiévale ? Là encore, j'élude la question :

– Je suis désolée. Sur ce point non plus, je ne peux pas te révéler la vérité.

– Tant pis, dit-elle en haussant les épaules. De toute façon, j'ai trouvé la raison.

– Ah bon ?

Un bref instant, j'ai un peu peur, mais c'est méconnaître cette digne fille de Yoan.

– Bien sûr, poursuit-elle. Il suffit de réfléchir un peu. Tu es petite car c'est plus pratique.

– Vraiment ?

– Bien sûr. Un corps trop grand nécessite beaucoup de nourriture, beaucoup de tissu pour être protégé du froid, beaucoup d'énergie pour se déplacer. Ce n'est ni économique ni écologique. CQFD. Être petit, c'est l'avenir.

J'observe cette fille au visage constellé de taches de rousseur, aux cheveux roux flamboyants. Ses lèvres fines et pâles s'animent quand elle réfléchit, lui donnant un peu l'air d'un ouistiti tentant de résoudre une équation. Dans ces moments-là, elle ressemble plus que jamais à Yoan. Je suis sûre qu'il serait fier d'avoir donné naissance à une fille comme elle, surprenante, capable de réfléchir à contre-courant de la pensée dominante.

Mais tandis que je m'étonne encore du destin incroyable des spermatozoïdes de Yoan, Rosalind s'arrête et déclare :

– Nous sommes arrivées. C'est ici que vivent les réfugiées.

Quelques mètres encore et je découvre des dizaines de conteneurs en métal, aménagés en logements de fortune. Du linge pend sur un fil, le contenu d'une casserole cabossée bout sur un réchaud. Le sol est boueux et des planches de bois ont été jetées en travers des flaques pour ménager un passage à sec. Tout ici évoque un camp de réfugiés, intemporel.

CHAPITRE 45

J'ai mis des heures pour arriver jusque-là. J'ai pris un héliotrain vers le nord. Une correspondance vers l'ouest. J'ai marché à travers un quartier animé, dans le but de disparaître dans la foule. Je suis repartie en taxi-ville. Je me suis cachée. J'ai même volé une planche à roulettes, que j'ai abandonnée un kilomètre plus loin.

J'aperçois maintenant les immeubles de la ZUP. Avec Andrea, nous sommes jusque-là arrivées par la route. J'ai veillé à venir cette fois par une zone plus sauvage de forêt et de jachères.

Je retrouve le macadam craquelé de ce quartier à l'abandon depuis si longtemps. Il est difficile de progresser par ici, tant les objets du Moyen Âge abandonnés dans les rues sont nombreux. À cet endroit, la grue d'un chantier de construction s'est écroulée en travers de la voie et je dois passer au travers de sa structure en métal pour pouvoir avancer. Le métal rouillé arrache le tissu de mon pantalon.

J'arrive sur une petite place où devaient autrefois se tenir quelques commerces. L'enseigne d'une boulangerie est encore lisible, mais la vitrine est brisée depuis longtemps et, ici aussi, la végétation a envahi les étages inférieurs.

J'ai du mal à m'orienter et à retrouver le chemin qui mène à l'immeuble des garçons. Je m'engage sous un porche en pensant être dans la bonne direction, mais je tombe sur une cour intérieure sans issue. Tout autour de moi, les murs sont hauts et sales. Soudain, un rat passe en courant, juste à mes pieds, et disparaît dans l'entrée du bâtiment. Je n'ai pas peur des animaux et j'aimais bien les rats de Tiago, mais dans ce contexte cela me fait frissonner.

Je fais demi-tour sans m'attarder et je reviens sur mes pas. Je tente ma chance en contournant cet ensemble d'immeubles, même si la zone qui les borde me semble plus dangereuse. Une partie des murs s'est déjà effondrée et d'énormes morceaux de béton, armés d'épaisses tiges de métal, gisent au sol, enchevêtrés. Les broussailles ne les ont pas encore envahis, et j'en déduis que la chute de ces pans de mur est récente. Cela ne me rassure pas.

Mais je ne vois pas d'autre itinéraire possible. Je n'ai pas de meilleur choix que d'avancer. Prudemment, j'entreprends d'escalader le premier bloc de béton. Il est plus haut que moi. Je prends garde à ne pas m'accrocher sur ces tiges de fer rouillé qui hérissent l'ensemble. Je tire sur mes bras pour me hisser jusqu'à l'arête de cette masse dont la surface me râpe la peau.

Puis je constate que cet énorme monolithe n'est que le premier d'une longue série, séparés par de profondes crevasses. On dirait qu'un séisme a ravagé cet endroit. Pour ne rien arranger, la pluie commence à tomber, dense, et en quelques minutes le béton est rendu glissant. Je ne me laisse pas décourager et je reprends ma progression.

J'arrive, non sans peine, à m'agripper des deux mains au bloc suivant. Je monte prudemment un pied, que je parviens à caler, puis l'autre, quand soudain les doigts de ma main droite glissent et lâchent leur prise. Je retombe lourdement à l'endroit où je me trouvais un instant plus tôt. Je me suis fait mal, mais je souffle un bon coup et me redresse. Je recommence.

Et je réussis. J'atteins le niveau où j'ai lâché tout à l'heure et je me hisse lentement tout en haut du deuxième bloc. Arrivée à son sommet, à califourchon sur l'arête étroite, je constate que le monolithe suivant est à deux mètres au moins... Sous mes yeux, un gouffre profond comme un étage d'immeuble.

Avec mille précautions, je me redresse lentement, bras écartés, maintenant tant bien que mal mon équilibre. Je dois sauter jusqu'au sommet suivant... Mais avant même de pouvoir prendre mon élan, je dérape et bascule, tombant plusieurs mètres en contrebas.

CHAPITRE 46

La première femme que j'interroge dans ce camp est en fait une jeune fille. Elle semble avoir mon âge, mais son visage est déjà marqué par des conditions de vie difficiles, et son regard est fatigué.

Quand elle m'a vue approcher, elle a reculé contre le conteneur, comme si elle voulait disparaître. Elle avait peur de moi, sans doute à cause de mes vêtements. J'ai l'allure d'une fille du futur, suffisamment en tout cas pour faire illusion aux yeux d'une réfugiée. Sa tenue à elle est un mélange de vêtements médiévaux et contemporains : un jean délavé, mais une tunique en tissu moderne, usée. Sa bretelle de soutien-gorge est visible sur son épaule, cela trahit ses origines. Pour le reste, elle est sale et maigre.

Je regarde autour de moi. Pas étonnant qu'elle soit dans cet état-là. Les conteneurs de métal sont vaguement aménagés pour servir d'abris. Il n'y a ni eau courante ni chauffage. Au plafond, des néons fonctionnent tout de même, diffusant une lumière crue, verdâtre.

Certaines choses traversent les siècles sans changer. Les réfugiées du futur se sont installées à l'endroit qu'on leur a laissé, là où personne ne voulait vivre. Ce lieu vaut bien les camps boueux improvisés sur les zones frontalières du Moyen Âge. Peut-être que, ici aussi, les Autorités ont fait poser, dans un recoin, des sanitaires mobiles, un point d'eau pour se laver… Le minimum. Pas assez pour vivre dignement.

Je me tourne vers la fille de mon âge.

– Bonjour. Comment t'appelles-tu ?

– Sonita, me répond la jeune fille d'une voix craintive.

De toute évidence, elle se demande quels ennuis je vais lui apporter. Derrière moi, Rosalind attend patiemment.

J'aimerais dire à Sonita que je viens du passé, comme elle, que je comprends sa peur et que tout cela me heurte, moi aussi, mais je ne veux pas prendre un tel risque. Rosalind pourrait m'entendre.

Je me contente de lui demander si elle connaît une femme d'une quarantaine d'années, brune, la peau blanche, les yeux verts, nommée Florence.

Sonita secoue négativement la tête. Je me demande quelle est son histoire. Je vois bien qu'elle n'a qu'une envie, échapper à mon attention, mais je l'interroge encore :

– Pourquoi es-tu là ?

– Je suis une réfugiée, me répond-elle, sur la défensive. J'attends ma régularisation.

– Je sais bien, mais je veux dire… Pourquoi as-tu voyagé jusqu'ici ?

Elle hésite un peu avant de me répondre :

– Ma famille voulait me marier. Moi je ne voulais pas.

– Alors, quand une inconnue t'a proposé de t'enfuir avec elle, tu as accepté.

– Oui.

Cela correspond à ce que Pénélope m'a expliqué. Davantage que ma mère, cette fille avait de bonnes raisons de vouloir partir de chez elle. Pourtant, la vie qu'elle a troquée contre son mariage forcé n'est guère plus enviable. J'ai de la peine pour elle. Mais déjà elle a disparu, profitant de cet instant de répit pour filer.

J'ai aperçu une autre femme, un peu plus loin. Elle s'est cachée, mais je sais qu'elle nous épie. Je me dirige vers elle.

– Je me demande pourquoi tu t'intéresses autant aux réfugiées, questionne Rosalind en me suivant.

– Rien ne t'oblige à rester. Je te remercie, je n'ai plus besoin de toi.

Mais elle m'offre un large sourire :

– Je suis trop curieuse pour m'en aller !

Il faut donc que je continue à enquêter prudemment. J'approche de la silhouette cachée derrière la paroi d'un autre conteneur.

– N'aie pas peur… Je voudrais juste savoir si tu as déjà vu une femme d'une quarantaine d'années, brune, la peau blanche, les yeux verts. Elle s'appelle Florence.

La femme sort de l'ombre et je découvre que son visage est défiguré par une brûlure, déjà ancienne. J'ai un mouvement de recul, que je regrette aussitôt.

– Non, répond-elle d'une voix douce. Je suis désolée.

Je n'arrive pas à détacher mes yeux de son regard, étonnamment calme, mais Rosalind me tire par le bras.

– Il y en a une autre, par là, me dit-elle. Peut-être qu'elle saura te renseigner.

En effet, une vieille femme est assise sur une couverture, posée à même le sol. Elle a des cheveux blancs et le dos voûté. Quand j'approche, je vois que son visage est ridé comme un parchemin. Elle a l'air d'avoir cent ans. Je frissonne en essayant d'imaginer ce que cette femme a vécu et pourquoi elle est arrivée jusqu'à cette époque. Je préfère ne pas lui poser la question.

– Que veux-tu ? me demande-t-elle d'une voix singulièrement ferme.

– Je cherche une femme. Elle s'appelle Florence. Ses cheveux sont bruns et ses yeux sont verts.

– Je ne la connais pas. Elle n'est jamais venue ici. Passe ton chemin, ta place n'est pas dans cet endroit.

CHAPITRE 47

Quelque chose a frôlé mon bras. C'est ça qui m'a fait reprendre connaissance. Je retiens le hurlement qui envahit ma gorge et je ne bouge pas d'un cil. Est-ce un rat, un chien errant ? Ou George… Je rassemble mes forces pour me défendre, encore sonnée par ma chute. La chose vivante qui est tout près de moi ne sait pas que je suis consciente, et je compte sur l'effet de surprise. Parviendrai-je à m'enfuir ? Trouverai-je un morceau de béton brisé pour m'en faire une arme ?

D'un coup, je me redresse.

Deux yeux noirs et brillants m'observent. Ils sont très près de moi. Ce sont des yeux humains.

L'enfant.

Il me scrute avec intérêt. Son visage est toujours aussi sale et ses cheveux aussi emmêlés.

– Rhaaa haaa, grogne-t-il.

Il avance ses doigts vers moi et j'ai un mouvement de recul. Mais contrairement à ce que je craignais, il se contente de frôler mon épaule, puis il retire sa main. J'y vois du sang, mon sang. Ma tunique est déchirée et ma peau écorchée. Cela ne m'a pas l'air trop profond.

– Rhaaa haaa ? insiste-t-il de sa voix gutturale.

Je m'adosse au béton et je m'accorde le temps de reprendre mes esprits. Nous sommes au fond de cet espace sombre et humide, coincés entre les deux blocs. Sous mes pieds, le sol boueux. D'un côté, la paroi dont je suis tombée, presque à pic. Aucune issue possible par là. De l'autre côté, la masse de béton s'élève en pente raide.

Au moins, l'enfant ne semble pas avoir l'intention de m'agresser. J'essaie de lui faire comprendre que j'ai besoin d'aide :

– Pourrais-tu prévenir Pierrick ? Ou Antarès ?

Mais en réponse, il se contente de me montrer le ciel, que l'on aperçoit entre les blocs effondrés. Évidemment, il ne sait pas parler et il comprend mal ce que je lui demande. Et d'ailleurs, il s'en fiche. Indifférent à ma situation, il escalade la paroi, vif et adroit, comme un petit singe. À ma grande surprise, il est en haut en quelques secondes et me regarde.

– Hun ! feule-t-il.

Puis il attend.

J'essaie péniblement de me lever et j'y parviens, mais cela ne suffira pas pour m'extraire de là. Aussi vite qu'il est monté, l'enfant redescend en quelques bonds. Son agilité est surprenante. Sauf que, arrivé en bas, il saisit mes chaussures et tente de me les arracher. J'essaie de l'en empêcher, je ne comprends pas ce qui lui prend, mais il est plus rapide que moi. Il jette mes bottines de pluie en hauteur, et je les entends rebondir hors de ma portée. J'ai envie de lui crier dessus, il a un comportement de petit sauvage alors que j'ai besoin d'assistance, mais avec un geste maladroit il me prend la main et la guide vers une étroite anfractuosité dans le béton. Peut-être essaie-t-il vraiment de m'aider, après tout...

Faisant un effort pour me sortir de là, je m'agrippe à cet interstice. La pluie s'est arrêtée, mais le revêtement est toujours très humide et glissant. Je me hisse péniblement sur un rebord, hélas il est étroit et je sens que je vais lâcher prise.

Sauf que l'enfant se place près de moi et entrelace ses doigts. Il tend ses deux mains liées de telle façon que je puisse y poser mon pied. Je suis déconcertée mais son regard insistant parle pour lui. Je secoue la tête. Il n'en est pas question, je suis trop lourde. Mais d'un signe de tête, il m'ordonne de m'appuyer sur lui.

Prudemment, tant il me paraît chétif pour supporter mon poids, je prends appui sur ses petites mains et je m'élève doucement. J'ai peur de lui faire mal.

Mais à ma grande surprise, il tient bon. Il ne pèse pas lourd, mais il est plus solide qu'il n'en a l'air.

Étape par étape, aidée à chaque fois par cet incroyable grimpeur, je parviens à m'extraire de la crevasse dont j'étais prisonnière. Il avait raison, je suis plus à l'aise sans mes chaussures. Mes orteils s'agrippent sur le béton. Avec mes bottes de pluie, je n'y serais jamais arrivée.

L'enfant me sourit, laissant apparaître ses dents qui n'ont jamais vu de dentifrice. C'est un sourire malhabile, celui d'un petit humain qui manque d'entraînement, mais c'est un sourire quand même. Je lui souris moi aussi.

– Rhaaa haaa ? répète-t-il.

Alors, je comprends qu'il essaie de parler. Ça va ? me demande-t-il. Enfin, je crois. Touchée, je lui réponds :

– Ça va. Et toi ?

Je pose doucement ma main sur son front. Je le trouve moins fiévreux. Il accepte ce contact physique et, sans chercher à se dégager, répond avec application, désireux d'améliorer sa prononciation :

– Çaaa haaa.

J'acquiesce, ne le quittant pas des yeux, reconnaissante. Ce petit homme vient de me sortir d'une fâcheuse situation.

Il ramasse mes chaussures et me les tend. Déjà il s'éloigne, s'arrêtant quelques mètres plus loin pour vérifier que je le suis. J'avance avec mille précautions sur une large plaque de béton, en pente douce. Je ne veux pas glisser de nouveau. L'enfant me signale la brèche suivante et la contourne en se faufilant entre deux armatures de métal. Il connaît les lieux. Je le suis, confiante.

Une dizaine de minutes plus tard, nous sortons de cet enchevêtrement apocalyptique. Le petit garçon pointe son doigt dans une direction. Je reconnais, non loin, l'immeuble dans lequel il a bâti son nid.

– Yérick, annonce posément l'enfant quand nous arrivons au pied du bâtiment.

Et il désigne le haut de la tour. Sa voix est étrange, comme si les sons étaient jusqu'alors profondément enfouis en lui. Comme si seule la force de sa volonté lui permettait de prononcer ces mots.

Nous commençons à gravir l'escalier. Sans doute Pierrick nous a-t-il vus arriver car un instant plus tard il nous a rejoints.

– Qu'est-ce qui t'est arrivé ? s'inquiète-t-il aussitôt en voyant ma blessure à l'épaule.

– Ce n'est rien de sérieux.

Et il me serre dans ses bras. J'inspire profondément. Depuis que nous avons fait l'amour, je me sens encore plus proche de lui. Le nez dans ses cheveux, les lèvres contre la peau de son cou, je m'apaise et les battements de mon cœur s'enchaînent au ralenti.

Mais il y a urgence et je ne peux le lui cacher plus longtemps.

– Nous avons un problème, dis-je. George est revenue.

– La folle avec le flingue ? s'exclame-t-il aussitôt.

Pierrick ne connaît pas vraiment George. Il n'a eu affaire à elle qu'une seule fois, lors de mon premier séjour au Moyen Âge. Le moment était toutefois suffisamment marquant pour qu'il s'en souvienne, puisque George était armée d'un pistolet-mitrailleur. Par ailleurs, depuis que

Pierrick sait tout de mon histoire, j'ai eu l'occasion de lui décrire l'ex-agrégée plus en détail.

– C'est pour ça qu'Andrea n'est pas avec toi ? s'alarme-t-il.

– Non. Andrea va bien.

– Alors pourquoi elle n'est pas venue ? Pourquoi vous vous êtes séparées ? C'est pas prudent, cette femme est complètement barrée !

C'est à ce moment-là qu'Antarès revient. Il porte un sac contenant des fruits, qu'il est sans doute allé voler quelque part. Il a entendu Pierrick et s'inquiète immédiatement pour Andrea.

J'entreprends de les rassurer, consciente que cela ne va pas être facile, quand l'enfant se met à gronder, comme un animal apeuré. Pierrick et Antarès se consultent d'un coup d'œil, et Antarès se déplace souplement jusqu'à la fenêtre. En partie caché par le mur, il glisse un regard prudent en bas de l'immeuble.

À côté de moi, l'enfant montre les dents, accroupi, prêt à bondir. Il est terrorisé.

C'est quand Antarès fait un pas en arrière, le visage décomposé, que je comprends.

– Elle est là, dit-il.

Malgré tous mes efforts, George m'a suivie.

CHAPITRE 48

C'est le seul foyer pour réfugiées de la région France, m'a confirmé Rosalind. J'insiste, je me dis que Pénélope et elle sont peut-être mal renseignées, mais Rosalind est sûre de son fait : les autres camps sont situés dans d'autres départements d'Europe, dit-elle, comme l'Italie, l'Allemagne ou la Suède. C'est-à-dire à des centaines de kilomètres d'ici...

Je suis tellement déçue. Je me suis emballée trop vite. J'aurais dû réfléchir un peu et admettre que mes chances étaient infinitésimales. Ma mère exilée dans le futur... C'était stupide de m'accrocher à un espoir aussi ténu.

Gentiment, Rosalind me tapote dans le dos.

– Tu as l'air tellement triste... Ce que je n'arrive pas à comprendre, c'est pourquoi.

– Ça n'a pas d'importance. Tu peux me laisser, maintenant.

Ça fait onze ans que je vis sans ma mère, et ça ne m'a pas posé de problème jusqu'alors. Pourquoi est-ce que les choses changeraient ? Je relève la tête. J'ai une famille et des amis. Ce sont eux qui comptent.

J'ai assez perdu de temps comme ça. Peut-être que l'enfant va mieux, peut-être que nous pourrons partir rapidement. Je pense être capable de retrouver mon chemin jusqu'à la gare, puis de me rendre à la ZUP pour rejoindre les autres.

Mais Rosalind ne semble pas décidée à me laisser.

– Je te remercie pour ton aide, dis-je sur un ton insistant.

– Je préfère rester avec toi, déclare-t-elle. Est-ce que tu veux bien ?

– Non. C'est mieux que tu t'en ailles.

– Je te demandais ton avis par politesse, m'explique Rosalind, mais à vrai dire je n'ai pas l'intention de te lâcher. Je me pose toujours autant de questions à ton sujet. Comme je n'aurai jamais la chance d'aller dans le futur, je compte bien profiter de ta présence inespérée.

Je la regarde, un peu blasée. De toute façon, je vais devoir attendre la nuit pour retourner à la ZUP. C'est plus prudent. Puisqu'il me reste plusieurs heures à attendre, je n'ai qu'à rester avec elle. Ses bavardages feront passer le temps plus vite.

Nous nous éloignons du camp de réfugiées. J'ai un pincement au cœur, regrettant de laisser derrière moi ces femmes condamnées à une vie misérable. Mais Rosalind, dont le cerveau est de nouveau en pleine ébullition, ne me laisse pas le temps d'y penser davantage.

– Pourquoi une fille du futur comme toi tient-elle autant à trouver une réfugiée ? me demande-t-elle. Est-ce dans le cadre de tes recherches d'anthropologie ?

Sourcils froncés et index sur le menton, elle marmonne son analyse à mi-voix, comme pour la mettre à l'épreuve :

– Quand j'y repense, tu t'es comportée comme si cette femme qui s'appelle Florence avait une importance toute particulière pour toi. Comme si c'était elle, et personne d'autre, que tu voulais trouver.

Son raisonnement tient debout et s'approche même pas mal de la réalité, mais je ne m'inquiète pas outre mesure. Rosalind est trop barrée pour découvrir la vérité. Je la laisse se perdre dans ses élucubrations. Dans un instant, elle me sortira que je suis la fille cachée d'une femme des années 3000 et d'un petit homme vert.

– Je sais ! s'exclame Rosalind, les joues roses d'excitation.

Bingo. Elle vient d'avoir une idée, sans nul doute farfelue. Je m'attends à tout.

– Tu connais cette femme ! affirme-t-elle. Cette Florence. J'en suis sûre !

Je tressaille, mais tente de me ressaisir. Je mens :

– Comment pourrais-je la connaître ? C'est une femme du passé.

– Justement, rétorque-t-elle, c'est ça qui est intéressant. Car si tu la connais, cela signifie que...

Elle s'arrête au milieu de sa phrase et m'observe, les yeux plissés. Moi je commence à me demander si je ne l'ai pas sous-estimée. J'espère encore qu'elle va me sortir un truc énorme né de son imagination exubérante mais les yeux fixés sur moi, elle déclare :

– Tu ne viens pas du futur. Tu es une médiévale.

Je suis tétanisée. Je proteste du mieux que je peux :

– Non, je suis la cousine de Pénélope...

Mais je me rends bien compte que ma défense manque d'arguments et que le ton de ma voix me trahit. Le pire, c'est que Rosalind ne s'arrête pas là.

– J'aurais dû le comprendre avant, poursuit-elle. Cela saute aux yeux, pourtant. Si Pénélope avait disparu le mois dernier, ce n'était pas parce qu'elle avait besoin de repos. Ce n'était pas pour reprendre des forces à la campagne. Non ! En réalité, elle est retournée dans le passé. Elle a profité de ses facultés d'élève agrégée pour voyager dans le temps !

– Tu imagines n'importe quoi. Jamais Pénélope n'aurait fait une chose pareille.

Mais je n'arrive plus à l'arrêter, elle part en roue libre.

– Tu cherches à la protéger, bien sûr. Vous vous êtes rencontrées à ton époque, le mois dernier. Peut-être même avant, lors du premier séjour de Pénélope au Moyen Âge. Celui où elle est restée coincée. Vous avez sympathisé, et elle t'a emmenée avec elle jusqu'ici.

– C'est absurde, dis-je sèchement. Tu es complètement folle.

– Au contraire. Tout s'explique. Voilà pourquoi tu es aussi petite et pourquoi tu affiches en permanence cet air égaré.

Je ne peux pas m'empêcher de jeter un coup d'œil inquiet autour de nous pour m'assurer que personne ne peut l'entendre.

– Ne t'inquiète pas, me rassure Rosalind. Je sais garder un secret. Combien de temps comptes-tu rester ici ? Est-ce que tu passes un bon séjour ?

Maintenant, elle prend de mes nouvelles comme si j'étais en vacances dans le coin ! C'est du délire.

– Ne fais pas cette tête ! s'exclame-t-elle. Je t'ai dit que tu pouvais me faire confiance. Et si on allait manger une gaufre ?

– Pardon ?

– Je t'invite. Nous pourrions devenir amies. Je t'aime bien, tu sais. Tu es amusante. Alors, c'est d'accord, pour la gaufre ? Sucre glace ou crème Chantilly ?

– Euh... non, je suis désolée. J'ai autre chose de prévu.

Je m'apprête à batailler pour me débarrasser d'elle, mais elle sourit :

– Une autre fois alors ?

– C'est ça, une autre fois.

Elle a l'air toute contente à cette idée. Moi je suis super-nerveuse. Sans trop d'illusions, je lui dis qu'il faut à présent qu'elle me laisse. À ma grande surprise, elle accepte :

– Bien sûr. Je n'ai pas l'intention de te harceler. Je suis ton amie maintenant, et une amie ne se comporterait pas ainsi. Nous nous verrons au lycée demain, de toute façon.

Et elle s'éloigne en me faisant un petit geste de la main.

Je la regarde partir en espérant qu'elle tiendra parole et qu'elle ne confiera à personne ce qu'elle a découvert. Mais une chose est claire. Il est vraiment temps que nous quittions cette époque, Pénélope, Pierrick, Antarès, l'enfant et moi. L'étau se resserre autour de nous.

Je suis de nouveau seule. J'ai regagné le quartier plus animé près de la gare. Les habitantes du futur s'activent, reviennent du travail ou font leurs courses. Un peu plus loin, je vois des écolières qui prennent un goûter. D'un coup, je regrette d'avoir refusé la proposition de Rosalind. Je dois absolument manger quelque chose, sinon je ne tiendrai pas.

Je repère une boulangerie qui vend des sandwichs, des fruits et des viennoiseries. Cela me stresse, j'ai peur de ne pas réussir à payer avec mon tech. Pourtant, c'est censé être simple, Pénélope m'a expliqué. Dans la plupart des magasins, un système de paiement automatique est en place. Je dois choisir un article et partir simplement avec. Le tech dans ma poche déclenchera le règlement sans que j'aie rien à faire.

Je respire à fond et j'entre dans la boutique. La vendeuse doit mesurer deux mètres. Elle m'accueille poliment et me demande ce que je veux. Impatiente de sortir de là, je choisis vite fait un sandwich au beurre de pistaches et une bouteille de jus de kiwi. La géante me sert et me souhaite une bonne fin de journée. Moi j'ai l'impression d'être une voleuse, mais je me force à ressortir en prenant l'air dégagé.

Personne ne m'interpelle, personne ne donne l'alerte. Ça a marché. Soulagée, je m'assieds sur un banc et je croque dans mon sandwich. Il est bon, le pain est frais et j'apprécie le goût du beurre de pistaches. Ça me fait du bien.

Puis j'attends.

Quand la nuit est enfin tombée et que les rues commencent à se vider, j'entreprends de rejoindre la ZUP. Cela fait plus de douze heures que Pénélope et moi sommes séparées.

Je sors de la ville en faisant de nombreux détours. À cette heure tardive, le macadam phosphorescent commence à diffuser sa lueur bleutée et je dois longer les murs pour rester dans l'ombre.

Je retrouve la route que nous avions l'habitude de prendre à vélo. Je marche prudemment sur le bas-côté et me retourne régulièrement en me demandant si je vais apercevoir la silhouette de George dans la nuit, mais non, rien. Cela ne me rassure pas vraiment. Je sais qu'elle est parfaitement capable de me suivre sans que je m'en rende compte.

Enfin, j'arrive près de la ZUP. La masse des immeubles se dresse devant moi, encore plus sombre que le ciel, sans aucune trace de vie. Je sens un frisson courir dans mon dos. Vu comme ça, l'endroit est sinistre.

Prenant garde aux obstacles, je progresse lentement. Pas évident, dans le noir. Je m'autorise à retirer mes talonnettes, puis j'essaie de trouver la fonction lampe de poche sur mon tech. Évidemment je n'y arrive pas. Je tente de positiver en me disant que sans lumière, j'aurai moins de risque de me faire repérer.

Comme la nuit est sombre quand la Lune n'est pas pleine... Heureusement que je suis déjà venue deux fois. Je retrouve le chemin sans trop de difficultés. Je passe devant la publicité avec Vigdis, puis le caddie renversé. La poupée est juste là, dans son landau. Bientôt, je distingue l'immeuble où s'abritent les garçons.

Encore quelques dizaines de mètres et j'arrive au pied du bâtiment. Tout est calme. J'entre, je tâtonne un peu, puis je commence à gravir les escaliers encombrés de ronces et de liseron. Par précaution, je veille à ne pas faire de bruit. J'arrive au cinquième sans avoir perçu le moindre son, le moindre mouvement. Ils doivent être endormis. Je suis surprise que l'enfant, qui a l'oreille fine, ne m'ait pas repérée, mais je ne m'en préoccupe pas trop. Je suis impatiente de les retrouver.

Quand je pénètre dans l'appartement, je ne les vois pas tout de suite. J'avance lentement, essayant de percer l'obscurité. Pierrick s'était installé un matelas de ce côté-là, près de la porte donnant sur la chambre de l'enfant. Antarès était un peu plus loin...

Sauf que leurs matelas sont inoccupés. Je ne vois pas non plus le sac de Pénélope, ni aucun autre indice me permettant de penser qu'elle a réussi à les rejoindre.

Je chasse l'inquiétude qui menace de m'envahir. Ils sont sans doute regroupés dans la pièce voisine, près du nid du gamin. Ils ont préféré s'organiser ainsi en cas d'alerte.

Mais dans la chambre non plus, il n'y a personne. Ma gorge se serre. Le nid est vide.

CHAPITRE 49

Quand nous avons découvert la présence de George, approchant de notre refuge, nous avons dû réagir très vite. Nous n'avions pas une minute à perdre, sous peine d'être piégés à l'étage. Prenant sa décision en un instant, Antarès nous a entraînés dans les escaliers, puis au sous-sol, dans les caves. J'ai rapidement attrapé mon sac avant de le suivre. En un clin d'œil, chacun d'entre nous a trouvé un endroit où se dissimuler.

Nous ne bougions pas. J'avais les jambes engourdies et la nuque endolorie à force de me tenir penchée dans ce recoin, derrière une vieille armoire qui sentait le bois moisi. J'entendais la respiration lente et fragile de l'enfant, caché à côté de moi. Je distinguais vaguement dans la pénombre son pied nu, crasseux.

Je ne pouvais pas le voir, mais je savais que Pierrick était tout près, dissimulé derrière un amas de meubles médiévaux. Antarès avait trouvé un autre endroit, juste un peu plus loin. Dans le noir, nous étions tous les quatre invisibles.

Quelques minutes plus tard, nous avons deviné, plus qu'entendu, que George était entrée dans l'immeuble. Elle s'était arrêtée au rez-de-chaussée. Sans doute observait-elle attentivement les lieux... Notre seule chance était de n'avoir laissé aucune trace de notre passage vers les caves, sinon c'en était fait de nous. En revanche, les marques d'une circulation régulière menant au cinquième étage étaient impossibles à manquer. Végétation écrasée, poussière marquée de traces de pas. Sans chercher davantage, George est montée jusqu'à l'appartement que nous occupions encore quelques instants auparavant.

Là, bien sûr, elle a découvert notre installation. Les matelas, nos provisions, quelques affaires rassemblées par les garçons au hasard de leurs pérégrinations, et le nid de l'enfant. Constatant notre absence, elle en a certainement déduit que nous avions eu le temps de fuir, et elle est repartie sans imaginer que nous étions encore là. Nous l'avons entendue redescendre, et puis plus rien.

À présent, nous hésitons... Vaut-il mieux rester cachés ici, au cas où George nous guetterait dehors, ou nous enfuir maintenant ? En chuchotant dans l'obscurité, nous décidons de quitter l'endroit sans attendre. Les caves sont un abri, mais aussi un piège sans issue si l'ancienne agrégée décide de revenir approfondir son exploration du bâtiment.

Sur nos gardes, nous sortons donc dans la nuit pour nous éloigner rapidement. Mais nous savons que nous ne pouvons pas partir à une trop grande distance, sinon jamais Andrea ne nous retrouvera.

Antarès, qui s'oriente aisément, nous entraîne vers un bâtiment dont la porte est presque complètement obstruée par un arbre au large tronc. Sur la devanture, une inscription est à moitié effacée. Il fait trop sombre pour que je puisse la déchiffrer. Nous nous faufilons par l'étroite ouverture entre l'arbre et le chambranle de la porte. L'enfant passe facilement, et Antarès aussi, efflanqué comme il est. C'est plus difficile pour Pierrick et moi qui sommes plus larges.

En entrant, je comprends où nous sommes. Une bibliothèque... J'ai entendu parler de ce genre d'endroit, qui existait avant la Renaissance. Des livres y étaient stockés par centaines, et les gens pouvaient les emprunter, un peu comme les ouvrages disponibles sur mon tech, sauf qu'à l'époque ils étaient imprimés sur du papier.

Il y a des dizaines d'étagères, plus hautes que moi. Partout où je pose mon regard, j'en distingue d'autres encore. Et sur chacune sont rangés des livres, des centaines de livres, des milliers même, je crois. Je ne pensais pas qu'un seul lieu pouvait en contenir autant. Ça sent une drôle d'odeur qui m'est inconnue. Est-ce celle que le papier prend en vieillissant ?

L'endroit est vaste et plutôt en bon état, comparé à l'immeuble où les garçons s'étaient installés. Peut-être est-il resté relativement préservé parce qu'il y a peu de fenêtres, si bien que ni la végétation ni les petits animaux n'ont pu y pénétrer. Je suppose aussi que, pendant la Renaissance, les gens qui affrontaient cette période troublée cherchaient juste à survivre... Ce lieu qui ne leur offrait ni nourriture, ni vêtements chauds, ni médicaments n'a donc pas été pillé.

– C'est un bâtiment public, dit Antarès. Il y a une issue de secours, à l'arrière.

C'est un choix judicieux. Au fond de cette grande salle, je découvre un espace un peu plus accueillant qui contraste avec l'ambiance austère du reste de la bibliothèque. Ici aussi, tout est singulièrement bien conservé. Des coussins et des minicanapés couverts d'une matière plastique imitant le tissu sont disposés de façon accueillante. Il y a des livres, mais ils sont rangés dans des bacs de faible hauteur. Leurs couvertures sont ornées de dessins. C'était le coin réservé aux enfants. Nous allons pouvoir prendre un peu de repos, même si tout est très poussiéreux.

Je pose mon sac qui contient une gourde remplie d'eau et quelques biscuits. Antarès aussi a emporté de quoi tenir quelque temps. Prévoyant, il vérifie que l'issue de secours, à quelques mètres, n'est pas verrouillée. La porte s'ouvre sans difficulté, tant mieux. En cas d'urgence, nous pourrons fuir de ce côté.

– Restez ici, ordonne-t-il. Moi, je dois ressortir. Il faut qu'on indique à Andrea où nous retrouver.

– OK, mais comment on va faire ? s'inquiète Pierrick. Si on lui laisse un message à l'appart, la psychopathe qui nous poursuit risque de tomber dessus.

– On va la guider, de façon que George ne remarque rien.

Il vide son sac et le remplit de livres. Quand il les saisit, les volumes de papier dégagent un nuage de fine poussière.

– Je comprends pas, insiste Pierrick.

– Fais-moi confiance. Andrea comprendra, elle. J'en suis sûr. Elle a un don pour remarquer ce que les autres ne savent pas voir.

Déjà Antarès se dirige vers la sortie principale et disparaît. Pierrick s'assied sur un matelas en mousse et fouille dans un de nos sacs pour en extraire le flacon d'antibiotiques. Il fait signe à l'enfant d'approcher pour prendre le médicament. Le petit fait la grimace en avalant, mais ne proteste pas. Il fait confiance à Pierrick.

Mais il bâille et a l'air fatigué. Ce n'est pas étonnant. A-t-il pris du poids, depuis ce premier jour où je l'ai vu ? Est-il plus vigoureux, en meilleure santé ? La fièvre a baissé, j'en suis sûre, mais pour le reste, difficile à dire. Il faudrait pourtant que nous repartions dès qu'Andrea nous aura rejoints.

Le découragement m'envahit. Arriverons-nous à quitter cette époque où nous sommes désormais en grand danger ? Réussirons-nous un jour à mener une vie heureuse ?

Le silence dans ce lieu est absolu, comme si la poussière avait le pouvoir d'absorber chaque son. L'enfant s'allonge en posant sa tête sur le bras de Pierrick. Celui-ci l'aide à s'installer confortablement et dépose son sweat sur le dos du petit, pour qu'il dorme bien au chaud. Je viens m'asseoir près d'eux, aux aguets.

CHAPITRE 50

J'ai attendu leur retour près du nid, espérant qu'ils s'étaient juste éloignés un moment pour trouver de la nourriture, mais plus le temps passait, plus ma certitude prenait corps. Ils avaient fui. Cela voulait dire que George les avait débusqués.

J'ai cherché dans l'appartement un indice, un message qu'ils m'auraient laissé pour m'indiquer où ils étaient partis. L'obscurité ne me facilitait pas la tâche. Sans trop d'illusions, j'ai à nouveau tenté d'utiliser mon tech, et cette fois, j'ai réussi à déclencher la fonction lampe de poche. J'ai observé les lieux en prenant garde à ne pas projeter la lumière vers les fenêtres.

Mais je n'ai rien trouvé, et cela ne m'a pas surprise. Quand George approche, on ne prend pas le temps d'écrire un message. On se tire, le plus vite possible, en espérant juste sauver sa peau.

Je me suis assise, découragée. Une chauve-souris qui devait être planquée dans un coin de l'appart est passée tout près de moi avant de s'enfuir par l'escalier. J'ai sursauté, tout en me reprochant d'avoir peur d'une bête si inoffensive. Puis j'ai eu envie de pleurer, et ça aussi, je me le suis reproché. À quoi ça aurait servi ? Je ne devais pas me laisser abattre.

Pourtant, le constat était accablant. J'étais de nouveau seule et je n'avais aucune idée de la façon dont je pouvais rejoindre mes amis et mon frère.

Alors, la colère est montée en moi. Si seulement je ne m'étais pas mis en tête de retrouver ma mère ! Comme si ça pouvait être aussi facile : la pauvre petite orpheline tombe sur sa mère dans le futur, comme par hasard. Tout est bien qui finit bien. Débile.

Résultat, nous sommes séparés, les autres sont menacés par une sorte de Terminator, et moi je ne suis même pas avec eux pour les aider.

Je suis restée longtemps assise par terre, démunie. Je crois que je me suis assoupie, par moments. Maintenant, le jour se lève et je me redresse. Il n'est plus temps de se lamenter, je dois agir.

Je ressors de l'appartement et je m'arrête sur le palier. Au plafond, il y a un vasistas qui devait autrefois laisser filtrer la lumière, mais qui est depuis longtemps recouvert de terre et de fientes d'oiseaux. Il est à moitié descellé et quand il pleut, les gouttes tombent sur le carrelage de l'escalier. Je l'avais déjà remarqué. Il me faudrait une échelle ou un escabeau pour y accéder. Je regarde autour de moi et je tire une étagère hors de l'appartement voisin. Le bois est en mauvais état et j'espère qu'elle tiendra.

J'entreprends d'escalader le meuble qui grince et vacille dangereusement, mais je parviens à atteindre la petite fenêtre en plexiglas, que je tente de pousser vers le haut. Elle cède dans un craquement sec. Je dois maintenant me hisser sur le toit, et mes bras tremblent sous l'effort. Je me repens de ne pas avoir suivi les cours de barre asymétrique au lycée avec plus de motivation. M'aidant de l'étagère une dernière fois avant qu'elle ne s'écroule, je réussis à me faufiler au-dehors.

Le soleil m'éblouit. C'est une belle journée, une de celles où les cours sont annulés. La main en pare-soleil, je me tiens debout au milieu du toit de l'immeuble et je regarde tout autour.

C'est un spectacle saisissant qui s'offre à moi. Jusqu'alors, je n'avais eu qu'un aperçu partiel de la ZUP. Cette fois, ce quartier de banlieue ordinaire dévasté par le temps se déploie tout entier sous mes yeux, et l'étendue des dégâts me laisse sans voix. C'est mon monde disparu qui est là, devant moi. Seule tout en haut de cet immeuble, j'ai l'impression que jamais je ne pourrai revenir en arrière.

Au loin, la ville moderne se dresse, éclairée par le soleil du matin. Les quartiers résidentiels, arborés, puis Paris, un peu plus loin, et bien sûr la tour Eiffel les pieds dans l'eau. La Seine est si large... Elle a modifié radicalement le paysage urbain. J'aperçois la butte Montmartre et le Sacré-Cœur, toujours debout, mais le Louvre et les Tuileries ont disparu dans le lit du fleuve, ainsi qu'une partie des Champs-Élysées. Dans la zone qui n'a pas été envahie par l'eau, je distingue des bâtiments que je ne connais pas, érigés par les femmes survivantes après la Renaissance.

Au-dessus de ma tête, un vol d'étourneaux, ou de je ne sais quelle sorte de petits oiseaux, passe bruyamment. Leur cri est sonore et envahit le ciel, puis ils s'éloignent comme ils sont venus.

Je m'approche du bord de la terrasse, prenant garde à me baisser pour ne pas être visible. Je scrute la ZUP. D'ici, j'espère pouvoir situer Pénélope, Pierrick, Antarès et l'enfant.

Mais rien ne bouge aux alentours. Je fais le tour de la terrasse, prudemment courbée en deux, m'arrêtant à chacun de ses angles pour guetter. En vain. Aucune trace d'eux... Quand soudain une forme mouvante attire mon attention. Furtive, elle se coule dans l'ombre d'une barre d'HLM et un instant, je pense qu'il s'agit d'Antarès. Il se déplace comme ça. Mais un rayon de soleil frappe sa chevelure qui m'apparaît, blonde, presque blanche. George.

Aussitôt, la panique me gagne, j'ai l'horrible sentiment que c'est une catastrophe, mais je me raisonne. Si George explore les environs, cela signifie qu'elle n'a pas encore trouvé Pénélope, Pierrick, Antarès et l'enfant. C'est donc, d'une certaine façon, une bonne nouvelle.

Avant de quitter le toit de l'immeuble, je prends des repères visuels pour savoir gagner l'endroit où j'ai aperçu l'ex-agrégée. C'est peut-être en me rapprochant d'elle que je réussirai à retrouver les autres. Puis, je franchis à nouveau le vasistas. L'étagère n'a pas tenu et je me suspends par les bras avant de sauter sur le palier.

De retour dans la rue, je passe devant la poupée que j'avais installée dans la poussette. Je sursaute presque en découvrant qu'elle n'est plus allongée, comme endormie, mais assise, un livre ouvert posé sur les genoux, tenu par son unique bras. J'ai l'impression d'halluciner, comme si ce poupon était vivant et avait ramassé un bouquin pour passer le temps, puis je secoue la tête. C'est sans doute l'enfant qui a joué avec. Je passe mon chemin.

Je me méfie de ce soleil qui éclaire tout d'une lumière crue et qui pourrait dénoncer ma présence, exactement comme il m'a permis d'identifier George tout à l'heure. Je cherche l'ombre, tout en progressant vers un coin de la ZUP que je ne connais pas.

À chaque pas j'ai peur de me faire surprendre. Qui verra l'autre en premier ? George, ou moi ? Je prends des risques, mais est-ce que je fais vraiment le poids ?

J'approche de la barre d'HLM où j'ai aperçu l'ex-agrégée, tout à l'heure, mais évidemment elle n'est pas restée là. De quel côté s'est-elle dirigée ? Je contourne le bâtiment, puis je passe sous un porche, quand soudain je m'arrête net.

J'entends la voix d'une femme, une voix que je ne reconnais pas. Ce n'est ni celle de George ni celle de

Pénélope. De qui s'agit-il alors ? Ses intonations sont impérieuses, ce sont celles de quelqu'un qui a l'habitude de donner des ordres et d'être obéie sans ciller. Je suis cependant trop loin pour distinguer ce qu'elle dit.

Prudente, je me tiens plaquée contre le mur et je ne bouge plus d'un millimètre. Cette femme est juste là, au détour du bâtiment, et je me dis qu'il faudrait peut-être que je rebrousse chemin, mais la curiosité me pousse à rester là et à écouter. Personne ne peut être ici par hasard.

La mystérieuse personne se tait, et quelqu'un lui répond.

Cette fois, je n'ai aucun doute. La deuxième voix est celle de George.

– Mes informations sont fiables, affirme-t-elle. Toutes les deux se cachent par ici.

Pas difficile de comprendre que George parle de Pénélope et moi. Ça me fait froid dans le dos. L'autre femme répond mais elle parle plus posément et je n'entends pas bien. Je décide d'avancer en glissant le long du mur de béton, si lentement que ma progression me semble imperceptible. Petit à petit, je perçois leur échange.

– Cherchons encore, poursuit George. Face à nous, elles n'ont aucune chance.

– J'espère que tu ne me fais pas perdre mon temps, réplique son interlocutrice.

La voix de cette autre femme est calme, presque indifférente. Elle crée pourtant en moi une vive impression de malaise.

– Je suis sûre que non, répond George. Tu l'as perçu toi aussi, tu me l'as dit. Pénélope ment.

– C'est exact, répond l'inconnue. Elle est assez douée pour mystifier son entourage, d'ailleurs. Mais pas suffisamment pour me tromper, moi.

– Alors tu vois bien, reprend George avec une drôle d'intonation. J'ai raison depuis le début.

Je me trouble... Je reconnais bien la voix de George et, pourtant, la façon qu'elle a de s'exprimer me déconcerte. Comme si elle manquait d'assurance, comme si, d'un coup, elle était presque fragile... Avec cette interlocutrice, le rapport de force semble inversé. Et ça ne me rassure pas. Si George craint cette femme, alors que devrions-nous en penser, nous, les fugitifs ?

Je dois savoir qui elle est. Je veux la jauger et mesurer à quel point elle est dangereuse. Mais pour cela, il va falloir que j'approche encore plus près. N'est-ce pas trop risqué ? Je suis seule, elles sont deux. L'une d'elles est cette terrifiante personne que j'ai déjà affrontée à plusieurs reprises, dans les carrières ou dans le tunnel, manquant de peu d'y laisser la vie. Et si je ne me trompe pas, l'autre est encore plus redoutable.

– Ne te fais pas trop d'illusions, répond justement l'inconnue de sa voix morne. Cela ne changera rien pour toi.

– Au contraire, proteste George dans une sorte de gémissement, tout sera différent. Je serai réhabilitée, et la vie pourra reprendre comme avant...

– Pas en ce qui nous concerne, reprend durement l'inconnue.

– Laisse-moi une chance, supplie George. S'il te plaît...

Plaquée contre mon mur de béton, j'ai du mal à comprendre ce à quoi j'assiste. Cette discussion n'a rien à voir avec la situation présente, celle d'une traque. On dirait un mauvais mélo.

– Ta déchéance t'a rendue amère, accuse l'inconnue. Elle te fait perdre la tête.

Chaque fois qu'elle prend la parole, la voix de cette femme me glace le sang.

– Je t'en supplie, insiste George. Reconsidère ta position à mon égard...

Et puis, plus rien. Le silence, angoissant. Je recule un peu, je ne les entends plus. Mon cœur bat à toute allure. Je crains de les voir apparaître face à moi d'un instant à l'autre, dans l'encadrement du porche... Mais non, rien, seulement le silence. Sont-elles parties de l'autre côté ? Je ne veux pas les laisser filer sans savoir à qui j'ai affaire. Vite, je fais un pas en avant pour avoir le temps d'identifier l'inconnue. Alors que j'avance la tête à l'angle du bâtiment, je les vois.

Je recule aussitôt, tétanisée. Elles sont juste là, à quelques mètres. Elles n'ont pas bougé, elles se regardent simplement sans parler.

Cela n'a duré qu'un fragment de seconde, mais je sais ce que j'ai vu. Sa peau est aussi noire que celle de George est blanche, son visage est fin et harmonieux, ses pommettes hautes et sa bouche parfaite. Ses cheveux crépus forment comme une aura autour de son visage. Elle a des points communs évidents avec George : la beauté, mais aussi une stature imposante, un corps musclé, et des yeux froids et déterminés.

Cette femme correspond précisément à la description que Pénélope m'en a faite. C'est Olympe, la responsable des agrégées. J'en suis certaine.

Mais ce qui me tétanise encore plus, c'est ce geste de George... Elle a avancé sa main pour caresser la joue d'Olympe, avec tendresse. Je n'en reviens pas. Cette femme odieuse, capable d'un tel sentiment ? Je suis sidérée.

Tout doucement, je recule avant qu'elles ne se rendent compte de ma présence et dès que j'ai tourné au coin du bâtiment, je me mets à courir, sans plus penser à me cacher. Je n'ose pas me retourner, je me prends les pieds dans les gravats et les objets abandonnés, je manque de tomber à plusieurs reprises, mais je ne m'arrête pas.

Tandis que je m'enfuis, mes pensées se bousculent dans ma tête. J'ai enfin compris pourquoi George s'est tant acharnée sur nous. Pourquoi elle nous a pourchassées, pourquoi elle a même tenté de nous tuer. Ce regard suppliant qu'elle a adressé à Olympe, ce geste de la main, et la réponse de la prime agrégée, qui l'a toisée d'un air glacial...

George aime Olympe. C'est clair maintenant. Elle fait partie non pas des asentimentales, mais des amoureuses... Voilà pourquoi elle souffre tant d'avoir été rejetée par sa propre société. Car, ironie suprême, c'est Olympe qui l'a destituée. Être réhabilitée, c'est aussi pour George avoir une chance de reconquérir celle qu'elle aime.

Sauf que, à mon avis, c'est peine perdue. La prime agrégée n'éprouve rien pour George, c'est évident. Si elles ont eu une liaison, par le passé, Olympe faisait peut-être semblant d'être une amoureuse, pour se valoriser.

J'ignore ce qui plaît tant à George chez Olympe, mais une chose est sûre. Amoureuse, George n'abandonnera jamais.

Je dois prévenir les autres. Le danger qui pèse sur nous s'est dédoublé. Ils doivent savoir. Mais où sont-ils ?

Je cours à perdre haleine, tournant au coin d'un bâtiment, me faufilant dans un passage étroit, repartant plus loin encore, sans m'arrêter. J'ai tellement peur que George et Olympe m'aient entendue et qu'elles soient à ma poursuite.

Puis, enfin, je m'arrête, pliée en deux, à bout de forces. Ma respiration siffle, je n'en peux plus. Il n'y a personne à mes trousses. Soit elles ne m'ont pas suivie, soit j'ai réussi à les semer. Lentement, je reprends mon souffle.

Comment retrouver les autres dans ce quartier dévasté et hanté par deux agrégées ?

Je regarde autour de moi. Sans m'en rendre compte, je suis revenue vers l'immeuble où les garçons se cachaient. Immobile sur le trottoir craquelé, debout entre une vieille basket toute pourrie et un four à micro-ondes, je me sens découragée.

Alors je reste là sans bouger. Ce n'est pas prudent, je le sais. Je suis trop visible. Au fond de moi, j'espère que Pénélope, Pierrick ou Antarès me verront, et qu'ils viendront me chercher.

Mais rien.

J'essaie de me ressaisir. Après tout, j'ai réussi à échapper à Olympe et George. C'est déjà beaucoup et cela doit me redonner espoir.

Je suis dans la partie de la ZUP que je connais le mieux. Je décide de chercher à partir de là. Je trouverai peut-être une trace du passage de mes amis, des empreintes de pas dans un recoin boueux, un objet déplacé, un signe, n'importe lequel...

Mais j'ai beau chercher au pied de l'immeuble où les garçons s'étaient installés, je ne remarque rien à part un vieux bouquin qui traîne en bas de l'escalier. Il n'était pas là tout à l'heure...

Le cœur battant, je m'approche et le saisis.

Il n'est pas poussiéreux. Il a été déplacé récemment. Fébrile, je tourne les pages en pensant que, peut-être, un mot y est glissé... Mais non, il n'y a rien, aucun bout de papier griffonné rapidement. Encore et encore, je vérifie, en vain.

Le découragement me gagne à nouveau, quand soudain une image me revient en tête.

La poupée qui lisait... c'était un indice ! Au même moment, comme pour confirmer que j'ai raison, je remarque un autre livre posé dans le caddie abandonné, et un autre encore par terre au milieu de la rue. Autant de messages laissés à mon intention, j'en suis sûre !

Je réfléchis à toute vitesse. Des livres... Les titres auraient un sens, comme pour une devinette ? Il faudrait que je les déniche tous et que j'en assemble les mots ? Impatiente, je ramasse le livre qui gît au bas de l'escalier et j'avance déjà vers le suivant, quand je m'arrête.

Non. C'est trop compliqué. Quatre bouquins déjà, et aucune certitude qu'il n'y en ait pas ailleurs. Ça ne peut pas être ça. Je réfléchis.

Et soudain, ça me paraît évident. Des livres. C'est simplement ça, le message. Mes amis sont cachés dans un lieu où il y a plein de livres. Une librairie. Ou une bibliothèque.

Je dois trouver cet endroit. Ils y seront.

J'espère juste arriver là-bas avant George et Olympe.

CHAPITRE 51

Le soleil est déjà haut dans le ciel quand l'enfant se réveille. Je crois que je me suis endormie, moi aussi. Antarès est revenu.

– Ça y est, dit-il. J'espère qu'Andrea comprendra mon message.

J'acquiesce, inquiète moi aussi à l'idée que notre amie ait du mal à nous retrouver.

Pierrick, qui était allé surveiller les alentours, revient à ce moment-là.

– Pour l'instant, j'ai vu personne, déclare-t-il.

L'enfant cherche quelque chose à manger dans nos provisions. Il a raison, nous avons besoin de prendre des forces. Qui sait combien de temps il nous faudra rester ici...

– Tun, dit le petit garçon en me tendant un biscuit.

Tiens, bien sûr. Je lui souris :

– Merci.

Il ne se méfie plus de moi et ça me fait plaisir. Je commence même à m'habituer à sa façon de parler encore maladroite. Ses efforts pour prononcer les mots sont touchants. Je cherche dans mon propre sac.

– Veux-tu du chocolat ?

– Oui, me répond-il. Mèci.

– Merci, le reprend gentiment Pierrick.

– Mer-ci, répète consciencieusement le petit.

Je l'observe et je me dis qu'il a tout de même meilleure mine. C'est bon signe. Mais soudain, cela me frappe. L'enfant n'a pas de nom ! Je le fais remarquer aux garçons.

– C'est compliqué, répond Antarès. On en a parlé avec Pierrick, mais on a hésité… Je ne sais pas si c'est à nous de lui donner un prénom.

Ils m'expliquent que le petit n'a aucun souvenir à ce sujet. Sa mère l'avait forcément baptisé, mais l'enfant est peut-être seul depuis plus longtemps qu'on ne croyait, et ce nom est définitivement perdu dans sa mémoire. Du coup, je comprends leur hésitation.

– Dans ce cas, c'est simple, dis-je. Il peut se baptiser lui-même.

Pierrick et Antarès échangent un regard, séduits par mon idée. L'enfant aussi a compris et sourit largement.

– Tu as raison, estime Pierrick. C'est comme ça qu'il faut faire.

Le petit garçon acquiesce, ravi. Il se lève et regarde autour de lui, cherchant son futur nom avec le plus grand sérieux. C'est une décision importante.

– Ici, rappelle Antarès, on ne connaît pas tellement de prénoms masculins...

– Et si on regardait les livres ? propose Pierrick à l'enfant. Je peux te lire les noms des auteurs.

Mais le petit garçon fait non de la tête. Il reste pensif, sourcils froncés.

– Tu n'es pas obligé de trouver tout de suite, le rassure Pierrick.

Au plafond, des oiseaux pépient. Ils ont fait leur nid là-haut.

L'enfant se tourne vers nous, radieux, et prend son temps pour prononcer du mieux qu'il peut :

– Jheu ma-pel Roi-teu-lé.

Roitelet. Le nom d'un oiseau. Je me souviens de mes cours de soins vétérinaires, chapitre ornithologie. Le roitelet est un oiseau de petite taille, un des plus petits d'Europe. Il est vif et hyperactif. Son chant est très aigu, presque imperceptible pour l'oreille humaine. C'est une espèce très vulnérable en hiver, mais dont la population augmente au printemps. Je lui souris :

– Je suis ravie de te connaître, Roitelet.

Nous mangeons sans parler, contents pour l'enfant. Roitelet est un beau prénom et nous sommes tous heureux de pouvoir enfin l'appeler par son nom.

En revanche, toujours pas de nouvelles d'Andrea. Antarès est en permanence sur ses gardes, l'oreille tendue, et je le vois se retourner à plusieurs reprises quand il croit entendre un bruit. Mais chaque fois, c'est une fausse alerte.

Quand nous avons fini de manger, je me lève pour étudier cet endroit qui m'intrigue. Je m'approche des rayonnages de livres. Je prends un ouvrage au hasard. *La Nuit des temps*. Je le feuillette et je vois qu'il s'agit d'un roman. Peut-être que je pourrai le lire, un jour. Je le repose. Je poursuis mon exploration et j'arrive au rayon des biographies. La plupart évoquent la vie de personnalités médiévales, souvent des personnages masculins. Certains de ces livres ont été écrits après la Renaissance, même s'ils sont beaucoup moins nombreux. J'en déduis que cette bibliothèque a été utilisée un moment encore après la disparition des hommes. Il a fallu du temps pour que la société se réorganise, bien sûr, et ce quartier a sans doute été habité pendant plusieurs décennies après la Grande Grippe, avant d'être définitivement abandonné.

Je passe rapidement sur ce rayon quand un titre attire mon attention. Dans un premier temps, je ne comprends pas ce que je vois. Cela n'a pas de sens ! Mais je saisis le livre, j'en retire la poussière et lis son titre.

Tiago Arthelon, une biographie.

Je suis abasourdie. Arthelon, c'est le nom de famille de Pierrick, Andrea et leur petit frère Tiago. Comment puis-je avoir entre les mains la biographie d'un enfant qui est mort vers onze ou douze ans, pendant la Grande Grippe ? Car cela ne fait pas de doute, dans le monde où je me trouve actuellement, les hommes sont tous décédés à la Renaissance !

Mais soudain, un bruit me fait sursauter. Au bout de l'allée, entre les étagères, je vois qu'Antarès aussi l'a entendu. Il saisit sa barre de fer, nerveux, prêt à nous défendre. Quelqu'un approche par l'entrée principale, je l'entends de nouveau.

Vite, je fourre le livre dans ma poche et je rejoins les autres.

Pierrick fait signe à Roitelet de se diriger vers l'issue de secours. Silencieux et rapide, l'enfant se faufile à l'extérieur. Je m'apprête à en faire autant, quand je reconnais la voix d'Andrea.

– Ohé ? Vous êtes là ?

C'est moi l'aîné. Jamais je n'ai pu l'oublier. Je le sais, pourtant, c'est idiot, je ne suis pas responsable de l'absence de notre mère. J'avais huit ans quand elle a disparu. Mais Andrea et Tiago étaient encore plus petits que moi et toujours, j'ai voulu être là pour eux. Si j'étais malheureux de l'absence de maman, forcément, ils devaient en souffrir davantage encore... Je voulais les protéger, même si Andrea me disait que ce n'était pas la peine, et protestait même de temps en temps avec colère quand je m'obstinais à veiller sur elle. Je n'y pouvais rien. Même si ce n'était pas toujours facile, même si parfois j'aurais aimé oublier cette charge, c'était plus fort que moi. J'étais un grand frère.

Alors après des heures d'inquiétude, entendre ma petite sœur qui nous appelle, c'est le plus beau cadeau qu'on pouvait me faire.

CHAPITRE 52

Je suis tellement contente que nous soyons de nouveau tous ensemble ! Pénélope me serre contre elle. Le nez écrasé contre son bras, je vois Pierrick qui approche en me souriant, soulagé lui aussi. Mais ce n'est pas le moment pour les câlins. Je dois les alerter.

– Venez. On se tire d'ici vite fait.

Déjà, je m'apprête à ressortir, mais mon amie me retient :

– Où veux-tu aller ? Nous n'avons plus besoin de fuir.

– Tu vois bien, renchérit Pierrick, on est réunis. Inutile de courir ailleurs. On peut enfin quitter cette époque !

Je secoue la tête, stressée :

– On n'a pas le temps. Il faut d'abord trouver une meilleure cachette.

– Calme-toi, reprend Pénélope. L'enfant n'a plus de fièvre. Je pense qu'il est capable de voyager. Nous allons prendre quelques minutes pour nous concentrer et tout sera terminé.

Ils semblent confiants et cela m'angoisse encore plus. Ils ne se rendent pas compte du danger qui nous menace.

– Si on reste ici, on sera piégés !

– Non, regarde, insiste Pierrick. Nous sommes à l'abri. Si George tente d'entrer, nous fuirons par l'issue opposée.

– Écoutez-moi enfin, dis-je en criant. George n'est plus seule !

Déconcertés, ils se consultent du regard.

– Olympe est également à notre recherche ? dit Pénélope en se décomposant.

Antarès est devenu pâle, lui aussi. Seul Pierrick semble un peu perdu, il ne sait pas qui est Olympe.

– Il faut nous en aller, confirme aussitôt Pénélope. Les conditions ne sont plus réunies pour permettre un déplacement temporel. J'ai besoin de plusieurs minutes pour réussir à vous emmener. Pendant ce temps, tournés vers le passé, l'esprit déjà ailleurs, nous serions trop vulnérables.

Vite, elle rassemble quelques affaires pour les fourrer dans son sac. Antarès tient fermement sa grosse barre de métal, celle qu'il garde toujours près de lui, et fait signe à l'enfant qu'il faut partir. À son expression inquiète, je vois que mon frère a compris le danger, lui aussi.

Je suis soulagée, j'ai réussi à les prévenir à temps. Nous allons filer d'ici, trouver une meilleure planque, loin de la ZUP. Et Pénélope nous ramènera à la maison.

Mais ma joie est de courte durée. Juste devant moi, mon amie lâche son sac. Livide, elle a les yeux fixés sur un point précis, par-dessus mon épaule. Je me retourne lentement...

George est entrée sans un bruit et elle se tient là, debout entre deux rayonnages de livres. Elle est presque aussi grande que les étagères. Immobile, elle sourit calmement.

– Des hommes... triomphe-t-elle. Deux adultes et un petit. Voilà donc quel était votre secret ! Cela dépasse toutes mes attentes.

Sa voix est posée, comme si elle était sûre d'avoir remporté la partie. Je fonce vers l'issue de secours, espérant qu'Olympe mette du temps avant de contourner le bâtiment. Les autres me suivent... Mais il est déjà trop tard. Je stoppe net.

La prime agrégée est debout dans l'encadrement de la porte, si grande qu'elle touche presque le haut du chambranle. Elle contemple les garçons avec froideur, et son visage est plus effrayant encore que celui de sa compagne défigurée.

– Tu avais raison, dit-elle calmement à George. Finalement, cela valait la peine de s'attarder un peu.

Mue par un réflexe de survie, je recule lentement. Je cherche désespérément du regard un objet qui pourrait me servir d'arme, mais je ne vois rien. Antarès tient toujours sa barre de métal, en position défensive, mais je comprends qu'il hésite. Une arme, deux cibles. Comment faire ?

Du coin de l'œil, je vois Pierrick qui tente de faire passer discrètement l'enfant derrière lui, dans l'espoir qu'il puisse s'échapper en se faufilant entre deux rayonnages, mais Olympe l'a repéré et d'un pas sur le côté, lui barre le chemin. Elle pose l'index sur le front de l'enfant et le repousse avec dédain.

– Reste là, petit. Tu nous intéresses, toi aussi.

L'enfant montre les dents, gronde, mais il est terrorisé. Pierrick lui tend la main et il se blottit contre lui.

– Tu vois, Pénélope, susurre George. J'ai fini par prendre ma revanche.

– Sauvez-vous ! crie alors mon amie.

Et d'un geste vif, elle tente de frapper George d'un violent coup de genou dans le ventre. Immédiatement, Pierrick vient lui prêter main-forte et cherche à neutraliser l'ex-agrégée en utilisant une de ces attaques qu'il maîtrise, grâce à la boxe. Antarès se précipite lui aussi pour frapper George avec la barre de métal. Ensemble, ils vont forcément réussir à la mettre hors d'état de nuire ! Mais George encaisse le coup de Pierrick sans avoir l'air de souffrir, puis saisit la barre de fer d'un geste rapide et désarme Antarès. Elle attrape alors Pénélope par l'arrière. Je vois avec horreur mon amie prisonnière de notre ennemie, et Pierrick et Antarès impuissants, qui n'osent plus frapper. L'enfant gémit comme un animal pris au piège.

Pendant ce temps, Olympe n'a même pas bougé. Quel genre de personne est-elle, pour se montrer à ce point détachée ? Elle bloque toujours l'issue de secours, observant calmement le spectacle. Dans la paume de sa main droite est posé un tech, si noir et si mat qu'il semble absorber la lumière. S'agit-il d'une arme ?

Lentement, Olympe se tourne vers l'enfant.

– Viens près de moi, petit. Quel âge as-tu ?

– Il ne parle pas, réplique Pierrick, menaçant.

La prime agrégée toise mon frère avec l'intérêt d'une entomologiste devant une nouvelle espèce d'insecte.

– Toi, constate-t-elle, tu es un médiéval. Ça se voit. Mais les deux autres mâles sont nés ici, je pense. Intéressant. Je serais curieuse de connaître l'identité de leurs mères.

Je ne sais pas quoi faire. Je suis trop consciente de ma faiblesse. Comme je regrette de ne pas pouvoir les aider !

Les deux issues sont bloquées. À part ça, la salle n'a qu'une seule fenêtre, une vaste baie vitrée située un peu plus loin, intacte malgré les années. Sûre de sa supériorité, George a nonchalamment laissé tomber la barre de métal à ses pieds. Si seulement je pouvais l'atteindre...

Je veille à ne pas attirer l'attention sur moi par un mouvement brusque et je ne quitte pas des yeux nos ennemies. Pénélope bout littéralement d'être ainsi maintenue contre George. Cela m'est insupportable autant qu'à elle.

– C'est vraiment dommage, regrette George en chuchotant dans l'oreille de Pénélope. Tu étais douée, tu aurais pu devenir une excellente agrégée. Si seulement tu n'avais pas perdu la tête.

Elle jubile, c'est odieux. Mais moi, je m'approche imperceptiblement de la barre de métal...

– Au fait, reprend-elle, sais-tu comment je t'ai retrouvée ?

– Laisse-moi, rétorque Pénélope. Je m'en fous.

– Tttt, tu parles comme une médiévale.

– Lâche-moi, je t'ai dit !

– Ne veux-tu pas le savoir ? insiste George. Pourtant, je suis sûre que tu apprécieras mon histoire.

– Je la connais. Tu m'as suivie.

– Oh non ! s'amuse George. J'ai essayé, bien sûr. J'ai laissé partir ton amie, la petite médiévale. Elle ne m'intéressait pas. Je préférais te pister, toi. J'étais certaine que c'était la meilleure option. Sauf que tu t'es montrée plutôt maligne, et oui, je l'avoue, tu m'as semée. Je t'ai perdue de vue.

– Alors comment as-tu deviné qu'on était ici ? proteste Pénélope.

– C'est ça qui est intéressant. Figure-toi que j'avais une alliée sans le savoir…

Tranquillement, George relâche son étreinte et laisse Pénélope se détacher d'elle. Elles se font face, maintenant, et l'ancienne agrégée prend son temps avant de continuer.

– C'est ta petite sœur qui m'a renseignée, lâche-t-elle comme une bombe. Je n'ai même pas eu à l'interroger. C'est elle qui est venue me trouver.

– Tu mens ! fulmine Pénélope.

Le sourire de George, déformé par sa cicatrice, est répugnant. Elle poursuit :

– Comme si tu ignorais que ta petite sœur a des yeux pour voir et des oreilles pour entendre… Je suppose que ton comportement l'a intriguée et qu'elle t'a suivie. Cette fillette est intelligente, ça ne fait pas de doute.

Je vois que Pénélope est ébranlée et doute maintenant. Moi je n'espère qu'une chose, pouvoir atteindre la barre de métal, puis briser la baie vitrée et profiter du fracas pour fuir avec mes amis. Vite, avant qu'il ne soit trop tard, avant que ces femmes ne nous fassent du mal à tous…

– Mais toi, reprend George avec dédain, tu as choisi ces hommes… Quelle erreur !

Pour mieux exprimer son mépris, George attrape fermement Antarès par la nuque et le repousse violemment, comme s'il était une créature dégoûtante. Il s'écroule par terre. Je me précipite pour m'assurer qu'il n'a rien de grave, et ni Olympe ni George n'interviennent pour m'en empêcher. Pour elles, je ne compte pas.

C'est peut-être ma chance… Sans qu'elles fassent attention à moi, je fais glisser la barre de métal derrière moi.

CHAPITRE 53

George continue à parler en vrillant ses yeux dans les miens. Ce qu'elle affirme me fait tellement mal.

– Tu aurais dû penser à ta petite sœur avant de faire tes choix. Tu t'es cruellement éloignée d'elle et de ta mère. Tu lui as fait trop de peine, et maintenant tu payes ta trahison. C'est bien normal...

– Ma sœur n'a pas pu me dénoncer.

– C'est pourtant ce qu'elle a fait. Lys... c'est bien son prénom, n'est-ce pas ? Lys est une petite fille sensible. Elle a parfaitement senti que tu avais choisi de l'abandonner. C'est pour ça qu'elle m'a parlé. Sans doute était-ce sa façon d'essayer de te garder auprès d'elle.

– Non !

J'ai hurlé et mes mots résonnent dans la bibliothèque silencieuse. L'accusation de George m'est insupportable.

Comment peut-elle affirmer que ma propre sœur m'a trahie ? Lys, c'est presque mon bébé, je l'ai tenue dans mes bras le jour même de sa naissance, le 19 novembre 2179. Elle était si petite, si faible et si vivante à la fois, et moi j'étais si heureuse !

Mais je me tais. Tout ça appartient au passé. Au fond de moi, je sais que George dit vrai, et cela me déchire.

Je comprends le choix de Lys. Elle a toujours été douée pour ça : observer, entendre, sentir. Après mon premier séjour au Moyen Âge, elle avait perçu que j'avais changé, plus encore que ma mère. À mon retour cette fois-ci, elle a également vu que mon esprit était ailleurs. Alors hier matin, quand j'ai dit adieu à ma famille, j'ai préféré ne pas le voir, mais en réalité, elle avait compris. À sa place, comment ne pas s'être sentie trahie ?

Lys m'a dénoncée par amour, et je ne lui en veux pas. Je regrette juste de ne pas avoir mieux compris combien elle souffrait à cause de moi.

Maintenant, c'est la fin. Pierrick est impuissant, l'enfant terrorisé à moitié caché derrière lui. Antarès est à terre, sonné par le geste violent de George. Andrea est agenouillée près de lui, et jamais sa petite taille ne pourra faire le poids face aux deux agrégées. De toute façon, nous n'avions aucune chance : Olympe tient dans sa main un tech d'agression, noir comme la violence. Un simple regard de sa part et nous serions paralysés, les muscles tétanisés, incapables de bouger autre chose que nos yeux pour constater le désastre.

Nous sommes piégés.

CHAPITRE 54

Je ne suis pas grande, mais j'ai la tête dure. Mon père me l'a souvent dit.

Je tiens fermement la barre de métal. Personne ne fait attention à moi. Mieux encore, Olympe me tourne le dos. Je ne suis qu'une médiévale.

Alors, d'un mouvement vif, je me relève et je balance un grand coup sur son bras. Le tech roule par terre. Aussitôt, sans penser au choc qui va venir, je fonce contre la baie vitrée.

Je ne dois pas hésiter, pas ralentir. C'est notre seule issue. Je profite de mon élan et de toutes mes forces, je frappe la vitre avec ma barre de fer.

La baie vitrée cède dans un grand fracas. Des milliers d'éclats de verre tombent autour de moi. C'est joli et ça a l'air tout léger, mais en réalité ça pèse une tonne. J'en reçois un bon paquet sur la tête, ça cogne sur mon crâne, ça m'entaille la peau, et des lumières dansent devant mes yeux. J'ai l'impression que je vais m'évanouir. J'ai du mal à reprendre mes esprits et je reste là, désorientée, hésitant entre me retourner pour attendre les autres ou filer tout de suite en me disant qu'ils vont me suivre. Enfin, me sauver, encore faudrait-il en être capable. Mes jambes ne me portent plus, j'ai l'impression. Peut-être que j'ai été trop optimiste. Je ne vois plus très clair d'ailleurs, ou plutôt trop clair, tout devient blanc... Finalement, c'est peut-être maintenant que je vais tomber dans les pommes...

Mais je sens quelqu'un qui me prend par la main et m'entraîne au-dehors. C'est l'enfant. À sa suite, je cours ou plutôt je me traîne derrière lui, je le laisse m'emmener, évitant tant bien que mal les branches d'arbres qui obstruent le passage.

Je détale sans réfléchir, en essayant juste de mettre un pied devant l'autre. C'est comme une jungle ici, il y a des arbres partout, ils ont poussé dans la plus grande anarchie, il y a des broussailles aussi, des orties, des fougères, des ronces. De la boue. Ça devait être un jardin public, autrefois, mais maintenant c'est la forêt vierge, version climat tempéré humide, limite marécage. Les arbres sont hauts et je distingue à peine le ciel entre leurs feuillages.

Derrière moi, j'entends quelqu'un d'autre qui court. Un pas plus pesant que le mien, une foulée plus puissante aussi. C'est George ou Olympe, forcément. Elles n'allaient pas nous laisser nous échapper.

Je ne me retourne pas, de peur de me prendre les pieds dans un bout de bois mort ou un entrelacs de lierre. Je fuis, comme si j'étais capable de courir plus vite qu'elles, comme si je pouvais me soustraire à la volonté d'une agrégée. Devant moi, l'enfant est vif, il passe partout, se faufile entre les obstacles.

J'entends maintenant d'autres pas sur ma droite. Elles sont deux, je suis cernée. Je tourne la tête pour voir qui de George ou d'Olympe se jettera sur moi la première, et le soulagement que je ressens alors est indescriptible.

C'est Pénélope qui court à mes côtés. Voyant que je peine à suivre l'enfant, elle passe même son bras sous mon épaule et me soutient. Je tourne la tête en arrière et je vois que Pierrick me talonne.

– Ne t'arrête pas, souffle-t-il à mon intention.

Antarès est juste derrière.

J'ai mal partout, mais la joie me procure un sursaut d'énergie. Nous sommes ensemble, tous les cinq. J'ignore à quelle distance se trouvent George et Olympe, mais pour l'instant elles sont hors de ma vue et c'est ça qui compte. Il faut continuer, plus vite, plus loin.

Je crache mes poumons, mais je tiens bon, jusqu'à ce que nous débouchions à découvert... Là, nous stoppons net. Devant nous, il y a une vaste étendue de bitume. C'était un parking mais il est maintenant quasiment désert, uniquement jalonné de quelques carcasses de voitures à moitié désossées. À l'autre bout, il y a un grand bâtiment, genre entrepôt. Je repère une longue série de caddies, bien alignés et rangés sous un abri. Un hypermarché.

Comme les autres, j'hésite sur la direction à prendre. Impossible de faire demi-tour. Nous nous consultons rapidement du regard et nous décidons de continuer droit devant nous, même si cela nous expose davantage.

À découvert, nous nous hâtons vers la première carcasse. Vite, nous nous planquons là, tâchant de rester invisibles derrière la tôle rouillée et les vitres brisées. Puis nous repartons courbés en deux pour aller nous réfugier derrière la voiture suivante.

Jetant un coup d'œil furtif à travers le pare-brise, j'ai peur de voir George et Olympe debout au bord du parking, nous fixant de leur regard impitoyable, mais il n'y a personne. Je me réjouis, peut-être que l'une d'elles a glissé et s'est blessée, l'autre s'est arrêtée pour lui venir en aide, un truc comme ça. Cela nous laisse du temps pour fuir plus loin, et l'espoir insensé qu'on va s'en tirer gonfle en moi. Je déguerpis à la suite des autres jusqu'à la bagnole suivante.

Mais alors que nous progressons sans être davantage inquiétés, le doute s'insinue en moi.

Ce n'est pas normal. George et Olympe n'ont pas pu abandonner si facilement. Mais si elles ne sont pas à notre poursuite... que font-elles ? J'ai peur de nouveau. Ne pas savoir est pire que tout. Je crois que je préférerais encore les entendre nous courir après.

Nous arrivons au pied du mur de l'hypermarché. Ici, plus un bruit, à part nos respirations haletantes. Les oiseaux et les insectes bourdonnants ne vivent pas sur le bitume.

L'entrée doit être de l'autre côté. Rapidement, mes amis vont voir. Je les suis, mais je ne me sens pas très bien. Je porte ma main à mon front et je m'aperçois que je saigne. Mon bras est entaillé, lui aussi. Je ralentis. Ils tournent au coin du bâtiment sans s'apercevoir que je reste en arrière. Le monde tangue et chavire. Je m'adosse un instant contre la tôle du mur, pour reprendre mes esprits. Mais ça ne va pas mieux et d'un coup, tout disparaît autour de moi.

Quand je rouvre les yeux, je comprends que je suis tombée dans les pommes. Je me relève, pas du tout en forme. Où sont les autres ? J'avance tant bien que mal quand Pierrick réapparaît à l'angle de l'hypermarché. Je n'ai pas dû rester inconsciente plus de quelques secondes, mais c'était suffisant pour qu'il se soucie de ne pas me voir arriver.

– Ça va ? me demande-t-il.

Je hoche la tête en essayant d'oublier cette pénible sensation nauséeuse, et je le suis jusqu'à l'entrée du bâtiment où nous attendent Pénélope, Antarès et l'enfant. Les portes coulissantes automatiques sont bloquées en position semi-ouverte. Nous entrons.

À l'intérieur, l'hypermarché me semble à la fois familier et terriblement irréel. Les caisses abandonnées sont alignées sur toute la longueur du magasin. Des panneaux vantent les produits de mon époque, des plats cuisinés à réchauffer au micro-ondes, du faux sucre qui ne fait pas grossir, des pantoufles avec une tête de super-héros, des lots de tupperwares, des paquets de gâteaux, deux achetés, le troisième gratuit, cinquante centimes remboursés sur simple demande, moins dix pour cent avec la carte de fidélité...

Sauf qu'il n'y a plus rien dans les rayons, à part quelques objets que personne n'a trouvé utile de piller : des palettes de fard à paupières et une impressionnante série de rouges à lèvres, des perches à selfies en promo, une collection de statuettes décoratives pour le jardin, un vélo d'appartement encore dans son carton...

Nos pas résonnent sur le carrelage sali par les ans, leur écho rebondit sur le plafond trop haut, sur les étagères de métal et les vitrines réfrigérées éteintes depuis plus d'un siècle.

– Tu n'as pas l'air bien, s'inquiète Antarès en me regardant.

– Si si, ça va.

Mais il m'observe attentivement.

– Je n'en suis pas si sûr, murmure-t-il.

Il a raison. Je m'assieds un instant sur un présentoir renversé. Je me sens faible, je ne suis pas certaine d'arriver à courir plus loin. Pourtant je sais bien qu'elles vont forcément finir par arriver.

Cette pensée me donne la force de me remettre debout. Un peu trop vite, apparemment. Ça tourne tout autour de moi et le sang bat à mes tempes comme un tambour. J'ai très chaud, maintenant, je suis en nage. Je retire ma tunique. Pénélope me prend le bras pour me soutenir.

– Reste ici deux minutes, propose Pierrick. On va vérifier que la voie est libre.

Antarès me tend la gourde et je bois par petites gorgées pendant qu'il rejoint Pierrick et l'enfant. Tous les trois se dirigent vers ce qui semble être l'accès des livraisons, à côté du rayon frais. Un instant plus tard, ils passent une porte battante et disparaissent dans l'espace de stockage des marchandises. Moi j'attends que ma tête me fasse un peu moins mal pour faire signe à Pénélope que nous pouvons les suivre.

Mais je me sens tellement lasse... J'ai juste envie de rentrer chez moi. Prendre une Danette au chocolat dans le frigo. Dormir dans mon lit. Retrouver mon père, mon petit frère. Reprendre ma vie là où elle en était.

Soudain, un léger bourdonnement se fait entendre... C'est un peu le bruit d'une abeille, sauf que je ne comprends pas ce qu'un insecte ferait là, en vol stationnaire...

Je lève la tête lentement et je découvre un petit objet qui vole à un ou deux mètres au-dessus de nous.

Un drone.

CHAPITRE 55

Les yeux levés, je comprends à quoi nous avons affaire. Olympe et George ont envoyé une chercheuse. C'est ainsi qu'on appelle ces petits drones utilisés par la police pour veiller à la sécurité publique.

À côté de moi, Andrea s'est figée.

– Ce truc est armé ? souffle-t-elle.

– Je ne crois pas. Mais il possède une caméra.

Je jette un coup d'œil rapide vers l'accès des livraisons. Les garçons sont encore de ce côté. Une chance.

Lentement, je m'accroupis, et la chercheuse ne bouge pas, vrombissant toujours doucement. Je sens son œil sur nous. Alors, aussi rapidement que j'en suis capable, je saisis la tunique d'Andrea encore posée par terre, et je bondis vers le haut pour m'en servir comme d'un filet et mettre la chercheuse à terre. Elle réagit trop tard et le vêtement la rabat vers le sol. Sous le tissu, elle bouge encore, comme un gros frelon qui tenterait de se libérer, mais son moteur n'est pas assez puissant pour ça.

– Vite !

J'entraîne Andrea vers les garçons, il faut sortir d'ici de toute urgence. L'espace de livraison n'est plus qu'à une dizaine de mètres et, heureusement, Andrea parvient à me suivre. Mais derrière nous se fait de nouveau entendre le bourdonnement de la chercheuse. Je regrette de ne pas l'avoir écrasée du talon alors qu'elle était encore coincée par le vêtement d'Andrea, quand je comprends qu'il s'agit en fait d'un deuxième engin. Les agrégées ont lancé plusieurs machines à nos trousses, j'en vois maintenant une troisième.

Hors d'haleine, nous passons la porte battante que je referme d'un geste vigoureux. Il était temps. Les deux chercheuses en état de marche tapent violemment contre le panneau et s'abattent par terre.

Mais je me rends compte que cette porte est une protection dérisoire. Car je n'ignore pas la fonction de ces engins... Ils ne sont pas armés, c'est vrai, mais ils ont déjà transmis notre localisation à George et Olympe. Nous n'avons devant nous qu'un faible répit.

– Qu'est-ce qui se passe ? s'inquiète Pierrick en approchant.

– Partons. Tout de suite. Elles ont envoyé des chercheuses. Des drones.

Déjà, je cours vers la grande ouverture par laquelle les camions effectuaient autrefois leurs livraisons, mais je m'arrête, catastrophée.

Ces petits points dans le ciel qui approchent vers nous... ce sont d'autres chercheuses. La première d'entre elles a signalé notre présence, et toutes convergent maintenant vers nous. C'est également ce que font George et Olympe, bien sûr, même si je ne les aperçois pas encore. Nous n'avons plus le temps de fuir plus loin. Antarès a compris, lui aussi, et se précipite vers la grande porte. Les engins sont tout près, maintenant.

– Aidez-moi, lance-t-il.

Il tire de toutes ses forces sur la porte pour la faire coulisser et obturer le passage. Je me joins à lui et Pierrick également. À trois, nous réussissons à la fermer à temps. J'entends le bruit sec de plusieurs chercheuses qui viennent heurter le métal. Par la petite ouverture vitrée, je vois les autres qui se maintiennent à hauteur et tentent de saisir des images du lieu où nous sommes à présent enfermés.

Plaqués contre le battant, nous n'osons pas bouger. George et Olympe seront là dans un instant.

Jusqu'au bout, nous nous sommes battus. Mais maintenant il faut voir la vérité en face. Je glisse lentement le long de la porte et je m'assieds par terre.

– Qu'est-ce que tu fais ? s'alarme Andrea.

Nous nous connaissons tellement bien, maintenant, toutes les deux. Elle sent que j'ai abandonné et elle n'arrive pas à l'accepter.

– Nous avons perdu la partie, dis-je simplement.

– Non, proteste-t-elle. Tu l'as dit toi-même. Ces machines ne sont pas armées. Alors on s'en fout ! On va se tirer d'ici, laisser derrière nous cette époque de merde. Allez, secoue-toi ! Tu es élève agrégée ! Emmène-nous !

Je la regarde avec tristesse.

– Andrea... Je te l'ai déjà dit, je n'y arriverai pas... Pas dans ces conditions...

Antarès ne dit rien. Il sait que j'ai raison. Malheureux, il serre Roitelet contre lui. Mais Pierrick réagit comme Andrea, refusant d'admettre qu'il est trop tard :

– Relève-toi ! insiste-t-il en me tendant la main. On va se concentrer, on a encore une chance d'y arriver.

Mais je ne fais pas un geste pour prendre cette main qu'il me tend. Je suis tellement triste de le décevoir. Tout cela est ma faute, depuis le début... Je me sens coupable, jamais je ne me pardonnerai de les avoir entraînés dans cette terrible histoire.

– Pénélope, murmure-t-il en s'accroupissant près de moi, tu es douée. Tu en es capable.

Son regard est si chaleureux, son odeur si rassurante... Et tout cela devrait s'arrêter ? Il a raison, je dois essayer. Alors je me relève.

Je respire à fond, tentant de me mettre en condition. Il me faut oxygéner mieux mon corps et retrouver mes sensations. Pas de vent ici, et la Lune approche de son premier quart. Ce n'est pas idéal, et je compte sur ma volonté et celle de mes amis.

Mais au moment où je me dis que peut-être, oui, je suis capable malgré tout de les emmener loin de cet enfer, des voix nous parviennent de l'extérieur.

Pas une voix, pas deux. Bien plus que ça. Et des aboiements aussi.

Terrifiée, je regarde de nouveau par la petite ouverture vitrée.

Une vingtaine de policières convergent vers nous. Certaines d'entre elles tiennent des chiens qui tirent sur leur laisse, impatients de bondir sur leurs proies.

Antarès cherche à avoir une vision globale de notre situation et grimpe le long d'un échafaudage pour accéder à une étroite ouverture située sous le toit, donnant de l'autre côté du bâtiment. Arrivé en haut, il déclare :

– Il y en a tout autour. Et Olympe et George sont avec elles.

Nous sommes donc encerclés. Mon cœur bat fort à nouveau, mes émotions me submergent. L'air va me manquer.

Plus besoin de se poser de questions. C'est bien fini.

CHAPITRE 56

George et Olympe entreront dans un instant, avec les policières et les chiens. Que vont-elles nous faire ? Je pense surtout aux garçons... Que risquent-ils ? La peine de mort, bien sûr...

Je ne peux pas l'accepter. Je prends la main de Pénélope.

– Ressaisis-toi. On peut encore partir tous ensemble. Il faut y croire.

Elle me regarde, incapable de parler. Je comprends qu'elle fait une crise de panique, comme l'an dernier.

– Pénélope... Ça va aller, respire doucement.

Elle happe difficilement une goulée d'air avant de répondre en suffoquant :

– Vous ne réalisez pas. Réussir à partir dans ces conditions serait un véritable miracle.

Je la saisis par les épaules. Je ne dois pas la laisser perdre pied.

– Peut-être que ça serait un exploit, oui. Mais tu vas le réussir.

– Roitelet n'est plus malade, renchérit mon frère, et il a pris des forces. C'est le moment ou jamais.

– Yerrick a rhé-son, articule l'enfant. Dréa hau-ssi !

Roitelet se tient bien droit, bombant le torse pour avoir l'air plus fort. Antarès encourage Pénélope lui aussi :

– Tu es élève agrégée. Tu as des capacités rares.

Mais notre amie respire par à-coups, pâle. J'interviens de nouveau d'un ton énergique :

– Allez, Pénélope, on se met en position.

Et je tends mes mains, invitant mes compagnons à faire de même pour former une chaîne solidaire. Devant moi, mon amie ferme les yeux, inspire lentement, puis dit :

– D'accord. Je vais essayer.

– Tu vas y arriver, l'encourage Pierrick d'une voix chaleureuse. Souviens-toi, la volonté est déterminante.

Rassurée de voir qu'elle s'est ressaisie, je respire de soulagement. Mais aussitôt, la tête me tourne et j'ai de nouveau la nausée. Je chancelle un court instant avant de retrouver l'équilibre.

Pénélope s'en est aperçue.

– Qu'as-tu ? demande-t-elle.

– Rien. Tout va bien.

Mais elle insiste, l'air inquiet :

– Tu dois me dire si tu te sens mal.

– Ne perdons pas de temps.

– Je te rappelle une règle essentielle. Lors d'un déplacement temporel, les voyageurs doivent absolument être en bonne santé. Tes blessures sur les bras et le visage sont superficielles, mais s'il y a autre chose, tu dois m'en parler maintenant.

Et, en disant cela, elle m'interroge du regard avec le plus grand sérieux. Je suis alors obligée de m'avouer que le choc que j'ai subi tout à l'heure n'était pas anodin. Les nausées, la perte de connaissance... Il s'agit de symptômes alarmants. Ceux d'un traumatisme crânien.

Le désespoir m'envahit. Et si je n'étais pas capable de voyager ? Non, c'est impossible. Pas maintenant, pas au moment où nous allons enfin pouvoir rentrer à la maison ! C'est seulement un gros coup de barre. Rien d'étonnant après ce que nous venons de vivre.

– Je vais bien, dis-je d'une voix ferme.

– Tu es sûre ? insiste Pierrick.

– Tu as l'air faible depuis tout à l'heure, hésite Pénélope. Parfois ton regard se trouble comme si tu allais t'évanouir.

– Vous vous trompez. Je suis fatiguée, c'est tout.

Antarès ne dit rien mais m'observe attentivement. Il me sonde, essayant de deviner si je mens.

– Je dis la vérité, dis-je d'un ton presque sec. Ne mettez pas ma parole en doute, alors que nous avons si peu de temps devant nous.

Derrière la vitre, un drone se maintient toujours en vol stationnaire. Pénélope regarde dans sa direction, tendue. La décision repose sur ses épaules.

Les aboiements des chiens se rapprochent et cela hâte la réponse de mon amie.

– D'accord, déclare-t-elle. Si tu vas bien, alors nous pouvons essayer.

Et elle ouvre les bras, tendant ses mains vers nous.

– Les plus faibles près de moi, ordonne-t-elle.

Pierrick encourage Roitelet à donner la main à Pénélope. Il se place à sa droite. Mon amie me tend son autre main.

– Andrea.

Docile, je me place à sa gauche, ma main dans la sienne. Antarès vient se tenir à côté de moi, et Pierrick referme le cercle. Nous formons une chaîne, main dans la main. Nous allons enfin partir.

– Il n'y a pas de vent ici, regrette Pénélope. Il va falloir vous concentrer davantage encore.

Nous sommes quatre novices. Mon amie est singulièrement douée, elle l'a déjà prouvé, mais le challenge est quand même de taille. Nous nous efforçons de ne plus entendre les aboiements des chiens et de ne plus penser à George et Olympe.

Pénélope prend la parole, d'une voix posée et rassurante.

– Sentez votre désir de fuir cet endroit, énonce-t-elle calmement. Concentrez-vous sur l'époque que nous voulons rejoindre. Je vous parle d'un monde où les hommes peuvent vivre libres, où ils possèdent les mêmes droits que les femmes. Un monde où ils marchent dans la rue sans se cacher, sans avoir peur du regard des autres. Un monde où ils gardent la tête haute, parce qu'ils y ont toute leur place. Un monde où il importe peu de posséder des chromosomes X ou Y. Un monde où chacun a droit au bonheur.

Je ferme les yeux et je pense à ma maison, à mon lycée, à mon quartier… Je vois les images de ces lieux qui me sont familiers… Mais elles sont floues et changent tout le temps. Je visualise tantôt mon père dans la cuisine, mon petit frère en train de nourrir ses rats, mon lycée à l'heure de la sortie, ma rue, le jardin, la boulangerie au bout de la rue et la piscine, puis de nouveau la porte de ma maison, l'arrêt de bus au carrefour, le ciel par la fenêtre de ma chambre, le bordel amassé sous mon lit… Mes souvenirs se succèdent sans cohérence, j'ai des difficultés à me focaliser sur l'un d'eux.

Et puis j'ai très mal à la tête.

Je sens le regard d'Antarès sur moi. Il a rouvert les yeux et s'inquiète. Je ne sourcille pas, je fais comme si tout allait bien.

Entre mes doigts, j'ai l'impression que la main de Pénélope est plus légère. Elle est en train de partir. Elle serait déjà loin si nous n'étions pas là pour l'alourdir.

Moi je suis pesante, comme du plomb. Et plus j'essaie, plus j'ai l'impression que ma tête va exploser. Mes craintes étaient donc fondées. Je le savais. Je ne suis pas capable de repartir.

Et cette tentative me tuera.

Ce n'est pas la première fois que le danger est près de moi. Nous avons vécu beaucoup de situations périlleuses, Pénélope et moi. Mais aujourd'hui, j'ai le sentiment que la mort n'a jamais été aussi proche…

C'est étrange, pourtant. Je n'ai pas peur.

Je pense à ma mère. J'ai longtemps eu l'espoir qu'elle rentrerait à la maison, un matin. Qu'elle pousserait la porte et nous serrerait dans ses bras, comme si rien ne s'était passé. J'ai rêvé si souvent à ce moment... Et puis, il y a quelques jours, je me suis laissée aller à ce nouvel espoir : tout avait une explication, ma mère était en réalité une de ces réfugiées temporelles, c'était pour ça qu'on n'avait jamais retrouvé son corps et qu'elle n'avait jamais donné de nouvelles... Quand je la cherchais avec Rosalind, j'ai vraiment cru que j'approchais du but. Mais ce n'était qu'un rêve.

Alors aujourd'hui, je me dis que si j'ai une chance de revoir ma mère un jour, ce n'est ni dans le futur ni dans le passé. C'est ailleurs.

Je n'ai jamais vraiment cru au paradis ni à la réincarnation. La vie après la mort, ce n'était pas crédible à mes yeux. Mourir, c'est la fin, simplement. Les asticots qui vous bouffent. Mais alors que Pénélope tient ma main et essaie de m'entraîner vers notre salut, je me dis que je me suis peut-être trompée. Possible qu'il y ait un ailleurs, après tout... Un endroit où je retrouverais maman.

Je me sens sereine. Je crois même que je souris. Je pense à Mathias, aussi. Ça me fera plaisir de le rejoindre. Il est parti bien trop tôt et nos conversations passionnées me manquent. Son enthousiasme aussi, quand il me parlait de ses projets.

Je suis juste un peu triste de laisser les vivants derrière moi. Tant pis, je n'ai pas le choix. Ils vivront, eux, et ça me suffit.

La douleur dans mon crâne est devenue insupportable. Ça tape dans ma tête, ça cogne, je n'en peux plus. Il est temps que ça cesse. Si la mort fait aussi mal, qu'on en finisse. Un sifflement strident, insoutenable, envahit maintenant mes pensées et je ne suis plus capable de raisonner.

– Arrêtez !

Mon propre hurlement a résonné douloureusement dans ma tête.

Aussitôt, Pénélope lâche ma main et je m'écroule par terre, plus faible qu'un nouveau-né. Je prends ma tête entre mes mains et je gémis. Pourquoi ai-je cédé ? Je voulais aller jusqu'au bout, quitte à mourir, je voulais les sauver ! Je tente de me relever pour les convaincre de reprendre, quand je comprends : ce cri n'était pas le mien, c'est Antarès qui l'a poussé pour moi.

– Elle allait mourir, gémit-il. Je l'ai senti.

Je vois son visage qui s'approche du mien.

– Andrea, murmure-t-il, dis-moi que tu es encore avec nous.

Ma langue est épaisse et lourde, ma mâchoire ne m'obéit plus. Je balbutie :

– Je suis là.

La douleur dans ma tête s'atténue petit à petit, mais la souffrance dans mon cœur ne se calme pas. À cause de moi, tous les quatre sont restés là. Et dehors, les policières nous encerclent. J'entends leurs chiens qui grognent et nous menacent, plus proches que jamais.

CHAPITRE 57

J'ai failli tuer Andrea. Comment ai-je pu ne pas m'en apercevoir ? Quelques secondes de plus et je l'entraînais vers le néant. Elle était livide quand Antarès est intervenu.

Heureusement, il a interrompu le déplacement à temps, et elle est vivante. C'est la seule chose qui compte. Pierrick est en train de lui faire boire un peu d'eau et elle reprend des couleurs.

Mais les Autorités seront là dans quelques instants...

J'espère qu'elles ne nous sépareront pas. Que nous serons emprisonnés et jugés ensemble. Que nous supporterons la même sanction, quelle qu'elle soit. Mais au fond de moi, j'imagine déjà l'arrestation, le tumulte, l'incarcération dans des cellules isolées pour nous empêcher de communiquer. Et une peine plus lourde pour les garçons, forcément. Une sanction sans appel, immédiate...

Le cœur serré, je réalise que nous vivons nos derniers moments tous les cinq. Andrea, ma meilleure amie. Pierrick, l'homme que j'aime. Antarès, un garçon que je suis heureuse d'avoir connu. Roitelet, si petit encore... Mieux vaut nous dire adieu maintenant.

Je prends la main de l'enfant et je la serre, fort.

– Il va falloir que tu sois courageux.

Et les mots s'étranglent dans ma gorge quand je pense à ce qu'il va devoir endurer. Sa vie trop courte n'aura donc été qu'une succession d'épreuves. C'est tellement injuste. Il me regarde avec solennité. Il comprend la gravité de la situation.

Je me tourne ensuite vers Antarès et je ne trouve qu'un mot à lui dire :

– Merci.

Il acquiesce en silence. Il sait ce que je veux dire : merci d'être venu avec nous jusqu'ici, merci de nous avoir aidées à retrouver Pierrick. Merci de ne pas m'en vouloir de t'avoir jeté dans les bras des Autorités, alors que tu avais réussi à fuir cette époque.

Andrea me regarde et je suis aussi bouleversée qu'elle. Elle se jette dans mes bras et je la serre de toutes mes forces. Je crois qu'elle pleure et moi aussi je pleure. C'était une belle amitié que la nôtre.

Puis je me tourne vers Pierrick. Jamais je ne l'ai trouvé aussi beau... C'est pourtant un homme, avec les épaules larges, les muscles proéminents et la barbe mal rasée, mais j'ai appris à accepter la différence. Je prends son visage entre mes mains, doucement, tentant d'oublier les aboiements des chiens.

Je ferme les yeux. Je veux garder cette dernière image de lui.

Mais un grincement discordant me fait tourner la tête. L'incompréhension me laisse muette. Antarès est en train d'ouvrir la large porte, dégageant le passage à nos poursuivantes !

CHAPITRE 58

Il a murmuré « je ne veux plus fuir » et il s'est dirigé vers la porte. J'ai compris ce qu'il voulait faire avant même qu'il ne commence à s'éloigner de nous. Je ne l'en ai pas empêché. Je crois qu'à sa place, j'aurais pris la même décision.

Maintenant, je vois sa longue silhouette qui se découpe à contre-jour sur le ciel. Il avance vers les Autorités. Les drones lui tournent autour comme autant d'insectes menaçants.

Antarès ne s'arrête pas. Il marche, la tête haute. Les chiens redoublent d'agressivité et tirent sur leur laisse, aboyant frénétiquement, fous de voir leur cible à quelques mètres. Horrifiée, j'attends le moment où les policières vont lâcher leurs bêtes.

CHAPITRE 59

J'ai d'abord pensé qu'il avait perdu la tête. Ce comportement suicidaire était le signe d'un dérèglement psychiatrique causé par la pression nerveuse trop forte subie ces dernières heures. Antarès avait perdu pied, voilà tout, et j'avais de la peine pour lui.

Sous nos yeux, il se tient maintenant immobile face aux dizaines de policières qui attendent l'ordre de lâcher leurs chiens.

Antarès ne semble pas avoir peur. Il regarde devant lui sans trembler. Pourtant, Olympe et George se tiennent parmi les uniformes. Un seul geste de la part de la prime agrégée, et ce sera fini. C'est un homme, il n'est pas protégé par la loi. Olympe a le droit d'ordonner sa mise à mort immédiate.

La distance entre elles et nous n'est plus si grande, et je peux voir l'expression de leurs visages. Olympe est froide, sûre d'elle. George respire la satisfaction d'une revanche attendue trop longtemps. Mais chez les policières, c'est différent. Si certaines semblent imperturbables, d'autres sont troublées. C'est la première fois qu'elles ont devant elles un être humain de genre masculin. Un garçon, un homme du futur.

Alors je comprends que, peut-être, nous avons une dernière carte à jouer.

Face à George et Olympe, il n'y a pas d'échappatoire. Mais devant des dizaines de policières, sans compter les millions de citoyennes qui contemplent en ce moment même les images transmises en direct par les drones, notre situation est toute différente.

Je vois très bien quelle est l'intention des Autorités. Filmer la traque et la diffuser, c'est l'occasion de montrer que la sécurité de la population est assurée et qu'aucune transgression de la loi ne sera autorisée. C'est de la communication, ou de la propagande, selon le point de vue que l'on adopte.

Les images sont une arme puissante, et c'est pour cela qu'Antarès est sorti. Pour montrer au monde que les hommes existent, simplement. Sacrifier sa vie pour tenter de faire bouger les choses.

Oui, les images sont une arme, mais à double tranchant. À nous de retourner la lame contre nos assaillantes...

Seul, Antarès ne sera pas épargné, et cela risque d'aller très vite.

Mais avec mon aide, il a une chance de vivre. Pierrick aussi, et Roitelet également. Nous ne devons plus nous terrer comme des proies, comme des coupables. Nous n'avons commis aucun crime. Si nous restons ici, nous avons perdu.

Une chercheuse est entrée dans le bâtiment et vrombit autour de moi. Je me tourne dans sa direction, consciente qu'elle contient une caméra capable de me filmer en gros plan. Mon regard s'adresse à mes concitoyennes. Puis je fais un pas vers l'extérieur et je tends la main à Pierrick.

– Viens.

Déconcerté, il m'interroge du regard et je lui réponds :

– Fais-moi confiance…

Alors il prend ma main.

Lentement, nous avançons tous les deux, main dans la main, et je n'ai pas honte. Au contraire. Je suis fière de me montrer aux côtés d'un homme.

Nous venons nous placer à côté d'Antarès. Les molosses aboient rageusement, mais aucun de nous trois ne tente de se sauver. Nous affrontons le regard de toute une époque, sans tressaillir.

Je pense à ma mère, qui regarde peut-être en ce moment les images sur son tech, et je redresse un peu plus les épaules. Pour la première fois, la tête haute, j'assume ce que je suis devenue. Une fille des temps modernes, amoureuse d'un garçon.

CHAPITRE 60

La petite main de Roitelet se glisse dans la mienne. Je baisse les yeux vers lui et je contemple son visage, si sérieux pour un enfant de son âge. Pas besoin de parler. Nous nous comprenons.

À notre tour, nous rejoignons Antarès, Pénélope et Pierrick.

Nous sommes maintenant cinq à affronter Olympe, George et les policières. Antarès se tient au milieu de nous, le regard portant loin devant lui. Pénélope et mon frère sont à sa droite, Roitelet et moi à sa gauche. La suite ne dépend plus de nous.

Alors, ce que nous craignions tous arrive. Olympe donne l'ordre de lâcher les chiens.

Le temps est suspendu l'espace d'un instant. À côté de moi, Roitelet serre fort ma main. Comme lui, j'attends la fin, les crocs qui nous déchirent la peau, le sang qui coule.

Mais les secondes s'égrènent, terriblement longues, et les policières n'obéissent pas. Je les vois se consulter du regard, hésiter, et pour certaines même, désapprouver...

Alors, quand Olympe répète son injonction, furieuse, et que rien de plus ne se produit, je comprends que nous avons gagné.

Puis je crois que je perds connaissance.

CHAPITRE 61

Plus de vingt-quatre heures déjà que nous avons été arrêtés, et j'ignore toujours où Pierrick, Antarès et Roitelet ont été emmenés.

J'observe le visage de ma meilleure amie. Elle a les yeux fermés. Les effets de l'anesthésie ne sont pas encore dissipés. La chirurgienne m'a dit que l'intervention s'était déroulée de façon relativement satisfaisante, vu les conditions, mais qu'Andrea aurait dû lui être confiée bien plus rapidement et que ces longues heures sans soins après son traumatisme crânien seraient peut-être lourdes de conséquences. L'hématome a été résorbé, mais il est trop tôt pour dire si Andrea gardera des séquelles.

Depuis, j'attends son réveil, seule avec elle dans cette chambre d'hôpital. Mon cœur se serre quand je pense que je pourrais la perdre. Cette fille du passé a toujours été si déterminée, si volontaire. Si courageuse. Maintenant, elle est là, inerte et pâle. Est-ce que j'entendrai de nouveau le son de sa voix ?

Une machine prend sa tension à intervalles réguliers, une autre surveille son rythme cardiaque. Une perfusion la nourrit et l'hydrate. Mais personne ne vient me rassurer sur son sort.

La pièce n'a pas de fenêtre, sans doute pour que je ne m'échappe pas. De l'autre côté de la porte, des vigiles surveillent le couloir.

Je n'ai plus de notion du temps. J'ai perdu mon tech, sans doute quand nous tentions de fuir devant George et Olympe. Ici, aucun bruit ne me parvient, à part celui des machines qui maintiennent Andrea en vie, et ma propre respiration.

Sans tech, je ne peux ni consulter les informations ni contacter ma mère. C'est sans doute mieux ainsi. Si j'ai raison, si les images de notre traque ont été diffusées en direct, elle doit être consternée par ma trahison. Elle m'a vue donner la main à un homme...

Je ne sais pas ce qui va arriver, maintenant. Quand nous avons été séparés, nous étions tous les cinq vivants. Mais depuis, aucune nouvelle de Pierrick, Antarès et Roitelet. J'imagine ce que les Autorités ont pu leur faire, l'angoisse monte à nouveau dans ma poitrine, ma respiration s'accélère. L'air va me manquer... Mais je ne veux plus être victime de ces crises de panique.

Alors je respire, doucement. Je pense à ce sac de papier qu'Andrea m'avait tendu dans une rue du Moyen Âge et à la façon dont elle avait su me rassurer.

La sensation d'étouffer disparaît. Pas l'angoisse.

À ce moment-là, la porte s'ouvre et une policière apparaît.

– Tu es convoquée, me dit-elle sobrement.

Quand les policières sont restées à distance, refusant de lâcher leurs molosses, j'ai cru que nous étions sauvés. Mais ce n'était qu'un sursis, bien sûr.

Je me lève et, après un dernier regard à mon amie aux yeux clos, je sors de la pièce.

Elles sont quatre vigiles pour m'escorter dans les couloirs de l'hôpital. Sur mon passage, les soignantes me dévisagent. Elles chuchotent. L'une d'elles crache dans ma direction, méprisante. Je regarde droit devant moi.

Nous arrivons dans le hall et je vois par les portes vitrées qu'un véhicule sécurisé est garé juste devant l'entrée. Tout autour, des dizaines de citoyennes sont maintenues à distance par un cordon de sécurité formé par d'autres policières en uniforme. Au moment où la porte s'ouvre, leurs cris m'assaillent. Leurs insultes aussi. Elles sont si nombreuses à me haïr... Une des policières me pousse sans attendre à l'arrière de la voiture et referme la portière. Nous partons. J'aperçois une femme qui brandit le poing, une autre qui secoue la tête, affligée. Une autre encore qui semble hébétée, sous le choc de ce que j'ai révélé au monde...

Nous sommes escortées par des motardes qui nous fraient un chemin entre les vélos, les skates et les voibus. Pas un mot n'est prononcé pendant le trajet.

Puis j'aperçois la silhouette du bâtiment abritant les Autorités. C'est une élégante construction qui borde la Seine, faite de bois et de murs végétalisés. Quand j'étais petite et que nous nous promenions dans ce quartier, je la trouvais jolie. Maintenant, je ne souhaite qu'une chose. Ne pas être obligée d'y pénétrer à nouveau. C'est là que j'ai été interrogée, la première fois.

Ici aussi, une foule est massée devant l'entrée, mais la voiture contourne le bâtiment, évitant la confrontation avec mes contemporaines. Je comprends alors que nous ne nous contenterons pas d'aller dans le bureau d'Olympe, comme la première fois. Non, les policières m'emmènent sur l'Agora.

Je descends du véhicule et déjà, une rumeur me parvient, sourde et puissante à la fois. Les deux Assemblées ont donc été convoquées... J'aurais dû m'en douter. C'est toute notre société que j'ai bouleversée.

Les policières m'accompagnent vers l'impressionnante structure de métal doré. Elle me domine de toute sa hauteur. Ce lieu est le symbole de notre démocratie, l'incarnation du monde moderne et de son fonctionnement égalitaire. Il y a une Agora dans chaque région du monde, capable d'accueillir les représentantes de tous les continents.

Je suis conduite vers un passage étroit qui s'engage sous les gradins. Ici, il fait sombre et mes pas résonnent.

Je fais mon possible pour maîtriser mon anxiété. Mais comment le pourrais-je ? Je vais devoir affronter mes contemporaines, leur regard, leur jugement.

Déjà nous y sommes et quand les portes s'ouvrent devant moi, je cligne des yeux tant je suis éblouie. Une clameur désapprobatrice m'accueille.

J'ai visité une fois l'Agora avec ma classe, quand j'étais à l'école primaire. Mais ce jour-là, elle était déserte et je pensais seulement à m'amuser en courant dans les gradins.

Aujourd'hui, l'Assemblée des Élues et l'Assemblée des Citoyennes sont toutes les deux présentes. Elles sont venues des cinq continents, représentant ainsi toutes les régions du monde. Quand je pénètre dans l'enceinte, ce sont plusieurs centaines de femmes qui tournent leurs regards vers moi.

Le toit translucide a été conçu de façon à renvoyer et décupler la lumière du jour, même quand il fait gris. Une fois que mes yeux se sont habitués, j'observe le spectacle qui s'offre à moi. La structure de l'Agora évoque une feuille de ginkgo, avec sur la partie droite les femmes politiques élues par le peuple et sur la partie gauche les citoyennes tirées au sort pour siéger avec les élues. Elles sont aussi nombreuses les unes que les autres. L'ensemble constitue ce que l'on appelle les Autorités. Moi, je me trouve face à elles, debout au centre de l'espace d'expression, exposée aux regards de mes contemporaines.

Un vent léger agite mes cheveux. L'Agora n'est pas fermée, elle a été conçue pour rester tournée vers le monde extérieur, et de larges ouvertures laissent voir les arbres alentour.

Je pourrais m'enfuir, échapper à mon procès. Profiter du vent, quitter cette époque... Mais je ne le veux pas. Pas en laissant derrière moi Andrea, Pierrick, Antarès et Roitelet.

Une des policières m'escorte jusqu'à la barre à laquelle je dois me placer pour être entendue. J'y pose les mains, je m'y cramponne pour ne pas trembler. Les caméras sont braquées sur moi, diffusant mon visage en gros plan, format géant, de chaque côté de l'espace d'expression.

Sur le côté, à une dizaine de mètres de moi, je reconnais Olympe. Imperturbable, elle se tient assise derrière un pupitre et ne m'accorde même pas un regard. En tant que prime agrégée pour la région France, c'est elle qui préside l'audience au nom des Autorités.

Un peu en retrait, George est présente, elle aussi. Son regard défiguré par la cicatrice que je lui ai infligée est braqué sur moi, victorieux. Elle jubile. Elle sera bientôt réhabilitée et elle le sait, car cette fois, je ne pourrai plus faire illusion. Je vais devoir tout avouer.

Je me tourne à nouveau face aux Assemblées, et ce que je découvre alors me perturbe encore plus que ces centaines d'inconnues qui attendent mes premiers mots.

Ma mère est là. Assise, au premier rang. Elle me regarde, bouleversée. Déçue. Honteuse, peut-être. Elle sait tout, maintenant. Elle a aussi compris que j'avais l'intention de partir en douce, sans jamais avoir été honnête avec elle.

Je détourne les yeux. J'aurais préféré qu'elle ne soit pas présente. Mais je n'ai pas le temps d'y penser plus longtemps. D'un simple geste de la main, Olympe demande le silence, et les Assemblées se taisent aussitôt.

– Décline ton identité, ordonne la prime agrégée.

– Je suis Pénélope, Filledejane. Je suis née le 2 juin 2171.

– Reconnais-tu ces individus mâles ?

Aussitôt, un tech projette l'image de Pierrick, Antarès et Roitelet. Leurs visages flottent au-dessus des Assemblées, comme une menace. Toutes sont suspendues à mes lèvres, dans un silence tendu. Et je réponds :

– Oui. Ce sont mes amis.

Ma déclaration suscite aussitôt une réaction indignée, et une vague de désapprobation gagne les Assemblées. J'affronte le jugement de ces centaines de femmes qui me font face. J'affronte l'incompréhension de ma mère. Et je ne sais pas comment je vais m'en sortir.

CHAPITRE 62

J'ouvre les yeux, même si c'est difficile. Le sang bat à mes tempes, ça cogne, ça fait mal. Mais je fais un effort et je regarde autour de moi.

Je suis à l'hôpital. Les équipements qui m'entourent sont un peu différents de ceux de mon époque, et certains me semblent étranges, mais je les identifie quand même. Une perfusion est posée sur mon poignet, des capteurs placés sur ma poitrine. C'est un peu comme quand j'avais huit ans, après mon appendicite. Je porte ma main libre à ma tête, j'y sens un pansement. Des points de suture ont été posés sur mon bras. Je tente de me redresser, même si ça me donne le vertige.

Je n'ai rien oublié de ce qui est arrivé. George, Olympe. La fuite. Les chiens.

Mais ici, je suis seule. Où est Pénélope ? Où sont mon frère, Antarès et Roitelet ?

CHAPITRE 63

Cela fait plusieurs jours que je suis interrogée. Chaque matin, les policières m'escortent à l'Agora. Chaque soir, je suis ramenée dans ma cellule. Et chaque jour, je m'explique. Je parle du Moyen Âge, je décris ce que j'y ai vu...

Des hommes, aussi nombreux que les femmes, évoluant librement. Et la vie partagée. Les uns et les autres se parlent. Travaillent ensemble. Habitent ensemble. Rient ensemble. Le Moyen Âge est ainsi.

Oui, certains hommes sont violents. Oui, ce sont eux qui gouvernent, bien souvent. Oui, ils occupent la majorité des postes à responsabilité et prennent les décisions pour l'ensemble de la population. Oui, ils trouvent ça normal.

Mais cela ne veut pas dire qu'ils ne sont pas humains. Ils ont un chromosome Y, mais le sang qui coule dans leurs veines a la même couleur que le nôtre. Leur cœur bat au même rythme que celui des femmes. La violence n'est pas inscrite dans les chromosomes, pas plus que la douceur ou la générosité. Elle résulte de l'éducation que l'on donne aux enfants.

Je ne cache rien de ce qui s'est passé depuis mon premier voyage dans le passé, quand je suis restée coincée, affolée. J'explique la façon dont mon opinion a évolué, puis ma décision d'alerter les médiévaux, et je raconte ce qu'Andrea et moi avons fait pour que le vaccin ne soit pas détruit par Nelly-la-Brune.

Quand je cite le nom de celle qui est considérée comme une héroïne par mes contemporaines, un mouvement de surprise parcourt les Assemblées. La biographie de Nelly-la-Brune est narrée dans tous les livres d'histoire, même si le manque d'informations étayées et vérifiables fait de ce personnage une légende plus qu'une véritable figure historique. Mais elle reste aux yeux des femmes modernes une personnalité admirable. Qu'Andrea et moi nous soyons opposées à elle les choque beaucoup.

Mais parmi les élues et les citoyennes, il y a aussi des opposantes. Les femmes du RPD, le Rassemblement Pour la Diversité, ou simplement des libres-penseuses. Elles interviennent, questionnent, argumentent. Ce sont mes alliées, mais leur voix peine à se faire entendre. Elles sont minoritaires.

Ma mère assiste à toutes les audiences, le plus souvent tête baissée, refusant de croiser mon regard. Phoolan est présente, elle aussi. Elle a été désignée pour me servir d'avocate. Un seul geste de ma part et elle se manifestera, mais pour l'instant, je préfère assurer ma défense moi-même. Je ne suis pas certaine qu'une intervention de ma marraine, opposante acharnée, joue vraiment en ma faveur.

À plusieurs reprises, je demande à ce que Pierrick, Antarès et Roitelet soient entendus par les deux Assemblées. Je supplie qu'on leur donne la parole. Mais toujours, cela m'est refusé.

« Les hommes ne sont pas des citoyens. La Constitution ne leur donne pas le droit de s'exprimer dans l'Agora. »

Aujourd'hui, une experte va prendre la parole. Hypatie Filledeharriet, bien sûr. Je sais combien elle est respectée ici et j'appréhende sa venue.

La voilà. Elle porte, comme à son habitude, une tenue kaki rappelant à toutes qu'elle est une exploratrice des temps passés, une baroudeuse, une dure à cuire capable d'affronter des mondes hostiles. Olympe lui donne la parole, consciente que Hypatie est une alliée de taille, qui va porter le coup de grâce à mes arguments. Avec assurance, celle-ci balaie du regard son auditoire et commence son exposé.

– En 2014, déclare Hypatie d'une voix forte, année que je prendrai comme référence pour évoquer la vie au Moyen Âge tardif, 118 femmes sont mortes en France sous les coups de leur conjoint. 84 000 femmes ont été victimes de viols ou tentatives de viol. 223 000 femmes ont subi des violences conjugales. Seules 14 % d'entre elles ont osé déposer plainte.

Je me tais, abattue. Je sais que les chiffres donnés par Hypatie sont exacts. Je n'ignore pas que l'époque d'Andrea a de terribles failles, que de nombreuses femmes souffrent à cause de leur statut de femme, et dans certains pays davantage encore.

Mais des milliards d'hommes sont innocents de ces crimes. Ils méritent de vivre. Pourtant, je n'arrive pas à en convaincre mes contemporaines. Dans ces conditions, que deviendront Pierrick, Antarès et Roitelet ?

– Le cerveau des hommes est différent de celui des femmes, assène encore Hypatie. Ils portent la violence en eux. C'est physiologique.

Moi je pense à Pierrick, dont les neurones ne fonctionnent pas autrement que les miens. Je pense à Antarès que j'aime maintenant comme un frère. Je pense à Roitelet qui n'est qu'un enfant, et ne deviendra violent que si l'on est violent avec lui. Mais je me sens démunie. Mes mots ne portent pas, personne ne m'entend.

Je suis épuisée. Je ne vois plus d'issue.

Hypatie poursuit son argumentation, convaincue de détenir la vérité. Ses déclarations mènent toutes à la même conclusion :

– Les hommes sont néfastes. Nous ne pouvons pas les laisser vivre.

– Je te remercie, Hypatie, conclut Olympe. Ton expertise nous est précieuse. Avant de prendre une décision, les Autorités vont entendre un dernier témoin. J'appelle Andrea, médiévale.

Aussitôt, je me retourne et je la vois. Elle est debout, et même si son visage éprouvé ne peut faire oublier qu'elle est convalescente, j'ai le plaisir de retrouver son regard vif et décidé. Je suis tellement heureuse de découvrir qu'elle va bien !

Elle est impressionnée par l'Agora, bien sûr, mais reprenant courage, elle avance vaillamment pour venir à la barre des témoins.

Pourvu qu'elle sache trouver les mots.

CHAPITRE 64

Cet endroit, c'est du délire. Il y a de la lumière partout, ça vient du ciel, même s'il y a une sorte de toit, et c'est doré, ça brille. C'est gigantesque, il y a des centaines de femmes qui siègent, comme des députées ou des sénatrices. Elles me regardent toutes tandis qu'Olympe annonce que je vais témoigner.

J'ai suivi les débats pendant que j'attendais mon tour. Ils étaient retransmis sur un tech, dans la salle où je devais patienter. Ce qui se passe ici n'est pas tant le procès de Pénélope que le procès des hommes. Sauf qu'ils ne sont même pas là pour se défendre.

J'ai vu l'image de ma meilleure amie, fatiguée, découragée, à bout d'arguments. Se débattant avec sincérité, mais s'épuisant d'heure en heure. Vaincue. Ça m'a fait mal.

C'est en écoutant les accusations de Hypatie que j'ai trouvé mon angle d'attaque.

Maintenant, je suis dans l'enceinte de leur espèce de Sénat. Je viens me placer à la barre, ainsi qu'on me l'indique. Je sens les yeux de toutes braqués sur moi.

Posément, je me tourne vers Olympe et j'attends sa première question.

– Andrea, fille du passé, commence-t-elle, confirmes-tu que la civilisation dont tu es issue est inégalitaire ? Confirmes-tu par exemple qu'en région France, à travail égal, les femmes sont payées 19 % de moins que les hommes ?

– Oui.

– Confirmes-tu que seules 20 % des entreprises sont dirigées par des femmes ?

Je prends mon temps avant de répondre une nouvelle fois :

– Oui.

– Confirmes-tu que, dans cette même région d'Europe, aucune femme n'a jamais été élue présidente de la République ?

– Oui.

Un murmure parcourt l'assemblée. Les femmes présentes ici s'attendaient sans doute à des protestations, des cris, des pleurs peut-être. Je ne leur offre rien de tel. Du coin de l'œil, je vois que Pénélope elle-même est troublée. Elle se demande pourquoi je ne me bats pas.

George est juste un peu plus loin. Tout son corps exprime la satisfaction, le plaisir de prendre sa revanche après des mois de combat. Je ne m'en formalise pas. Elle ne sait pas ce qui l'attend.

– Confirmes-tu, reprend Olympe, les chiffres accablants donnés par Hypatie Filledeharriet, au sujet de la violence subie par les femmes à ton époque ?

– Oui. Je n'ai pas l'intention de nier ce que vous savez déjà, car c'est la vérité.

Alors que je réponds ainsi, je regarde Olympe droit dans les yeux. Elle semble déconcertée, je le vois fugitivement. Contrairement à George, elle ne savoure pas sa victoire. Au contraire, elle s'inquiète. Elle aurait voulu un duel. Je ne lui en donne pas la possibilité.

Sans adversaire, pas d'arguments à asséner, pas de démonstration à proclamer. Pas d'exhortation, pas de harangue. Pas de foule en délire. L'affrontement est impossible. Sa conclusion a donc moins de force...

– Très bien, dit-elle en écourtant mon interrogatoire. Nous pouvons passer au vote concernant le sort de ces trois hommes.

C'est maintenant que je dois agir. Je parle à nouveau, sans y avoir été invitée.

– À mon époque, dis-je d'une voix calme, les hommes traitent souvent les femmes comme si elles valaient moins qu'eux. Mais je connais un peu l'époque moderne, désormais. J'ai ainsi pu constater que vous avez parfaitement effacé ce passé injuste. Vous avez pris le pouvoir, veillant à ne laisser aucune place aux hommes qui sont nés ici malgré tout. Vous ne les autorisez pas à partager votre vie, vous niez même leur existence.

Je balaie l'assemblée du regard, et je conclus :

– En vous comportant comme les hommes du passé, vous, femmes du futur... Vous ne valez pas mieux qu'eux.

CHAPITRE 65

Un brouhaha consterné s'empare des Assemblées. Je vois mes contemporaines débattre, trouvant très déplaisant que l'on puisse les comparer aux médiévaux. Notre démocratie est insultée, estiment-elles. Je mesure leur contrariété.

Mais je souris intérieurement. Alors que j'avais perdu tout espoir, Andrea a trouvé les mots justes. Je l'observe, si fière d'avoir une amie pareille.

– Prouvez-moi que j'ai tort, reprend-elle. Donnez-leur la parole.

Elle garde les yeux fixés sur Olympe, attendant sa décision.

La prime agrégée est consciente qu'Andrea a marqué un point important. Elle sait que, après un tel argument, elle n'a pas le choix. Elle va devoir céder.

– J'appelle les trois hommes, consent Olympe.

Et je sais à quel point elle y répugne.

Pierrick, Antarès et Roitelet ne devaient pas être détenus loin d'ici, car il ne faut pas plus d'une dizaine de minutes pour que des policières les fassent entrer dans l'Agora, sous bonne garde.

C'est alors un désordre indescriptible. Pour les femmes ici présentes, c'est un choc inouï. À part Olympe et George, aucune d'elles n'a jamais vu un homme autrement qu'en image sur un tech. L'entrée de Pierrick, Antarès et Roitelet suscite surprise et horreur, curiosité et dégoût mêlés.

Pierrick semble perdu, ébloui par l'Agora si lumineuse, et son inquiétude redouble quand il voit qu'Andrea et moi sommes là, à la barre des accusées. Il a l'air éprouvé par ces jours de détention. Je devine aussi que pendant tout ce temps, il a eu peur pour nous, plus encore que pour lui.

Antarès est à ses côtés et garde un visage dur. Il connaît ce monde. Il est convaincu qu'aucune chance ne lui sera donnée.

Quant à Roitelet, il avance d'un pas hésitant, effrayé par les lieux, et s'accroche comme à son habitude à la main de Pierrick.

Certaines femmes se lèvent pour exprimer leur désaccord, protestant contre la présence de ces hommes dans l'Agora, tandis que des opposantes profitent de ce moment pour se faire entendre de façon plus véhémente. Les arguments fusent de part et d'autre, de plus en plus agressifs. Le Parti Féminin s'oppose au Rassemblement Pour la Diversité dans la confusion la plus totale.

La présence de ces trois garçons est l'étincelle qui met le feu aux poudres. Jusqu'alors, les discussions ont été menées dans le calme, dans le respect des temps de parole respectifs. Mais maintenant, le vernis se craquelle. Les garçons cristallisent les sentiments de chacune. Ce sont des années de débat qui refont surface en un instant.

Les Assemblées ne vont pas pouvoir accepter cela. Un tel désordre est incompatible avec une démocratie sereine. Elles vont lever la séance, je le sais. J'ai maintenant très peur que Pierrick, Antarès et Roitelet ne puissent même pas s'exprimer, prouver leur humanité en prenant la parole devant mes contemporaines.

Je jette un regard inquiet à Andrea qui est elle aussi catastrophée. Elle ne pensait pas que cela tournerait ainsi. Déjà, autour de nous, les policières se mettent en place et des renforts arrivent en nombre. Nous ne maîtrisons plus rien. L'Agora va être évacuée, et nous n'aurons plus jamais de nouvelle chance de sauver Pierrick, Antarès et Roitelet.

Quand soudain, le silence se fait. Je ne comprends pas pourquoi. Devant moi, les élues et les citoyennes s'immobilisent, comme si le temps se figeait. Elles semblent abasourdies. Une jeune femme cligne plusieurs fois des paupières, comme si elle avait du mal à se réveiller. Une vieille élue porte la main à sa bouche, j'ai l'impression qu'elle va hurler, mais elle reste silencieuse.

J'observe tout autour de moi, déconcertée. Je croise le regard d'Andrea qui est aussi désorientée que je le suis.

Puis je vois Pierrick qui baisse lentement la tête vers Roitelet, et je saisis ce qui est en train de se passer.

L'enfant pleure. Une larme roule sur sa joue.

Et cette image est diffusée par les techs, colossale, poignante, impossible à ignorer. La détresse d'un enfant.

Les femmes du futur sont sidérées. Elles viennent de découvrir que les hommes aussi peuvent pleurer.

CHAPITRE 66

Je vois le visage de George se décomposer lorsqu'elle mesure l'émotion qui étreint les centaines de femmes rassemblées ici.

Les larmes de Roitelet ont plus de force que les mots. Elles touchent les citoyennes du futur en plein cœur.

George vient de perdre la partie, elle l'a compris, et la colère qui durcit ses traits la rend plus repoussante encore. Son œil valide se tourne vers moi et j'y lis toute la haine du monde.

Devant elle, Olympe aussi réalise que la situation a basculé et essaie de reprendre le contrôle du débat... Tentative vaine. Les Autorités ne lui en laissent pas le temps. Pour la première fois depuis le début des audiences, l'une des femmes présentes prend la parole. Non pas une élue, mais une des citoyennes tirées au sort.

Suivant en cela un des articles de la Constitution, déclare-t-elle, elle prend acte de l'impossibilité pour les Assemblées de se mettre d'accord dans la sérénité et annonce l'organisation d'un référendum.

Moi, je n'en reviens pas.

Venons-nous vraiment d'ébranler la société du futur? Avons-nous réellement poussé ces femmes à envisager la cohabitation avec les hommes? Je me dis que ce n'est pas possible, je me sens perdue… Mais Pénélope profite de la confusion pour s'approcher de moi. Elle murmure, les larmes aux yeux:

– Andrea, nous avons réussi!

Euphorique, mon amie ignore les vigiles qui nous surveillent et me prend vivement par la main, m'entraînant vers Pierrick, Antarès et Roitelet. Les policières autour de nous sont déconcertées, elles ne savent pas si elles doivent nous barrer le passage. Bouleversée, Pénélope serre déjà Pierrick dans ses bras. À côté d'eux, Roitelet sourit, les joues encore humides, incrédule. Il ne saisit pas exactement ce qui se passe, mais sent parfaitement que nous sommes heureux. Moi, je regarde Antarès. Une vague de joie m'envahit. Je sais combien ce moment est important pour lui. Il répare des années de blessures. Il guérit le petit garçon en lui, celui qui pleurait, seul dans la ZUP.

Pénélope a raison. Ensemble, nous avons changé le monde.

C'est ensuite le désordre le plus total. Tandis que les membres de l'Agora quittent les deux hémicycles, des policières reçoivent l'ordre de nous intercepter. C'est la cohue et en quelques secondes, je perds de vue Pénélope et les garçons. Bousculée, désorientée, je suis escortée vers la sortie.

Je me retourne et, un bref instant, j'aperçois le visage de George. Elle se tient immobile, seule dans le tumulte environnant, ignorant que je l'observe. Elle est tournée vers Olympe qui ne lui accorde même pas un regard. Dans les yeux de l'ex-agrégée, je ne lis plus ni colère ni haine. À ce moment-là et pour la première fois, je découvre qu'elle connaît un autre sentiment... La tristesse.

C'est par amour qu'elle nous haïssait. Après ce qui vient de se passer, elle ne sera jamais réhabilitée. Elle ne regagnera jamais l'amour d'Olympe. Il m'est tout de même difficile de la plaindre...

Je n'en vois pas davantage car les policières m'entraînent vers le couloir par lequel je suis arrivée et je me perds dans ce mouvement confus qui a tout envahi.

CHAPITRE 67

La pluie s'est arrêtée et tout est calme, à part les dernières gouttes qui tombent lourdement des feuilles des arbres. Accroché à la cabane à outils, le carillon fabriqué par Lys tinte doucement et ses plumes s'agitent dans la brise. Je pousse la porte de ma maison. Je pensais ne jamais y revenir... Et surtout pas accompagnée de ma meilleure amie et de trois garçons.

Le référendum a eu lieu hier. La population entière, à partir de seize ans, était appelée à répondre par *oui* ou par *non* à cette question simple : *Les hommes ont-ils le droit de vivre librement ?*

Pendant plusieurs semaines, le débat a été intense, omniprésent. Toutes ne parlaient que de ça, au travail, au lycée, dans la rue ou à la maison. Le sujet envahissait les techs de chacune. Même les écolières discutaient pendant la récréation et imaginaient ce qu'elles voteraient si elles avaient l'âge requis.

Fallait-il permettre à ces hommes, conçus illégalement, de vivre parmi les citoyennes ? Fallait-il autoriser ces garçons nés dans les mêmes conditions que Roitelet et Antarès à prendre leur place dans notre société ? Même s'ils sont très peu nombreux, quelques centaines dans le monde d'après les estimations, il s'agit quand même d'un bouleversement incroyable, un revirement jamais imaginé depuis la Renaissance. C'est aussi la porte ouverte à des rencontres intergenres et, par la suite, à la conception de bébés selon la méthode médiévale, avec 50 % de chances de donner naissance à un petit garçon... Le début d'une société mixte, comme autrefois.

Beaucoup de questions ont donc été posées de nouveau. Les hommes sont-ils violents pour des raisons génétiques ? Sont-ils capables d'émotions positives ? Chercheront-ils à prendre le pouvoir, mettant de côté les femmes comme dans le passé ? Accepter leur existence, n'est-ce pas ouvrir la porte à l'obscurantisme ?

Mais à l'inverse, leur refuser une place dans notre société, n'est-ce pas se montrer barbares, comme ils l'ont été eux-mêmes autrefois ?

Des familles se sont déchirées, des amies se sont fâchées. Mais aussi, des inconnues se sont parlé, ont débattu, dans les voibus, les magasins ou les salles de spectacle. Chacune a pu s'exprimer, les personnalités les plus expansives comme les plus discrètes. Toutes ont réfléchi.

Le *oui* l'a emporté avec 51,2 % des voix.

Pierrick, Antarès et Roitelet ont désormais le droit de circuler librement. Le droit de vivre.

Je n'ai pas revu ma mère depuis ces journées à l'Agora, où elle était sous mes yeux, au premier rang. Distante, murée dans son incompréhension. Blessée aussi, sans doute. Aujourd'hui, je reviens chez moi.

– Tu es sûre que c'est une bonne idée ? s'inquiète Andrea, tandis que nous approchons de la maison.

Le courant n'est jamais bien passé entre ma mère et elle, c'est le moins qu'on puisse dire. Elle hésite à franchir le seuil et aimerait fairc demi-tour.

Mes amis savent ce que je ressens. Nous en avons parlé. Même si Andrea semble douter, avec Pierrick et Antarès elle m'a encouragée à faire ce qui me semblait le mieux : expliquer à ma mère pourquoi j'avais agi ainsi. Ils ont raison, je dois avoir une vraie discussion avec elle. Je prends la main de Pierrick pour me donner du courage.

Nous entrons. Ma mère nous attendait. Je suppose qu'elle savait que nous serions relâchés, après les résultats du référendum. Elle me regarde longuement, puis ses yeux se tournent vers Pierrick. Elle ne dit rien et essaie de dissimuler son malaise. Je ne peux pas lui en vouloir. Elle n'a jamais vu un homme d'aussi près, et certainement pas dans sa maison. Comment ne pas se sentir embarrassée après avoir entendu tant de légendes pénibles et effrayantes sur les médiévaux ? Moi non plus, je n'oublierai jamais ce que j'ai ressenti la première fois que j'ai approché un homme.

Il est temps que ça change. Je m'avance vers elle et je déclare :

– Pierrick est un être humain, tout simplement. Comme toi, comme moi.

Avec ces mots, ce sont des années d'éducation que je balaie. Je comprends que ce soit dur à entendre, mais je veux que ma mère sache. Même si ensuite elle me rejette, même si elle me renie. Alors je lui dis ce qui m'importe le plus :

– Il est humain, et je l'aime.

À ce moment-là, je me rends compte à quel point je souffrais de devoir lui cacher la vérité. J'étouffais d'être forcée de dissimuler ce que je ressentais.

Ma mère hoche la tête.

– J'avais compris, répond-elle simplement. Quand je vous ai vus tous les deux, à l'Agora... C'était si évident. Comme dans ces histoires anciennes que Leymah et Tove racontent parfois, les soirs d'hiver.

Malgré tout, elle prend sur elle. Tout cela la perturbe encore beaucoup, mais c'est bien normal. Il faudra du temps... Je décide de lui faire confiance, à elle comme à mes contemporaines. Je veux croire qu'elles sauront s'adapter et réagir comme il le faut.

Une question m'obsède cependant depuis que le référendum a été décidé. Comment ma mère a-t-elle voté ? Même si cela ne change rien, puisque la majorité a choisi, j'aimerais savoir… Mais j'ai trop peur d'être déçue, alors je garde le silence.

Pourtant, comme si elle avait lu dans mes pensées, elle me prend la main et chuchote :

– J'ai voté *oui*, tu sais. Pour toi.

Je respire, profondément apaisée. Je vais enfin pouvoir me montrer telle que je suis, aux yeux de ma famille et aux yeux du monde.

CHAPITRE 68

J'éclate de rire en voyant la tête horrifiée de mon frère.

– Mais si, goûte ! C'est superbon, les gris-gris paprika !

Gourmands, Antarès et Roitelet ont déjà commencé à picorer dans le saladier qui déborde d'insectes grillés. Nous sommes installés dans le jardin, profitant d'une accalmie entre deux averses. Les transats du futur sont incroyablement confortables, j'ai l'impression non pas d'être assise sur une toile tendue, mais de flotter dans l'air. J'adore. Je montre à mon tour l'exemple en attrapant une petite bête par la patte.

– Tu vas quand même pas bouffer ça ! grimace Pierrick.

– Je vais me gêner !

Et j'enfourne le grillon avec plaisir. J'aime aussi beaucoup les larves en beignets, et les vers de farine au curry. Franchement, je me demande pourquoi je me suis braquée comme ça au début. Mais Pierrick secoue la tête, je pense qu'il va avoir du mal à s'y faire.

Jane nous appelle de la cuisine pour nous proposer un bol de fourmis au chocolat. Je la remercie.

Seule Pénélope n'est pas avec nous. Elle est partie retrouver sa petite sœur. Lys n'était pas à la maison, quand nous avons été libérés à l'issue du référendum. Pas étonnant. Après ce qu'elle a fait, elle doit se sentir bien mal à l'aise… Je pourrais lui en vouloir, on a failli mourir à cause d'elle. Mais je n'oublie pas qu'elle n'a que neuf ans et, au fond, cela me rend triste. Et puis je sais à quel point elle compte pour Pénélope. J'espère qu'elles réussiront à se comprendre toutes les deux.

En attendant le retour de ma meilleure amie, je goûte les fourmis. C'est pas mal non plus. Mais soudain, un mouvement derrière la haie attire mon attention. Des voix chuchotent et se chamaillent :

– Chhhut ! Tu vas nous faire repérer !

– C'est toi qui parles trop fort !

Je souris. Ce sont mes copines Simone-la-blonde-à-tresses et Kitty-au-crâne-rasé, bien sûr. Trop curieuses de voir des garçons autrement que sur leur tech, elles sont venues ici. Je reste assise sur mon transat et je les appelle sans même tourner la tête.

– Allez, venez. De là où vous êtes, vous ne voyez pas bien.

Ravies et effrayées à la fois, elles contournent la haie et passent le portillon pour nous rejoindre dans le jardin.

Elles restent toutefois prudemment à distance. Je les entends échanger leurs arguments à voix basse.

– Cet homme est un étranger à notre époque, chuchote Simone. Il nous faut montrer que les femmes modernes ont le sens de l'hospitalité.

– Tu as voté *non* au référendum, je te rappelle, rétorque Kitty.

– Je pensais bien faire, mais puisque le *oui* l'a emporté, je m'adapte. En revanche, je veux bien que tu commences...

Toute raide, Kitty obtempère et lève la main, un peu comme un chef indien qui vient parlementer. Ce faisant, elle s'exclame d'une voix forcée :

– Salut, mec. Alors, tu kiffes le futur ?

Antarès et moi manquons d'éclater de rire, tandis que Pierrick a l'air perplexe. En face de nous, Simone donne un coup de coude dans les côtes de son amie.

– Tu parles n'importe comment, chuchote-t-elle. Regarde son expression interloquée. Il ne t'a pas comprise.

– Je parle pourtant médiéval, s'étonne Kitty.

– Je crois qu'en réalité, le langage médiéval est différent selon les situations, rétorque son amie. Quand un garçon et une fille dialoguent, ils parlent autrement.

– Ah bon ? rétorque Kitty, un peu vexée. Et comment s'expriment-ils, je te prie ?

– Écoute-moi.

Aussitôt, Simone se tourne vers Pierrick et déclame :

– Bienvenue à toi,

Garçon du passé.

Désormais la loi
Ainsi a tranché :
Chez nous c'est chez toi,
En toute amitié.

– C'est ridicule, souffle Kitty. Les médiévaux ne parlent pas du tout ainsi.

– Si, affirme Simone. J'ai vu un document. Le garçon portait de très jolis habits avec des dorures, il s'appelait Roméo et il s'adressait à une fille qui se tenait sur un balcon. Toutes leurs paroles rimaient !

– Tu as mélangé les siècles, rétorque Kitty en levant les yeux au ciel.

– Ce que tu es agaçante ! se plaint Simone, piquée.

Cachant mon amusement, j'interviens pour détendre l'atmosphère. Elles ont quand même surmonté leur appréhension afin d'approcher mon frère, et pour deux filles du futur, c'est assez admirable.

– Asseyez-vous, dis-je gentiment. Vous voulez des gris-gris paprika ?

Aucun argument ne pouvait avoir plus d'effet sur Kitty. Après une hésitation aussi brève que le temps qu'il faut à Pénélope pour repérer où se trouve la Lune, elle croque un grillon. Même si elle garde tout de même une distance prudente avec Pierrick... Simone fait de même, surveillant mon frère du coin de l'œil, au cas où il aurait un comportement insolite, je suppose.

– Puis-je venir, moi aussi ?

Pas besoin de me retourner, j'ai reconnu la voix aigrelette de Rosalind. Je ne suis pas surprise de la voir débarquer. Son esprit scientifique ne pouvait pas ignorer la présence d'un spécimen mâle dans le voisinage. Contrairement à Simone et Kitty, elle avance vaillamment, sans être effrayée le moins du monde, et se plante en face de Pierrick pour l'observer.

– Puis-je te toucher ? demande-t-elle poliment.

– Je t'en prie, répond Pierrick en tendant la main.

Mais ce n'est pas la main de Pierrick que Rosalind veut examiner. Elle pose directement son index sur la joue de mon frère et appuie un peu pour vérifier si c'est mou ou dur. Puis elle avance le nez et renifle dans le cou de Pierrick.

– Tu ne sens pas si mauvais que ça, constate-t-elle.

– J'ai pris une douche ce matin, répond Pierrick sans se formaliser.

Rosalind hoche la tête, assimilant cette information intéressante : les hommes aussi se lavent.

– En revanche, tes poils piquent, fait-elle observer en appuyant de nouveau sur la joue de mon frère.

– Désolé, répond-il patiemment.

– Il faudrait faire quelque chose, dit-elle, songeuse.

Elle reste un instant pensive, mais s'exclame aussitôt, l'air ravie :

– J'ai trouvé ! Pour les poils, sur le visage et ailleurs, il faudrait fabriquer une sorte de pâte collante que les hommes pourraient appliquer sur les zones concernées. Cette pâte emprisonnerait les follicules pileux et, quand on tirerait dessus d'un coup sec, hop, ils seraient tous arrachés ! Ça serait pratique, non ?

– Je pense que ça ferait mal, objecte Pierrick en se retenant de rire.

Rosalind garde le nez en l'air, pesant le pour et le contre. Puis décide :

– Tu as raison. Les hommes doivent être libres de faire ce qu'ils veulent de leurs poils. Après tout, les femmes le sont, et nous devons nous efforcer de vous accorder les mêmes droits qu'à nous.

Ici, les filles n'ont pas peur des araignées. Elles les mangent.

Pourtant, la bouffe est sûrement la moindre des surprises que ce voyage m'a réservées. Je ne suis resté dans le futur que quelques jours, mais on peut dire que ça m'a pas mal chahuté...

Moi, je suis né garçon à une époque où le pouvoir appartient aux hommes. Et cela me semblait normal... Un coup de sèche-cheveux plus tard, mon regard a changé. Pénélope m'a changé.

Aujourd'hui, j'ai envie de rentrer chez moi et de faire avancer les choses. Je suis différent désormais, et je veux que mon monde évolue lui aussi. Je n'espère qu'une chose, que Pénélope acceptera de m'accompagner.

CHAPITRE 69

J'ai retrouvé Lys. Elle était au parc, comme je m'en doutais. Nous sommes maintenant assises l'une à côté de l'autre sur un vieux tronc d'arbre humide.

Je sais ce que ma petite sœur a ressenti, depuis mon retour. La joie de m'avoir retrouvée, puis la déception, le sentiment insupportable que je l'avais trahie de nouveau. J'imagine sa peine, son désespoir même. Alors je comprends pourquoi elle a révélé à ma pire ennemie que je me cachais dans la ZUP.

– Je ne t'en veux pas, tu sais.

– Je sais bien que si, répond-elle, butée.

– Non. Tout cela est ma faute. C'est comme si je n'avais pas retenu la leçon de mon premier mensonge. J'aurais dû te faire confiance, et t'expliquer mon choix. Je m'en veux beaucoup d'avoir voulu partir sans même te le dire.

Lys reste un instant silencieuse, puis elle me demande avec inquiétude :

– As-tu failli mourir, à cause de moi ?

– C'est fini maintenant, dis-je en passant mon bras autour de ses épaules. Non seulement je vais bien, mais les choses vont changer, et finalement, c'est aussi grâce à toi.

Mais elle garde les yeux baissés sur une chenille qui avance lentement sur le tapis de mousse. Je sens que quelque chose la préoccupe encore, mais j'ignore quoi. Je n'ai pas longtemps à attendre avant de savoir :

– Ce garçon du passé... Pierrick... L'aimes-tu plus que moi ?

Voilà donc ce qui l'inquiétait. Je souris, touchée par cette angoisse d'enfant. Je lui dis qu'elle est ma petite sœur et que je l'aimerai toujours plus que tout au monde, que l'amour est une chose fantastique qui ne se divise pas mais se multiplie, toutes ces vérités que j'ai entendues moi-même de la bouche de notre mère quand, à la naissance de Lys, je craignais de ne plus être aimée. Des arguments auxquels je crois sincèrement...

Puis je me tais.

Demain, je ramènerai Pierrick et Andrea au Moyen Âge. Ils ont fait la promesse solennelle de ne jamais parler du futur. À cette condition, les Autorités ont donné leur accord pour les laisser s'en aller. Nous nous sommes arrêtés sur cette date pour le départ. C'est la nouvelle Lune, et la météo prévoit du vent.

Andrea et Pierrick rentreront donc chez eux. Mais moi ? Où vais-je choisir de vivre ?

Il va me falloir décider et soudain, je n'ai plus envie de sourire à Lys. J'ai le cœur serré. Vais-je confirmer mon précédent choix, celui de m'installer dans le passé, de devenir une vraie médiévale ?

Les femmes de mon époque ont voté pour la mixité. Les hommes jusqu'alors clandestins vivront librement et, petit à petit, ils rencontreront des femmes, tomberont amoureux, feront des bébés... Au fil des générations, l'équilibre entre filles et garçons se fera de nouveau... Dans ces conditions, ai-je encore des raisons de fuir mon époque ? De dire adieu à ma mère, à Lys ?

Pourtant, si je reste, je ne verrai plus Pierrick... Sa place n'est pas ici, il doit retrouver cette époque qu'il a quittée trop vite, sans l'avoir voulu vraiment.

Alors je réalise que ma petite sœur a raison de m'interroger. Quel va être mon choix ?

Lys respecte mon silence et ne me questionne plus. Nous restons un long moment sans parler. La pluie se remet à tomber. Elle crépite sur les feuilles des arbres.

Même si cette décision est un déchirement, je sais au fond de moi que j'ai déjà choisi...

Mais avant cela, je dois faire quelque chose d'important.

CHAPITRE 70

Pénélope a mis des heures avant de nous rejoindre dans le jardin. Lys était avec elle et j'ai vu qu'elles avaient pu parler toutes les deux. Ça m'a fait plaisir. Cela aurait été un vrai gâchis, si elles étaient restées fâchées.

Mais maintenant, voilà que Pénélope nous entraîne, Pierrick et moi, après avoir demandé à Antarès et Roitelet d'attendre notre retour. Qu'a-t-elle en tête ?

Nous marchons à travers la ville, et bien sûr tout le monde se retourne sur notre passage. La présence de Pierrick suscite une grande curiosité, mais heureusement pas trop d'agressivité. Seules quelques femmes nous jettent un regard méprisant ou bifurquent pour éviter de marcher sur le même trottoir que nous. Une mère met la main devant les yeux de sa fille pour ne pas qu'elle voie mon frère. Une vieille dame manque de faire un malaise.

Pour le reste, la décision démocratique semble respectée par les citoyennes.

De son côté, Pierrick jette lui aussi des regards attentifs sur cette société qu'il n'a pas encore eu le temps de voir de près. Tout l'intéresse et l'étonne, les voibus sans chauffeur, bien sûr, mais aussi les éoliennes installées sur les toits ou cette tyrolienne qui permet de passer d'un pâté de maisons à l'autre.

J'interroge mon amie :

– Tu peux nous dire où on va, s'il te plaît ?

– Vous comprendrez en arrivant, répond Pénélope.

L'air sérieux, elle poursuit sa route, mais soudain, je vois les premiers conteneurs de métal et je m'immobilise, désorientée. Pénélope a-t-elle réussi là où Rosalind et moi avions échoué ? Mon amie se tourne vers moi.

– Viens, dit-elle doucement. Nous y sommes.

C'est donc bien ça… Je perds pied, et ce qui arrive ensuite achève de me bouleverser. Pénélope dit simplement :

– Elle vous attend.

Plus rien n'est réel autour de moi. J'avance comme dans un rêve, mes jambes sont en coton et je suis incapable de regarder ailleurs que droit devant moi. Tout le reste est flou. À mes côtés, je sens juste la présence de Pierrick. Je ne lui ai rien dit puisque je n'y croyais plus. Il ignore donc ce qui est sur le point de se produire…

Et puis ça y est.

Elle est là, debout devant la porte d'un conteneur. Elle nous attend, très émue.

Elle a les mêmes yeux que dans mon souvenir. Les mêmes yeux que moi.

– Maman… gémit Pierrick.

Il est sidéré. Lui aussi l'a reconnue. Elle a vieilli un peu, mais son sourire en nous voyant ne laisse pas de doute. Ces fossettes au creux des joues, ces petits plis au coin des yeux. Je n'hésite pas longtemps, je me jette dans ses bras, comme si j'avais toujours six ans, comme si le temps n'avait pas passé.

– Andrea… Pierrick…

Je reconnaîtrais sa voix entre mille. J'ai envie de rire, juste parce que je suis heureuse, et en même temps j'ai envie de pleurer aussi. Je ne fais ni l'un ni l'autre. Je me contente de vivre ce moment. Je l'ai tellement attendu…

Pierrick est sous le choc. Contrairement à moi, il n'a jamais envisagé que notre mère puisse se trouver ici. Il ne comprend pas comment c'est possible.

– C'est Florence qui m'a contactée, explique Pénélope avec sollicitude. Elle vous a reconnus sur les images diffusées un peu partout.

Très émue, ma mère nous invite à entrer dans ce conteneur où elle vit depuis des années. Ses vêtements sont sales et usés. À l'intérieur, c'est sombre et inhospitalier. Misérable. Elle nous propose tout de même de nous asseoir et commence à nous expliquer.

Ce dimanche-là, il y a onze ans, elle n'allait pas bien. Depuis quelque temps déjà, elle se sentait dépassée, épuisée. Elle avait le sentiment de ne pas être à la hauteur, de ne pas s'en sortir, et cette angoisse irrationnelle, de plus en plus étouffante, a fini par se muer en la certitude qu'elle allait mourir. Il y a des termes médicaux pour cela. Dépression post-partum ou dépression périnatale.

Je me souviens de cette discussion que nous avons eue, mon père et moi, un soir dans la cuisine. Il m'avait confié son sentiment de culpabilité, parce qu'il n'avait pas su voir que notre mère avait vraiment besoin d'aide, et de façon urgente. Ses regrets d'avoir compris trop tard.

– Votre père faisait de son mieux pour m'épauler, se souvient ma mère. Mais ça ne suffisait pas... Je n'arrivais pas à lui expliquer pourquoi je me sentais si vulnérable. Ce matin-là, je voulais juste sortir prendre l'air. J'avais besoin de respirer. Je n'ai pas réfléchi. Je suis partie, le temps de marcher un peu. Et puis j'ai rencontré cette femme. Grande, belle. Tellement sûre d'elle... Impressionnante.

– Une activiste, indique Pénélope.

– Oui, confirme ma mère. Elle m'a parlé, longuement. Ça m'a fait du bien. C'était quelqu'un d'étranger à notre famille et avec elle, je n'avais pas besoin de faire semblant d'être forte. Alors, quand elle m'a proposé de m'emmener loin, dans un endroit où je pourrais me reposer, où d'autres femmes pourraient m'aider... J'ai accepté. Je ne savais pas à quoi je venais de m'engager.

Pierrick ne connaît pas l'existence de ces militantes qui interviennent dans le passé pour exfiltrer des femmes, le plus souvent victimes de maltraitance. Pénélope lui explique tout ça.

Mais qu'importe le passé, désormais. Nous sommes maintenant réunis et nous avons l'avenir devant nous pour rattraper le temps perdu. Pierrick est rayonnant, et moi aussi. Comme Tiago sera heureux quand nous rentrerons à la maison ! Et papa !

C'est ce que je dis à ma mère, euphorique :

– Demain, nous serons chez nous. Pénélope nous ramènera.

Mais maman baisse la tête.

– Je ne pourrai pas venir avec vous, dit-elle.

Comment ai-je pu oublier ? Je le savais, pourtant, Simone et Kitty me l'avaient dit. C'est la procédure, ma mère a subi cette intervention sur l'oreille interne dès son arrivée, forcément ! Je suis consternée.

– J'ai compris seulement après que cela m'empêcherait définitivement de repartir un jour, reprend-elle douloureusement.

C'est tellement injuste, et ça me fait tellement mal. Nous avons retrouvé notre mère, et nous devrions la laisser derrière nous ?

CHAPITRE 71

J'ai invité la mère d'Andrea et Pierrick à venir dîner chez nous. Florence a hésité, elle est comme toutes les réfugiées, elle n'a pas l'habitude de se mélanger aux citoyennes, mais je l'ai rassurée. Je lui ai dit que ma mère serait d'accord, qu'elle était la bienvenue à la maison. Tant de choses sont en train de changer dans notre société... Je crois que le statut des réfugiées peut évoluer, lui aussi.

C'est une merveilleuse soirée que nous passons tous ensemble. Dehors, il pleut à verse, mais nous sommes à l'abri dans le salon. Ma mère a le sourire, et elle a également invité Phoolan. Même si ma marraine n'a pas eu à intervenir dans l'Agora, sa présence et son regard encourageant ont été un vrai soutien. Je les entends discuter toutes les deux dans la cuisine. Elles se réconcilient progressivement, même s'il va falloir du temps pour que ma mère pardonne pour de bon à Phoolan.

Ma cousine, Minerva, a pu venir malgré sa santé fragile. Nous nous retrouvons, comme quand nous étions petites, et nous sommes heureuses que le conflit entre nos mères ne soit plus une barrière entre nous.

Andrea et Pierrick profitent de leur mère et lui racontent sans s'arrêter toutes sortes d'événements et d'anecdotes sur leur vie depuis toutes ces années. Ils ont tant de choses à rattraper. Quant à Roitelet, il s'est endormi, épuisé par toutes ces émotions.

Oui, c'est une merveilleuse soirée, mais aussi un triste moment. Demain, ce seront les adieux. Dehors, le vent se lève comme prévu. Je suis élève agrégée, je sais comment m'y prendre. J'ai fait mon choix, et ma volonté me portera. Mais malgré cette certitude, je suis déchirée...

Je sors dans le jardin, à l'abri de l'auvent. Qu'il pleut souvent, à mon époque ! Les médiévaux auraient dû réagir plus vite, afin de freiner davantage le réchauffement climatique. Je soupire. Parfois, ils ne sont vraiment pas bien malins.

Andrea me rejoint, rentrant la tête dans les épaules pour éviter les rafales de pluie.

Nous restons silencieuses. Ça fait longtemps que nous ne nous sommes pas retrouvées toutes les deux, comme ça, tranquilles. Je me sens bien avec elle et je suis heureuse de lui annoncer ma décision :

– Andrea... Malgré tout ce qui s'est passé ici, j'ai décidé de repartir avec toi et Pierrick. Je sais, ça semble incroyable, mais j'ai longuement réfléchi et je suis sûre de moi. J'aime Pierrick, et je veux vivre avec lui au Moyen Âge.

Mon amie ouvre des yeux grands comme des soucoupes, ce qui lui donne un air vraiment ahuri. Moi je souris largement. Je crois qu'elle ne savait plus où j'en étais, et qu'elle s'était mis en tête qu'après tous ces événements, j'allais décider de vivre à l'époque moderne avec ma famille.

Elle doit être aussi heureuse que moi d'apprendre que nous allons rester ensemble. Mais ce qu'elle me répond me laisse à mon tour bouche bée.

– Génial, mais... moi, j'ai décidé de rester ici.

CHAPITRE 72

Allongée sur mon matelas-nuage, je regarde par la fenêtre. Le jour se lève. Pour une fois, le temps est dégagé, même si le vent souffle fort.

Je me rends bien compte que mon choix est complètement dingue. Vivre ici, dans le futur ? Laisser repartir Pénélope et Pierrick, en sachant que je ne les reverrai jamais ? Ni elle, ma meilleure amie, ni lui, mon frère... Ne pas retrouver mon père et Tiago ? Ne même pas avoir la chance d'un dernier échange avec eux ?

C'est ça qui me fait de la peine. J'ai le cœur gros quand je pense à eux tous. Mais je veux rester près de ma mère et faire vraiment connaissance avec elle. Nous avons des choses à vivre ensemble.

Et j'ai d'autres motivations. Si j'ai décidé de rester vivre dans le futur, c'est aussi parce que j'en ai envie. Je peux bien l'avouer... je suis terriblement excitée à l'idée de jouer un rôle dans ce monde où tout est à faire. Une révolution a eu lieu et va donner naissance à une société qui devra inventer ses nouvelles règles, sa nouvelle façon de vivre. J'ai ma place ici. J'en suis sûre. Hier, j'ai été contactée par les Autorités pour devenir une sorte d'experte en mixité. Une spécialiste des hommes, un coach en cohabitation. Et elles ont bien raison. Je m'y connais, j'ai grandi avec mon père et mes frères, et mon meilleur ami était un garçon. D'ailleurs, si Mathias était encore vivant, il n'hésiterait pas, il ferait le même choix que moi. Celui de se tourner vers l'ailleurs. J'ai donc accepté, en négociant une dérogation afin de ne pas subir l'intervention sur l'oreille interne. J'y tenais beaucoup.

J'aime l'avenir qui s'offre à moi. Découvrir les aspects inconnus de cette époque, faire connaissance avec de nouvelles personnes, différentes de moi... C'est le plus beau voyage qu'il me soit donné de réaliser.

Je m'habille, enfilant ces vêtements auxquels j'ai eu du mal à m'habituer. Je m'y sens bien, maintenant. Ils sont pratiques et agréables, comme une seconde peau. Et mes chaussures sont parfaites maintenant que je ne suis plus obligée d'y glisser des talonnettes.

Je retrouve Pierrick dans la cuisine. Il a mal dormi, je le vois bien. Je lui ai annoncé ma décision hier soir et il ne réussit pas à me comprendre.

– C'est à cause de maman, c'est ça ? me demande-t-il. Tu veux rester pour ne pas la laisser seule ?

– Pas uniquement.

– Si c'est ça, je vais vivre ici, propose-t-il généreusement. Je comprends que tu refuses de l'abandonner. Alors c'est ce qu'on va faire. J'habiterai dans le futur, et toi, tu rentres à la maison.

– Tu n'as pas envie de rester à l'époque moderne. Je le sais bien.

– Mais je refuse de t'abandonner. Tu es ma petite sœur, j'ai toujours veillé sur toi !

Je ne peux pas m'empêcher de sourire. J'ai l'impression de revivre ce moment, il y a à peine plus d'un an, quand je voulais voyager vers l'est de l'Europe avec Mathias et que Pierrick jouait le rôle du grand frère en m'expliquant que ce n'était pas raisonnable pour une fille. Cela me semble bien loin.

– Pierrick... J'ai vraiment envie de vivre dans le futur.

– Tu ne peux pas être sérieuse. Tu réalises ? Tu ne connais rien, ici ! Tu seras malheureuse !

– C'est justement parce que je ne connais rien que je veux rester.

Il reste un instant abasourdi, perturbé. Puis il sourit tristement.

– J'avais oublié... soupire-t-il. Tu aimes ça. Partir.

– Je suis ainsi. On n'y peut rien.

Il me regarde, très ému. Moi aussi, je me sens remuée.

– Tu vas me manquer, dit-il.

– Toi aussi, tu vas me manquer.

– Et papa, et Tiago ? proteste-t-il. Qu'est-ce que je vais leur dire ?

Je me tais. Ça me fait mal d'y penser.

– Je ne sais pas... Laisse-moi un peu de temps pour y réfléchir.

Et, en disant cela, je ne sais pas du tout comment je pourrais alléger leur peine...

Pénélope nous rejoint.

– Le vent est de plus en plus fort. Ça va bientôt être le moment. Antarès n'est pas avec vous ?

– Non.

Hier soir, Antarès était encore indécis. Il voulait réfléchir cette nuit avant de prendre sa décision. Je sais que, pour lui aussi, c'est un choix difficile. Douloureux, même. Ce monde dans lequel nous nous trouvons actuellement, il l'a détesté, de tout son corps, de tout son cœur. Ici, il a souffert, il a été rejeté. Il a trouvé seul les ressources pour en partir. Et maintenant, il est confronté au même dilemme, comme si le sort s'acharnait. Rester ou s'en aller ? Je devine ce qui complique son choix... Quand il a fui l'époque moderne, Antarès est allé contre la volonté de sa mère, partant sans même lui dire au revoir. S'il décide de rester, il devra fatalement affronter des retrouvailles avec elle. Un moment difficile, je m'en doute. Mais aussi, la possibilité d'une réconciliation...

Mes pensées sont interrompues par Roitelet qui arrive, en pleine forme. Il se coupe une épaisse tranche de pain qu'il tartine généreusement de confiture. Lui n'a pas hésité un instant. Il n'est plus malade et pourrait parfaitement voyager, mais la question n'a même pas été soulevée. Il veut rester.

Depuis le référendum, il est métamorphosé. Il rit souvent. Il se tient plus droit, aussi, et ne se déplace plus comme un animal traqué, toujours à l'affût d'un abri pour échapper aux regards. Il parle de mieux en mieux et maintenant je le comprends sans effort. Hier, je l'ai vu jouer pendant des heures avec les filles de l'école voisine. Même Lys a fini par se joindre à eux. Ça me donne l'espoir que, pour les enfants, tout se passera naturellement...

CHAPITRE 73

J'ai rejoint ma mère dans le jardin. Elle se lève souvent tôt, et aime venir y passer un moment, seule au calme.

Elle sait depuis hier que j'ai décidé de partir vivre dans le passé. Je crois même qu'elle s'en doutait, bien avant. Je vois qu'elle fait un énorme effort pour ne pas tenter de me faire changer d'avis. Elle respecte ma décision, et je lui en suis reconnaissante.

– Tu ne pourras même pas me donner de nouvelles, regrette-t-elle d'une voix émue. Pénélope... Comment saurai-je que tu vas bien ?

– Le Moyen Âge n'est pas toujours hospitalier, mais... je m'y sens bien. Ne te fais pas de souci pour moi. Tout se passera bien.

Elle se tait. Elle sera toujours un peu inquiète pour moi, forcément, mais c'est ainsi. Je suis adulte, maintenant, et je vais vivre ma vie.

– Je te confie Andrea. Veilleras-tu sur elle ?

– Je te le promets, répond-elle solennellement.

Reconnaissante, je la serre dans mes bras. Longtemps.

Lys nous rejoint. Elle sait que je suis sur le point de partir. Elle fronce les sourcils, l'air très sérieux pour ne pas pleurer. Nous avons passé toute une partie de la nuit ensemble. Comme je le lui avais promis, je lui ai raconté en détail mes voyages au Moyen Âge, les moments éprouvants que j'y ai connus et surtout les rencontres que j'y ai faites.

– Sois sûre d'une chose, lui dis-je simplement. Les médiévaux ne t'effaceront jamais de ma mémoire. Lys, tu seras toujours ma petite sœur.

Les larmes lui montent aux yeux, et je sens que je ne vais pas tenir bien longtemps, moi non plus. Mais elle secoue la tête vigoureusement.

– Ne fais pas comme si nous nous disions adieu, déclare-t-elle d'un ton décidé. Je vais travailler dur à l'école. Je deviendrai agrégée. Je viendrai te voir.

– Ce n'est pas autorisé.

– Je m'en fous. C'est comme ça qu'on parle, au Moyen Âge, non ?

– Oui.

– Nous nous reverrons, quand je serai un peu plus grande. Je t'en fais la promesse.

Je l'observe, bouleversée, et je la prends dans mes bras une dernière fois.

– Alors à bientôt.

– À bientôt, répond-elle.

– Quand tu viendras, je te ferai visiter, je t'expliquerai tout.

– Et tu me présenteras ce garçon ? Peut-être que nous pourrions devenir amis.

– Le petit frère d'Andrea ? dis-je en souriant. Il s'appelle Tiago. Je suis sûre que vous aurez plein de choses à vous dire.

Lys pourra lui raconter quelles solutions le futur a trouvées pour limiter le réchauffement climatique. Tiago va adorer !

Et soudain, je me souviens... Le livre !

CHAPITRE 74

Pénélope a traversé la cuisine et filé dans sa chambre comme si elle avait le feu aux fesses. J'échange un regard avec Pierrick, il est aussi perplexe que moi. Qu'est-ce qui lui prend ?

Quand elle revient, elle tient un vieux bouquin entre les mains. Elle me le tend.

– Lis.

Je ne comprends pas pourquoi elle veut que je regarde ce livre, surtout maintenant... Mais en baissant les yeux, je suis interloquée par son titre.

Tiago Arthelon, une biographie.

Incrédule, j'ouvre le livre et je commence à le feuilleter. Ce que je découvre au fil des pages me bouleverse.

C'est bien la biographie de Tiago, mon petit frère. Plusieurs images illustrent l'ouvrage, et je m'arrête sur la plus ancienne, quand il avait dix ans. C'est moi qui ai pris cette photo où il pose, souriant, avec ses trois rats perchés sur ses épaules.

Mais je ne connais pas les autres photos, et pour cause. Elles montrent mon frère à l'âge adulte. J'y vois Tiago dans la forêt amazonienne, découvrant sous une feuille chargée de pluie une grenouille dendrobate, orange et noire ; ou Tiago dans un paysage enneigé, observant une ourse polaire et son petit, au loin. Sur certaines de ces images, il est même très, très âgé...

Comment est-ce possible ? Comment mon petit frère a-t-il pu survivre à la Renaissance ? D'après ce que je lis, Tiago est mort en 2111, c'est-à-dire à l'âge de cent deux ans !

Je n'y comprends plus rien. Perplexe, je cherche une explication dans l'ouvrage, jusqu'à ce que Pénélope m'indique une note des auteurs à la fin du volume.

– Moi aussi, dit-elle, j'étais déconcertée en découvrant ce livre.

– C'est absurde. Dans le futur où nous nous trouvons, la grippe masculine a tué tous les hommes ! Mon frère est forcément mort avant même de devenir un ado !

– L'explication est ici, me répond Pénélope. Regarde.

Le paragraphe qu'elle pointe du doigt est le suivant.

La survie exceptionnelle de Tiago Arthelon à la Grande Grippe, qui décima la population masculine dans les années 2020-2022, s'explique par une immunité exceptionnelle. Cette immunité concernait un faible pourcentage d'hommes. Elle était due à une particularité génétique. En effet, ces hommes avaient en apparence toutes les caractéristiques masculines, mais ils ne possédaient pas la paire de chromosomes XY. À la place, ils étaient dotés d'une paire XX, comme les femmes. Ces rares individus mâles ont donc survécu au virus, puis se sont éteints à leur tour, de vieillesse. Ils n'ont pas laissé de descendance car cette spécificité génétique avait une conséquence : l'incapacité à produire des spermatozoïdes et donc à concevoir des bébés. C'est pourtant cette particularité qui les a sauvés.

Bouleversée, je tourne les pages du livre et je découvre par bribes la vie que mon petit frère a menée. D'après ce que je lis, Tiago a consacré son existence au combat qui lui tenait à cœur : sauver les animaux menacés par la destruction de leur habitat, la pollution et le réchauffement climatique. Si l'on en croit cet ouvrage écrit par une équipe d'universitaires, son action a été essentielle. Tiago était présent sur le terrain, mais il a aussi rencontré les nouvelles élues de ce monde de femmes, réussissant à faire voter des lois en faveur de la préservation de la faune. Son association, l'OSAT, a joué un rôle fondamental au niveau international pendant tout le ZZKe siècle.

Je reste fixée sur la dernière photo, où c'est un vieil homme qui sourit, accroupi à côté d'un pangolin, quelque part en Afrique.

Le petit garçon que j'ai connu a donc non seulement vécu plus de cent ans, mais a dédié sa vie à la cause qui comptait pour lui. Et ce livre l'atteste, il a réussi son combat.

Je regarde son visage de vieil homme aux yeux vifs et souriants, enchanté d'être là, aux côtés d'un animal qui était gravement menacé par le braconnage et qui grâce à lui a pu subsister. J'ai l'impression que c'est à moi qu'il sourit, et cela me rend heureuse.

Je vais garder ce livre et, quand ma famille me manquera, je le lirai. Il me donnera du courage et surtout... il me rappellera qu'il faut croire en ses rêves.

C'est cela que j'écris dans la lettre que je vais remettre à Pierrick. J'y explique à mon père et à Tiago que j'ai toujours voulu voyager et que la chance m'a été donnée de faire le plus incroyable des voyages. Ma vie sera belle, j'en suis certaine, et j'espère que la leur aussi.

Bien sûr, je ne pense pas qu'ils comprendront vraiment. Comment pourraient-ils réaliser que je vis désormais à cent soixante-huit années de distance ? J'espère juste qu'ils retiendront l'essentiel. Je les aime.

Une bourrasque de vent agite les arbres au-dehors et me ramène à la réalité. Pénélope et Pierrick sont prêts pour le départ. Mais nous n'avons pas revu Antarès depuis la veille...

Je sors de la maison, soucieuse pour lui. Je le trouve au fond du jardin, assis par terre derrière la cabane à outils.

– Ça va ? dis-je en venant m'asseoir près de lui.

– Je n'ai pas dormi de la nuit, avoue-t-il. Je ne pouvais pas.

Je me rends compte à ce moment-là que j'ai peur de sa décision. Pierrick et Pénélope partent, je le savais. J'ai fait mon choix en connaissance de cause. Mais si lui aussi s'en va, alors... ce sera vraiment dur.

Je n'ose plus rien dire. Je ne veux pas le brusquer, ni peser égoïstement sur sa décision. Après un moment qui me semble bien long, il déclare :

– Je vais rester.

Je suis heureuse et je crois qu'il le sait. Un instant, je me perds dans son regard. Nous allons continuer de partager ensemble une histoire incroyable. C'est ce que je tente de lui dire, un peu maladroitement :

– Il y a des choses à faire, ici. On pourra y travailler tous les deux.

Comme pour me confirmer que tout reste à construire, une femme passe à ce moment-là par le chemin qui longe la maison. Je la reconnais, c'est elle que j'avais vue sur le quai de la gare, le premier jour. Celle qui parlait au féminin. *La* manteau, *la* gâteau... Cette fois encore, elle est accompagnée de sa petite fille. En nous apercevant, Antarès et moi, elle ne peut s'empêcher de marmonner quelque chose, et je me doute que ce n'est pas amical. C'est tout juste si elle ne nous caillasse pas.

– C'est clair, approuve Antarès avec un petit sourire. Il y a encore du boulot.

Ni lui ni moi ne sommes naïfs. Nous savons que rien n'est gagné et qu'il y aura des moments éprouvants. Mais nous sommes prêts à les affronter. Cela en vaut la peine.

CHAPITRE 75

Je sens la présence de la Lune, dont l'attraction se conjugue à celle du Soleil. Le vent souffle fort. Je suis expérimentée, capable de partir en un clin d'œil.

Un instant, ma volonté vacille. Je suis tentée de rouvrir les yeux pour voir le visage d'Andrea, tourné vers moi… De Lys, aussi, et de ma mère… D'Antarès, de Roitelet, de tous ces êtres humains que je laisse derrière moi.

Mais je sens dans ma main celle de Pierrick et je sais que j'ai pris la bonne décision. Il aurait accepté de rester à l'époque moderne avec moi, il me l'a dit, mais comme Andrea, je suis attirée par des temps qui ne m'ont pourtant pas vue naître.

Alors je me concentre et je serre un peu plus fort la main de Pierrick.

Déjà, je me sens plus légère, je m'en vais et j'entraîne avec moi le garçon que j'aime. Nous partons.

Je ne suis pas inquiète pour Andrea. Elle a toujours désiré vivre ainsi, et elle m'a enseigné à faire de même...

À passer les frontières.

Les femmes du futur portent les prénoms de femmes d'hier et d'aujourd'hui :

George Sand, écrivaine française, militante de la liberté de penser et d'agir (1804-1876).

Rosalind Franklin, biologiste moléculaire britannique, codécouvreuse de l'ADN (1920-1958).

Simone de Beauvoir, écrivaine et philosophe française, combattante contre les préjugés (1908-1986).

Kitty Marion, militante britannique pour le droit de vote des femmes (1871-1944).

Minerva Mirabal, assassinée avec ses sœurs Patria et Maria-Teresa pour leur opposition au dictateur Rafael Trujillo, en République dominicaine (1926-1960).

Jane Goodall, primatologue, éthologue et anthropologue britannique, défenseuse des chimpanzés (née en 1934).

Phoolan Devi, dite la « reine des bandits », Indienne révoltée, parlementaire (1963-2001).

Hatchepsout, pharaon (règne vers 1479-1457 avant notre ère).

Olympe de Gouges, femme de lettres française, pionnière du féminisme et militante en faveur de l'abolition de l'esclavage (1748-1793).

Vigdís Finnbogadóttir, présidente de la république d'Islande, première femme au monde élue au suffrage universel direct (née en 1930).

Hypatie, mathématicienne et philosophe grecque (355/370-415).

Margaret Mead, anthropologue américaine (1901-1978).

Sonita Alizadeh, rappeuse afghane, combattante contre le mariage forcé des filles (née en 1996).

Harriet Quimby, journaliste américaine, scénariste et pionnière de l'aviation (1875-1912).

Tove Jansson, auteure et illustratrice finlandaise, amie des trolls (1914-2001).

Leymah Gbowee, travailleuse sociale libérienne, prix Nobel de la paix (née en 1972).

Anna Politkovskaïa, journaliste russe, militante des droits de l'homme, assassinée par le régime auquel elle s'opposait (1958-2006).

Wangari Maathai, biologiste et vétérinaire kenyane, prix Nobel de la paix (1940-2011).

Diana Budisavljević, autrichienne, qui sauva des camps de concentration nazis plus de 12 000 Serbes et juifs (1891-1978).

Mais les personnages de ce livre auraient aussi pu porter les prénoms de...

Dian Fossey, Malala Yousafzai, Vera Rubin, Tu Youyou, Colette, Ada Lovelace, Marie Curie, Aung San Suu Kyi, Camille Claudel, Gudrid Thorbjarnardottir, Temple Grandin, Benoîte Groult, Irena Sendler, Valentina Terechkova, Gertrude Bell, Lozen, Josephine Kulea, Thérèse Clerc, Wu Zetian, Clémentine Delait, Annette Kellerman, Simone Veil, Lili Elbe, Frida Kahlo, Zénobie, Mileva Maric Einstein, Ranavalona, Delia Akeley, Joséphine Baker, Anna Nzinga, Niki de Saint Phalle, Rosa Parks, Élisabeth Vigée-Lebrun, Christine Jorgensen, Berthe Morisot, Pearl Buck, Louise Bourgeois, Ellen Johnson Sirleaf, Tawakkol Karman, Ellen MacArthur, Allyson Felix, Elinor Ostrom, Katherine Johnson, Rigoberta Menchú, Florence Arthaud, Shirin Ebadi, Nina Simone, Émilie du Châtelet,

Maryam Mirzakhani, Salimata Wade, Louise Michel, Nalini Nadkarni, Rose Dieng-Kuntz, Irena Sendlerowa, Mary Anning, Sophie Germain, Barbara McClintock, Selma Lagerlöf, Claudie Haigneré, Virginia Woolf, Assia Djebar, Virginia Apgar, Julie-Victoire Daubié, Margaret Hamilton, Arundhati Roy, Christiane Taubira, Jane Austen, Astrid Lindgren, Erin Brockovich, Alexandra David-Néel, Svetlana Alexievitch, Emmy Noether, Charlotte Brontë, Sofia Kovalevskaïa, Marguerite Yourcenar, Mae Jemison, Françoise Héritier...

Et tant d'autres encore...

REMERCIEMENTS

À tous ceux qui ont cru à ce projet depuis le début.

L'AUTEUR

Nathalie Stragier est née en 1971 et a grandi à Tourcoing, dans le Nord. À dix-neuf ans, elle intègre la Fémis à Paris, département scénario.

Dès sa sortie de l'école, elle participe à l'écriture de séries télé. En 1995, elle remporte la bourse de la Fondation Hachette/Jean-Luc Lagardère « jeune scénariste télé ». Elle écrit par la suite plusieurs téléfilms.

Depuis quelques années, tout en poursuivant son activité de scénariste, elle invente des histoires pour « J'aime lire » ou « Je bouquine ».

Ne ramenez jamais une fille du futur chez vous, *Ne retournez jamais chez une fille du passé* et *Ne dites jamais jamais* sont ses premiers romans au long cours...

Loi n° 49.956 du 16 juillet 1949
sur les publications destinées à la jeunesse,
modifiée par la loi n° 2011-525 du 17 mai 2011.

Mise en pages : DV Arts Graphiques à La Rochelle
N° d'éditeur : 10227208 – Dépôt légal : avril 2017
Achevé d'imprimer sur Roto-Page en mars 2017
par l'Imprimerie Floch (53100, Mayenne)
N° d'impression : 90911
Imprimé en France

MIXTE
Papier issu de sources responsables
FSC® C022030